THERESIA GRAW

Wenn das Leben Loopings dreht

Buch

Franziska ist glücklich verheiratet mit Daniel, Biologieprofessor und Experte für Amöbenforschung, die beiden haben zwei Kinder und wohnen in einem schönen Haus mit Garten in München. Eigentlich gibt es an ihrem Leben nichts auszusetzen. Doch dann landen plötzlich Briefe an eine gewisse Laura Caspari in Franziskas Briefkasten. Niemand der Nachbarn kennt sie, und als Absender steht nur der Name Alex auf den Umschlägen. Nach langem Zögern öffnet Franzi die Briefe in der Hoffnung, einen Hinweis auf den mysteriösen Absender zu entdecken. Doch stattdessen findet sie die Erinnerungen eines Mannes an seine frühere große Liebe Laura. Mit Alex' flammendem Liebesbekenntnis kann ihre eigene, ein wenig langweilig gewordene Ehe es nicht aufnehmen – erst jetzt wird Franzi bewusst, dass zwischen ihr und Daniel schon seit Längerem keine Funken mehr sprühen. Als ihr Mann kurz darauf zu einer Dienstreise aufbricht, beschließt Franzi: Sie wird einmal in ihrem Leben etwas Verrücktes tun, sich auf die Suche nach Alex machen und ihm die Briefe zurückgeben. Noch ahnt sie nicht, dass diese Entscheidung bald für mehr Wirbel sorgen wird, als ihr lieb ist …

Autorin

Theresia Graw, geboren 1964, studierte Germanistik und Kommunikationswissenschaften. Als Journalistin war sie für verschiedene Radiosender tätig und arbeitet heute als Nachrichtenredakteurin beim Bayerischen Rundfunk in München. Außerdem hat sie mehrere Kinderbücher veröffentlicht. Bei Blanvalet sind von ihr bereits *Das Liebesleben der Suppenschildkröte* und *Glück ist nichts für schwache Nerven* erschienen. *Wenn das Leben Loopings dreht* ist ihr dritter Roman für Erwachsene.

Theresia Graw

Wenn das Leben Loopings dreht

Roman

blanvalet

FSC
www.fsc.org
MIX
Papier aus verantwortungsvollen Quellen
FSC® C014496

Verlagsgruppe Random House FSC® N001967

1. Auflage

Dieses Werk wurde vermittelt durch die Literarische Agentur
Thomas Schlück GmbH, 30827 Garbsen.
Redaktion: Angela Kuepper
Umschlaggestaltung und -motiv: © Johannes Wiebel | punchdesign,
unter Verwendung eines Motivs von Shutterstock.com
AF · Herstellung: kw
Satz: Vornehm Mediengestaltung GmbH, München
Druck und Bindung: GGP Media GmbH, Pößneck
Printed in Germany
ISBN 978-3-7341-0246-2

www.blanvalet.de

»Gib deinem Leben ruhig mal wieder einen kleinen Schubs. Aber wundere dich nicht, wenn es auf einmal Loopings dreht.«

1.

»Ich möchte offen mit Ihnen reden«, sagte Frau Scholler-Borstig und verschränkte die Hände auf dem Tisch, als wolle sie beten. Ich schätzte sie auf Anfang dreißig und dachte: die Arme, so jung – und schon Lateinlehrerin …

Frau Scholler-Borstig (sie hieß wirklich so!) trug eine braune Cordhose, einen weißen Baumwollpulli mit Lochmuster und auf der Nase eine schmale, rechteckige rote Brille. Ihre Haare waren ohrläppchenkurz, glatt und in einer Farbe, von der man zumindest sicher sein konnte, dass es das Original war: mausgrauschlammbeigeblond. Sie war eine von den Frauen, bei denen man sich einfach nicht vorstellen kann, wie sie aussehen, wenn sie lachen.

Gestern hatte sie mich angerufen und hergebeten.

»Könnten Sie es vielleicht einrichten, morgen um 10:30 Uhr zu meiner Sprechstunde in den Klassenraum E 05 zu kommen?«, hatte sie gefragt. »Ich muss dringend mit ihnen über die schulischen Leistungen Ihrer Tochter Isabel reden.«

Da ahnte ich schon, was auf mich zukommen würde: dramatisch abgesackte Noten, gehäuftes unentschuldigtes Fehlen, Versetzung gefährdet, das ganze Programm … Ich wusste das alles schon von Isabels Mathe- und Physiklehrer, der mich in der vorigen Woche herbestellt hatte.

Nun war ich also wieder da.

Wir saßen einander gegenüber an einem Pult in einem Klassenzimmer im Erdgeschoss. An der Tafel hinter Frau Scholler-Borstig stand »De finibus bonorum et malorum«. Der Rest war weggewischt.

»Das ist Cicero«, sagte Frau Scholler-Borstig, die meinem Blick gefolgt war, ohne sich umzudrehen. »*Die Maßstäbe des Guten und Bösen*. Eine seiner philosophischen Schriften. Isabel hat es heute nicht geschafft, auch nur einen Satz daraus fehlerfrei zu übersetzen.«

Ich fand es beeindruckend, dass meine Tochter auch nur ein einziges Wort davon hatte übersetzen können, wollte das der Lehrerin aber so direkt nicht sagen.

»Mir wäre es ja auch lieber, wenn meine Tochter ein Latein-Mathe-Physik-Genie wäre«, erklärte ich stattdessen und hoffte, dass ich recht zerknirscht dabei aussah. »Aber sie ist fünfzehn. Da kommt es doch gelegentlich schon mal vor, dass sich ein Mädchen mehr für Klamotten, Schminke und Musik interessiert als für den Ablativus absolutus oder die binomischen Formeln.«

»Das ist mir durchaus bekannt, Frau Herold. Trotzdem sollten Sie und Ihr Mann die Sache nicht auf die leichte Schulter nehmen. Ich befürchte, dass Isabel das Klassenziel verfehlt, wenn sie sich nicht bald auf den Hosenboden setzt und lernt. Wie wäre es zum Beispiel mit Nachhilfe?«

Ich zuckte mit den Schultern.

»Ein heikles Thema. Wenn ich Isabel gelegentlich mal ganz dezent auf ihre schulischen Probleme anspreche, dann endet das regelmäßig mit unerfreulichem Geschrei und zugeschlagenen Türen. Ich setze einfach darauf, dass sie im nächsten Schuljahr vernünftiger sein und es dann schaffen wird.«

Mit ihrem Bruder Bastian war es in diesem Alter nämlich auch nicht viel besser gewesen (abgesehen davon, dass seine Interessen etwas anders gelagert waren: mehr Fußball, weniger Schminke), und jetzt studierte er seit vier Semestern Betriebswirtschaft in Berlin. Ganz fleißig, soweit ich das beurteilen konnte. Er hatte sich allein um seinen Studienplatz gekümmert und sich ein Zimmer in einer WG gesucht. Mehr als 600 Kilometer entfernt von unserem Zuhause in München. Ging doch. Seit ein paar Monaten war er außerdem mit Anne zusammen, einer Jurastudentin, die den WhatsApp-Fotos nach, die er uns geschickt hatte, einen sehr netten Eindruck machte. Also alles bestens.

»Unser Großer ist auch ein anständiger Junge geworden«, erklärte ich. »Ich bin sicher, Isabel wird ihren pubertären Dauerflash bald überwinden.«

Vielleicht gelang es mir ja doch noch irgendwie, Isabel zum Lernen zu bewegen, damit sie die Versetzung schaffte. Vielleicht, wenn ich ihr sagte, dass sie sich zur Belohnung dann bei Germanys Next Topmodel bewerben durfte. (Andererseits: Vielleicht war Sitzenbleiben doch gar nicht so schlimm …)

»Isabels Mitarbeit im Unterricht lässt allerdings mehr als zu wünschen übrig«, riss Frau Scholler-Borstig mich aus meinen Gedanken. »Sie ist mir viel zu still.«

»Na ja, Latein ist schließlich auch eine tote Sprache.« Ich biss mir auf die Lippen, aber da war es mir schon rausgerutscht. Frau Scholler-Borstig runzelte ihre junge Stirn.

»Ich lasse das Lateinische in meinem Unterricht durchaus lebendig werden«, erklärte sie würdevoll.

Dann hielt sie mir einen Vortrag über die Bedeutung der lateinischen Sprache im Hinblick auf die kulturelle Entwicklung Europas und dass sie im Übrigen unbedingte Voraussetzung für viele interessante Studiengänge sei. Isabel dürfe sich durch reine Faulheit nicht ihre Zukunft ruinieren und so weiter, und so weiter. Schon vom Zuhören wurde mir ganz schwindelig.

Während sie redete, gab mein Handy in der Tasche zweimal hintereinander einen Piepston von sich. Ich hätte jetzt gerne nachgesehen, wer mir da geschrieben hatte. Aber Frau Scholler-Borstig sah mich so streng an, dass ich nicht wagte, das Telefon hervorzuholen. Wahrscheinlich hätte sie mich ohne mit der Wimper zu zucken zum Nachsitzen verdonnert.

»Ich müsste dann allmählich mal gehen«, sagte ich, als sie endlich eine Pause machte, um Luft zu holen. »Mr. Spock wartet auf mich.«

»Mr. Spock?« Für einen Moment verlor Frau Scholler-Borstig beinahe die Fassung. »Oh. Haben wir etwa einen neuen Kollegen im Fachbereich Englisch bekommen?«

»Nein, nein.« Ich unterdrückte ein Grinsen. »Und übrigens auch keinen neuen Kollegen für den Fachbereich Klingonisch oder wie immer das heißt. Mr. Spock ist unser Hund. Er sitzt unten im Schulhof neben den Fahrradständern, und ich befürchte, es wird ihm ein bisschen zu viel, wenn gleich die große Pause losgeht und die Kinder um ihn herumtoben. Er ist nicht mehr der Jüngste.«

Frau Scholler-Borstig nickte mit schmalen Lippen und entließ mich gnädig.

Ich versprach ihr, gleich heute Abend ein ernstes Wort mit Isabel zu reden, und war froh, als ich das Klassenzimmer wieder verlassen konnte. Lieber zwei Stunden mit einem alten arthritischen Hund spazieren gehen, als mir weiter von Frau Scholler-Borstig ein schlechtes Gewissen machen zu lassen.

»Komm, Spock!«

Vor der Schultür band ich die Leine los, worauf der Hund erst mal seine großen spitzen Ohren aufrichtete, sich dann erhob und ganz allmählich in Bewegung setzte. Wahrscheinlich war er nicht nur arthritisch, sondern auch taub.

Mr. Spock war ein Relikt aus alten Zeiten, aus der Frühphase unserer Familie, als Isabel und Bastian noch kleine Kinder waren und ich in einem schwachen Moment ihrem monatelangen Gequengel nachgegeben hatte. (»Mama, alle haben einen Hund! Wir wollen unbedingt auch einen! Bitte, bitte! Wir gehen auch jeden Tag ganz oft mit ihm Gassi!«) Wir waren ins Tierheim gefahren und zwei Stunden später mit dem niedlichsten aller schwarz-braun-weiß gescheckten Mischlingswelpen, die da auf uns zugetapst waren, wieder nach Hause gekommen. Er war schätzungsweise halb Pudel, halb Schäferhund. Und vielleicht auch noch ein bisschen Eichhörnchen. Keine Ahnung, welche edle Rasse ihm seine erstaunlichen Ohren vererbt hatte. Aber wenigstens stand damit sofort fest, wie er heißen würde. (Auch wenn Daniel den Kindern damals erst mal ein bisschen was über Star Trek erzählen musste.)

Dabei war eigentlich von Anfang an klar gewesen, dass am Ende alles an mir hängen bleiben würde. Die täglichen Spaziergänge mit einem Satz schwarzer Bello-Beutel in der Jackentasche (und vor allem der Gebrauch der kleinen Plastiktüten). Die Suche nach den Flip-Flops und Gummistiefeln, die Mr. Spock (zumindest in seinen ersten Lebensjahren) regelmäßig von den Terrassen der Nachbarhäuser klaute und irgendwo gut versteckt in unserem Garten deponierte. Das Verabreichen von hinterlistig in drei Salamischeiben eingewickelten, weil vermutlich übel schmeckenden Anti-Arthritis-Tabletten seit einigen Jahren … All das eben, was das lange Leben mit einem Hund ausmacht.

Ich mochte Mr. Spock und ging gern mit ihm spazieren. Nicht nur, wenn es so schön sonnig war wie heute. Auf diese Weise konnte ich mir jeden Tag einreden, ausreichend Sport gemacht zu haben. Wenngleich eher in Zeitlupe.

Mr. Spock war ruhig, er bellte nicht (selten), biss nicht (wirklich nie!) und hörte (manchmal), wenn man seinen Namen rief. Aber vor allem fand ich es schön, jemanden an meiner Seite zu haben, jetzt, wo die Kinder groß waren und Daniel mit seiner Uni-Karriere schwerst beschäftigt war.

Ich war die Gattin des Münchner Biologieprofessors Prof. Dr. Daniel Herold, international gefragter Experte für Amöbenforschung. Ich hatte allen Anlass, stolz auf ihn zu sein. Wenn er nicht im Labor mit seinen Petrischalen und Pipetten herumhantierte oder im Hörsaal die Studenten mit seinen unverständlichen Vorlesungen verwirrte, dann schrieb er entweder an einer weiteren Enzyklopädie über die Fortpflanzung von Mikroorganismen, oder er nahm irgendwo in der Welt an einem wissenschaftlichen Symposium teil und hielt dort einen Vortrag vor Fachleuten aus der Amöbenszene oder solchen, die es werden wollen. Ich fand es wunderbar, die Frau eines Experten für Liebesdinge zu sein. Auch wenn sich sein Spezialgebiet weniger auf das Wesen der Frau als auf einen Einzeller bezog, der über keine feste Körperform verfügt. (Was Letzteres betraf, wurde ich einer Amöbe immer ähnlicher, wenn ich es mir recht überlegte. Ich war mir nicht sicher, ob das ein gutes oder ein schlechtes Zeichen war.)

Während ich mit dem Hund nach Hause schlenderte, las ich die beiden Nachrichten auf meinem Handy.

Die erste hatte Isabel geschrieben: »Und? Was sagt FSB? Dass ich 'ne Fünf in Latein kriege? Ist mir doch egal.

Latein ist was für Idioten. Ich bin heute Abend übrigens nicht zum Essen da. Ciao.«

FSB? Frau Scholler-Borstig? Ich seufzte. Dann las ich die zweite Nachricht. Sie war von Daniel:

»Wartet nicht mit dem Abendessen auf mich. Heut wieder Biologenstammtisch. Wird spät. Bussi.«

Gut, dass Mr. Spock wenigstens kein Handy hatte.

2.

Wir bogen in den Akazienweg ein, ein so vertrauter Anblick schon seit fast vierzehn Jahren: Die Straße säumten hübsche kleine Jugendstilvillen in Weiß, Gelb, Hellblau und Rosa, mit blumengeschmückten Balkonen, Erkern und Säulen. Die Vorgärten waren dekoriert mit kugelig gestutzten Buchsbäumchen, bunt bepflanzten Trögen – oder aber mit kaputten Fußbällen, Skateboards und schnell hingeworfenen Kinderfahrrädern, je nachdem, wer im Haus wohnte.

Die Linden auf dem schmalen Grünstreifen rechts und links am Fahrbahnrand hatten vor ein paar Tagen angefangen zu blühen und zu duften, was ein Traum war. (Sofern man eine Garage hatte und nicht an der Straße parken musste, weil einem dann ständig dieses klebrige Zeug vom Baum aufs Auto tropfte.) Weshalb unsere Straße Akazienweg hieß, obwohl dort Linden wuchsen, war mir seit jeher schleierhaft.

Erst war ich skeptisch gewesen, als Daniel damals vorschlug, unsere gemütliche Schwabinger Dachwohnung aufzugeben und hierher nach Nymphenburg zu ziehen. Aber als ich dann diese entzückende kleine Gründerzeitvilla mit den grünen Fensterläden und dem winzigen Zwiebelturm auf dem Dach vor mir sah, war ich sofort Feuer und Flamme. Wir mussten zwar noch eine Menge renovieren, aber jetzt sah unser Zuhause wunderschön aus.

Daniel hatte es von seiner verstorbenen Großtante Irmi geerbt. Trotz seines anständigen Professorengehalts hätten wir uns so ein Häuschen in einer der feinsten Gegenden Münchens vermutlich selbst niemals leisten können, zumal mein finanzieller Beitrag zur Haushaltskasse eher gering war.

Weil es früher mal mein Traum gewesen war, Schriftstellerin zu werden, hatte ich Literatur- und Kommunikationswissenschaften studiert. Anschließend hatte ich eine Zeit lang in der Marketingabteilung einer großen Versicherung gearbeitet, danach bei einer Bank, mich dann aber bald den wirklich wichtigen Dingen des Lebens zugewandt: Ich gab den Job auf, um mich voll und ganz Mann, Kindern, Hund, Haus, Garten und Goldfischteich zu widmen. Damit hatte ich genug zu tun, jedenfalls solange die Kinder klein waren.

Seit ein paar Jahren arbeitete ich ab und zu als freiberufliche Texterin für eine kleine Werbeagentur. Für eine sehr kleine Werbeagentur. Ehrlich gesagt war es ein Ein-Mann-Betrieb. Zu unseren Kunden gehörten in erster Linie bescheidene Unternehmen im Viertel, die den ganz großen Geschäftserfolg noch vor sich hatten. Von mir stammten der hübsche Name für die neue Änderungsschneiderei »Verflixt und zugeknöpft« oder der vielsagende Slogan, der seit einem halben Jahr auf den Einkaufstüten der örtlichen Bio-Bäckerei zu lesen war: »Bestes Brot von Rosenegger – Nymphenburgs beliebter Bäcker«. Das mochte zwar nicht besonders anspruchsvoll klingen, aber mir machte es Spaß und gab mir das angenehme Gefühl, mein Studium nicht völlig umsonst gemacht zu haben, nachdem es mit der Karriere als Autorin von historischen Liebesromanen schon nicht geklappt hatte. Dabei hatte ich es vor einem Jahr noch einmal ernsthaft versucht. Anstatt die Abende vor dem Fernseher zu verbringen, hatte ich mich mit meinem Laptop in Bastians verwaistes Jungenzimmer zurückgezogen und einen 856 Seiten starken Schmöker mit dem Titel »Das Vermächtnis der katalanischen Henkerstochter« in die Tasten getippt, eine wildromantische Geschichte aus der Zeit des Dreißigjährigen Krieges, in der es um jede Menge Liebe, Leidenschaft, Verrat und Versöhnung ging. Ich schickte mein Manuskript an zehn Verlage und bekam postwendend zehn Absagen. Immerhin war der eine Verlag so aufmerksam und empfahl mir, mich bei meinem nächsten Romanprojekt doch bitte intensiver mit den historischen Hintergründen auseinanderzusetzen. Aber für eine intensive Auseinandersetzung mit historischen Hintergründen hatte ich nun mal keine Zeit. Deshalb beschloss ich, von Romanprojekten aller Art erst mal Abstand zu nehmen und meine gesamte Kreativität dem Verfassen von Werbetexten zu widmen. Darin war ich etwas besser.

Unser Gartentor gab das vertraute Quietschen von sich, als ich es öffnete und hinter dem Hund eintrat. Mr. Spock stürzte sich sofort auf die flache marmorne Vogeltränke, die neben der Treppe zur Haustür stand, und schlabberte geräuschvoll eine Ladung Wasser. Ich fragte mich, ob er möglicherweise an Diabetes litt. Der Tierarzt hatte neulich so etwas angedeutet.

Noch während ich darüber nachdachte, zuckte ich erschrocken zusammen: Wo – zum Henker! – waren meine Pfingstrosen?

Vor dem Haus stand mein ganzer gärtnerischer Stolz. Jedenfalls das, was bis vorhin mein ganzer gärtnerischer Stolz gewesen war: ein prächtiger Busch Pfingstrosen, der sich von Jahr zu Jahr üppiger entwickelte, aus dessen Blättern jetzt allerdings nur noch etliche leere Stängel ragten.

Vier kümmerliche rosa Blüten konnte ich entdecken, der Rest war weg.

Ich starrte auf den geplünderten Busch. Gestern Abend waren es noch neunzehn Stück gewesen. Ich hatte sie nachgezählt, weil ich gerade sonst nichts zu tun gehabt hatte, vor allem aber weil ich meine Pfingstrosen liebte und mich so gefreut hatte, dass in diesem Jahr so viele Blüten gekommen waren. Und jetzt das. Fünfzehn Blüten futsch. Der Strauch praktisch nackt. Ein Pfingstrosenmassaker direkt vor meiner Haustür!

Es musste eben erst passiert sein, während ich bei Frau Scholler-Borstig gewesen war.

»Ach, Spock«, seufzte ich in Ermangelung eines anderen Gesprächspartners. »Isa ist doch heute später zur Schule gegangen, da hätte sie ja ruhig mal ein bisschen aufpassen können, wenn sie schon kein Latein lernt.«

Der Hund sah kurz zu mir und meinem botanischen Elend herüber, machte aber nicht den Eindruck, als wolle er umgehend die Fährte des Blumendiebs aufnehmen. Ich holte die Post aus dem Briefkasten und schloss die Haustür auf, worauf Spock schwerfällig die drei Stufen hinaufhopste.

Während ich in der Diele die Schuhe von den Füßen streifte, sah ich kurz die Briefe durch. Die Telefonrechnung, drei Werbesendungen, irgendwas von unserer Krankenversicherung und ein handbeschriebener Briefumschlag.

Welch eine unglaublich schöne Schrift, dachte ich – dunkelgrüne Tinte! –, aber da stellte ich fest, dass dieser Brief gar nicht an uns addressiert war.

Laura Caspari, stand in hübsch geschwungenen Buchstaben auf dem Kuvert. Die Adresse darunter war allerdings die unsere: Akazienweg 23 in München. Auch die Postleitzahl stimmte. Komisch. Wer war Laura Caspari?

Wie ich feststellte, war dieser Brief weit gereist. Die Briefmarke sah exotisch aus: ein pinkfarbener Schmetterling auf gelbem Grund mit irgendwelchen asiatischen Schriftzeichen drumherum. Ich schaute mir den Poststempel genauer an und las: Hongkong. Vor fünf Tagen abgeschickt und schon angekommen.

Allerdings im falschen Briefkasten.

Ich drehte den Brief um, damit ich sehen konnte, an wen ich den Irrläufer zurückschicken musste. Aber es stand kein Absender darauf. Das Einzige, was ich las, waren vier verschnörkelte grüne Buchstaben: Alex.

Vielleicht, dachte ich, hatte sich dieser Alex einfach bei der Hausnummer geirrt.

»Komm, Spock, wir drehen noch eine kleine Runde.«

Gemächlich ging ich mit dem Hund den Akazienweg einmal auf und ab. Wie es der Name nahelegt, handelte es sich bei der unseren um keine allzu große Straße. Hausnummer eins bis 33 auf der einen Seite, zwei bis 34 auf der anderen. Ich überprüfte sämtliche Haustüren und Gartentore, aber auf keinem Klingelschild stand der Name Caspari.

Zu Hause legte ich den Brief schulterzuckend zu der anderen Post auf die Kommode.

3.

Isabel kam am Abend um zwanzig nach neun nach Hause und schleuderte ihre Schultasche in die Ecke. Die Sneakers flogen gleich hinterher. Sie hatte gerade ihre schwarze Phase und sah fast so aus, als käme sie von einer Beerdigung: schwarze Strumpfhose (mit demonstrativ dicker Laufmasche vom Knie bis zum Knöchel), schwarzes T-Shirt, schwarzer Rock, wobei man dieses ultrakurze Stück Stoff über ihren Hüften eigentlich nicht wirklich als Rock bezeichnen konnte. Aber mich über ihre Garderobe aufzuregen, das hatte ich längst aufgegeben.

Nicht aber über ihren mangelnden Ordnungssinn.

»Räum deine Klamotten ordentlich weg. Und wieso kommst du so spät?«

»Jetzt chill mal, Mama. Die Sachen brauche ich morgen sowieso gleich wieder, und ich hab dir doch geschrieben, dass ich nicht zum Abendessen hier bin.«

Sie holte sich ein Mineralwasser aus dem Kühlschrank und trank gleich aus der Flasche. Meine Aufforderung, »Nimm dir doch bitte ein Glas«, überhörte sie geflissentlich.

»Hast du mal auf die Uhr gesehen, Isa? Es ist gleich halb zehn, und so wie ich dich kenne, hast du noch nicht einen Strich Hausaufgaben gemacht.«

»Ich hab keine auf.«

»Dann geh die Lateinvokabeln der vergangenen drei

Monate durch. Frau Scholler-Borstig hat gesagt, dass du da eine Menge nachzuholen hast.«

»Die kann mich mal, die olle Scholle.«

»Isabel!«

»Ist doch wahr!«

»Wenn du nicht allmählich in die Puschen kommst, bleibst du in diesem Jahr sitzen.«

»Na und? Flo und Vicky und Luisa bleiben auch sitzen. Wir wollen sowieso zusammenbleiben.«

So kam ich irgendwie nicht weiter.

»Wo warst du überhaupt den ganzen Abend?«

»Auf der Schlosskanalbrücke. Mit Flo und Vicky und Luisa und den anderen. Wir haben Vickys Geburtstag gefeiert. War ein cooler Sonnenuntergang.«

Kein Wunder, dass Isabels Freunde die Klasse nicht schafften, wenn sie den ganzen Tag draußen herumhingen. Andererseits waren sie da wenigstens an der frischen Luft. Die alte steinerne Fußgängerbrücke über den Nymphenburger Schlosskanal hatte sich in letzter Zeit – zum Leidwesen der näheren Anwohner – zu einem weiteren Freizeit-Hotspot in München entwickelt. Scharen von zumeist jungen Leuten trafen sich dort bei schönem Wetter regelmäßig abends zu spontanen Straßenpartys. Die Brücke hatte eine breite Brüstung, auf der man prima sitzen und in der Ferne den Sonnenuntergang am Schloss Nymphenburg bestaunen konnte.

»Und was habt ihr da gemacht?«

»Flo hat Gitarre gespielt. Mir hat er auch ein paar Griffe beigebracht.«

»Gitarre? Es wäre schön, wenn du mal wieder ein bisschen Klavier spielen würdest. Wofür haben wir dir eigentlich jahrelang Klavierunterricht bezahlt? Das Ding steht nur noch im Wohnzimmer herum und verstaubt …«

»Klavier ist doch voll dämlich, Mama. So ein Tastengeklimper braucht kein Mensch. Du spielst doch auch nicht mehr, obwohl du es früher mal gelernt hast. Gitarre ist cool. Ich will Gitarre lernen. Und zwar E-Gitarre!«

Vielleicht war das ein Ansatzpunkt.

»Meinetwegen können wir darüber reden, wenn du dieses Schuljahr geschafft hast. Aber dafür musst du erst mal vernünftig Latein lernen.«

»Lernen, lernen«, äffte Isabel mich nach. »Kannst du mir mal erklären, wofür ich dieses bekloppte Latein irgendwann mal gebrauchen kann?«

Ich erwog kurz, meiner Tochter die Sache mit der europäischen Kultur zu erläutern, aber ich hatte das sichere Gefühl, dass das bei ihr keinen großen Eindruck machen würde.

»Es gibt ein paar Dinge, die muss man einfach lernen, Isa. Da merkt man dann erst später, wofür sie gut sind.« Ich befürchtete, das klang in den Ohren einer Fünfzehnjährigen nicht besonders überzeugend. Es klang nicht mal in meinen eigenen Ohren überzeugend.

»Ich will sowieso nicht studieren. Ich will Musik machen. Wir gründen eine Band, Vicky, Luisa und ich. Wir wissen auch schon, wie wir uns nennen. *The Stitching Bitches*. Klingt krass, oder?«

»Die stickenden Schlampen? Ähm. Okay. Wenn's euch gefällt …«

Immerhin schienen ein paar Vokabeln vom Englischunterricht hängen geblieben zu sein.

»Die Idee mit dem Namen hatte Vicky.«

Na ja. Immerhin schienen bei einer ihrer Freundinnen ein paar Vokabeln vom Englischunterricht hängen geblieben zu sein.

»Und ich werde die Leadsängerin der *Stitching Bitches!*«

»Tatsächlich? Donnerwetter! Und was singt ihr?«

»Ach, Punk und so, alles Mögliche. Aber davon hast du doch sowieso keine Ahnung, Mama. Es ist nicht Abba!«

»Aha.«

Ich nutzte die halbwegs friedliche Stimmung in der Küche, um sie vielleicht doch noch davon zu überzeugen, etwas zu essen.

»Magst du ein paar Spaghetti?«

»Welche Soße?«

»Bolognese.«

»Igitt. Ich hasse Hackfleisch. Ich bin jetzt Vegetarierin. Warum machst du nicht einfach was mit Tomate?«

Offenbar konnten sich die geschmacklichen Vorlieben eines pubertierenden Mädchens innerhalb von vierundzwanzig Stunden grundlegend ändern. Gestern Abend hatte sich Isabel noch darüber beschwert, dass ich immer nur so ein »ekliges Gemüsezeug« und nicht »mal wieder was richtig Tolles wie Spaghetti bolognese oder so« kochen würde.

Wahrscheinlich hatte einer aus der Flo-Vicky-Luisa-Clique im Laufe des Tages irgendetwas Ablehnendes über Hackfleisch verlauten lassen. Und das wusste man ja, dass die Meinungen der Freunde für eine Fünfzehnjährige etwa den Stellenwert haben wie die Zehn Gebote für den Papst.

»Ich geh jetzt duschen«, erklärte Isabel, schnappte sich einen Apfel aus der Obstschale und rauschte aus der Küche. Übersetzt hieß das: »Rechne bitte nicht damit, innerhalb der nächsten eineinhalb Stunden das Badezimmer benutzen zu können.«

Ich spannte eine Zellophanfolie über die Soßenschüssel und schob sie in den Kühlschrank. Vielleicht hatte Daniel ja noch ein bisschen Appetit, wenn er von seinem Stammtisch nach Hause kam.

Mr. Spock schlich in die Küche und blickte mich mit seinem sehr speziellen Ich-bin-ein-alter-kranker-Hund-und-habe-Hunger-Blick an, worauf ich ihm ein paar Spaghetti in seinen Napf gab, die er begeistert auffraß. Ich ärgerte mich, dass ich nicht daran gedacht hatte, wenigstens seine Arthritistablette unter die Nudeln zu schmuggeln, wenn ich schon seine vom Tierarzt verordnete Diät ignorierte.

4.

»*Na, wie war* dein Tag?«

Daniel steckte den Kopf ins Badezimmer, als ich schon dabei war, mir die Zähne zu putzen. Es war nach Mitternacht.

»Alles okay«, grunzte ich mit Schaum im Mund. Es war gerade nicht der richtige Zeitpunkt, um ihm von Isabels Schulproblemen und den geklauten Pfingstrosen zu erzählen.

Daniel gab mir im Vorbeigehen einen schnellen Kuss auf die Wange, der schwach nach Bier und Knoblauch roch. Dann klappte er den Klodeckel auf. Immerhin war er so anständig, mit aufgeklappter Klobrille zu pinkeln.

»Professor Jaspers war heute beim Stammtisch«, erzählte er, während er die Spülung zog und sich die Jeans wieder zuknöpfte. »Erinnerst du dich an ihn? Der Kollege, der vor drei Jahren einen Ruf nach Berkeley bekommen und seitdem in Kalifornien gearbeitet hat. Er ist jetzt wieder in München.«

Ich trat einen Schritt zur Seite, damit Daniel Platz hatte, um sich die Hände zu waschen. Ich war mit dem Zähneputzen fertig und konzentrierte mich darauf, die frisch erworbene *Revitalizing Supreme Globale Anti-Aging Creme Q10 plus* in meine Gesichtshaut einzuarbeiten. Hoffentlich war der Name dieses Produktes nicht länger als seine

Wirkungszeit. Ich hatte das Zeug erst gestern gekauft, und es war irrsinnig teuer gewesen. Aber wenn man auf die fünfzig zuging, musste man etwas in seine Optik investieren, koste es, was es wolle, damit man nicht am Ende aussah wie eine überdimensionale Rosine. Nach dem, was auf dem Beipackzettel stand, sollte ich morgen früh frisch, glatt und strahlend schön aussehen wie Schneewittchen. Also irgendwie ganz anders als sonst. Hoffentlich erkannte Daniel mich dann noch wieder.

»Die arbeiten da in Berkeley gerade an einer Weiterentwicklung ihres Fluoreszenzmikroskops«, erzählte er und drückte sich einen Streifen Zahnpasta auf seine Zahnbürste. »Super Sache. Vielleicht wäre das auch was für unser Institut.«

»Hmm«, machte ich, während ich noch intensiv mit Cremetupfen beschäftigt war. *Serum Idealist Pore Minimizing Skin Refinisher* diesmal. Ich wollte antifaltentechnisch auf Nummer sicher gehen, deshalb benutzte ich gleich zwei Cremes.

»Unsere neue Doktorandin hat voriges Jahr zwei Semester bei ihm gearbeitet und meint auch, diese Anschaffung würde sich lohnen. Mal sehen, was unser Etat für dieses Jahr noch hergibt.«

Daniel war ein seltener Fall von multitaskingfähigen Männern. Er konnte sich die Zähne putzen und gleichzeitig halbwegs verständlich mit mir reden. »Und was gab's bei dir heute?«

»Isa macht gerade ziemlichen Stress. Weißt du, dass sie dieses Schuljahr wahrscheinlich sitzen bleibt? Ich war heute bei ihrer Lateinlehrerin. Sieht schlecht aus.«

»So schlimm? Und Mathe?«

»Genauso schlimm. Und Physik auch.«

»Echt? Mist.«

»Sie hat einfach keine Lust auf Schule. Kannst du mal mir ihr reden?«

»Klar. Am Wochenende habe ich ein bisschen Zeit. Dann rede ich mit ihr. Das muss doch zu schaffen sein. Es sind noch fast drei Monate bis zu den Zeugnissen, und sie ist doch nicht blöd.«

»Sie hat gerade ganz was anderes im Kopf. Wusstest du, dass sie Gitarre spielen lernen möchte?«

Statt einer Antwort spuckte Daniel den Zahnpastaschaum ins Waschbecken und spülte sich den Mund aus.

Als er zehn Minuten nach mir ins Schlafzimmer kam, lag ich schon im Bett, drehte mich aber noch mal zu ihm um.

»Hast du das mit den Pfingstrosen gesehen?«

»Nein, wieso? Welche Pfingstrosen?«

Er zog sich die Socken von den Füßen.

»Die im Vorgarten. Irgendwelche Idioten haben die Blüten geklaut, fast alle.«

»Wer?«

»Keine Ahnung.«

»Das ist Pech. Aber im nächsten Jahr blühen sie wieder.«

Mit einem wohligen Seufzen streckte er sich neben mir aus. Ich streichelte seinen Oberarm.

»Aber ich hatte mich dieses Jahr so sehr auf die Pfingstrosen gefreut. So viele hatten wir noch nie.«

»Wird schon«, murmelte Daniel nur und rollte sich zur Seite. Das war sein sehr diplomatischer Hinweis darauf, dass er einen langen, anstrengenden Tag hinter sich hatte, morgen früh raus musste und deshalb jetzt gerne auf Kommunikation jeder Art verzichten und lieber schlafen würde.

Aber ich war noch nicht ganz fertig mit meiner abendlichen Lagebesprechung.

»Kennst du eine Laura Caspari?«

Daniel überlegte eine Sekunde, dann brummte er in sein Kopfkissen: »Caspari? Nie gehört. Warum?«

»Nur so. Heute kam ein Brief bei uns an. Da stand dieser Name drauf. Und als Absender nur Alex, ohne irgendeine Adresse.«

»Einen Alex kenne ich auch nicht.«

»Vielleicht wohnte diese Laura früher mal hier? Könnte das eine Verwandte von Tante Irmi sein?«

»Tante Irmi hatte keine weiteren Verwandten, Schatz, sonst hätten wir dieses Haus nicht geerbt. Vielleicht weiß Tim von nebenan was, der wohnt schließlich schon länger hier als wir. Oder bring den Brief zur Post, sollen die sich doch darum kümmern. Oder noch besser: Wirf ihn einfach in den Müll. Wer seine eigene Adresse nicht auf den Umschlag schreibt, ist selbst schuld.«

Kurz darauf hörte ich ein leises, regelmäßiges Pfeifgeräusch. Sehr beneidenswert, dass Männer in einen Tiefschlaf fielen, sobald sie ein paar Sekunden lang in der Horizontalen lagen.

Nicht dass ich damit gerechnet hätte, es könnte an diesem Abend noch zu einem intensiveren Austausch von Zärtlichkeiten zwischen uns kommen. Wir waren schon so lange verheiratet, da verabreichte man sich derlei Vergnügungen eher übers Jahr verteilt in homöopathischen Dosen. Und wir hatten erst neulich wieder Sex gehabt. Also relativ neulich. An Fasching, genauer gesagt. Nach dieser bemerkenswerten Faschingsdienstagsballnacht im Deutschen Theater, zu der mich Daniel nach wochenlangem Zureden freundlicherweise begleitet hatte. Und davor? Weihnachten, glaubte ich. Aber welches Weihnachten? Im vorigen oder vorvorigen Jahr? Ich wusste es wirklich nicht mehr. Aber immerhin hatten wir noch ein- oder zweimal im Jahr etwas miteinander, Daniel und ich. Das konnten nicht alle Paare, die schon seit fast einem Vierteljahrhundert zusammen waren, von sich behaupten.

5.

Am nächsten Tag fuhr ich extra zur nächsten Poststelle und gab den Brief dort ab.

»Der ist nicht an uns. Aber es steht auch kein Absender darauf.«

Der Mann hinter dem Schalter sah kurz auf den Umschlag und warf den Brief dann neben sich in eine Kiste.

»Darum sollen sich die Experten von der Briefermittlungsstelle kümmern.«

»Ah. Und was tun die, damit er richtig zugestellt wird?«

»Ich schätze, die werden ihn aufmachen und nachsehen, ob es im Brief einen Hinweis auf eine Adresse gibt. Manchmal findet man da was.«

Irgendwie hatte das mit der Ermittlungsstelle bei der Post nicht geklappt. Einen Tag später lag der Brief an Laura schon wieder in unserem Briefkasten. Na, das war dann eben wirklich Pech, dachte ich, legte ihn auf den Stapel mit den alten Zeitungen und ging in den Garten, um nach den Goldfischen zu sehen. Dabei stellte ich fest, dass der Rasen schon wieder knöchelhoch stand und dringend gemäht werden müsste. Ich hatte den Eindruck, dass das Gras besonders schnell wuchs, seit Bastian in Berlin wohnte. Bis dahin nämlich hatte sich unser Sohn mehr oder weniger regelmäßig um das Rasenmähen gekümmert.

(Das war unser einvernehmlicher Kompromiss nach langwierigen Taschengeld-Erhöhungsverhandlungen gewesen: Mehr Geld gegen mehr gärtnerische Tätigkeiten.) Jetzt hing alles wieder an Daniel und mir. Eigentlich nur an mir, weil Daniel so wenig Zeit hatte und ich sowieso meistens zu Hause war.

Mr. Spock trabte ein paar Schritte neben mir her, dann legte er sich in den Schatten unseres Pflaumenbaums, um ausgiebig zu dösen.

»Hallo, Tim!«

Auf der anderen Seite des Zauns stand unser Nachbar in seinem Garten und vollführte eine Mischung aus Box- und Tanzbewegungen in Zeitlupe. Das war seine tägliche Einheit Tai-Chi, die er bei schönem Wetter stets im Freien und in aller Ernsthaftigkeit absolvierte. Als ich ihn zum ersten Mal dabei beobachtet hatte, war ich irritiert gewesen. Aber inzwischen hatte ich mich an diesen Anblick gewöhnt.

Tim war ein paar Jahre jünger als Daniel und ich, neununddreißig genau genommen. Ein schlanker, durchtrainierter Typ, der sein Kinn mit einem wöchentlich wechselnden, raffiniert ausrasierten Bartmuster schmückte und seinen wohlgeformten Körper stets so picobello kleidete, wie aus einem Werbeprospekt für Männermode ausgeschnitten. Ein sehr schöner Mensch, der aber leider für die Frauenwelt verloren war.

Tim war die eine Hälfte von Tim und Struppi, einem schwulen Pärchen, das schon im Haus nebenan gewohnt hatte, als wir Tante Irmis Zwiebelturmvilla erbten. Genauer gesagt war Tim bis vor Kurzem die eine Hälfte dieses Paares gewesen, wobei er und sein Partner nicht wirklich wie die Comicfiguren hießen, sondern Timotheus Hollenberg und Wolfgang Strupinski. Aber da die beiden (normalerweise) sehr viel Sinn für Humor besaßen und (normalerweise) unzertrennlich waren, nannte niemand sie bei ihren richtigen Namen.

Tim, ein umtriebiger Typ, der seine Freizeit größtenteils schwitzend auf Laufband und Rudermaschine verbrachte, und Struppi, ein eher gemütlicher Mensch mit spärlichem blondem Haarkranz und umfangreicher Kenntnis US-amerikanischer TV-Serien, waren jahrelang schwer ineinander verliebt gewesen. Doch vor ein paar Tagen hatte Struppi plötzlich seine Sachen gepackt. Er holte seine Jamie-Oliver-Kochbücher, seinen stufenlos verstellbaren Relax-Fernsehsessel und seine X-Box aus dem Haus, räumte sie in seinen grasgrünen VW-Bus und zog aus. Keine Ahnung, was passiert war. Aber ich hatte den Eindruck, dass Tim seitdem noch öfter in den Fitnessclub ging und abends noch länger im Büro saß.

Unsere Nachbarn (ich konnte mich noch nicht ganz daran gewöhnen, dass Struppi nicht mehr dazugehörte) waren äußerst liebenswürdige Menschen. Sie kümmerten sich immer um unseren Garten, wenn wir in den Urlaub fuhren – und auch gelegentlich um den Hund, wenn wir mal länger irgendwohin unterwegs waren, wo man Hunde nicht mitnehmen konnte.

Gleichzeitig war Tim mein Arbeitgeber. Er betrieb in seinem Haus die kleine Werbeagentur, von der ich ab und zu meine Jobs als Texterin bekam.

»Sag mal, Tim, wo ich dich gerade treffe: Weißt du, ob hier in der Nachbarschaft irgendwo eine Laura Caspari wohnt? Oder ob die hier mal irgendwo gelebt hat?«

»Laura Caspari?« Tim verharrte für einen Moment im Ausfallschritt, die Arme weit ausgebreitet, und überlegte, dann schüttelte er den Kopf.

»Der Name sagt mir leider nichts. Wieso fragst du?«

Ich erklärte ihm die Sache mit dem ominösen Brief. Aber Tim konnte mir auch nicht weiterhelfen. Stattdessen meinte er, dass er wieder einen kleinen Auftrag für mich habe, wenn ich interessiert sei.

Natürlich war ich interessiert. Sehr sogar. Da weder der Hund noch die Goldfische einen besonders kommunikativen Eindruck machten, freute ich mich, dass wenigstens der Nachbar mit mir reden wollte.

»Wenn du Zeit hast, komm doch gleich mal rüber.«

»Mach ich.«

Tim hatte einen runden weißen Tisch und zwei Stühle mitten auf den Rasen gestellt, als ich zu ihm in den Garten kam.

»Das ist der Vorteil, wenn man sein Büro zu Hause hat«, erklärte er und bat mich mit einer einladenden Geste, Platz zu nehmen. »Man kann bei schönem Wetter auch im Freien arbeiten.« Er goss uns zwei Gläser Mineralwasser ein, dann fuhr er fort: »Es geht um eine kleine Werbekampagne für einen Friseurladen. Wobei der Begriff ›Kampagne‹ etwas übertrieben ist. Im Grunde geht es nur darum, einen Flyer zu entwerfen, der demnächst hier in der Gegend in sämtlichen Haushalten verteilt werden soll.«

Tim klappte den Laptop auf, der auf dem Tisch stand. Sogleich erschien ein bildschirmfüllendes Foto, das ihn und Struppi, bekleidet nur mit Badeshorts und mit Sonnenbrille im Gesicht, breit grinsend vor makellos blauem Himmel zeigte.

»Ich glaube, ich muss dringend meinen Bildschirmhintergrund ändern«, murmelte er, während er eine Textdatei aufrief. »Das war im Urlaub voriges Jahr in Positano. Als die Welt noch in Ordnung war.«

»Sag mal, Tim, was ist denn eigentlich los mit dir und Struppi? Ist er tatsächlich ausgezogen?«

Tim zuckte mit den Schultern. Er sah bekümmert aus.

»Wir haben uns gestritten. Er wohnt vorübergehend bei seiner Schwester. Er meinte, ich würde ihn nicht mehr genügend wertschätzen. Ich sei unsensibel.«

»Wieso sagt er das auf einmal? Ihr seid doch schon ewig zusammen!«

»Siebzehn Jahre, vier Monate und zwölfeinhalb Tage.«

Trotz seiner trübseligen Stimmung musste ich lächeln.

»Tim, wer in der Lage ist, die Dauer einer Beziehung auf Anhieb so exakt anzugeben, der *kann* nicht unsensibel sein!«

»Danke, meine Liebe. Aber du kennst ja Struppi. Er ist manchmal sehr empfindlich. Ich habe neulich bloß kurz angemerkt, dass ich mich freuen würde, wenn er ab und zu auch mal ein kleines bisschen für … na ja, wenn schon nicht für seine Figur, dann doch wenigstens für seine Gesundheit tun könnte. Ich meine, ich tue doch auch was für mich – oder?«

Tim strich sich ein wenig kokett mit beiden Händen über die Brust. Er trug ein helles, eng anliegendes Seidenshirt, unter dem sich jede einzelne Muskelfaser seines beeindruckenden Oberkörpers abzeichnete.

»Ja, Tim. Das sieht man. Aber er ist halt nicht der Typ, der jede freie Minute im Fitnessstudio schuftet.«

»Natürlich nicht jede freie Minute, Schätzchen. Doch für ein bisschen mehr als das Fernsehprogramm und das Abendessen sollte er sich doch interessieren! – Aber weißt du was?« Tim beugte sich zu mir vor. »Ich habe die Hoffnung noch nicht ganz aufgegeben, dass er wieder zurückkommt.«

»Wieso?«

Tim begann zu lächeln. »Er hat seine Best-of-Marianne-Rosenberg-CD-Sammlung nicht mitgenommen. Das ist ein gutes Zeichen. Ich glaube, er würde nicht wirklich weggehen ohne die CDs. Er liebt Marianne Rosenberg!«

»Oh, ja. Ich weiß.«

Jeder in der Nachbarschaft wusste, wie sehr die beiden auf Marianne Rosenberg standen. An wie vielen heißen Sommerabenden hatten wir genervt das Schlafzimmerfenster geschlossen, um nicht die ganze Nacht lang von »Er gehört zu mir« und »Marleen, eine von uns beiden muss nun gehn« beschallt zu werden.

»Ich drück dir die Daumen, dass er wiederkommt«, sagte ich.

»Danke. Das ist lieb von dir. Aber jetzt sorgen wir erst mal dafür, dass Wiebke Wiesbecks neuer Friseursalon durchstarten kann.«

6.

In den Tagen danach vergaß ich den Brief aus Hongkong. Ich hatte genug zu tun und konnte mich nicht auch noch um die Korrespondenz fremder Leute kümmern: Ich machte mir erste Gedanken über einen Slogan für Wiebke Wiesbeck, fuhr mit Mr. Spock zu seinem jährlichen Impftermin beim Tierarzt, diskutierte mit meiner Tochter über den Zusammenhang von Schlafmangel und Konzentrationsstörungen im Hinblick auf die philosophischen Schriften Ciceros, beriet meinen Sohn telefonisch über den Unterschied zwischen Buntwäsche und Feinwäsche, brachte Daniels etwas zu eng gewordene Lieblingsjeans aus der Änderungsschneiderei (»Mehr als einen Zentimeter werde ich da aber leider nicht herausholen können!«), pflanzte die Petersilien-, Schnittlauch- und Basilikumbüsche aus den Blumentöpfen in der Küche in das Kräuterbeet im Garten, vereinbarte mit meinen Freundinnen Helen und Mona unseren nächsten Weiberabend (»Donnerstag ist Frauentag im Isarbad, Prosecco inklusive, wir besetzen ab 18 Uhr den Whirlpool, o.k.?«) – und war zutiefst verblüfft, als nach drei Tagen schon wieder ein Brief an Laura Caspari in unserem Briefkasten lag.

Erst dachte ich, es wäre derselbe wie neulich, der eine weitere Ehrenrunde gemacht hatte, nachdem Daniel ihn unbemerkt von mir noch mal zur Post gebracht hätte. Aber diesmal klebte eine andere Briefmarke darauf: eine orangefarbene Orchidee auf grünem Grund. Ansonsten alles wie beim ersten Brief: Poststempel: Hongkong, Absender: Alex, Empfänger: Laura Caspari, Akazienweg 23.

Ich kramte im Altpapierstapel und fischte zwischen den Zeitungen der vergangenen Tage den anderen Brief heraus. Dann hielt ich die beiden nebeneinander: Wie dämlich war dieser Alex eigentlich? Wenn es ihm so wichtig war, seiner Laura zu schreiben, warum, um alles in der Welt, kannte er nicht ihre richtige Adresse und warum, um alles in der Welt zum Zweiten, schrieb er keinen vernünftigen Absender darauf?

Unschlüssig wedelte ich mit den Umschlägen, als müsste ich mir erst mal frische Luft zukommen lassen, um dann zu entscheiden: Wegschmeißen? Oder Alex und Laura eine Chance geben?

Was hatte der Postmann neulich gesagt: Die öffnen den Brief, um einen Hinweis auf den Absender zu suchen? Na, das konnte ich auch.

Ich setzte mich mit meiner Kaffeetasse an den Küchentisch, zog ein Messer aus der Schublade und schlitzte vorsichtig den ersten Umschlag auf. Ich wollte nicht viel kaputt machen, schließlich gehörte der Brief ja eigentlich jemand anderem. Dann hielt ich inne. Hoffentlich war es kein Drohbrief, durchfuhr es mich. Vielleicht stand deshalb kein richtiger Absender darauf. Oder, noch schlimmer: ein Anschlag! Was, wenn da jetzt ein giftiges weißes Pulver drin war? Anthrax oder so was? In einer Fernsehserie war es neulich um solch einen Fall gegangen. Ich würde tot vom Stuhl kippen, wenn ich auch nur einen einzigen Atemzug nahm. Andererseits hätte ich dieser Laura dann das Leben gerettet.

Quatsch. Wir waren doch hier nicht bei der CIA. Ich öffnete den Umschlag. Kein Pulver, keine Briefbombe, sondern drei schlichte weiße Din-A4-Blätter lagen darin, auf Vorder- und Rückseiten eng beschrieben mit dunkelgrüner Tinte. Dieselbe schöne Schrift wie auf dem Umschlag. Reihenweise klare, gleichmäßige Schlaufen und Schlingen. *Liebe Laura*, stand da, *Du wirst dich sicher wundern, nach all den Jahren plötzlich Post von mir zu bekommen …*

Tja, vor allem wird sie sich darüber wundern, dass er ihr keine E-Mail schreibt, dachte ich und trank einen Schluck Kaffee. Wer schickte denn in Zeiten von Internet, SMS und Facebook noch so ellenlange, umständliche Briefe? Mit Tinte! Ich las weiter:

Ich hoffe, dass Du Dich noch an mich erinnerst. Aber ja, eigentlich bin ich mir ganz sicher. Wir zwei, damals in diesem Sommer in München. Ich kann nicht sagen, ob es der schönste oder der schrecklichste Sommer meines Lebens war.
Seit ein paar Tagen sind meine Erinnerungen wieder hellwach. Ich habe Dich gesehen, Laura. Ich habe hier in meinem Hotelzimmer neulich planlos durch die Fernsehkanäle gezappt – und auf einmal zeigten sie ein Bild von Dir. Von Dir und Marco. Das glückliche Ehepaar Caspari. Du hast tatsächlich seinen Namen angenommen …
Es war eine Wirtschaftssendung. Sie haben darüber berichtet, dass Marco jetzt richtig große Geschäfte mit einer chinesischen Firma macht. Nicht schlecht. Er ist ja ein millionenschwerer Global Player geworden. So schwer immerhin, dass sie hier einen Beitrag über ihn bringen. Ich habe den Anfang nicht mitbekommen. Ich sah nur Euch beide, wie Ihr da vor Eurem Haus in München standet. Ihr wohnt jetzt also in Deinem Elternhaus, das habe ich gleich wiedererkannt, obwohl Ihr die Fassade neu gemacht habt. Vor allem aber habe ich Dich wiedererkannt, Laura.

Weißt Du, dass es jetzt bald 25 Jahre her ist? Natürlich weißt Du es; Du weißt ja, wie alt Euer Kind ist. Erwachsen ist es inzwischen. Unvorstellbar. Ob Du noch mehr Kinder bekommen hast? Die Familie war Dir doch immer so wichtig.

Ach Laura, ein Vierteljahrhundert. Das ist mein halbes Leben. Ein halbes Leben, bei dem ich so oft an Dich gedacht habe: Was mag sie gerade tun? Wie geht es ihr? Ist sie glücklich geworden mit Marco? Denkt sie noch manchmal an mich? Oder war ich nur eine kleine Episode in ihrem Leben, die sie am liebsten ungeschehen machen würde?

Ich sehe Dich noch genau vor mir, wie Du mich angelächelt hast, damals an diesem letzten Sommertag in München, obwohl es ja eigentlich schon Herbst war. Der 23. September. Das Datum werde ich nie vergessen. Wie wir beide in der Sonne saßen, oben auf dem Monopteros im Englischen Garten, und an einer der Säulen des Tempelchens lehnten. Unten auf der Wiese spielten die Leute Fußball oder Frisbee oder lagen da und schauten einfach nur in den Himmel, der so unglaublich blau war an diesem Nachmittag, als wollte der Sommer noch mal alles geben, bevor es endgültig Herbst würde. Ich erinnere mich daran, als wäre es gestern gewesen. Wir hatten eigentlich mit Freunden aufs Oktoberfest gehen wollen, es uns dann aber anders überlegt. Ich war so glücklich, als ich da an Deiner Seite saß. Ich hätte die ganze Welt umarmen mögen an diesem Tag. Vor allem aber Dich. Jedenfalls bis zu diesem einen Moment.

Wie schön Du immer noch bist, Laura. Ich glaube, Du bist eine von den Frauen, bei denen das nie vergeht. Du warst die schönste Frau, der ich je begegnet bin. Wirklich! Ich liebte die winzigen Sommersprossen auf Deiner Nase, die man nur sah, wenn man ganz genau hinschaute. Und

Deine Locken. Ich habe immer gedacht, in der Sonne leuchten sie wie glühender Kupferdraht. Sie sind noch immer so rotblond und wunderbar wie damals. Und natürlich liebte ich Deine Augen. Dieser helle Blick, nicht grün, nicht blau, irgendwas Geheimnisvolles dazwischen. Ach, und Dein Lachen! Dieses mitreißende Lachen, das dem traurigsten Menschen der Welt ein Lächeln ins Gesicht gezaubert hätte. Und den ganzen Rest von Dir … aber daran will ich besser nicht mehr denken.
Ach, Laura. Ich hatte den Brief hier für ein paar Tage in meine Schublade gelegt. Ich war mir auf einmal nicht mehr sicher, ob ich Dir das wirklich alles schreiben sollte. Aber jetzt tu ich's einfach. Was habe ich denn zu verlieren? Du sollst wissen, dass Du meine große Liebe warst. Nicht nur damals, nicht nur in den paar Wochen. So wie damals ist es nie wieder geworden. Stell Dir das vor: Nie mehr bin ich einer Frau begegnet, die ich so sehr geliebt habe wie Dich. Dabei bin ich ziemlich viel herumgekommen. Ich war überall, Laura, ich habe die Welt gesehen. Ich habe sogar einmal geheiratet, aber es hat nicht geklappt. Kinder habe ich keine. Das hat sich nie ergeben.
Ich denke über mein Leben nach. Ich frage mich, ob ich glücklicher geworden wäre, wenn ich Dir nie begegnet wäre.
Versteh mich nicht falsch, Laura. Ich will Dir keine Vorwürfe machen. Ich erwarte nichts von Dir. Nicht einmal eine Antwort auf diesen Brief. Deshalb schreibe ich keinen Absender darauf. Sonst mache ich mir nur wieder irgendwelche Hoffnungen und bin enttäuscht, wenn Du nicht zurückschreibst. Oder ich lese etwas von Dir und stelle fest, dass Du eine andere geworden bist. Oder dieselbe geblieben bist. Ich weiß nicht, was ich schrecklicher fände.
Zu wissen, dass Du jetzt, gerade in dieser Sekunde, in

der Du diese Worte liest, an mich denkst – das macht mich glücklich genug.
Dein Alex

Ich ließ die Blätter auf den Küchentisch sinken und starrte lang auf die grünen Buchstaben, bis sie vor meinen Augen verschwammen. Wie konnte der Mann nur solch einen Brief an die falsche Adresse schicken! Da saß er jetzt, dieser Alex, irgendwo in einem Hongkonger Hotelzimmer und stellte sich vor, was Laura nach diesem Geständnis wohl von ihm denken mochte. Sie aber hatte nicht die geringste Ahnung davon, wie sehr er sie noch immer liebte, und lebte fröhlich an der Seite ihres Marco-Millionärs. Denn nicht sie sondern ich hatte alles gelesen und fühlte mich wie jemand, der aus Versehen einem intimen Geflüster aus dem Nachbarzimmer zugehört hatte.

Vielleicht hatte Alex es sich in seinem zweiten Brief ja anders überlegt und vernünftigerweise eine Adresse angegeben? Schnell öffnete ich den nächsten Umschlag.

Diesmal lagen vier Blätter darin, beschrieben mit derselben grünen Tinte. Aber die Buchstaben waren schwungvoller, ungleichmäßiger, breiter, als hätte Alex die Zeilen in großer Eile verfasst.

Liebe Laura!
Ich bin noch nicht fertig mit dem Schreiben. Seit ich Dich wiedergesehen habe, muss ich die ganze Zeit an Dich denken. In den letzten Tagen habe ich mich durch sämtliche Zeitungskioske von Hongkong gewühlt, bis ich endlich etwas gefunden habe: eine Wirtschaftszeitung, in der etwas über Marcos Firma und seine Chinageschäfte stand. Nur ein kleiner Bericht, aber mit einem Foto von Euch beiden. Wundert mich gar nicht, dass sie Dich wieder mit aufs

Bild nehmen: Du bist immer noch ein echter Hingucker. Auch mit 49 noch. Wogegen Marco … Kann es sein, dass mit seinem Vermögen auch sein Leibesumfang dramatisch angewachsen ist? Aber das kann mir ja eigentlich völlig egal sein …
Weißt Du was: Ich habe das Foto ausgeschnitten, jedenfalls die Hälfte, auf der Du zu sehen bist, und habe es eingerahmt. Jetzt stehst Du auf dem Tisch neben meinem Bett und lächelst mich die ganze Zeit an. Hältst Du mich für verrückt? Vielleicht bin ich das. Aber ich kann es nicht ändern.
Ach, Laura. Alles so verdammt lang her! Wie gerne wäre ich damals mit Dir zusammen weggegangen. Weg von allem. Von München, von der Uni, von Deiner Familie, von allen, die gegen uns waren. Aber Du wolltest ja nicht. Du wolltest nichts riskieren und hast Dich für Sicherheit und Wohlstand entschieden. Na ja, ein bisschen kann ich es verstehen. Es war ja irgendwie auch der Wahnsinn damals.
Wahrscheinlich war Deine Mutter heilfroh, nachdem Du endlich mit mir Schluss gemacht hattest und wieder zu Marco zurückgekehrt bist. Sie hat mich ja nie wirklich gemocht. Dieser komische Musikstudent, der sich sein Geld als Straßenmusikant verdient – das war natürlich nichts für Eure noble Familie. Dann schon lieber Marco, dieser BWL-Heini, dieser Golf-GTI-Schnösel. Und einen Enkel gab es auch gleich dazu. Super. Ich hoffe, Marco ist nett zu dir. Aber wahrscheinlich geht es Euch gut miteinander, sonst wäret Ihr ja nicht mehr zusammen.
Ich hab an unserem letzten Tag damals übrigens genau das gemacht, was ich Dir vorgeschlagen hatte: Ich habe mein Konto geplündert, bin zum Flughafen gefahren und habe den nächstbesten Flug gebucht, möglichst weit weg. So bin

ich in Hongkong gelandet. Ich habe hier ein Jahr lang als Nachtportier in einem Hotel gearbeitet, dann haben sie irgendwann mal entdeckt, dass ich Klavier spielen kann. Seitdem arbeite ich als Barpianist, bin jahrelang um die Welt gezogen, habe in allen möglichen Städten gespielt, auf allen Kontinenten, sogar eine Zeit lang auf einem Kreuzfahrtschiff. Seit ein paar Monaten habe ich wieder ein Engagement in einem Hotel hier in Hongkong, wo alles anfing. Ich spiele jede Nacht, und ich glaube, ich bin ziemlich gut.

Jedenfalls sagen das die Leute, die da unten an der Bar sitzen und die sonst niemanden zum Reden haben. Neulich war eine Frau da, eine Geschäftsfrau aus New York, ich habe ihren Namen vergessen. Sie hatte so feuerrote Locken wie Du, Laura. Als sie reinkam, habe ich für eine Sekunde sogar gedacht, Du wärest das. Wir haben miteinander geredet, sie hat mir ein paar Gin Tonics ausgegeben. Sie war auch ganz allein in der Stadt, und dann bin ich mit ihr mitgegangen. Aber es war nicht so wie bei Dir, Laura. Nie mehr ist es so wie bei Dir.

Du ahnst nicht, wie oft ich an Dich denke, seit ich Dich wiedergesehen habe. Und ich träume neuerdings auch wieder von Dir, Laura. Frag nicht, was ich von Dir träume. Ich träume, es wäre so wie früher. Ich erinnere mich noch an alles, an den Geruch Deiner Haut, an Deinen Atem, Deine Zunge, Deine Brüste … Wirst Du rot, wenn Du das hier liest? Du kannst dich ruhig wieder an alles erinnern, was wir miteinander hatten. Ja, das sollst Du. Du sollst es wieder spüren, so wie ich es spüre. Die Wärme, die Laken, die Sonne, die durch das Fenster auf uns fiel, wenn wir wieder die Vorlesung geschwänzt hatten. In meiner Vorstellung bist Du noch immer vierundzwanzig. Ich male mir aus, wie es wäre, wenn Du jetzt hier neben mir auf

dem Bett liegen würdest. Ich stelle mir vor, wie Du mich anschauen würdest. Wie Du mich küssen würdest. Weißt Du, was ich mit Dir machen würde?! Ja, meine Liebe, genau das!!! Aber Du bist nicht da. Warum bist Du bloß nicht da?! Jetzt. Sofort will ich, dass Du da bist!
Ich bin betrunken, Laura. Entschuldige. Es ist fünf Uhr morgens, und ich habe mir aus der Bar eine Flasche Gin mit hochgenommen. Ich sehe mir Dein Bild an, und ich kann nicht mehr aufhören, an Dich zu denken. Von Dir zu träumen … Weißt Du was? Irgendwann komme ich zurück nach München, jawohl, und dann …
Verzeih, ich bin ein Idiot. Vergiss das.
Dein Dich immer noch wahnsinnig über alles liebender
Alex

Ich schob die Blätter zurück in den Umschlag. Eine Adresse stand immer noch nicht dabei.

7.

»*Ich fühle mich* wie eine Nudel, kurz bevor sie al dente ist!«

Mona legte zufrieden seufzend den Kopf in den Nacken und ließ sich in dem heißen, sprudelnden Wasser treiben. Wir saßen im Whirlpool, meine Freundinnen Mona, Helen und ich. Unser wöchentlicher Weiberabend fand diesmal wie geplant im Wellnessbereich des Isarbads statt. Hinter unseren Köpfen standen die halb geleerten Proseccogläser auf den Fliesen. Aus den Lautsprechern über uns dudelte leise Entspannungsmusik. Das Leben hatte sich schon mal schlechter angefühlt.

»Du redest jetzt aber nicht von einem Spaghetto, oder?«, merkte Helen an und ließ ihre Blicke missbilligend über Monas üppige Rundungen wandern, die nur von den winzigen Dreiecken ihres türkis geblümten Bikinis bedeckt wurden. Helen war wirklich manchmal erschreckend direkt, aber Mona nahm ihr das glücklicherweise nicht übel.

»Nee.« Mona grinste. »Wenn ich es mir recht überlege, fühle ich mich eigentlich eher wie ein Kartoffelknödel. Rund, heiß und saftig!« Sie lachte laut und schüttelte ihre schwarzen Locken, die sich nass und zerzaust um ihren Kopf kringelten. Dann griff sie hinter sich nach ihrem Proseccoglas, prostete uns zu und trank einen Schluck. Sie war das, was man einen Pfundskerl nennt. Und zwar in jeder Hinsicht. »Warum soll ich mich mit Diäten quälen, wenn ich die Kilos zwei Wochen später eh wieder drauf habe«, sagte sie immer.

Mona verstand es, das Leben zu genießen. Und wenn mal was danebenging, dann regte sie sich nicht lange darüber auf. Sie hatte nach der Schule ein paar Studiengänge ausprobiert (jeweils ein bis zwei Semester Jura, Völkerkunde, Ägyptologie und Kunstpädagogik), das war ihr aber alles zu theoretisch gewesen, deshalb hatte sie ein kleines Café aufgemacht. Als gebürtige Österreicherin nannte sie ihren Laden »Strudelstube«. Es war mit Abstand das gemütlichste Lokal in München. Bei ihr gab es nicht nur den besten Apfelstrudel der Welt, sondern auch die besten Schokomuffins und die beste Melange, und jedes Mal wenn ich ihr Café besuchte, war ich froh, dass aus ihr keine Anwältin und keine Beamtin geworden war oder sonst was Unkreatives.

Ich hatte sie und auch Helen bei einem Yoga-Schnupperkurs in der Volkshochschule kennengelernt, von dem sich Mona aber schon nach dem ersten Abend wieder verabschiedete, weil ihr der Sonnengruß auf Dauer zu anstrengend war. Mona hatte zwei inzwischen erwachsene Töchter von zwei verschiedenen Männern (von denen die eine als Au-pair in Frankreich und die andere auf einer Seehundstation an der Nordsee arbeitete) und war gerade frisch liiert mit einem Polizisten. Den hatte sie kennengelernt, als sie ihren gerade erst zum Ex gewordenen Lover anzeigte, der nicht nur sehr kurzfristig nach Thailand ausgewandert war, sondern sein One-Way-Ticket nach Pattaya auch noch aus den Wocheneinnahmen der Strudelstube finanziert hatte.

Dank ihres neuen Freundes war sie darüber hinweg.

»Manche mögen's eben mollig«, pflegte sie zu sagen, und wie es aussah, hatte sie damit recht.

So füllig wie Mona ausgestattet war, so mager war Helen. Ich kannte keine Frau, die so sehr auf ihr Äußeres achtete wie sie. Selbst hier im Whirlpool war sie leicht geschminkt, und ihre kurzen blonden Haare lagen perfekt. Jeden Morgen um sechs ging sie eine Stunde lang joggen, bevor sie ins Büro fuhr. Helen war für mich der Inbegriff von Disziplin, Ordnung und Vernunft. Eigenschaften, mit denen sie es in ihrer beruflichen Karriere weit gebracht hatte. Sie war Immobilienmaklerin, hatte seit zehn Jahren eine eigene Firma, und ihre Geschäfte liefen bestens. Dass dabei kaum Zeit für die eigene Familie blieb, war die andere Seite ihres Erfolgs. Seit vierzehn oder fünfzehn Jahren war sie verheiratet mit Arno, ihrem zweiten Ehemann, und soweit ich das beurteilen konnte, war sie glücklich in ihrem Leben. Und mir tat es gut, eine Freundin zu haben, die mich bei dem ein oder anderen Problem klug und sachlich beraten konnte. Auch wenn es um irrtümlich zugestellte Liebesbekenntnisse ging.

Ich hatte den beiden gerade in groben Zügen von den merkwürdigen Briefen erzählt, die bei uns gelandet waren.

»Du kannst diese Laura doch mal googeln«, schlug Helen vor.

»Das hab ich schon«, antwortete ich. »Scheint die Gattin eines ziemlich erfolgreichen Münchener Unternehmers zu sein, Maschinen- oder Anlagenbau, so was in der Art. Die expandieren gerade mächtig in Asien. Aber es steht natürlich keine Privatadresse im Internet, und ich kann diese Briefe ja schlecht im Büro ihres Mannes abgeben. Oder?«

»Würde das Liebesleben der beiden Herrschaften vielleicht ein bisschen aufmischen«, kicherte Mona.

»Komischer Typ, dieser Alex«, sinnierte Helen. »Nach allem, was du von den Briefen erzählt hast, wirkt er auf mich wie ein verantwortungsloser Träumer. Ein Mensch, der sein Leben nicht im Griff hat. Ich habe keine Ahnung, weshalb er eine falsche Adresse auf den Umschlag geschrieben haben könnte.«

»Kein Wunder, wenn er dauernd betrunken ist.« Mona prustete. »Mit einer Flasche Gin intus könnte ich auch keinen vernünftigen Gedanken mehr fassen.«

»Seinen ersten Brief hat er ganz nüchtern geschrieben«, erklärte ich. »Und trotzdem stand unsere Adresse drauf. Es ist wirklich eine tragische Geschichte. Er muss diese Laura sehr geliebt haben.«

»Wie kann man sich nur sein ganzes Leben ruinieren, bloß weil man als junger Mensch mal ein paar Wochen in jemanden verliebt war!« Helen schüttelte den Kopf. »Das ist doch …« Sie brach ab und zuckte mit den Schultern, als gebe es nicht einmal ein Wort für ein derart absurdes Verhalten.

»Das ist eben die ganz große Liebe«, erklärte Mona theatralisch und schwenkte ihr Proseccoglas. »Ein Sommer lang – und dann für immer in seinem Herzen. Romantik pur. So etwas Märchenhaftes erlebt nicht jeder. Da können wir Normalsterblichen wahrscheinlich gar nicht mitreden. Alex und Laura – so eine gigantische Liebe hat es womöglich seit Romeo und Julia nicht mehr gegeben.«

»Bloß mit dem Unterschied, dass Julia ihren Romeo so sehr geliebt hat, dass sie bereit war, mit ihm zu sterben, während diese Laura ihren Lover eiskalt abserviert hat, nachdem sie feststellte, dass sie von ihrem Ex schwanger war«, gab Helen zu bedenken und nippte an ihrem Glas.

»Mir wäre es wohler, ich hätte die Briefe nicht gelesen.« Ich seufzte. »So was Intimes! Wenn ich doch wüsste, was ich tun könnte, um sie dieser Laura zukommen zu lassen oder wenigstens an Alex zurückzuschicken.«

»Du könntest sämtliche Hotels in Hongkong anrufen«, überlegte Helen. »Und fragen, ob es dort einen Barpianisten namens Alex gibt.«

»Ich kann kein Chinesisch.«

»Die sprechen doch alle Englisch in Hongkong, das war jahrzehntelang eine britische Kronkolonie.«

»Puh, das wäre mir viel zu umständlich.« Mona strich sich eine nasse Locke aus der Stirn. »So viel Aufwand, bloß weil irgendwo am Ende der Welt einer ein paar falsche Buchstaben auf einen Briefumschlag getippt hat …«

»Geschrieben, Mona. Geschrieben mit grüner Tinte!«

»Noch schlimmer. Ich sag's ja: total verrückt.«

»Ehrlich gesagt, ich finde das ziemlich romantisch. Ist es nicht absolut beneidenswert, wie sehr diese Laura geliebt wird? Daniel hat mir seit mindestens zehn Jahren keinen Brief mehr geschrieben. Nicht mal mehr eine Postkarte. Eine SMS ist das Höchste der Gefühle. Und meistens steht doch bloß wieder so was wie ›Sorry, heut wird's später‹ drin.«

»Niemand schreibt mehr Briefe«, konstatierte Helen. »Warum auch. E-Mails und SMS sind eindeutig praktischer, sonst wären sie nicht erfunden worden.«

»Och«, Mona hob den linken Fuß aus dem Wasser und betrachtete ihre ochsenblutrot lackierten Zehennägel. »Gegen einen gepflegten Liebesbrief ist grundsätzlich nichts einzuwenden. Nicht jeder Kerl hat das drauf. Mein zweiter Ehemann, ihr wisst schon, der Vater von Chiara, der hat sich zwar bekanntlich nicht gerade als Glückstreffer entpuppt, aber Briefe hat er mir geschrieben … Ich sage euch, ich werde jetzt noch rot, wenn ich daran denke. Also zum Beispiel an meinem sechsunddreißigsten Geburtstag, da hat er …«

»Oh, bitte, Mona, erspar uns die Details!«, stöhnte

Helen und verdrehte die Augen, worauf ich lachen musste und mich am Prosecco verschluckte.

»Ts«, machte Mona, als wäre sie beleidigt. »Ihr wisst überhaupt nicht, was ihr euch da entgehen lasst, meine Damen …« Lächelnd vertiefte sie sich in die Betrachtung ihres dicken Zehs.

8.

»*Die ist so* was von gemein, die olle Scholle!«

Isabel kam ins Wohnzimmer gestampft, warf ihre Schultasche auf den Boden und ließ sich mir gegenüber auf der Armlehne eines Sessels nieder. »Das ist ja wohl das Letzte.«

Ich blickte von meinem Laptop auf, vor dem ich mir gerade den Kopf darüber zerbrach, um ein paar lockere Sprüche für die Eröffnung des Friseurladens zu finden. Was nicht ganz einfach war, weil noch nicht einmal feststand, wie das Geschäft heißen sollte. Die Chefin schwankte zwischen »Haarmonie« und »VorHair – NachHair«. Was sollte man da noch sagen! Salon »Scher dich zum Teufel« stand bedauerlicherweise nicht zur Debatte.

Ich schob den Laptop zur Seite.

»Was hat sie denn diesmal verbrochen, Isa?«

»Unsere Klassenfahrt.«

»Wie – eure Klassenfahrt? Habt ihr euch jetzt endlich geeinigt, wo ihr hinfahren werdet?«

»Nein, haben wir nicht, und jetzt hat die Scholle gesagt, wir hätten genug diskutiert. Wenn sich die Klasse nicht zwischen Hamburg, Berlin und Amsterdam entscheiden kann, dann sagt sie eben, wo es hingeht.«

»Und? Wohin soll es gehen? Ist ja eigentlich egal. Sei doch einfach froh, dass du ein paar Tage nicht zur Schule musst.«

»Mama, du hast ja keine Ahnung! Wir wollten unbedingt in eine coole Stadt fahren. Wo man was machen kann. Wo es was zu sehen gibt. Und weißt du, wohin die blöde Scholle mit uns fährt?«

Ich sah meine Tochter erwartungsvoll an.

»In den Spessart, Mama! Wir fahren fünf Tage in den Spessart.«

»Ja, und was ist daran so schlimm?«

»Was daran schlimm ist? Alles! Weißt du überhaupt, was das ist, der Spessart? Ein Wald. Ein totaler Scheißwald. Sind wir Hänsel und Gretel oder was? Da gibt es nichts. Nichts zu sehen, nichts zu shoppen, nichts zum Feiern, nichts. Kannst du mir mal sagen, was wir fünf Tage lang im Wald machen sollen?«

»Äh – wandern wahrscheinlich …«

»Wandern, Mama? Ist das dein Ernst? Wir sind doch kein Altersheim!«

»Na hör mal. Ein paar Tage in der Natur sind doch nicht verkehrt.«

»Doch, die sind total verkehrt. Natur – bäh! Wie öde! Ich will nach Berlin oder nach Hamburg. Oder nach Amsterdam. Ich will irgendwas Cooles machen und nicht in diesen Scheiß-Spessart.«

»Isa … Bitte …«

»Kannst du mir nicht eine Entschuldigung schreiben, Mama? Du behauptest einfach, dass ich krank geworden bin, und dann brauche ich nicht mitzufahren.«

»Eine Entschuldigung? Wie stellst du dir das vor? Das wäre doch Betrug.«

»Na und? Ich wette, Vickys Mutter schreibt ihr eine, damit sie nicht mitfahren muss. Und Luisas Mama auch.«

»Das kann ich mir kaum vorstellen. Meinst du nicht, dass Frau Scholler-Borstig misstrauisch werden würde, wenn plötzlich drei beste Freundinnen kurz vor der Klassenfahrt synchron einen Brechdurchfall oder die Grippe bekommen?«

»Ist mir doch egal, was die Scholle denkt. Schreibst du mir jetzt eine Entschuldigung oder nicht?«

»Natürlich nicht, Isa. Ich finde, es gibt wirklich Schlimmeres, als ein paar Tage im Spessart zu verbringen.«

»Gibt es nicht.«

»Du redest, als wollte dich jemand nach Guantánamo schicken.«

»Mama, das ist Guantánamo! Das ist echt Folter.«

Ich zuckte unerbittlich mit den Schultern.

Isabel heulte fast vor Wut.

»Du bist so gemein, Mama. Voll spießig bist du. Hat dir das schon mal jemand gesagt? Voll der Oberspießer!«

Mit demonstrativ zuschmetternder Tür verließ meine Tochter das Wohnzimmer. Dann hörte ich, wie sie die Treppe hinaufrannte, ihre Zimmertür hinter sich zukrachen ließ und absperrte. Ich hatte den dringenden Verdacht, dass Isa das gemeinsame Abendessen heute mal wieder boykottieren würde.

Gerade setzte ich zu einem tiefen Seufzer an, als die Tür wieder aufging und Daniel ins Zimmer kam. Dank Isas geräuschvollem Abgang hatte ich das Schnappen der Haustür gar nicht gehört.

»Hilfe!«, rief er breit grinsend. »Wann genau ist unsere Tochter zum Rumpelstilzchen mutiert? Nur gut, dass wenigstens du nicht wegen jeder Hormonschwankung so ein Theater machst!«

Wie es aussah, hatte er einen großartigen Tag gehabt. Was ich von mir leider nicht behaupten konnte.

»Sehr lustig«, knurrte ich. »Vielleicht ist dir entgangen, dass ich meinem Alterungsprozess nicht gerade mit der allergrößten Vorfreude entgegenfiebere. Ich finde, du könntest ruhig etwas charmanter sein.«

»Ach, Franzi, bleib doch locker!« Daniel strahlte geradezu vor guter Laune. Er setzte sich mir gegenüber auf einen Sessel. »Ist es wegen deines Geburtstags? Weil du eine neue Null bekommst?«

Ich sah ihn finster an.

»Die Null ist nicht das Problem, Daniel. Es ist die Fünf davor!«

Er lachte, was ich irgendwie respektlos fand.

»Keine Sorge. Ich weiß, wie das ist, wenn man fünfzig wird, und ich kann dir verraten: Das Leben fühlt sich noch genauso an wie vorher.«

Daniel hatte leicht reden. Er sah auch noch genauso gut aus wie vorher. Nämlich mindestens zehn Jahre jünger, als er war: knallblaue Augen, auf die sogar Paul Newman eifersüchtig gewesen wäre, dazu sein brauner Wuschelschopf, in dem man die paar silbernen Fäden, die sich inzwischen durch seine Schläfen zogen, fast mit der Lupe suchen musste. Nur um die Leibesmitte hatte er in den letzten Jahren etwas zugelegt. Zwischen den untersten Knöpfen spannte sich der Stoff seines Hemdes.

»Du hast ja keine Ahnung«, gab ich zurück, ohne näher zu erklären, wovon er keine Ahnung hatte.

»Tut mir leid, wenn du Stress hattest«, sagte Daniel. Ich hatte ein bisschen gehofft, dass er sich jetzt neben mich setzen und tröstend seinen Arm um mich legen würde. Aber er blieb, wo er war, zog einen Stapel Briefe aus der Sakkotasche und aus der anderen seine Lesebrille. »Was war denn heute los?«, erkundigte er sich, ohne mich anzusehen. »Du bist ja noch nicht mal dazu gekommen, die Post aus dem Kasten zu holen. Schreibst du einen neuen historischen Roman?«

»Nein. Ich habe wieder einen kleinen Auftrag für Tim.«

»Ah, gut«, sagte Daniel nur, während er die Post durchsah. Ich bemerkte, wie er bei einem Umschlag stutzte, dann schob er ihn mir über den Tisch zu.

»Hier, schau mal, dein Freund hat wieder geschrieben.«

»Welcher Freund?«

»Na, der verirrte Chinese.«

»Welcher verirrte …«

Als ich die grünen Buchstaben auf dem Umschlag sah, machte mein Magen einen unerwarteten Hopser. Und zwar einen unerwartet fröhlichen Hopser. Ich spürte, wie sich mein Pulsschlag beschleunigte, und diesmal waren es garantiert keine Wechseljahresbeschwerden.

Post von Alex! Natürlich wieder an diese unbekannte Laura, aber komischerweise freute ich mich darüber, als wäre der Brief an mich.

»Der ist ja ganz schön hartnäckig, dieser Typ.« Daniel schüttelte den Kopf, während er einen der anderen Umschläge öffnete. »Hast du nicht mal bei der Post Bescheid gesagt, dass diese chinesischen Briefe bei uns falsch sind? Wie lange soll das denn noch so weitergehen?«

Ich zuckte nur mit den Schultern und versuchte, den Aufgalopp meines Herzschlages zu ignorieren. Ich hatte Daniel nicht gesagt, dass ich Alex' Briefe gelesen hatte. Mindestens drei Mal. Dass ich sie versteckt unter einem Päckchen Taschentücher und ein paar Griechenlandurlaubsprospekten in der Schublade meines Nachtschränkchens aufbewahrte. Dass ich sie manchmal heimlich ansah und mir vorstellte, wie es wäre, wenn diese Briefe tatsächlich an mich gerichtet wären …

Ich starrte auf den Umschlag, der zwischen Daniel und mir auf dem Tisch lag. Ich platzte fast vor Neugier. Nach Alex' besoffenem Brief hatte ich irgendwie nicht mehr damit gerechnet, noch mal etwas von ihm zu hören.

»Tolle Briefmarke«, murmelte ich. Es war wieder der pinkfarbene Schmetterling wie beim ersten Brief. Akkurat in die Ecke geklebt. Auch die Schrift war diesmal klar und ordentlich. Es sah so aus, als wäre Alex wieder nüchtern. Ob ihm sein unglückliches Gekrakel vom vorigen Brief leidtat?

»Komm, den machen wir jetzt einfach mal auf, Franzi.« Daniel hatte die restliche Post zur Seite gelegt. »Was meinst du? Willst du nicht auch wissen, was dieser komische Knabe zu erzählen hat?«

Er streckte die Hand aus, aber ich war schneller. Noch bevor Daniels Fingerspitzen den Brief berührten, riss ich ihn an mich und presste ihn an meine Brust.

»Das … das darf man nicht. Wir können doch nicht einfach die Post fremder Leute lesen!«

»Klar können wir, komm schon! Wenn der Typ so blöd ist, die falsche Adresse draufzuschreiben …«

»Nein, nein. Das machen wir auf keinen Fall. Ich … ich kümmere mich darum. Morgen bringe ich ihn zur Post zurück.«

Ich wich Daniels verwundertem Blick aus und hoffte, dass er die himbeerfarbene Röte nicht bemerkte, die in diesem Moment mein Gesicht überzog. Ich konnte nicht glauben, dass ich Daniel angeschwindelt hatte. Soweit ich mich erinnerte, hatte ich – abgesehen von der Zeit vor Weihnachten, Geburts- oder Hochzeitstagen – niemals ein Geheimnis vor ihm gehabt. Es war wirklich merkwürdig. Wieso wollte ich nicht, dass Daniel Alex' Briefe las? Wieso wäre es mir am liebsten gewesen, wenn Daniel überhaupt nichts von diesen Briefen wüsste? Als hätte ich einen heimlichen Liebhaber … Lächerlich.

Zum Glück verfolgte Daniel die Angelegenheit mit dem Brief aus Hongkong nicht weiter. »Jetzt sag aber mal, was war denn vorhin mit Isa los?«, fragte er.

Ich erzählte ihm die Sache mit dem Spessart.

»Blöd gelaufen«, meinte er. »Aber ein bisschen kann ich sie schon verstehen. In ihrem Alter wäre ich auch lieber nach Berlin oder Hamburg gefahren.«

»Und hättest mit den Türen geknallt, wenn es dir deine Eltern nicht erlaubt hätten, zu Hause zu bleiben?«

Daniel zuckte verständnisvoll mit den Schultern.

»Wahrscheinlich.«

»Versuch du doch mal, mir ihr zu reden«, bat ich. »Das wolltest du eigentlich schon am Wochenende tun ...«

»Ja, stimmt, Mist. Hab ich ganz vergessen. Ich hab gerade mit der neuen Versuchsreihe am Institut so viel um die Ohren!«

Ich sah Daniel nach, wie er aus dem Zimmer ging, um seinen väterlichen Pflichten nachzukommen, und fand es auf einmal richtig schade, dass Isa nicht mehr dieses niedliche Baby von vor fünfzehn Jahren war. Oder dieses goldige kleine Mädchen mit den dunklen Kringellocken und der süßen rosa Latzhose, das drei Jahre später zum ersten Mal in den Kindergarten ging. Oder noch später dann mit der großen bunten Tüte im Arm zum ersten Mal in die Schule ... Ach, was waren das noch für schöne, einfache Zeiten gewesen. Verglichen mit den Heimsuchungen der Pubertät waren ein paar handelsübliche Windpocken wirklich ein Klacks. Jedenfalls mit Abstand betrachtet. Aber andererseits: Wenn Isa jetzt immer noch gerne auf meinem Schoß säße und ich ihr jeden Abend die Geschichte von den drei kleinen Bärchen vorlesen müsste, würde ich mir auch Sorgen machen.

Außerdem wusste ich ja von Bastian, dass diese nervenden Auseinandersetzungen nur vorübergehend waren. In ein oder zwei Jahren würde Isa genauso vernünftig und liebenswürdig sein wie ihr großer Bruder und ihren Eltern keinen Stress mehr machen. Das immerhin war eine erfreuliche Perspektive.

Apropos Stress. Mein Blick fiel auf Alex' Brief, der immer noch vor mir auf dem Tisch lag. Ich hätte so gern gelesen, was er diesmal geschrieben hatte. Jetzt. Sofort. Aber ich musste mich beherrschen.

Ich konnte den Umschlag ja schlecht öffnen, weil Daniel jeden Moment zurückkommen würde und ich ihm doch gesagt hatte, ich wolle den Brief zur Post bringen. Schwierig …

Ich zog meinen Laptop wieder heran und versuchte, mit meinem Werbetext für den Friseursalon weiterzukommen. Aber mir fiel nur Blödsinn ein: »Ob lange Matte oder polierte Platte – bei uns gibt's Rabatte.« Oder: »Schnipp und schnapp, die Haare ab.« Verdammt, so ging das nicht weiter. Mein Gehirn fühlte sich an wie Wackelpudding. Ich konnte mich einfach nicht konzentrieren, wenn dieser Brief da auf dem Tisch lag. Immer wieder erwischte ich mich dabei, wie ich zu diesen wunderschönen grünen Buchstaben hinüberschielte.

Ich zuckte schuldbewusst zusammen, als ich hörte, wie Daniel im Sturmschritt die Treppe heruntergepoltert kam und ins Wohnzimmer stürzte.

Mit den Worten »Was sagst du dazu?« hielt er mir Isas Handy entgegen.

»Das ist Isas Telefon«, entgegnete ich verdutzt. »Das hat sie doch schon seit zwei Jahren. Was ist denn damit?«

»Hier!« Daniel tippte auf den Bildschirm. »Siehst du das Foto? Sie hat es mir gerade ganz stolz gezeigt.«

Ich nahm ihm das Handy ab. Auf dem Bild strahlte mich unsere Tochter an, neben ihr ihre beste Freundin Vicky. Allerdings war von den beiden Mädchen nicht viel zu sehen, denn den größten Teil des Fotos nahm ein gewaltiger Blumenstrauß ein. Ein Riesenstrauß mit prächtigen rosaroten Blüten …

»Oh! Das sind doch – meine Pfingstrosen!?«

Daniel nickte. »Immerhin waren es keine kriminellen Vandalen, die unseren Vorgarten geplündert haben, sondern unsere reizende Tochter, die dringend einen Geburtstagsstrauß für ihre Freundin gebraucht hat.«

»Ja, und? Was ist denn daran so schlimm?« Isa war hinter ihrem Vater ins Zimmer gekommen und baute sich vor mir auf, die Hände an die Hüften gestemmt. »Ich kapier das nicht! Ihr sagt doch immer, man muss Blumen mitbringen, wenn man irgendwo eingeladen ist. Jetzt halte ich mich dran, obwohl das ja eigentlich voll spießig ist, und da meckert ihr schon wieder rum. – Kann ich jetzt vielleicht mal mein Handy wiederhaben?«

Ich reichte ihr das Telefon.

»Musstest du wirklich alle Blüten abschneiden?«, stöhnte ich.

»Wieso?«, bemerkte Isa spitz. »Es waren gar nicht alle. Nur fünfzehn.«

»*Nur* fünfzehn?!«

»Ja, weil Vicky ihren fünfzehnten Geburtstag hatte.«

»Aber vielleicht hätte ich auch gern ein paar Pfingstrosen in unsere Wohnung gestellt.«

»Kannst du doch. Da sind noch welche dran.«

»Na ja, nicht mehr viele. Du hättest wenigstens vorher fragen können.«

»Fragen?« Isa tippte sich lässig mit dem Finger an die Stirn. »Wieso das denn? Ich bin doch kein Baby mehr.«

»Na, hör mal, ich geh doch auch nicht einfach in dein Zimmer und hole mir, was mir gerade gefällt«, erklärte ich.

»Pfff.« Isa verdrehte die Augen, wie es nur eine Fünfzehnjährige tut, die ihre Mutter gerade für das überflüssigste Lebewesen des Planeten hält. »Das ist doch was total anderes. Der Garten gehört ja uns allen.«

»Ach so, tut er das?« Meine Stimmer wurde etwas lauter als beabsichtigt. »Und warum bin ich dann die Einzige, die das Unkraut jätet und jede Woche den Rasen mäht?« Jedenfalls beinahe die einzige. Aber die 0,5 Prozent Gartenarbeit, die Daniel gelegentlich übernahm, hielt ich in diesem Zusammenhang für vernachlässigbar.

»Weil Mütter das eben so machen, und weil du ja sonst nichts zu tun hast.«

»Wie bitte? Ich habe sonst nichts zu tun?« Mir lag ein Satz auf den Lippen, der mit den Worten anfing: »Mein liebes Mädchen, solange du die Füße unter meinen Tisch stellst …«, aber ich konnte ihn mir gerade noch verkneifen.

»Du könntest am Samstag ruhig auch mal den Rasen mähen«, erklärte ich stattdessen, so würdevoll wie es mir möglich war. »Damit du mal merkst, wie sich Gartenarbeit anfühlt.«

»Ich? Den Rasen mähen?« Genauso gut hätte ich sie bitten können, sich an einem NASA-Außeneinsatz im Weltall zu beteiligen und ein neues Sonnensegel an der Internationalen Raumstation zu montieren. »Ich bin doch hier nicht der Gärtner!«

Ich war mir auf einmal nicht mehr sicher, ob ich bei der Erziehung meiner Tochter alles richtig gemacht hatte.

»Und ich? Bin ich hier etwa Gärtner, Putzfrau, Köchin, Taxifahrerin, Krankenschwester und was weiß ich noch alles?«

Daniel beobachtete unseren Wortwechsel interessiert wie ein Zuschauer den Tennisball beim Endspiel in Wimbledon. Ich blickte kurz zu ihm hinüber in der Hoffnung, dass er mir entlastend zur Seite spränge. Aber er schwieg beharrlich.

Stattdessen ergriff ich das Wort. »Jawohl, Isa. Bevor du am Samstag was auch immer machst, wirst du den Rasen mähen. Sozusagen als Entschädigung für die geklauten Blumen.«

»Bleiben Sie konsequent«, hatte ich mal irgendwo gelesen, »damit Ihr Kind weiß, was es darf und was nicht. Verlässliche Regeln sind ein Muss während der Pubertät eines Kindes.« Und meine Regel hieß: Wer Blumen abrupft, muss Rasen mähen. Auch wenn die Blumen für den Geburtstagsstrauß der besten Freundin waren.

»Ist doch totaler Bullshit, Mama. Ich hab nichts geklaut. Außerdem hab ich gar keine Zeit am Samstag! Da macht der neue Laden in der Stadt auf. *Fools of Fashion.* Das ist 'ne Kette aus den USA, und den ersten Shop in Deutschland gibt's jetzt in München. Die ersten hundert Kunden kriegen ein T-Shirt. Umsonst. Da will ich unbedingt eins haben, die sind total cool, deshalb müssen wir ganz früh da sein. Wir wollen schon ab sieben anstehen. Und nach dem Shoppen gehe ich zur Bandprobe mit den *Stitching Bitches.* Wir machen nämlich ein Video. Das stellen wir dann bei YouTube rein, und dann kriegen wir eine Million Klicks und einen Plattenvertrag. Wir müssen echt noch viel üben. Also – diesen Samstag geht gar nicht, Mama.«

Vielleicht war ich bloß neidisch auf meine Tochter, weil sie so hippe Läden wie *Fools of Fashion* kannte, wo es wahrscheinlich extrem stylische Klamotten gab, in die ich in meinem fast fünfzigjährigen Leben nie mehr hineinpassen würde. Jedenfalls nicht ohne darin wie eine verkleidete Bratwurst auszusehen. Vielleicht ärgerte es mich aber auch, dass sie so völlig unverkrampft ihre Karriere als Popstar und ihre Eine-Millionen-Klicks-Kampagne bei YouTube plante.

Wahrscheinlich fand ich aber die Vokabel »Bullshit« als Kommentar auf meine Erziehungsmaßnahme unangemessen. Jedenfalls blieb ich knallhart. Ich bewunderte mich selbst ein bisschen dafür.

»Isabel, du wirst am Samstag erst den Rasen mähen – und danach kannst du so viele YouTube-Videos drehen und Fools-of-Fashion-Shirts kaufen wie du willst.«

»Man kriegt doch eins geschenkt, wenn man ganz früh da ist!«, jaulte Isa.

»Vielleicht könnten wir …«, setzte Daniel an.

Aber jetzt brauchte er mir mit seinem Vermittlungsversuch auch nicht mehr zu kommen.

»Erst der Rasen, dann das T-Shirt. Basta.«

Und basta sagte ich wirklich nur ganz, ganz selten.

»Kann es sein, dass du heute deinen autoritären Tag hast?«, fragte Daniel, nachdem Isa unter heftigem Getöse das Wohnzimmer verlassen hatte. (»Du bist voll ungerecht, Mama. Nur weil ich ein paar doofe Blumen im Garten gepflückt habe. Wahrscheinlich bin ich jetzt die Einzige aus unserer Klasse, die kein Fools-of-Fashion-Shirt geschenkt bekommt. Das ist so mies von dir …«)

Ich zuckte erschöpft mit den Schultern und sah meinen Ehemann an.

»Du hättest ja auch mal was sagen können.«

Aber das Einzige, was Daniel sagte, war: »Ja, hallo, hier Herold« – und zwar in sein Handy, nachdem das kurz zweimal in seiner Sakkotasche geschnurrt hatte. Dann sagte er noch »Oh, wunderbar, dass du anrufst …«, ging hinaus und verschwand in seinem Arbeitszimmer, wo er die Tür hinter sich schloss.

Na, prima. Da saß ich also, allein und einsam im Wohnzimmer, mit einer Tochter, die sich beleidigt in ihrem Zimmer verbarrikadiert hatte, und einem Mann, der ein so furchtbar wichtiges Telefongespräch führen musste, dass ich nicht mal mithören durfte.

9.

Als es still war, schlich Mr. Spock herein und ließ sich neben mir auf dem Sofa nieder. Ich kraulte ihm die Ohren, was er sichtlich genoss, denn er legte sich flach aufs Polster und schloss die Augen. Ich beneidete den Hund, weil er die Ohren gekrault bekam und ich nicht.

Unsere traute Zweisamkeit wurde durch das Klingeln des Telefons unterbrochen.

Es war Bastian.

»Das ist aber schön, dass du dich auch mal wieder meldest«, sagte ich ins Telefon. Und das meinte ich absolut ehrlich. Nach der kleinen Verstimmung mit Isa tat es gut, mit dem einzigen meiner beiden Kinder zu sprechen, das durchaus wohlgeraten war und seinen Eltern keinen Kummer bereitete.

»Wie geht's in Berlin? Was macht dein Studium?«

»Na ja«, sagte Basti. Er klang nicht wirklich euphorisch. Wahrscheinlich war gerade schlechtes Wetter in der Hauptstadt.

»›Na ja‹ heißt was genau?«, erkundigte ich mich.

Mein Sohn zögerte einen Moment, dann fing er an zu reden: »Ich hab euch doch von dieser Prüfung erzählt, Mama. Mikroökonomie …«

»Ah, ja, ich erinnere mich. Die Klausur war so schwierig. Hast du schon ein Ergebnis bekommen?«

»Ja, leider. Also …« Ich hörte, wie er schluckte. »Also, ich bin durchgefallen.«

»Wirklich? O je. Das tut mir leid. Aber du kannst die Klausur doch wiederholen, oder?«

»Ja, Mama. Zweimal.«

»Na, dann ist es ja gut.«

»Nein, nicht gut. Das war schon die Wiederholung.«

»Oh. Blöd. Aber dann hast du ja noch eine Chance. Beim dritten Anlauf klappt es bestimmt. Kannst du nicht irgendwo Nachhilfe nehmen?«

»Nee, Mama. Zu spät. Das war schon die Wiederholung von der Wiederholung.«

»Äh.« Allmählich wurde mir unangenehm warm. »Das heißt jetzt was?«

»Na ja, wie ich sagte: Ich bin durchgefallen. Ich kann mein Studium vergessen.«

»Das ganze Studium? Wieso denn? Das kann doch nicht sein, Basti, geh mal zur Beratung. Da muss es doch eine Möglichkeit geben …«

Dass mich ausgerechnet jetzt so eine hässliche Hitzewallung überkommen musste!

»Hab schon alles versucht, Mama. Mit BWL bin ich durch. Wenn man eine Prüfung dreimal nicht besteht, dann ist es aus. Finito.«

»Aber, Basti …«

»Ja, Mama, es ist vorbei. Es haben zwar nur zwei Punkte gefehlt, aber … tja. Das war meine kurze Karriere als BWL-Student.«

Ich schwieg einen Moment erschrocken ins Telefon. Dann versuchte ich, mich zu beruhigen. Es gab doch wirklich Schlimmeres, als sein Studium nicht zu schaffen.

Selbst Bill Gates hatte Harvard geschmissen, hatte ich

mal irgendwo gelesen – und es war trotzdem was Ordentliches aus ihm geworden.

»Das macht doch nichts, Bastian«, sagte ich deshalb tapfer. »Es gibt noch viele andere Möglichkeiten. Ein anderes Studium, eine Ausbildung … Sei nicht unglücklich. Lass dich von Anne trösten.«

»Anne ist nicht mehr«, sagte Basti mit Grabesstimme. »Sie hat gestern Schluss gemacht.«

»Schluss gemacht?«, krächzte ich. »Aber warum denn? Ihr beide …« Dass die beiden in meinen Augen ein richtig süßes Traumpaar gewesen waren, brauchte ich meinem Sohn jetzt auch nicht mehr zu sagen. »Was – was ist denn passiert?«

»Sie hat gesagt, sie kann sich nicht richtig auf ihr Studium konzentrieren, wenn wir zusammen sind. Ach, ist doch jetzt auch egal …«

»Mensch, Basti, das tut mir leid!«

Irgendwie war das heute der Tag der schlechten Nachrichten. Ich versuchte mich daran zu erinnern, was meine große Schwester mir mal vor sehr vielen Jahren gesagt hatte, als ich – noch zu Schulzeiten – unter heftigem Liebeskummer litt, weil dieser eine spezielle Blondschopf aus der Jugendfreizeit nicht mich, sondern meine damalige beste Freundin gefragt hatte, ob sie mit ihm zum Schlittschuhfahren gehen wolle. Und vor allem weil meine damalige beste Freundin Ja gesagt hatte, obwohl sie gar nicht Schlittschuh fahren konnte. Danach war sie für eine Weile nicht mehr meine beste Freundin gewesen. Vermutlich fühlte sich Basti jetzt genauso wie ich damals. Wenn nicht noch schlimmer.

»Ich weiß, dass es blöd klingt, wenn einen gerade die Freundin verlassen hat, Basti. Aber, glaub mir, es gibt noch andere Mädchen auf der Welt. Du wirst dich bestimmt bald wieder verlieben. Auch wenn du dir das jetzt im Moment nicht vorstellen kannst. Am besten schreibst du dich gleich für ein neues Studium ein und stürzt dich in die Arbeit, dann kommst du auf andere Gedanken. Und vor allem lernst du andere Leute kennen …«

Ich fand, ich klang wie aus einem Lehrbuch für angewandte Familienpsychologie.

»Nein, Mama. Ich hab mir schon was überlegt.«

»Ah, das ist gut, Basti. Was denn?«

»Ich gehe ins Kloster.«

»Du gehst ins … waaas?«

Ich war mir ziemlich sicher, dass ich mich verhört hatte.

»Ich gehe ins Kloster, Mama. Ich werde Mönch.«

Offenbar hatte ich mich doch nicht verhört.

»Ich hab da neulich in der U-Bahn Bruder Eustachio kennengelernt, der hat mich echt überzeugt.«

Ich schwieg in einer Mischung aus Verblüffung und leichtem Entsetzen.

»Ich geh da morgen hin und trete ein«, fuhr Bastian seelenruhig fort. »Ich hab mein WG-Zimmer schon gekündigt.«

»Ins Kloster? Aber Basti …« Wenigstens hatte ich meine Sprache wiedergefunden. »Was hat der dir denn erzählt, dieser Eustachio? Hast du dir das auch richtig überlegt? Du bist doch noch so jung! Ich meine, du warst doch so glücklich mit Anne. Wie willst du denn dein Leben lang …«

Ich wagte nicht auszusprechen, auf was er sein Leben lang würde verzichten müssen, wenn er tatsächlich Mönch werden sollte.

»Kein Problem, Mama.«

Dass ich verdammt gerne bei Gelegenheit ein paar Enkel gehabt hätte, behielt ich erst mal für mich. Im Übrigen gab es ja noch Isabel. Sofern sie ihre Familie-ist-Mist-und-ich-werde-Rockstar-Phase innerhalb den nächsten zwanzig bis dreißig Jahre überwinden würde.

»Ich bin da erst mal ein paar Wochen zur Probe«, erklärte Bastian. »Aber ich bin mir ziemlich sicher, dass ich es gut finden werde. Kein Prüfungsstress, kein Ärger mit Frauen und viel Zeit zum Nachdenken … Das ist genau das Richtige. Und jetzt muss ich Schluss machen, Mama. Ich muss hier meine Sachen packen.«

»Ach, Basti«, stöhnte ich. »Warte noch kurz! Kannst du denn wenigstens zu meinem Geburtstag kommen? Oder bist du dann schon weggesperrt?«

»Ich bin doch nicht weggesperrt, Mama. Das ist doch kein Knast. Ich werde sehen, was ich tun kann …«

Als er aufgelegt hatte, blieb ich mit einem flauen Gefühl im Magen auf dem Sofa sitzen. Wahrscheinlich gab es schlimmere Schicksale auf dieser Welt, als zu erfahren, dass der eigene Sohn sein Studium vergeigt und beschlossen hatte, ins Kloster zu gehen. Immerhin konnte man ja auch dort Karriere machen: mein Sohn, der Oberabt. Nun ja.

»Ach, Spock, mein Süßer, heute läuft es irgendwie nicht richtig rund.«

Als das Telefon wenig später schon wieder klingelte, riss ich den Hörer an mich in der sicheren Gewissheit, dass es noch einmal Bastian war. Bastian, der sich die Sache mit dem Kloster entweder anders überlegt hatte oder – was mir noch besser gefiele – mir lachend erzählen würde, dass er gerade nur einen Scherz gemacht hatte. Sowohl was sein künftiges Leben als Mönch als auch seine Beziehung mit Anne und am besten auch das Ergebnis seiner letzten Mikroökonomieprüfung anging.

Aber am Telefon war diesmal nicht Bastian, sondern meine große Schwester.

»Franzi, weißt du schon, wann deine Party losgeht?«, fragte sie ohne große Umschweife. Ich kam kaum dazu, »Guten Abend« zu sagen.

»Wenn man der Langfristprognose glauben kann, wird das Wetter schön. Dann machst du ja wohl ein Gartenfest zum Fünfzigsten, oder hast du irgendwo einen netten Saal gebucht?«

Typisch Britta. Anstatt erst mal zu fragen, ob ich freundlicherweise überhaupt so etwas wie eine Geburtstagsfeier in Erwägung zog, erkundigte sie sich gleich nach den Details. Dabei schwirrte mir gerade noch der Kopf wegen der Sache mit Basti.

»Gibt es eigentlich einen besonderen Dresscode?«, schnatterte sie weiter ins Telefon, bevor ich etwas antworten konnte. »Oder kommen wieder alle in Jeans wie bei deiner letzten Party? Also meinetwegen kann es diesmal gerne ein bisschen schicker werden. Du solltest das auf deinen Einladungskarten kommunizieren.«

»Hey, stopp mal, Britta! Wieso bist du dir eigentlich so sicher, dass es eine Fete geben wird?« Nach den Ereignissen des Abends war ich nun wirklich nicht gerade in Feierlaune.

»Na, hör mal, Schwesterchen. Du machst das halbe Jahrhundert voll. Da kommst du um eine Party nicht herum.«

Ich überlegte kurz, ob das ein Widerspruch an sich war: Konnte man etwas Halbes voll machen? Aber da war Britta schon bei der nächsten Frage.

»Hast du denn schon einen Cateringservice beauftragt? Ich meine, falls du tatsächlich zu Hause feiern solltest. Wenn nicht, solltest du dich sofort darum kümmern. Die guten sind immer so schnell ausgebucht, und es sind nur noch drei Wochen …«

Meine Schwester hatte so etwas Fürsorglich-Dominantes an sich. Das hatte sie immer schon gehabt. Jedenfalls seit unsere Mutter nach einer kurzen schlimmen Krankheit gestorben war. Damals war ich dreizehn gewesen und Britta sechzehn, und irgendwie war sie ganz von selbst in die Mutterrolle gerutscht. Von einem Tag auf den anderen war sie erwachsen geworden – und erschreckend vernünftig. Es war ihr auch nicht viel anderes übrig geblieben, wenn wir nicht verhungern und verwahrlosen wollten. Denn von unserem Vater war diesbezüglich nicht viel zu erwarten gewesen: Er hatte sich nach dem Tod unserer Mutter erst in eine tiefe Depression und dann voll und ganz auf die Arbeit in seinem Blumenladen gestürzt, als wolle er verhindern, auch nur eine einzige freie Minute zu haben, in der er wieder an sie denken würde. Inzwischen hatte sich die Lage natürlich längst entspannt. Ich war nach dem Abitur aus unserer fränkischen Kleinstadt nach München gezogen, mein Vater hatte einige Jahre danach eine andere nette Frau geheiratet, meine Schwester war Teilhaberin des Ladens geworden, und die Firma lief seitdem besser denn je. Inzwischen war »Pflanzen Schuster« das größte Gartencenter der Region. Eines musste man Britta lassen: Sie hatte immer alles im Griff. Sogar den Geburtstag von anderen Leuten.

»Ich weiß, ich weiß«, seufzte ich.

Vermutlich hatte sie recht. Ich sollte mich allmählich mal um meine Party kümmern. Mona und Helen hatten neulich auch schon angedeutet, dass sie mit gewissen Festivitäten rechneten, und Daniel tat das sowieso.

Warum erwarten eigentlich alle eine Riesensause, wenn man fünfzig wird, überlegte ich, während Brittas Stimme an meinem Ohr über die Vor-und Nachteile des Front-Cookings bei einem Party-Büfett referierte. Warum musste man sich als Geburtstagskind immer so einen Stress machen! Konnte mich Daniel nicht einfach mit einem hübschen romantischen Urlaub überraschen? Nur wir zwei auf einer kleinen lauschigen Insel im sonnigen Süden. Eine Hängematte zwischen knorrigen Olivenbäumen. Oder Palmen. Hauptsache blauer Himmel und mediterrane Botanik und nur unsere Spuren im warmen Sand. Das wäre doch mal was. Aber bis jetzt hatte Daniel bedauerlicherweise nichts in dieser Hinsicht verlauten lassen. Die Arbeit mit seinem neuen Forschungsprojekt und die Sache mit dem sensationellen Mikroskop, das er in den USA bestellen wollte, hielten ihn dermaßen auf Trab, da war ich schon froh, wenn er überhaupt an ein Geburtstagsgeschenk dachte.

»Komm bloß nicht wieder auf die Idee, deinen Gästen zu sagen, sie sollen Kuchen und Salate fürs Büfett mitbringen statt der Geschenke«, fuhr Britta fort. »Aus dem Alter für sparsame Studentenfeten bist du definitiv raus, und einer Professorengattin unwürdig ist es sowieso.«

»Keine Sorge, Schwesterchen, ich werde eine spektakuläre Party schmeißen«, murmelte ich wenig überzeugt von meinen Worten, während vor meinem inneren Auge schon wieder das Bild zweier alter Olivenbäume auftauchte, zwischen deren kräftigen Ästen gemütlich eine Hängematte schaukelte …

Es dauerte fast zwanzig Minuten, bis Britta mich wieder in meine Wohnzimmereinsamkeit entließ. Dafür war ich nun über alle gesellschaftlichen, kulturellen und wirtschaftlichen Entwicklungen in der Region Rötenbach auf dem Laufenden. Außerdem wusste ich über die neue Hüfte einer langjährigen Aushilfskraft des Ladens Bescheid, über Vaters zunehmende Hörprobleme und die ebenso aufwendige wie erfolglose Schneckenbekämpfung im heimatlichen Gemüsegarten. Was ich nicht wusste, war, wie ich wieder bessere Laune bekommen sollte angesichts der Tatsache, dass meine Tochter eine renitente Punkerin und mein Sohn ein angehender Mönch waren.

Ich schob Mr. Spocks Kopf von meinen Oberschenkeln und stand auf, um zu Daniel zu gehen. Als ich die Tür zu seinem Arbeitszimmer öffnete, saß er am Schreibtisch vor seinem Laptop, das Telefon in der Hand, und sah erschrocken zu mir herüber.

»Moment, ich rufe gleich zurück«, sagte er und legte den Hörer zur Seite. Dann klappte er den Laptop zu.

»Was ist denn los, Franzi? Du machst ein Gesicht, als hätte al-Qaida gedroht, unser Haus in die Luft zu sprengen.«

»Genauso fühle ich mich.«

Ich berichtete Daniel von den Zukunftsplänen unseres Sohnes. Zu meiner Überraschung schlug mein Gatte keineswegs vor, den psychologischen Notdienst zu alarmieren, sondern nahm lächelnd meine Hand.

»Ach, Gott, der arme Basti. Es tut mir wirklich leid, dass es mit seinem Studium so blöd gelaufen ist und dass ihm diese Anne dann auch noch den Laufpass gegeben hat. Aber glaub mir, Franzi, er wird darüber hinwegkommen. Lass ihn das mit dem Kloster doch mal ausprobieren. Ich wette mit dir, dass er es sich spätestens nach drei Tagen Dauerbeten wieder anders überlegt.«

»Und wenn nicht?«

»Na, hör mal. So schlimm ist es doch auch nicht, einen Mönch in der näheren Verwandtschaft zu haben. Besser, als wenn er sich einer Terrororganisation anschließen würde, oder?«

Ich nickte. So hatte ich das noch gar nicht gesehen.

»Und was sagst du jetzt zu Isa?«

»Herrje! Sie hat ein paar Blumen für ihre Freundin gemopst und keine Lust, ihre heiß ersehnte Klassenfahrt mit Waldwanderungen zu verbringen. Wo ist denn da das Problem? Andere Familien müssen sich in ihrem Alter mit einer Teenagerschwangerschaft herumschlagen oder mit Drogen. Das sind echte Sorgen …«

»Na, so was kann bei uns ja auch noch kommen«, murmelte ich.

»Schatz, mach dich bitte nicht verrückt.« Daniel sah kurz auf seine Armbanduhr. »Wir reden nachher beim Abendessen noch mal darüber. Okay? Jetzt sei so gut und lass mich ein paar Minuten allein. Ich müsste noch mal dringend telefonieren …«

»Jetzt noch?«

»Ja, es ist wirklich wichtig.«

Dazu nickte er mit einem Gesichtsausdruck, aus dem ich nicht ganz schlau wurde. Wahrscheinlich ging es irgendwie um meinen Geburtstag.

»Na, dann«, sagte ich bloß und trollte mich. Aus dem Augenwinkel nahm ich wahr, wie Daniel schon wieder nach dem Telefon griff, während ich hinter mir die Tür zumachte. Vielleicht war ja auch irgendwas mit seinen Amöben nicht in Ordnung.

Ich beschloss, das Abendessen vorzubereiten. Da Daniel heute Mittag in der Mensa und auch Isa und ich schon etwas Warmes gegessen hatten, gab es jetzt für alle Käsebrote, dazu Gürkchen, Tomaten und Radieschen. Aus Rücksicht auf Isas akute vegetarische Lebensphase verzichtete ich auf die Zurschaustellung von Schinken und Salami. Ich betrachtete das als meinen kleinen Beitrag, um den Haussegen wieder gerade zu rücken.

»Kommt jemand zum Essen?«, rief ich durchs Haus, nachdem ich eine Viertelstunde lang allein am Tisch gesessen und den Käsescheiben beim Vertrocknen zugesehen hatte. Normalerweise aßen wir pünktlich um halb sieben, und wehe, es wurde auch mal nur fünf Minuten später. Aber heute schien sich keiner meiner beiden Mitbewohner für das Abendessen zu interessieren.

»Hab keinen Hunger!«, brüllte Isa zurück. »Und ich komme sowieso nie mehr zum Essen!«

Im Grunde war es ja nett, dass sie mir überhaupt antwortete.

Daniel begründete seine Abwesenheit etwas vornehmer.

»Hab noch zu tun. Bin in 10 Min da«, schrieb er per SMS, als säße er nicht gegenüber im Arbeitszimmer, sondern stünde mit seinem Auto in ein paar Kilometern Entfernung irgendwo im Stau. Da ich die Zeitangaben meines Mannes kannte, wusste ich, dass ich in der nächsten halben Stunde nicht mit ihm zu rechnen brauchte. Daniel benötigte grundsätzlich immer dreimal so lange, wie er ankündigte. Auch wenn er immer behauptete, das sei gar nicht wahr. Daniels Unpünktlichkeit war seine einzige echte Charakterschwäche, aber nach fünfundzwanzig Jahren hatte ich mich auch damit arrangiert.

Ich knabberte ein paar Cornichons und ein Stückchen Camembert und dachte an meinen unglücklichen Sohn, der gerade im fernen Berlin seine Sachen in Kartons packte, um den ganzen Kram morgen ins Kloster zu schleppen. Hoffentlich waren die Mönche wenigstens nett zu ihm. Am liebsten wäre ich gleich zu ihm gefahren, um ihn zu trösten und ihm zu helfen oder ihn am allerliebsten gleich mitsamt seinen Kisten mit nach Hause zu nehmen. Dass Männer mit Liebeskummer immer so überreagieren mussten …

Bei diesem Stichwort fiel mir Alex' Brief ein, der ja immer noch ungelesen auf dem Wohnzimmertisch lag. Daniel war gerade so schwer beschäftigt. Vermutlich hatte er den mysteriösen Brief aus China schon längst vergessen. Ich schlich aus der Küche.

Nur der Hund war Zeuge, als ich den Brief holte und mich zur Lektüre wieder vor dem missachteten Käseteller niederließ.

Ich nahm ein Messer und schlitzte den Briefumschlag langsam auf. Es war ungefähr so aufregend, wie ein Geburtstagsgeschenk auszupacken. Vielleicht sogar noch aufregender. Denn dieses Geschenk war ja eigentlich für jemand anderen gedacht. Zugegebenermaßen, das Ganze hatte etwas Voyeuristisches. Aber ich dachte mir: Besser, ich lese seine Briefe, als wenn sie überhaupt keiner zu Gesicht bekommt. Vorsichtig zog ich die Briefbögen heraus und faltete sie auseinander. Drei Seiten allerschönste grüne Tintenschrift.

Liebe Laura, ich muss mich bei Dir entschuldigen …

Na, Gott sei Dank, Alex war wieder bei Sinnen! So mochte ich ihn viel lieber als in diesem betrunkenen Zustand vom letzten Mal. Ich lehnte mich zurück. Mir war ein bisschen so, als schlüge ich ein neues Kapitel in einem wunderbaren Buch auf. Als ginge endlich meine Lieblingswochenserie im Fernsehen weiter. »Schlaflos in Hongkong« oder so ähnlich.

Ich hatte meinen vorigen Brief eigentlich gar nicht abschicken wollen. Aber ich war wohl zu benebelt gewesen vom Gin und von der Erinnerung an damals und habe irgendwie die Kontrolle verloren. Als ich ein paar Stunden später aufwachte und sah, dass der Brief nicht mehr auf meinem Tisch lag, bin ich sofort zur Rezeption gerannt und hab gesagt, sie sollten mir den Brief zurückgeben. Aber da war

es schon zu spät. Sie hatten ihn bereits zur Post gebracht. Sie meinten, ich hätte morgens um kurz nach fünf ziemlich randaliert und darauf gedrängt, den Brief so schnell wie möglich abzuschicken. Ich hatte wohl wirklich ein bisschen zu viel getrunken. Ach, Laura, es tut mir leid. Ich weiß gar nicht mehr genau, was ich geschrieben habe. Aber ich glaube, es war nicht besonders kultiviert. Entschuldige, das kommt nicht wieder vor. Ich bin sonst nicht so.
Hoffentlich denkst Du jetzt nicht, dass aus mir ein heruntergekommener Penner geworden ist. Keine Sorge, mit mir ist alles in Ordnung. Aber wenn man fünfzig ist, dann denkt man doch schon mal über sein Leben nach und wird gelegentlich etwas sentimental. Ich jedenfalls. Ich überlege, wie es gewesen wäre, wenn ich mich damals anders verhalten hätte. Wenn ich nicht abgehauen wäre. Wenn ich alles versucht hätte, damit Du bei mir bleibst. Aber der Schock war einfach zu groß für mich, als Du mir sagtest, dass Du schwanger bist. Und zwar nicht von mir, sondern auch noch von Marco. Was für ein katastrophales Timing! Ein paar Wochen lang habe ich auf Wolke sieben geschwebt – und dann holte uns die Vergangenheit ein … Deine Vergangenheit. Deine und Marcos. Mir wird jetzt noch ganz schlecht, wenn ich mich an diesen Moment erinnere. Den Moment der Wahrheit. Die Sekunde, in der alles zusammenbrach, woran ich geglaubt hatte.
Ach, Laura, vielleicht hätten wir es trotzdem miteinander versuchen sollen. Vielleicht hätte ich sein Kind akzeptieren können. Wir hätten noch mehr Kinder bekommen und eine große bunte Familie werden können … Na ja, vielleicht spinne ich ein bisschen, ich weiß. Wovon hätte ich als Student eine Familie ernähren sollen! Als Straßenmusiker? Deine Eltern hätten das sowieso nie akzeptiert. Und sich so offen gegen sie aufzulehnen, das hättest Du wohl nie übers

Herz gebracht. Du warst halt immer ein braves Mädchen. Du hast den Mann geheiratet, von dem Du schwanger warst, und nicht den Mann, den Du geliebt hast. Aber vielleicht war Deine Liebe zu mir gar nicht so unermesslich groß, wie ich immer gedacht hatte. Und wie die meine war. Ich habe Dich so wahnsinnig geliebt, Laura. Ich hatte damals geglaubt, wir wären das glücklichste Paar unter der Sonne. Die Auserwählten. Ein bisschen wie Romeo und Julia. Tarzan und Jane. Bonnie und Clyde … Nur mit einem glücklicheren Ende.
Tja, ein Irrtum, wie ich dann festgestellt habe.
Weißt Du, dass ich Dich damals fragen wollte, ob wir heiraten sollen – genau in dem Moment, als Du sagtest, dass es aus wäre? Während wir da im Englischen Garten in der Sonne saßen, habe ich die ganze Zeit gedacht, Du träumst von einem Leben mit mir und wartest darauf, dass ich den entscheidenden Satz sage. Dabei hast du Dir bloß überlegt, wie Du am besten Schluss machst. Wie du es mir möglichst schonend beibringst. So kann man sich täuschen. Es war so bitter! Verstehst Du jetzt, weshalb ich so radikal reagiert habe?
Ich habe versucht, sauer auf Dich zu sein, Laura. Ich habe versucht, Dich zu hassen. Ja, wirklich. Aber es funktioniert einfach nicht. Ich glaube, wenn man jemanden wirklich liebt, verzeiht man ihm alles. Dann will man nur, dass derjenige glücklich ist. Auch wenn dieses Glück bedeutet, dass man selbst keine Rolle mehr darin spielt. Alles andere wäre Egoismus. Also wünsche ich Dir, dass es Dir gut geht, zusammen mit Marco in Eurem schönen Haus in München. Und ganz still und heimlich und tief in mir drin liebe ich Dich immer noch. Tut mir leid. Damit musst Du klarkommen. So ist es, Laura, und meistens kann ich ganz gut damit leben.

Ich hörte, wie Daniel aus seinem Zimmer kam, und schob Brief und Umschlag schnell in meinen Hosenbund. Dann zog ich den Pulli darüber.

Aber Daniel sah mich gar nicht richtig an, als er sich mir gegenüber am Küchentisch niederließ und eine Scheibe Brot mit Butter bestrich. Wir schwiegen ein paar Minuten, und ich spürte, wie mein Herzklopfen sich ganz allmählich wieder beruhigte.

»Hör mal, Franzi«, sagte Daniel auf einmal. »Ich muss demnächst wieder verreisen. Ich bin ganz kurzfristig auf ein Symposium eingeladen worden.«

»Aha.« Vermutlich deshalb das lange Telefongespräch gerade. »Und wo geht es diesmal hin?«

»Nach Thessaloniki.«

»Oh, Thessaloniki. Griechenland, das ist ja toll. Wann denn?«

»Ehrlich gesagt ziemlich bald. In der Woche nach deinem Geburtstag.«

»Tatsächlich?« Ich dachte nach. »Du, das ist doch genau die Woche, in der Isa auf Klassenfahrt ist. Sag mal, was hältst du davon, wenn ich mitkomme? Das haben wir früher doch auch öfter gemacht. Ich würde so gern mal wieder nach Griechenland. Während du tagsüber deine Amöbenfreunde triffst, mache ich mir eine schöne Zeit in Thessaloniki und besuche ein paar alte Trümmer im Museum oder so. Und abends unternehmen wir beide etwas. Wir könnten vielleicht noch einige Tage dranhängen und einen kleinen Urlaub auf einer netten griechischen Insel machen. Vielleicht kann Britta herkommen und sich solange um Isa kümmern. Oh, das ist großartig, Daniel …«

»Ach, weißt du, Franzi, ich glaube, das ist keine so gute Idee.«

Er schaute mich immer noch nicht an und beschäftigte sich damit, sehr umständlich ein paar Scheiben Käse auf seinem Brot zu arrangieren.

»Keine gute Idee?« Ich fand, das war die allerbeste Idee, die ich seit Langem gehabt hatte. »Wieso denn nicht, Daniel? Als du im vorigen Jahr deinen Vortag in Wien hattest, bin ich doch auch mitgefahren. Wir haben uns schon so lange keine Zeit mehr füreinander genommen.«

»Ich weiß, Franzi, aber das – äh – das werden diesmal ein paar sehr stressige Tage. Wirklich. Und ich kann es mir zeitlich auch nicht leisten, länger zu bleiben. Lass uns den Urlaub ein anderes Mal machen. Jetzt … jetzt passt es irgendwie nicht.«

Daniel biss in sein Brot, kaute und hielt die Thematik offenbar für ausreichend erörtert.

10.

»So, Mädels«, sagte Helen, während sie energisch auf uns zustiefelte. »Her mit dem Champagner!«

Sie hatte kurzfristig eine außerturnusmäßige Weiberrunde in der Strudelstube einberufen, und seit einer halben Stunde warteten Mona und ich dort an der Theke ungeduldig darauf zu erfahren, was es an diesem trüben Dienstagvormittag Besonderes zu feiern gab. Das heißt, eigentlich wartete nur ich. Mona war damit beschäftigt, den Kaffeeautomaten zu bedienen, Milch aufzuschäumen und ihre Kunden mit einem Kleinen Schwarzen, Großen Braunen, mit einer Melange oder einem Einspänner zu versorgen. Ab und zu holte sie dazu auch noch ein Stück von den reichlich verzierten Kuchen, Torten, Schokomuffins, Mohnschnecken oder anderen süßen Verlockungen aus der Vitrine. Mr. Spock lag zu meinen Füßen neben dem Barhocker und döste.

Monas Café war früher einmal der Verkaufsraum einer kleinen Molkerei gewesen. Man erkannte das noch an den beiden großen Schaufensterscheiben und den weißblau gekachelten Wänden. Die Einrichtung bestand aus einem bunten Durcheinander im Stil der Fünfziger- und Sechzigerjahre, aus sechs geschwungenen Nierentischen und einem bunten Mix von aus der Mode gekommenen Sesselchen und Polsterstühlen. Geschirr und Besteck hatte

Mona auf diversen Flohmärkten zusammengesucht. Es gab kaum zwei identische Teller, aber allen war gemeinsam, dass sie ein buntes Blumenmuster hatten und meistens einen Goldrand. Über den Tischen baumelten witzige Lampen an langen weißen Kabeln: Jeder Lampenschirm bestand aus einer umgedrehten gelochten Kaffeetasse. Die Wände waren dekoriert mit alten österreichischen Werbeplakaten: Auf dem einen Bild räkelte sich eine Schönheit in gelbem Badeanzug vor einer grünen Hügellandschaft und der Aufschrift »Sommerfrische im Mühlviertel«. Eine rote Seilbahn vor weißen Berggipfeln warb für »Holidays in Austria« und ein dunkelhäutiger Mann mit dem unvermeidlichen roten Turban für »Meinl Kaffee«. Ich liebte die Strudelstube. Sie war mein zweites Wohnzimmer. Hinter einer doppelten Schwingtür werkelte Bamir in der Küche. Er war Monas Koch, und seine Hauptbeschäftigung war es, Salate und Suppen herzustellen, falls der ein oder andere Besucher der Strudelstube keine Lust auf Kuchen hatte. Bamir war ein kleiner, gedrungener Mann mit kräftigem schwarzem Haarwuchs an Schädel, Kinn und Brust, der seine Arbeit eher schweigsam verrichtete. Er stammte aus Albanien und war vor fünf Jahren unter nicht ganz geklärten Umständen nach München gekommen. Mona hatte ihn bei einem heftigen Regenschauer kennengelernt, während sie sich beide in einem Bushäuschen unterstellten. Und weil der Bus so viel Verspätung hatte, wurde es ein langes Gespräch. Als Mona erfuhr, dass Bamir nicht nur kochen konnte, sondern sein Name auf Deutsch auch noch »Tu Gutes« hieß, engagierte sie ihn ohne nähere Nachfragen sofort in ihrem Lokal, wo er seitdem in tiefer Gelassenheit und zur Zufriedenheit der Gäste dem Gemüseschnippeln und Suppenrühren nachging.

»Kannst du den Schampus von der Steuer absetzen?« fragte Mona und ließ den Korken knallen. Er verfehlte nur knapp den kleinen Kristallkronleuchter, der über der Theke hing, und schoss mit einem Plopp gegen die stuckverzierte Decke. Die paar Leute, die an diesem Vormittag im Café saßen, drehten sich erschrocken zu uns um.

»Nein, das leider nicht. Aber heute lassen wir es trotzdem krachen.«

Wir stießen mit unseren Gläsern an, und nachdem es dreimal »Kling!« gemacht hatte, rückte Helen mit der Sache raus.

»Ich hab das Penthouse in Schwabing verkauft.«

»Ja, und?«, machte Mona und trank einen Schluck. »Das ist doch dein Job, Wohnungen zu verkaufen. Was ist so Besonderes daran?«

»Der Preis, Herzchen, der Preis.«

Ich stellte mein Glas sicherheitshalber ab, weil ich das dumpfe Gefühl hatte, gleich einen Schwächeanfall zu bekommen. Helen war normalerweise die gefassteste Frau unter der Sonne. Wenn sie ein so breites Grinsen im Gesicht hatte wie jetzt und Champagner orderte, bedeutete das eine Sensation. Und das Wort Penthouse klang irgendwie an sich schon abenteuerlich. Vor allem im Zusammenhang mit Schwabing.

»Zwei Komma drei Millionen«, sagte Helen. Mona ließ ihr Glas fallen, worauf es mit einem Scheppern und Klirren auf den Fliesen zersprang. Ich hatte ja gewusst, dass da was auf uns zukommen würde.

»Millionen?«, hauchte ich.

»Ja. Und das nicht ohne Grund: zweihundert Quadratmeter, mit Dachterrasse und einem phänomenalen Blick über die Stadt. Ein russischer Geschäftsmann hat zugeschlagen. Es war die teuerste Wohnung, die ich je an den

Mann gebracht habe. Wenn ich sie mir hätte leisten können, hätte ich sie mir selbst gekauft.«

Mona und ich erschauerten in Ehrfurcht. Von jetzt an würde ich Helen mit ganz anderen Augen sehen: Ich war mit einer Frau befreundet, die Wohnungen für zwei Komma drei Millionen Euro an reiche Russen verkaufte. Ich war zutiefst beeindruckt. Das war irgendwie eine ganz andere Liga, als mickrige Texte für den Flyer eines Friseursalons zu verfassen. (Wiebke Wiesbeck hatte sich jetzt übrigens entschieden, ihren Laden »Cut and Colour« zu nennen. Immerhin schön knackig und international. Jetzt würde mir bestimmt auch bald ein guter Werbeslogan einfallen. ›Ein kleiner Schnitt für Sie – ein großer Schnitt für die Menschheit‹, oder so ähnlich.)

»Natürlich bekomme ich nicht die ganzen Millionen«, beeilte sich Helen zu sagen. »Aber die Provision ist bei der Summe natürlich schon ganz ordentlich.«

Ich wollte gar nicht so genau wissen, wie viel Geld bei diesem Deal auf Helens Konto wanderte. Wie hoch waren Maklerprovisionen noch mal gleich? Drei Prozent? Oder vier? Von zwei Komma drei Millionen? O Gott ... Jedenfalls war ich mir sicher, dass sie unser Fläschchen Champagner heute finanziell locker verkraften konnte. Ich trank einen kräftigen Schluck. Es perlte erfrischend im Hals. Mona ließ die Scherben einfach auf dem Boden liegen, holte sich ein neues Glas aus dem Regal und goss sich Champagner ein bis zum Rand.

»Prost«, sagte sie und trank. »Auf die Russen!«

»Jetzt bin ich auf der Suche nach einem vernünftigen Investment«, meinte Helen, während Mona und ich noch immer ein klitzekleines bisschen nach Luft schnappten. »Ich muss das Geld ja gewinnbringend anlegen.«

»Wenn das so ist: Ich bräuchte langfristig eine neue

Spülmaschine.« Mona schlug ein paarmal sanft mit der flachen Hand auf die Arbeitsfläche. »Mein Trockenprogramm funktioniert nur noch an ungeraden Tagen und manchmal nicht mal mehr dann. Für den Fall, dass du wirklich nicht weißt, wohin mit dem Geld.«

»Ah«, machte Helen. Ich war mir sicher, dass sie nicht diese Art von Investment gemeint hatte.

»Aber jetzt zur entscheidenden Frage des Tages«, fuhr sie fort. »Was wünschst du dir zum Geburtstag, Franzi?«

»Zum Geburtstag? Ach je …«

Ehrlich gesagt, hatte ich mir darüber wirklich noch keine Gedanken gemacht. Noch weniger Gedanken als über die Party, die offenbar alle von mir erwarteten. Das Einzige, was ich mir wünschte, war, dass mir das Partykleid vom vorigen Jahr noch einigermaßen passte, dass Basti sich das mit dem Mönchsdasein noch einmal überlegte, dass Isabel ohne weitere Gegenwehr ihre Klassenfahrt in den Spessart antrat und dass Daniel vielleicht mal wieder ein bisschen mehr Zeit für mich hatte. Aber ich befürchtete, all das war nicht die Art von Wünschen, die Helen und Mona jetzt von mir erwarteten.

»Den Weltfrieden«, sagte ich deshalb.

Mona prustete Champagner in ihr Glas, was der Beweis dafür war, dass es physikalisch nicht möglich ist, gleichzeitig zu trinken und zu lachen.

»Gut«, sagte Helen, »und was noch?«

Ich zuckte hilflos mit den Schultern.

»Was soll sich eine Frau wünschen, die schon alles hat?«, fragte Mona. »Franzi hat einen wunderbaren Mann, zwei zauberhafte Kinder, ein tolles Haus, einen schönen Garten, einen lieben Hund, nette Nachbarn, einen interessanten Job und nicht zu vergessen: zwei fantastische Freundinnen. Diesen Zustand nennt man wunschlos glücklich.«

Sie hob ihr Glas, und ich prostete zurück.

»Auf die zauberhaften Kinder!«, sagte ich und nahm einen tiefen Schluck.

»Man kann sich immer etwas wünschen«, beharrte Helen. »Was hältst du von einer Energiemassage mit Ylang-Ylang-Aromatherapie? Eine in unserem Frauennetzwerk hat neulich von einem Wellnesshotel im Oberengadin gesprochen. Wenn man ihr glauben darf, muss das himmlisch sein. Der absolute Wahnsinn. Man fühlt sich anschließend wie neugeboren, sagt sie. Es ist nicht ganz billig, aber ich werde da auf jeden Fall so bald wie möglich eine Behandlung buchen. Ich kann dir gern mal den Link zuschicken, Franzi. Vielleicht wäre das was für dich.«

»Energiemassage …«, quiekte Mona. »Die kriegt Franzi doch jeden Abend gratis von Daniel.«

Ich dachte kurz an besagten letzten Faschingsabend und versuchte, mich an die Details zu erinnern, was mir nicht gelang. Wahrscheinlich war es so wie immer gewesen. Daniel und ich waren nach fünfundzwanzig Jahren ein flottes, eingespieltes Team, das ohne viel Energie und nennenswerte Massage gut zurechtkam.

Ich verzichtete aber darauf, irgendwelche näheren Angaben zu Frequenz und Intensität meiner ehelichen Freuden zu machen.

»Na ja«, sagte ich nur. »Ein bisschen Aromatherapie wäre vielleicht nicht schlecht.«

»Nicht schlecht ist nicht genug«, behauptete Mona, die sich grundsätzlich nicht mit Halbherzigkeiten zufriedengab. »Was wäre denn phänomenal-bombastisch? Die Erfüllung deiner wildesten Träume?«

»Ach, Gott, meine Träume …«

»Ein Whirlpool mit Hydro-Jet-Düsen-Funktion und automatischem Farbspiel«, schlug Helen vor. »Absolut erfrischend und vitalisierend. Das würde sich gut in eurem Badezimmer machen.«

»Eine neue Badewanne zum fünfzigsten Geburtstag? Na, die Erfüllung ihrer wildesten Träume ist das sicher nicht gerade«, meinte Mona, und ich nickte.

»Ach was, Träume werden völlig überbewertet«, erklärte Helen und nippte leicht beleidigt an ihrem Champagnerglas.

Einen Moment lang war es beinahe still im Café. Vorne an den großen Fenstern saßen zwei Leute vor ihren halb geleerten Latte-Macchiato-Gläsern, hielten Händchen und redeten leise miteinander. Eine junge Frau am Tisch daneben hatte ihr Orangensaftglas noch gar nicht angerührt und tippte stattdessen unentwegt etwas in ihr Smartphone. Mr. Spock gab im Halbschlaf einen kurzen jaulenden Laut von sich. Aus der Küche hörte man, wie Bamir stakkatoartig auf irgendetwas einhackte, vermutlich Zwiebeln.

»Sagt mal«, fragte ich. »Seid ihr so richtig glücklich? Ich meine, fragt ihr euch nicht manchmal, ob das jetzt alles war oder ob da noch was kommt im Leben?«

Mona ließ das Messer fallen, mit dem sie gerade den prächtigen puderzuckerbestäubten Apfelkuchen anschneiden wollte, der vor ihr auf der Theke stand.

»Hey, Süße! Höre ich da etwa einen kleinen Anfall von Schwermut heraus?« Sie sah mich kurz an, dann nahm sie das Messer wieder in die Hand und hieb energisch ein Stück Kuchen heraus. »Ich kann dich beruhigen: Es gibt eine ganze Menge Wunschvorstellungen, die ich mir inzwischen abgeschminkt habe. Na und? Ich wollte mal Staatsanwältin werden und eine mordmäßige Karriere als Juristin machen. Davor gab es eine Zeit, da habe ich von einem Leben als Konzertpianistin geträumt. Davon, dass ich als Kind mal Balletttänzerin werden wollte, will ich gar nicht mehr reden. Primaballerina, ich! Man stelle sich vor!« Mona lachte kurz auf. »Außerdem wollte ich mit meinem Traummann mein ganzes Leben verbringen und irgendwann mit ihm die Goldene Hochzeit feiern … Tja, bekanntlich kam einiges anders.«

Sie legte das Kuchenstück auf einen mit rosa Rosen umrankten Porzellanteller und grinste mich an. »Obwohl, wenn ich es mir recht überlege … das mit der Goldenen Hochzeit könnte ich ja vielleicht noch schaffen. Ich müsste mich allerdings mit dem Heiraten beeilen und mindestens hundert Jahre alt werden. Bloß das mit der Primaballerina, tja, das werde ich wohl nie mehr hinkriegen. Aber weißt du was, Franzi: Es ist mir egal! Nur weil man sich von ein paar Träumen verabschiedet, muss das Leben ja nicht schlecht sein!«

»Träumen allein reicht sowieso nicht, Franzi. Man muss sich klare, realistische Ziele setzen.« Helen nahm sich die Champagnerflasche und goss unsere Gläser noch einmal voll. »Mein Ziel war es heute, das Penthouse für zwei Komma drei Millionen zu verkaufen – et voilà!«

»Aber trotzdem.« Ich trank ein paar Schlucke. Irgendwie machte mich der Champagner heute nicht fröhlich, sondern nur redselig. »Da ist noch irgendwas. Kennt ihr das nicht auch: das Gefühl, im Leben etwas Wichtiges verpasst zu haben? Ohne zu wissen, was es sein könnte?«

Mona sah mich schräg an und zog die Augenbrauen hoch.

»Oh, oh, Franzi. Was ist los mit dir? Gibt es etwas, das wir wissen müssten?«

Und Helen fügte hinzu: »Stimmt was nicht mit Daniel?«

»Quatsch. Nein. Alles in Ordnung. Es ist nur so … wie soll ich sagen … Seit ich diese Briefe von Alex bekomme …« Ich schwenkte mein Champagnerglas und betrachtete nachdenklich die kleinen Bläschen, die darin aufstiegen. »Na ja, ist das nicht unglaublich, dass sich da noch jemand solche Mühe macht und mit der Hand seitenlange Briefe schreibt? Ich finde sie wahnsinnig schön. Sie sind so leidenschaftlich, so offen und ehrlich, so liebevoll und so zärtlich, so aufregend, geradezu erotisch manchmal. – Wisst ihr was? Ich wünschte, Daniel würde mir mal solche Briefe schreiben. Mit ihm … ist das ganz anders. Es ist ja nicht so, dass wir Streit haben. Aber wir leben – wie soll ich sagen –, wir leben so routiniert zusammen. Das hat schon fast etwas von einer Zweck-WG.«

»Oha«, machte Mona nur. Ich redete einfach weiter. Der Champagner hatte mich in einen Beichtmodus versetzt, den ich nicht stoppen konnte.

»Daniel hat sich so verändert. Früher war er immer so charmant, witzig, aufmerksam und hat sich für mich interessiert. Er hat sich kleine süße Überraschungen für mich ausgedacht. Er war wirklich mal mein Traummann. Und jetzt? Ich glaube, er nimmt mich gar nicht mehr richtig wahr. Wir reden eigentlich nur noch über völlig belanglose Dinge. Alltagskram. Wer wann was erledigt, und das war's. Über die Kinder. Oder über unsere Jobs. Vor allem über seinen. Es ist ein bisschen … fade geworden. Ich weiß gar nicht mehr, wann wir das letzte Mal richtig miteinander gelacht haben. Oder wann wir mal den letzten gemütlichen Abend miteinander hatten. Von Sex will ich gar nicht erst reden …« Ich brach ab. Mist. Jetzt hatte ich doch von Sex geredet.

»O je.« Mona sah mich seufzend an. »Klingt nach akutem Romantikalarm. Wenn du möchtest, zaubere ich euch gerne mal ein Candlelight-Dinner in meinem Laden. Nur ihr zwei. Ich werde euch ein Menü kredenzen, bei dem euch Hören und Sehen vergeht. Ich kenne da eine Kombination aus Safran, Sellerie und Lychee. Wenn ihr das gegessen habt, werdet ihr übereinander herfallen wie …«

»Ach, Mona, das ist wirklich süß von dir.« Angesichts ihres Eifers in Sachen Aphrodisiakum musste ich jetzt doch lachen. »Allerdings bin ich mir nicht sicher, ob es mit ein paar Lychees und Safranfäden wirklich getan ist. Es geht ja nicht nur um einen ganz speziellen Abend. Ich vermisse einfach alles, was früher mal jeden Tag zwischen Daniel und mir war: das Aufregende, das Herzklopfen, das Lachen, die Leidenschaft … Alles weg.«

»Schätzchen«, sagte Helen. »Ihr seid mehr als zwanzig Jahre lang verheiratet. Was erwartest du denn?«

»Dass noch mal irgendwas Spannendes passiert. Etwas, das mich mitreißt und begeistert. Oder ist das jetzt für immer vorbei?«

»Keine Ahnung, Franzi.« Mona zuckte mit den Schultern. »Ich fürchte, ich bin da die falsche Ansprechpartnerin. Bei mir hat noch keine Beziehung länger als vier Jahre gedauert …«

»Und jetzt? Wie ist das mit dir und Rolf? Du hast doch gesagt, diesmal sei es wirklich dein Traummann.«

Mona lächelte. Sie sah dabei fast ein bisschen verlegen aus.

»Klar ist er das. Wobei ich das bislang jedes Mal gedacht habe, wenn ich mit einem Mann zusammen war. Man gibt ja den Glauben an den Traummann nie auf! Aber bei Rolf bin ich mir sicher, dass er der Richtige ist. Na ja, jedenfalls zu 99 Prozent«, fügte sie hinzu.

»Mädels, wir leben doch nicht im Märchen.« Helen schüttelte den Kopf. »Traummann! Wenn ich das schon höre. Macht euch doch nicht verrückt! Nach Jahrzehnten des Zusammenlebens ändert sich eine Partnerschaft eben. Dass man da nicht mehr jeden Tag Schmetterlinge im Bauch hat, ist doch ganz normal. Dafür wird anderes wichtig: Verlässlichkeit, Sicherheit, Treue …«

»Ich frage mich manchmal, was passiert wäre, wenn ich damals Alex begegnet wäre«, murmelte ich, als Mona zurück an den Tresen kam, nachdem sie der Orangensaftfrau die Rechnung gebracht und kassiert hatte. »Durch irgendeinen Zufall hätte ich ihn kennenlernen können. Wir müssen ungefähr zur gleichen Zeit in München studiert haben. Vielleicht hätte er niemals diese Laura und ich niemals Daniel getroffen. Vielleicht wären wir zusammen um die Welt gereist. Ich glaube, wir hätten wahnsinnig gut zusammengepasst. Ich mag die Art, wie er Briefe schreibt. Ich mag es, wie er Laura beichtet, dass sie immer noch seine große Liebe ist. Ich mag es, dass er Musiker ist. Romantiker. Ein umwerfend leidenschaftlicher Mann. Ich mag seine Schrift, sie ist einfach wunderschön. Schwungvoll, sinnlich. Ich stelle mir vor, wie er aussieht: wahrscheinlich groß, brünett, mit dunklen Augen, die einen melancholisch anlächeln, mit geschwungenen, vollen Lippen …« Ich unterbrach meinen euphorischen Vortrag, als ich merkte, wie Mona und Helen mich entgeistert ansahen.

»Sag mal, Franzi«, sagte Helen schließlich, »hast du einen im Tee?«

Und Mona fragte: »Kann es sein, dass du dich in diesen Alex verliebt hast?«

Ich starrte sie an.

»Verliebt? Wie kommst du denn darauf? Wie sollte ich? Ich … ich kenne ihn doch gar nicht.«

»Das hört sich aber anders an. Du schwärmst von diesem Kerl wie eine Achtklässlerin von Justin Bieber.«

Mona holte eine kleine Gabel aus einer Schublade und legte sie neben das Apfelkuchenstück auf den Teller.

»Hier!« Sie schob ihn mir zu. »Iss das! Vielleicht bist du einfach nur unterzuckert.«

»Ich hab doch bloß gesagt, dass ich seine Briefe mag.« Justin Bieber! Also wirklich …

»Liebesbriefe eines unbekannten Mannes, die er an eine frühere Verflossene geschrieben hat!« Helen tippte sich kopfschüttelnd an die Stirn. »Franzi, wir müssen uns doch nicht etwa Sorgen um dich machen?«

Schweigend schaufelte ich den Apfelkuchen in mich hinein. Wahrscheinlich war ich wirklich unterzuckert. Oder ich litt gerade an einer besonders heftigen Hormonturbulenz. Weshalb sollte ich sonst Gefühle für einen Phantommann entwickeln – und auch noch Helen und Mona davon erzählen. Das war ja völlig irre.

»Andererseits«, sagte Mona grinsend und reichte auch Helen einen Teller mit Apfelkuchen. »Das ist natürlich eine sehr spannende Geschichte. Verliebt in einen Unbekannten … Die Erotik der grünen Tinte … Wer ist dieser Mann, der mich allein mit seinen Worten zur Raserei bringt?«

»Mona!«

Wir brachen beide in ein albernes Gegacker aus.

»Vielleicht ist dieser Alex in Wirklichkeit ein hässlicher Kerl mit Mundgeruch und schlechten Zähnen«, gab Helen zu bedenken.

»Stimmt!« Mona kicherte noch immer. »Mir ging es mal so mit fünfzehn. Ich war unsterblich verliebt in einen Radiomoderator, er hatte die tollste Stimme der Welt. Am liebsten hätte ich die Lautsprecher geknutscht, wenn er auf Sendung war. Dann habe ich mir ein Herz gefasst, dem Sender einen Brief geschrieben und ihn um eine Autogrammkarte gebeten. Die kam dann auch sechs Wochen später – und als ich das Foto sah, war ich geheilt.«

Mona schüttelte sich bei dieser Erinnerung und warf den nassen Lappen, mit dem sie gerade ein paar Kuchenkrümel von der Theke gewischt hatte, mit Schwung ins Spülbecken.

»Keine Realität macht so viel Spaß wie die Fantasie, meine Liebe. Glaub mir, ich kenne mich damit aus.«

Ich schwieg und futterte Apfelkuchen.

»Du solltest zusehen, dass diese Briefe an die richtige Adresse gelangen, Franzi, und den ganzen Quatsch dann schnellstmöglich vergessen«, sagte Helen und piekte bei jedem dritten Wort mir ihrer Kuchengabel in die Luft. Dann wandte sie sich an Mona: »Sag mal, dein Rolf ist doch bei der Polizei. Für ihn müsste es doch ein Leichtes sein herauszufinden, wo diese Laura wirklich wohnt.«

»Ich könnte ihn mal fragen …«

»Das ist eine gute Idee. Und wenn wir die Adresse haben, wirft Franzi die Briefe einfach in Lauras Briefkasten, gibt bei der Post Bescheid – und dann hat sich die Sache erledigt.«

»Klar«, murmelte ich kauend. »So machen wir das.«

11.

Ich war schon fast eingeschlafen, als das Handy auf meinem Nachtschränkchen noch am selben Abend ein schnurrendes Geräusch von sich gab.

»Was ist denn jetzt los«, knurrte Daniel und rollte sich auf die andere Seite. »Es ist doch schon bald Mitternacht, oder?«

Ein schwacher Lichtschein schimmerte durchs Zimmer. Ich griff nach dem Handy. Einen Moment lang blendete mich das beleuchtete Display. Dann hatten sich meine Augen an das Licht gewöhnt, und ich konnte Monas SMS lesen. Sie war kurz. »Akazienallee 23«, stand da. Dahinter ein Smiley mit ausgestreckter Zunge.

»Was Wichtiges?«, brummelte Daniel in sein Kopfkissen.

»Nö«, behauptete ich und versuchte möglichst gelangweilt zu klingen, während ich das Telefon zurücklegte. »War nur Mona.«

»Um die Zeit noch? Hat sie Schlafstörungen?«

Daniel hatte jedenfalls keine. Außerdem war das sowieso nur eine rhetorische Frage gewesen, auf die er überhaupt keine Antwort erwartete, denn ein paar Sekunden später erfüllten die vertrauten Sägegeräusche den Raum.

Ich dagegen war auf einmal hellwach. Ich hatte eine Spur zu Alex. Jedenfalls zu seiner geliebten Laura. Akazienallee 23. Nicht Akazienweg! Das war's: Nach all den Jahren hatte er den Straßennamen verwechselt. Deshalb waren seine Briefe bei uns gelandet. Gleich morgen würde ich einen kleinen Ausflug machen. Ich hatte keine Ahnung, in welchem Stadtteil die Akazienallee lag. Ob ich Laura die Briefe persönlich übergeben sollte? Aber wie sollte ich ihr erklären, dass ich sämtliche Umschläge geöffnet und die Liebesbriefe ihres Verflossenen gelesen hatte? Wahrscheinlich wäre es besser, wenn ich die Briefe klammheimlich und anonym in ihren Postkasten warf. Aber was, wenn dieser Marco sie dort finden würde?

Die Gedanken kreisten durch meinen Kopf wie die Propeller eines Windrades bei Sturmstärke und hielten mich wach, bis von draußen das erste Frühlingsmorgengezwitscher durchs Schlafzimmerfenster drang.

Mr. Spock sah mich leicht skeptisch an, als ich am frühen Vormittag die Autotür öffnete, damit er auf die Rückbank springen konnte. Er hasste Autofahren. Aber mit einer Salamischeibe als Bestechung ließ er sich schließlich doch davon überzeugen, bei meinem konspirativen Ausflug zur Akazienallee mitzumachen. Seit wir Spock einer Diät unterzogen, wirkten Salamischeiben besonders gut, wenn es gelegentlich galt, unliebsame Maßnahmen durchzusetzen.

Ich schnallte mich an. Die drei Briefe aus Hongkong lagen auf dem Beifahrersitz. 32 Minuten kalkulierte das Navigationsgerät für die Fahrt ein. Ich fuhr los. Wenn Isabel am Mittag aus der Schule zurückkam, würde ich längst wieder zu Hause sein.

Komischerweise hatte ich ein schlechtes Gewissen, obwohl es dafür nun wirklich keinen Grund gab. Ich war nur ein ehrlicher Finder, der dafür sorgte, dass ein paar fehlgeleitete Briefe in den richtigen Briefkasten kamen. Ich hatte mir auch schon die perfekte Strategie ausgedacht. Ich würde bei Casparis klingeln (ja, ich war wirklich tapfer!), und wenn Laura mir dann öffnete (ich hoffte einfach, dass sie zu Hause war), würde ich ihr die Briefe mit einem freundlichen Lächeln überreichen. »Ihre Post ist versehentlich bei uns angekommen. Mithilfe streng vertraulicher Quellen, über die ich Ihnen leider keine Auskunft geben darf, ist es mir gelungen, Ihre Adresse ausfindig zu machen.« Und mich dann schnell umdrehen und weglaufen.

Bei dem Haus Akazienallee 23 handelte es sich um einen klobigen Klotz, der zu meinem Erstaunen nicht – wie ich es bei einem international erfolgreichen Unternehmer erwartet hätte – in einem der ausgewiesenen Münchner Nobelviertel stand, sondern in einer halbwegs normalen Stadtrandsiedlung. Eher Generation Golf als Generation Gold. Umso auffälliger wirkte das Haus in dieser Nachbarschaft: ein flacher Bungalow inmitten einer geranienbewehrten Doppelhausidylle. In den Siebzigerjahren hatte es vermutlich als Highlight der urbanen Einfamilienhausarchitektur gegolten. Dabei sah es bloß aus wie eine überdimensionale weiße Schuhschachtel mit Fenstern und Haustür. Puristisch nannte man das wahrscheinlich in Fachkreisen. Bestimmt war es mal sehr teuer gewesen. Ich fand das Ganze kalt und ungemütlich, was vielleicht auch daran lag, dass es nicht eine einzige blühende Blume im Vorgarten gab, keinen Baum, kein Beet, sondern nur einen akkurat gestutzten Rasen, aus dem nicht ein einziges Gänseblümchen herauslugte. Das Grundstück war umgeben von einer korrekt geschichteten hüfthohen Steinmauer. Alles sehr ordentlich, aber nicht mein Geschmack. Da lobte ich mir doch Tante Irmis kleine verschnörkelte

Zwiebelturmvilla mit der anarchisch wuchernden Vegetation drum herum.

So weit mein erster Eindruck, nachdem ich mit dem Auto in leicht verminderter Geschwindigkeit am Haus vorbeigerollt war. In einer kleinen Querstraße fand ich einen Parkplatz, wo ich den Wagen abstellte. Ich steckte die Briefe in meine Handtasche, legte Mr. Spock die Leine an und spazierte ganz gemächlich zurück zu Hausnummer 23, um das Anwesen der Familie Caspari noch einmal von Nahem und in Ruhe auf mich wirken zu lassen.

Das also war Lauras Elternhaus gewesen. Hier war dieser Alex vor fünfundzwanzig Jahren gelegentlich zu Besuch gekommen. Durch diese Haustür war er gegangen, wenn er seine Laura besuchen wollte. Hinter irgendeinem dieser Fenster hatten sie damals Musik gehört oder was für die Uni gelernt oder sich geküsst oder was weiß ich gemacht. Ich ließ den Blick über die Fassade wandern. Heute waren alle Fenster geschlossen, kein Lebenszeichen nirgends. Das breite Tor an der Einfahrt und die Garage selbst standen allerdings sperrangelweit offen. Es parkte kein Auto darin. Wie es aussah, waren die Casparis kurz mal ausgeflogen.

Mr. Spock machte sich mit großem Interesse und wedelndem Schwanz an den ungewohnten Duftspuren am unteren Bereich der Steinmauer zu schaffen. Ich ließ ihn gewähren und trottete ihm hinterher, während ich mir weiter so meine Gedanken machte, wie das hier wohl vor fünfundzwanzig Jahren ausgesehen hatte und wann Alex zum letzten Mal hier gewesen war. Erst als ich schon halb in der Garageneinfahrt der Casparis stand, merkte ich, dass es direkt hinter mir dröhnend hupte. Ich sprang erschrocken zur Seite. Mit quietschenden Bremsen stoppte ein Auto in der Einfahrt. Und was für ein Auto! Entweder machten die Casparis öfter mal bei einer Wüstenrallye mit, oder sie transportieren regelmäßig mehrere Festmeter Holz. Es war ein monströser Geländewagen, der mich da um ein Haar gerammt hätte. Ich konnte kaum über die Motorhaube schauen. Sein Lack glänzte in der Vormittagssonne wie flüssiges Karamell. Die keine-Ahnung-wie-viele-aber-sicher-eine-ganze-Menge PS brummelten noch eine Sekunde, bevor der Motor abgedreht wurde. Wer drin saß, konnte ich nicht erkennen, weil sich das Sonnenlicht in der Frontscheibe spiegelte und die übrigen Fenster dunkel getönt waren.

Ich hielt die Luft an.

»Hey, Sie da! Wir kaufen nichts. Was machen Sie hier?«

Es war Mr. Global Player persönlich, der sich jetzt aus dem Wahnsinnswagen schälte, die Autotür mit einem Wumms hinter sich zuwarf und um den Wagen herum auf mich zu kam. Ich fühlte mich sofort fehl am Platz. Er war nicht unbeeindruckend, dieser Marco Caspari. Falls es tatsächlich Marco Caspari war und nicht etwa sein adipöser großer Bruder. Den es möglicherweise gab, denn auf den Fotos, die ich mir bei meiner kleinen Internetrecherche angesehen hatte, hatte Marco noch nicht ganz so gewaltig gewirkt. Vermutlich waren die Bilder nicht mehr aktuell gewesen. Oder digital bearbeitet, damit der Boss etwas vorteilhafter rüberkam. Der leibhaftige Marco Caspari jedenfalls war ein Schrank von einem Mann. Ach was, eine Schrankwand von einem Mann! Zwei Meter mindestens, und wie viele Kilos er wog, das wollte ich gar nicht wissen. Er trug einen dunklen Anzug mit bordeauxroter Krawatte zum Hemd. Wahrscheinlich war ihm auf dem Weg zu einem wichtigen Geschäftstermin eingefallen, dass er etwas Entscheidendes zu Hause vergessen hatte.

Er sah mich mit einem Blick an, den ich zuletzt in

Struppis Augen gesehen hatte, als er Daniel und mir im vorigen Herbst entsetzt berichtet hatte, dass er im Garten ein Rattennest unter dem Komposthaufen entdeckt habe. Mir war jetzt klar, weshalb Marcos Firma so erfolgreich in China war. Jeder kleine chinesische Geschäftsmann unterschrieb sofort jeden Vertrag, wenn der Dicke aus Deutschland ihm den Kugelschreiber in die Hand drückte und ihn dabei so anguckte.

»Also, was haben Sie auf unserem Grundstück zu suchen?«, herrschte er mich noch mal an, weil ich – beeindruckt von seiner Körperfülle und seinem diktatorischen Gesichtsausdruck – vergessen hatte zu antworten.

»Nichts … äh … gar nichts«, sagte ich endlich. »Mein Hund hat hier nur herumgeschnuppert.« Es tat mir leid, dass ich Mr. Spock die Schuld an meiner Anwesenheit geben musste, aber was hätte ich sonst sagen sollen?

Marco betrachtete mich weiter mit unverhohlenem Argwohn.

»Falls Sie unser Haus ausspionieren wollen«, fuhr er schließlich fort, »vergessen Sie es. Unser Sicherheitssystem wurde in den USA entwickelt. Da geht der Alarm quasi schon los, wenn Sie nur daran *denken* einzubrechen.«

Das hielt ich zwar für übertrieben, aber ein wenig Deeskalation konnte hier nach meiner Einschätzung nicht schaden.

»Ich will doch nicht Ihr Haus ausspionieren. Wir sind hier nur spazieren gegangen.«

Ich wich einen Schritt zurück. Aber Mr. Spock blieb störrisch stehen, um Marco Caspari ausgiebig zu betrachten.

»In der vorigen Woche haben irgendwelche Banden zwei Häuser in der Nachbarschaft ausgeräumt. Schaden in Millionenhöhe. Bei mir passiert das nicht, haben Sie mich verstanden? Unsere Alarmanlage ist direkt mit der nächsten Polizeidienststelle verbunden.«

Ich nickte wie mechanisch. Mr. Spock stieß einen seiner sehr seltenen leisen Knurrlaute aus.

»Schon gut, Spock, schon gut«, flüsterte ich.

»Ich hoffe, Ihr Hund kackt hier nicht in die Einfahrt!«, bellte Marco und warf einen Blick auf Mr. Spock, als hätte der das schon getan.

»Natürlich nicht!«, sagte ich ehrlich entrüstet. »Das ist ein sehr gut erzogener Hund. Im Übrigen hätten Sie mich gerade beinahe umgefahren!« Währenddessen dachte ich, dass Laura einen großen Fehler gemacht hatte, als sie sich für diesen Marco entschied. Solch ein Grobian! Für den hatte sie so einen tollen Mann wie Alex verlassen? Na gut, rein wirtschaftlich gesehen war Marco sicher die bessere Wahl gewesen, und Laura hatte damals natürlich nicht gewollt, dass ihr Baby verhungerte. Aber trotzdem. Gerade bei der Liebe durfte man doch nicht aufs Geld achten. Man sah ja, wohin das führte.

»Blödsinn«, sagte Marco. »Und jetzt verschwinden Sie endlich! Oder soll ich erst unseren Sicherheitsdienst alarmieren?«

Das machte jetzt doch großen Eindruck auf mich. Wahrscheinlich war es langfristig nicht ratsam, sich mit einem Menschen anzulegen, der über einen privaten Sicherheitsdienst verfügte. Wo immer sich der auch gerade befinden mochte.

»Komm, Spock, wir sind hier unerwünscht.«

Ich wollte mich gerade zum Gehen wenden, da tat unser Hund etwas, das er noch nie gemacht hatte. Er trottete zwei Schritte auf den karamellfarbenen Wahnsinnswagen zu, schnüffelte kurz am rechten Hinterrad, dann hob er sein Bein – und pinkelte mit kräftigem Strahl gegen die edel schimmernde Alufelge.

»Spock!«, schrie ich und zog an der Leine. »Lass das!«

Aber da war es natürlich schon zu spät.

Ich sah erst zu der Pfütze und dann zu Marco hinüber. Dessen Gesicht hatte jetzt eine bedrohlich lila-rote Färbung angenommen, während ihm der Hemdkragen auf einmal mindestens zwei Nummern zu eng zu sein schien. Ich machte mir ernsthaft Sorgen, dass der Mann direkt vor meinen Augen einen Herzinfarkt erleiden könnte.

Oder vor Wut einfach platzte.

»Nehmen Sie Ihren Hund da weg«, keuchte Marco Caspari. »Nehmen Sie sofort dieses Tier da weg. Der Wagen kommt gerade aus der Waschstraße.«

»Wenn Sie vielleicht einen Eimer Wasser hätten? Dann könnte ich …«

Aber offenbar hielt Herr Caspari nichts von unprofessioneller Autoreinigung.

»Verschwinden Sie einfach von meinem Grundstück«, brüllte er. »Haben Sie verstanden? Und lassen Sie sich hier nie wieder blicken!«

Dieser Aufforderung leistete ich gerne Folge. Erst als ich wieder im Auto saß, fielen mir die Briefe in meiner Handtasche wieder ein.

»So ein unsympathischer Zeitgenosse«, schimpfte ich Sekunden später ins Telefon. Ich hatte die Ohrstöpsel meines Handys angesteckt und in der Strudelstube angerufen, unmittelbar nachdem ich den Motor meines Wagens gestartet hatte.

»Wovon sprichst du?«, fragte Mona. Im Hintergrund hörte ich, wie meine Freundin an der Kaffeemaschine herumhantierte. Es zischte und dröhnte, und von irgendwo rief jemand: »Ich hätte gern noch einen doppelten Einspänner.«

»Dieser Marco Caspari!«, ereiferte ich mich. »Ich hab ihn gerade kennengelernt. Wie konnte Laura so einen schrecklichen Mann heiraten, wo sie doch von einem derart feinfühligen Menschen wie Alex geliebt wird?«

Ich berichtete Mona in wenigen Stichworten von meinem Erlebnis in der Akazienallee.

»Ich glaube, ich fände es auch nicht so toll, wenn ich zusehen müsste, wie mir ein fremder Hund mein frisch gewaschenes Auto bepinkelt«, meinte sie.

»Ach was! Er war schon vorher unfreundlich zu mir. Mr. Spock ist eben ein sehr sensibler Hund. Er hat das gespürt und sich auf seine Weise gerächt.«

Mona kicherte leise.

»Wahrscheinlich hat diesen Marco gerade irgendwas gestresst, und er hat seinen Ärger an dir ausgelassen. Nimm das bloß nicht persönlich. Aber was ist jetzt eigentlich mit den Briefen?«

»Na, die habe ich natürlich behalten. Glaubst du, ich würde so einem herzlosen Rüpel diese kostbaren Liebesbriefe in die Hand drücken? ›Ich habe hier übrigens noch etwas für Ihre Gattin. Mit schönen Grüßen von ihrem sich noch immer nach ihr verzehrenden Ex-Lover‹ – oder so?«

»Hm«, machte Mona nur, und ich hörte, wie sie in der Besteckschublade kramte. Im Hintergrund klapperte Geschirr.

»Im Übrigen: Eine Frau, die einen wie Marco heiratet, kann einfach nur blöd sein. So eine hat es überhaupt nicht verdient, dass einer ihr wunderschöne Briefe schreibt. Die weiß seine Worte doch überhaupt nicht zu schätzen. Wahrscheinlich erinnert sie sich sowieso nicht mehr an ihn. Die interessiert sich doch nicht die Bohne für seine Gefühle. Der geht's doch bloß ums Geld und um ihr gesellschaftliches Ansehen. Das sieht man doch schon an dem hässlichen Bunker, in dem die Casparis wohnen. Wahrscheinlich würde Laura die Briefe ungelesen in den Müll werfen. Und noch nicht mal in den Papiermüll. Die bekommt meine Briefe nicht. Die nicht. Die würde …«

»Hör mal, Franzi.« Irgendwo in der Strudelstube brandete jetzt kreischendes Gelächter auf und übertönte beinahe Monas Stimme. »Ich verstehe ja, dass du reden musst, aber ich habe eigentlich gerade gar keine Zeit zum Telefonieren. Bei mir tobt der Bär. Klassentreffen, Abi '58 oder so ähnlich. Sieben alte Ladys sitzen hier im Laden und machen einen Radau wie ein ganzer Pausenhof. Ich komme mit dem Öffnen der Proseccoflaschen gar nicht hinterher. Lass uns heute Abend reden oder morgen. Ich ruf dich an. Okay?«

Okay. Dann blieb ich mit meinem gesammelten Zorn auf Herrn und Frau Caspari eben alleine.

Ich versuchte es anschließend bei Helen, aber da sprang gleich die Mailbox an. Wahrscheinlich spazierte sie schon wieder mit einem reichen Russen durch eine Schwabinger Luxuswohnung, um den nächsten Millionendeal klarzumachen.

Beim Stichwort Millionendeal fiel mir ein, dass ich dringend den Text für den Friseurladen fertig machen musste, und ich fuhr ohne Umwege nach Hause.

12.

In den nächsten Tagen kam kein Brief von Alex mehr. Morgen für Morgen rannte ich wie eine Irre zum Postkasten, um nachzusehen, ob er sich wieder gemeldet hatte. Aber da war nichts. Rechnungen, Drucksachen, Werbung – alles Mögliche kam an, aber keine Post aus Hongkong. Zu meiner Überraschung stellte ich fest, dass ich die Briefe vermisste. Mit jedem Tag, an dem ich vergeblich im Briefkasten kramte, war ich ein bisschen enttäuschter.

Ich zerbrach mir den Kopf darüber, warum Alex aufgehört haben könnte, an Laura zu schreiben.

Vermutlich war er zu dem Schluss gekommen, dass es sinnlos war, einer Frau nachzutrauern, die ihn vor fünfundzwanzig Jahren verlassen hatte, um einen anderen zu heiraten. Vielleicht hatte er sich aber auch in eine andere Frau verliebt. Womöglich war diese amerikanische Managerin zurückgekommen, mit der Alex die Nacht verbracht hatte. Oder er hatte eine hübsche Hongkongerin kennengelernt, eine wunderbare, lebenslustige, vergnügte Frau, die ihm guttat und dafür sorgte, dass er Laura endlich vergessen konnte.

Vielleicht hatte er sich aber auch dazu durchgerungen, Laura anzurufen, und er hatte festgestellt, dass er seine Post wochenlang an die falsche Adresse geschickt hatte. Bei diesem Gedanken begann ich, nervös zu schwitzen, denn ich fragte mich, was ich eigentlich machen sollte, wenn Laura hier plötzlich vor der Tür stehen und Alex' Briefe einfordern würde. Oder – was noch schlimmer wäre – wenn sie zusammen mit ihrem unsympathischen Ehemann herkommen würde …

Und dann lag doch wieder ein Brief von ihm im Kasten. Ich machte beinahe einen Freudensprung, als ich ihn entdeckte. Der Anblick war mir so vertraut: grüne Buchstaben. Exotische Schmetterlingsbriefmarke. Poststempel aus Hongkong. Alex.

Ich riss den Umschlag noch im Gehen auf. Da ihn weder Alex noch Laura jemals zu Gesicht bekommen würden, war es ja eigentlich egal, ob ich ihn zerfetzte oder nicht.

Der Brief war kurz gehalten. Gerade mal zwei Seiten.

Liebe Laura, ich kann es nicht glauben. Du kommst wieder nach Hongkong! Ich habe es gerade in der Zeitung gelesen. Sie schreiben, dass Marco kurzfristig zu einer Vertragsunterzeichnung herfliegt – und zwar »in Begleitung seiner reizenden Gattin, die in den Räumen von KTMC International den ersten Betriebskindergarten eröffnen wird«. Klingt ja wie das Programm der First Lady, wenn sie mit dem US-Präsidenten auf Reisen ist … Nicht schlecht, Laura. Und Ihr kommt schon in zwei Wochen?!
Wäre es Wahnsinn, wenn wir uns wiedersehen würden? Was hältst Du davon, wenn wir uns treffen? Nur ganz kurz. Auf einen Kaffee oder so. Nur, um mal Hallo zu sagen. Könntest Du Dir das vorstellen? Bitte, sag Ja. Ich fände es großartig. Es ist doch so viel Zeit vergangen seit damals.
Bitte melde Dich unbedingt, wenn Du in Hongkong bist. Ja, ich weiß. Ich hab Dir immer geschrieben, dass ich keine

Antwort von Dir will. Dass es mir egal ist, was Du über mich und meine Briefe denkst. Aber das ist es nicht, Laura. Ich würde Dich so gerne wiedersehen. Kannst Du mich anrufen? Lass mich wenigstens wissen, ob Du Zeit hast für ein Treffen. Ich hab mir die Adresse schon auf dem Stadtplan angesehen. KTMC International ist gar nicht so weit weg von meinem Hotel. Ich wohne im Marina Oriental, direkt am Hafen. Komm, Laura, sag Ja. Ein winziges Treffen müsste doch drin sein. Oder wenigstens ein kleines Telefongespräch. Leider kann ich Dir keine Handynummer geben, weil mir das Teil neulich gestohlen wurde. Und ich will mit meinem Brief nicht warten, bis ich die neue Nummer habe, sonst kommt er womöglich nicht rechtzeitig an, bevor Du abfliegst! Aber Du kannst mich jederzeit über die Rezeption erreichen. Bitte melde dich! Ich verspreche Dir auch, dass ich Dir keine Vorwürfe machen werde. Kein Herumlamentieren. Zwei sehr erwachsene Menschen, die einander nach fünfundzwanzig Jahren wieder begegnen. Mehr nicht. Es ist alles okay, Laura. Ruf mich jederzeit an. Ich freu mich auf Dich. Ich weiß, dass Du Dich melden wirst. Ich kenne Dich doch …
Bis bald, ich warte auf eine Nachricht von Dir,
Dein Alex

Ich faltete den Briefbogen langsam zusammen und schob ihn zurück in den Umschlag.

Welch ein Schlamassel! So euphorisch hatte Alex ja noch nie geschrieben. Er wirkte richtig glücklich in der Hoffnung, Laura demnächst wiederzusehen. Leider würde er verdammt enttäuscht sein. Kein Lebenszeichen von Laura. Kein Treffen, kein Telefongespräch, nicht einmal eine Absage würde er bekommen.

Ich stellte mir vor, wie Alex allein und frustriert in

seinem Hotelzimmer saß, vergeblich auf eine Nachricht von ihr wartend. Er würde sich wundern, wie sehr er sich in ihr getäuscht hatte. Er war sich doch so sicher, dass sie wenigstens anrufen würde. Und wenn auch nur, um ihm zu sagen, dass sie sich nicht mit ihm treffen wollte. Womöglich würde er sich aus lauter Verzweiflung wieder dem Gin hingeben! Am Ende würde doch noch ein Alkoholiker aus ihm werden – oder Schlimmeres. Was, wenn er sich aus dem obersten Stockwerk eines Wolkenkratzers stürzte? Und ich wäre schuld! Nur weil er seine Briefe an die falsche Adresse geschickt hatte. Weil diese Frau ja gar nicht wusste, dass er auf ein Lebenszeichen von ihr wartete. Weil ich die Briefe einfach behalten hatte …

Es sei denn, ich spielte ein bisschen Schicksal.

Ich schaltete meinen Laptop ein, und nach ein paar Klicks fand ich, was ich brauchte: die Homepage des Marina Oriental in Hongkong. Es war ein beeindruckendes Luxushotel, wie ich beim Anblick der Bildergalerie feststellen musste. Ein Traum aus schwarzem Marmor und Mahagoni mit spektakulärem Blick über den Hafen und auf die wie irreal schimmernden nächtlichen Lichter der Wolkenkratzer. Verrückt, in so einem Hotel zu Hause zu sein. Ich klickte ein paar Fotos an und stellte mir vor, wie Alex jetzt in einer dieser Suiten saß und an Laura dachte. Aber wahrscheinlich fielen die Zimmer, in denen das Personal untergebracht war, nicht ganz so prunkvoll aus wie die hier abgebildeten Räumlichkeiten für die gut betuchten Gäste.

Ich fand auch ein Bild, das die Hotelbar zeigte und einen glänzenden schwarzen Flügel mittendrin. Alex' Arbeitsplatz. Er selbst war allerdings nicht zu sehen. Der einzige Mensch, den das Foto von der Hotelbar zeigte, war eine mit dem Mixen von Cocktails beschäftigte asiatisch aussehende Barkeeperin.

Ich klickte zurück auf die Startseite und nahm das Telefon zur Hand.

Seit Jahren hatte ich nicht mehr richtig Englisch gesprochen. Während unserer Urlaube oder wann immer das sonst nötig war, übernahm meist Daniel die Konversation. Ich murmelte probeweise ein paarmal »Good morning, Sir« und »Good morning, Madam«, bis mir einfiel, dass es in Hongkong bereits früher Abend war. Na gut. Dann eben »Good evening«. Das musste jetzt irgendwie klappen.

Mit zitternden Händen tippte ich die Nummer der Hotelrezeption ins Telefon. Es dauerte ein paar Sekunden, bis das Freizeichen kam. Schon nach dem zweiten Tuten meldete sich eine forsche Männerstimme.

Ich verstand den Namen des Hotels und danach etwas wie »Wutschiangbo«. Wahrscheinlich war das der Name des diensthabenden Empfangsmannes.

Ich nahm all meinen Mut zusammen. »Guten Abend, Sir«, sagte ich in mühsamem Englisch. »Hier spricht Laura Caspari.«

Das hörte sich komisch an, ich redete schnell weiter.

»Bei Ihnen arbeitet ein Barpianist namens Alex, nicht wahr?«

Offenbar war das, was ich von mir gab, kein komplettes Kauderwelsch. Wutschiangbo – oder wie immer mein Gesprächspartner hieß – bejahte meine Frage in erstklassigem Oxford-Englisch und teilte mir auch gleich mit, dass Alex heute Abend ab 22 Uhr wieder auftreten werde. Dann fragte er, ob er mir einen Tisch in der Bar reservieren dürfe.

»Oh, nein, danke, das ist nicht nötig. Bitte … äh … Könnten Sie ihm etwas ausrichten?«

Er konnte natürlich. Selbstverständlich, sehr gern konnte er.

»Bitte sagen Sie Alex, dass Laura Caspari angerufen hat. Laura Caspari, das ist ganz wichtig.« Ich buchstabierte den Namen sicherheitshalber. »Es tut mir sehr leid, aber ich muss das Treffen mit ihm absagen. Sagen Sie ihm das, bitte. Laura Caspari kann Alex nicht treffen – haben Sie das notiert? Sie kann ihn auch nicht anrufen. Es tut ihr sehr leid. Aber sie hat sich sehr über seine Briefe gefreut. Das ist sehr wichtig. Hören Sie? Sehr wichtig. Ich grüße ihn sehr herzlich. Ja, bitte richten Sie Alex unbedingt ganz liebe Grüße von Laura Caspari aus.«

Ich schrie so laut in den Hörer, dass dieser Wutschiangbo wahrscheinlich dachte, ich hielte ihn für schwerhörig. Er las mir die Notiz noch einmal vor und versprach, sie Alex sofort in sein Fach zu legen.

»Thank you«, hauchte ich und legte auf.

Mehr konnte ich nicht für ihn tun.

Natürlich würde Alex traurig sein, dass Laura keine Zeit hatte, sich mit ihm zu treffen. Nicht einmal Zeit hatte, mit ihm zu telefonieren. Aber noch viel trauriger wäre er gewesen, wenn sie sich überhaupt nicht gemeldet hätte. Wenn sie ihn und seine wunderbaren Briefe einfach ignoriert hätte.

Das durfte auf keinen Fall passieren.

Ich starrte noch eine Weile auf die Hongkong-Fotos auf dem Bildschirm meines Laptops. Dabei fühlte ich mich großartig und schrecklich zugleich. Ich hatte gar nicht gewusst, dass man sich zur selben Zeit so verschieden fühlen konnte.

13.

Am Samstagmorgen erwachte ich von einem dröhnenden Geräusch. Als ich die Augen aufmachte, sah ich, dass es draußen gerade erst hell wurde. Auf meinem Wecker stand 5:07.

»Was ist denn da los?« murmelte Daniel, der natürlich auch nicht mehr schlafen konnte.

»Keine Ahnung. Da muss ein Irrer unterwegs sein.«

Ein Irrer, der verdammt viel Lärm machte.

Das Geräusch klang wie ein Motor. Ich richtete mich auf. Es klang wie der Motor eines Rasenmähers. O Gott! Wie der sehr laute Motor *unseres* uralten, halb verrosteten Rasenmähers!

Mit einem Satz war Daniel aus dem Bett und riss das Fenster auf.

»Isa!«, brüllte er in die frühe Morgendämmerung hinaus. »Bist du wahnsinnig geworden? Du kannst doch um diese Uhrzeit nicht den Rasen mähen!«

Falls irgendeiner unserer Nachbarn von dem Krach des Rasenmähers noch nicht aufgewacht sein sollte, saß er spätestens nach Daniels Gebrüll kerzengerade im Bett.

Unten im Garten erstarb das Motorengeräusch. Irgendwo in der Nachbarschaft wurde ein Fenster krachend zugeschlagen.

»Mama hat gesagt, ich muss den Rasen mähen, bevor

ich heute losfahre«, rief Isa mit hellwacher Stimme von unten herauf. »Und ich muss spätestens um sechs fertig sein, damit ich noch Zeit zum Duschen habe.«

»Das ist Ruhestörung«, erklärte Daniel ein paar Phon leiser. »Lass das! Du kannst den Rasen am Montag mähen.«

»Na toll«, kam es von draußen zurück. »Das hättest du mir auch gestern schon sagen können, Papa. Dann hätte ich heute zwei Stunden länger geschlafen!«

Ich hörte, wie sie den Rasenmäher über den Plattenweg rumpelnd zurück in den Gartenschuppen schob und die Holztür zuwarf. Als es still war, fing irgendwo da draußen ein irritierter Morgenvogel schüchtern an zu flöten.

»Meinst du, wir haben eine schwer erziehbare Tochter?«, fragte ich seufzend.

»Quatsch«, antwortete Daniel und setzte sich unschlüssig auf die Bettkante. Wir hörten, wie Isa die Treppe hinauf und in ihr Zimmer stapfte.

»Willst du nicht mehr schlafen?«, fragte ich. »Was ist los?«

»Nichts, nichts. Ich habe nur über etwas nachgedacht …«

»Wieso? Worüber?«

»Ach, vergiss es.«

Es war die Art von Konversation, die mich in den Wahnsinn treiben konnte. Das war die zweite, definitiv schlechte Eigenschaft an Daniel: dass er manchmal ein Gespräch anfing und dann abrupt endete, wenn es interessant wurde.

»Warum sagst du es mir nicht?«

Er zuckte nur mit den Schultern.

Ich betrachtete Daniel, wie er da in seinen blau karierten Boxershorts und mit bloßem Oberkörper auf der Bettkante saß. In der Leibesmitte wölbte sich unübersehbar sein wachsender Wohlstandsbauch. Aber das störte mich nicht. Es verlieh ihm etwas Gemütlich-Teddybärartiges. Und außerdem: Wenn er nicht mehr so rank und schlank war wie früher, machte es ja wohl nichts, wenn auch ich allmählich etwas aus dem Leim ging.

»Findest du mich zu dick?«, unterbrach Daniel meine Gedanken.

»Nein, wie kommst du denn darauf.«

»Weil du mich so anguckst …«

»Wieso? Wie gucke ich denn?«

»Irgendwie kritisch.«

»Kritisch? Wieso sollte ich kritisch gucken?«

»Na, vielleicht weil du mich zu dick findest?«

»Ich hab doch gesagt, dass ich dich nicht dick finde.«

»Ja, gesagt hast du es. Aber vielleicht denkst du was anderes?«

»Na ja, wir haben beide früher mal ein paar Kilo weniger gewogen, aber das ist doch ganz normal, dass man im Laufe der Zeit … He, was machst du denn jetzt?«

Daniel war aufgestanden. Er schob die Tür des Kleiderschranks auf und begann, in seinen Fächern zu wühlen.

»Ich geh jetzt laufen«, sagte er, mehr zu den Kleidern im Schrank als zu mir.

»Du? Jetzt? Laufen?« Ich beobachtete ihn verblüfft. »Wieso das denn? Es ist gerade mal hell geworden. Komm doch wieder ins Bett!«

»Nein, ich bin nicht mehr müde. Ich hab jetzt Lust, Sport zu machen.« Er fischte seine alte blaue Jogginghose aus dem Schrank, dazu Socken und ein T-Shirt und begann, sich anzuziehen. »Ich hab ewig keinen Sport mehr gemacht«, kam es, während er sich das T-Shirt über den Kopf streifte. »Stehen meine Laufschuhe eigentlich noch irgendwo?«

»Vermutlich in der Dachkammer, wie alle Dinge in diesem Haushalt, die kein Mensch mehr braucht.«

»Von wegen, mein Schatz. Ab heute mache ich an jedem Wochenende Sport – und in sechs Wochen habe ich wieder einen Astralkörper wie früher …«

Er klopfte sich mit beiden Händen auf den »There-is-no-finish-line«-Schriftzug, der in Brusthöhe auf seinem T-Shirt prangte, dann verließ er mit federnden Schritten das Schlafzimmer.

Ich ließ mich zurück aufs Kissen fallen und dachte an Daniels Astralkörper von damals. An die Zeit, in der wir so verliebt ineinander gewesen waren, dass er im Leben nicht auf die Idee gekommen wäre, an einem Morgen wie diesem allein aufzustehen und zum Joggen zu gehen. Er hatte mich nicht mal gefragt, ob ich mitlaufen wollte. Andererseits: Ich hatte auch nicht gerade den Eindruck erweckt, als hätte ich große Lust auf Frühsport.

Ich hatte nämlich große Lust, wieder einzuschlafen, aber es gelang mir nicht. Vor allem deshalb nicht, weil ich draußen schon wieder etwas hörte. Es war Musik. Sehr leise zwar, aber ich kannte die Melodie nach all den Jahren nun wirklich gut genug: Marianne Rosenberg. *Er gehört zu mir.*

Ich stutzte. Entweder war Tim so verzweifelt, dass er Struppis CDs anhörte, obwohl er dabei sicherlich vor Liebeskummer vergehen würde. Oder …

Ich stieg aus dem Bett und trat zum Fenster. Ich beugte mich vor, um auf die Straße sehen zu können. Und tatsächlich: Da stand Struppis grasgrüner VW-Bus vor dem Haus, als wäre er nie weg gewesen.

14.

»*Mama, hast du* jetzt ein Pseudonym?«

Ich verstand überhaupt nicht, was Isa meinte, als sie zu mir ins Wohnzimmer kam. Ich saß auf dem Sofa, wo ich mich in einen neuen Auftrag für Tim vertieft hatte (eine Zeitungsanzeige für einen Autohändler). Seit Stunden hatte ich nicht mehr auf die Uhr gesehen und gar nicht gemerkt, dass dieser Vormittag auch schon wieder herum und Isa aus der Schule nach Hause gekommen war. Ich blickte von meinem Laptop auf.

»Wieso sollte ich ein Pseudonym haben?«

»Na, das hat man doch manchmal, wenn man Romane schreibt. Du wolltest doch immer Romane schreiben und keine Werbetexte. Hast du etwa einen geschrieben, ohne uns was zu verraten? Und bekommst schon Fanbriefe? Der hier lag im Postkasten. Nennst du dich jetzt Laura Caspari? Cooler Name.«

Als sie mit dem Brief vor meiner Nase wedelte, hätte ich ihn ihr am liebsten aus der Hand gerissen. Wieder ein Lebenszeichen von Alex! ICH WILL DEN BRIEF SOFORT LESEN! Aber natürlich beherrschte ich mich und versuchte, meine Schnappatmung zu unterdrücken, als ich antwortete:

»Nein, das ist … der wurde nur falsch zugestellt. Verkehrte Hausnummer oder so. Das passiert schon mal.«

»Da ist auch noch was von der Schule gekommen.«

»Von der Schule? Gibt es schon wieder Ärger?«

Wenn Frau Scholler-Borstig sich schriftlich bei uns beschwerte, dann musste es wirklich ernst sein. Vermutlich war das die offizielle Mitteilung, dass Isa – trotz höchst engagierter pädagogischer Bemühungen, trotz aller mahnenden Worte an die Erziehungsberechtigten und zu ihrem allergrößten Bedauern – das Schuljahr wiederholen musste. Ach, Gott, ich hatte es ja geahnt.

»Nein, das ist wegen der Klassenfahrt. Luisa und die anderen haben den Brief auch schon bekommen. Die Scholle hat drei Seiten Text geschrieben, dass wir im Spessart keine Drogen nehmen dürfen und so. Du musst das unterschreiben. Voll der Quatsch. Wir sind da doch mitten im Wald. Wo sollten wir denn da Drogen herbekommen! Von der bösen Hexe im Hexenhäuschen vielleicht?«

Sie kicherte und legte die Post auf den Tisch.

»Na ja, heutzutage kann man nicht vorsichtig genug sein. Eure Lehrerin will sich eben juristisch absichern.«

Ich öffnete den Brief von der Schule und überflog den Text. Mein Blick streifte Begriffe wie Alkohol, nächtliche Bettruhe und Krankheitsfall. Ich erinnerte mich, dass ich bei Bastis Klassenfahrt vor ein paar Jahren schon mal so etwas Ähnliches bekommen hatte, und setzte meine Unterschrift auf die gestrichelte Linie auf dem letzten Blatt, ohne mir das Ganze näher durchzusehen.

Ich wollte jetzt endlich Alex' neuen Brief lesen.

Aber Isa wich nicht von meiner Seite.

»Übrigens«, sagte sie und rutschte zu mir aufs Sofa. »Ich hab da mal 'ne Frage.«

»Und die wäre?«

Weshalb halbwüchsige Töchter immer gerade dann ein intensives Mitteilungsbedürfnis haben, wenn Mütter es am allerwenigsten gebrauchen können, ist eine Frage, die in Wissenschaft und Forschung bislang sträflich vernachlässigt wurde.

»Würdest du mir erlauben, mich tätowieren zu lassen?«

Ich fiel fast vom Sofa.

»Tätowieren? In deinem Alter? Bist du verrückt? Natürlich nicht. Was willst du dir denn tätowieren lassen?«

Auf was für Ideen die Mädels heutzutage kamen! Ich wünschte, in dem Brief der Schule hätte auch etwas über ein Tattoo-Verbot gestanden. Aber an derart Naheliegendes dachte Frau Scholler-Borstig natürlich nicht.

»Wir wollen uns alle tätowieren lassen, alle Bandmitglieder.«

Isa schob den kurzen Ärmel ihres Fools-of-Fashion-Gratis-T-Shirts hoch. Es war knallrot, in der Mitte prangte wenig dezent das Logo des Labels, das Wort FOOL in dicken goldenen Buchstaben. Was Klamotten anging, hatte Isa die schwarze Phase offensichtlich beendet.

»Hier auf den Arm. Wir wollen da *The Stitching Bitches* draufschreiben lassen. In riesengroß und ganz bunt. Vom Handgelenk bis zur Schulter. Oder andersherum, das steht noch nicht fest. Vielleicht auch auf beide Arme. Je nachdem, wie teuer das ist. Dann tragen wir bei unseren Auftritten mit der Band immer Tank Tops, und wenn die Kameras auf uns gehalten werden, sieht jeder immer sofort, wie wir heißen. Voll cool – oder? Ich versteh nämlich auch was von Werbung und Marketing!«

Sie strahlte mich so begeistert an, dass ich durchaus stolz auf sie gewesen wäre, wenn ich Tattoos nicht für eine der grässlichsten Erfindungen der Menschheit gehalten hätte. Besonders im Großformat auf den Armen eines fünfzehnjährigen Mädchens.

»Hör mal, Isa«, sagte ich deshalb so gelassen, wie es

mir möglich war mit Blick auf Alex' Brief, den ich wirklich brennend gern sofort lesen wollte. »Ich bin mir nicht sicher, ob das so eine tolle Idee ist mit euren Tattoos.«

»Aber klar, Mama, das ist super, das ist …«

»Wartet doch lieber erst mal ab, wie das mit der Karriere eurer Band vorangeht. Stellt euch vor, ihr lasst euch morgen *The Stitching Bitches* auf die Arme tätowieren, und es sieht vielleicht sogar gut aus.« An dieser Stelle räusperte ich mich vor lauter Grausen. »Aber dann kommt übermorgen ein Musikmanager und findet euch toll und will Platten mit euch aufnehmen.«

Isa bekam leuchtende Augen.

»Genau!«, rief sie. »Du glaubst nämlich auch, dass wir es schaffen, nicht wahr? Das finde ich voll super von dir! Wir rocken die Charts! Yeah!« Isa ballte beide Hände zu Fäusten und machte eine pumpende Armbewegung.

»Ja, aber stopp mal, Isa. Was ist, wenn dem Manager euer Bandname nicht gefällt. Wenn er meint, als … sagen wir mal …«, mein Blick flog durchs Wohnzimmer und landete auf der Briefmarke aus Hongkong, »… als *Crazy Pink Butterflies* würdet ihr viel erfolgreicher sein. Tja, was macht ihr dann mit dem *The-Stitching-Bitches*-Tattoo auf euren Armen? Dumm gelaufen oder? Ich meine, es wäre doch schade, wenn eure Karriere floppt, nur weil ihr euch zu früh was Falsches habt tätowieren lassen, oder?«

»Shit, Mama. Du hast ja total recht. Daran haben wir überhaupt nicht gedacht. Ich muss Luisa sofort anrufen, bei ihr in der Nachbarschaft ist nämlich ein Tattooladen, und sie wollte da heute mal vorbeigehen und nachfragen. Oh Mist, hoffentlich hat sie sich noch nichts stechen lassen. Verdammt. Wehe, die vermasselt uns den Plattenvertrag!«

Isa raste aus dem Zimmer. Ich sah ihr einen Moment lang nach, dann öffnete ich – äußerst zufrieden mit meiner pädagogischen Höchstleistung – den neuen Brief aus Hongkong.

Liebe Laura! Wie schade, dass wir uns verpasst haben. Du hättest Deinen Anruf auf mein Zimmer durchstellen lassen sollen, statt mir nur eine Botschaft zu hinterlassen. Ich hätte mich so gerne wenigstens kurz mit Dir unterhalten, wenn es schon nicht mit dem Treffen klappt. Aber ich habe mich riesig gefreut, dass Du Dich überhaupt gemeldet hast. Es bedeutet mir sehr viel. Weißt Du, es ist komisch, Briefe irgendwohin zu schicken und nie eine Reaktion darauf zu bekommen. (Okay, auch wenn ich das so gewollt hatte.) Manchmal habe ich mich gefragt, ob Du meine Briefe überhaupt erhalten hast! Oder ob Marco sie vielleicht heimlich abgefangen und gelesen hat. Das ist keine sehr angenehme Vorstellung. Besonders was diesen einen Brief angeht, Du weißt schon. Den Brief, bei dem ich gar nicht mehr so genau weiß, was ich geschrieben habe. Aber ich bin mir sicher, ich möchte nicht, dass irgendjemand auf der Welt – außer Dir – diesen Brief liest … Und Du möchtest es bestimmt auch nicht.
Ach, Laura, ich möchte Dich so gerne wiedersehen. Eigentlich ist es ein Drama, dass Du so nah bei mir sein wirst – und dass wir es trotzdem nicht schaffen, uns zu treffen. Ich frage mich, ob es möglich wäre, dass wir ein ganz normales Verhältnis zueinander entwickeln können. Von Ex-Freund zu Ex-Freundin, nicht dass Du mich missverstehst.
Ich überlege, ob ich meine Weltenbummelei aufgeben und nach Deutschland zurückkommen sollte! Das letzte Mal war ich vor sechs Jahren zu Hause, zur Beerdigung meiner Mutter. Ich war aber nur ein paar Tage da, um die Dinge zu organisieren, sonst konnte es ja niemand machen. Ich glaube, ich habe Dir früher mal erzählt, dass ich eigentlich

nie wirklich Kontakt zu meinem Vater und meinem Halbbruder hatte, nicht wahr? Doch, das habe ich Dir damals erzählt, ich bin mir ganz sicher. Das war ja auch einer der Gründe, weshalb Deine Familie mich nicht akzeptieren wollte: ein uneheliches Kind, pfui Teufel … Entschuldige, Laura, aber ich befürchte, ich mochte Deine Eltern genauso wenig wie sich mich!

Vielleicht ist es ja allmählich an der Zeit, sesshaft zu werden. Nicht mehr alle paar Monate umzuziehen, den verschiedenen Engagements hinterherzureisen. Einen halbwegs vernünftigen Beruf zu ergreifen. Ich könnte zum Beispiel Musiklehrer werden, vielleicht an der Volkshochschule Klavier- und Saxophonunterricht geben. Das klingt ein bisschen spießig, wenn man bedenkt, wie ich die letzten Jahre verbracht habe. Aber ich kann ja schließlich nicht mit achtzig noch durch die Hotelbars dieser Welt touren … Und wenn ich in Deutschland bin, dann komme ich Dich einfach mal besuchen, Laura. Oder wir treffen uns auf dem Monopteros, an dem Ort, an dem unsere Geschichte vor 25 Jahren aufgehört hat. Warst Du seitdem mal wieder da? Ach, vermutlich schon. Ich wette, Du gehst mit Marco jedes Wochenende durch den Englischen Garten spazieren und schaust Dir ab und zu von dort oben die schöne Aussicht an.

Liebe Laura, es tut mir so gut zu wissen, dass ich Dir nicht völlig egal bin. Wenn Du gedacht hättest: Alex? Wer ist Alex? Der Typ kann mir mal den Buckel runterrutschen – dann hättest Du niemals hier im Hotel angerufen. Ich war mir so sicher, dass Du Dich melden würdest. Damit hast Du mich – trotz allem – ein bisschen glücklicher gemacht. Schreib mir doch bitte mal einen Brief zurück. Du weißt ja jetzt, wo ich wohne, und von einem kurzen Anruf zu einem kurzen Brief ist es nicht mehr weit, nicht wahr?

Ach, Laura, mir ist schon klar, dass ich am Anfang geschrieben habe, es reicht mir zu wissen, dass Du beim Lesen meiner Briefe an mich denkst, und mehr wolle ich nicht. Aber ehrlich gesagt: Das hat sich geändert. Die Vorstellung, dass ich vorhin Deine Stimme hätte hören können, als Du angerufen hast, ist atemberaubend! Ich würde so gerne wissen, wie es Dir geht, was bei Dir alles passiert ist in den vergangenen 25 Jahren und woran Du denkst. Ist das zu viel verlangt? Jetzt ist der Punkt gekommen, vor dem ich mich immer gefürchtet habe. Ich werde jeden Tag an mein Postfach gehen und nach einem Brief von Dir Ausschau halten. Oder ist Dir ein Brief mit der Post zu umständlich? Du kannst mir auch eine E-Mail schreiben: Unter alex@marinaorientalhongkong.com – ach, verdammt, jetzt werde ich jeden Tag auf ein »Pling« von Dir warten …
Sei umarmt – ich wünsche Dir alles Glück der Welt, und bitte: Melde Dich wieder!
Dein Alex

Ich hatte kaum den letzten Satz gelesen, als die Tür aufflog und Isa zurück ins Wohnzimmer stürzte.

»Gott sei Dank, noch nichts passiert. Luisa hat sich nur einen klitzekleinen Notenschlüssel aufs Schlüsselbein tätowieren lassen. Ein Notenschlüssel auf dem *Schlüssel*bein, das ist echt witzig, oder? Und was mit Noten passt ja immer, wenn wir Profimusiker sind. Aber ehrlich gesagt, Mama: *Crazy pink Butterflies* finde ich einen ziemlich bescheuerten Namen für eine Punkband. Eine Plattenfirma, die mit so einer Idee ankommt … pff, die kann uns echt gestohlen bleiben. Da nehmen wir dann lieber eine andere!«

15.

»Nein«, sagte Helen entrüstet. »Das machst du auf keinen Fall. Du wirst ihm keine E-Mail schreiben! Jedenfalls nicht, solange du dich als Laura Caspari ausgibst.«

»Ach, komm schon. Sei doch nicht so ein Moralapostel.« Mona boxte ihr freundschaftlich gegen den Oberarm. »Das ist doch ein Heidenspaß!«

Wir hatten uns zur Weiberrunde vor dem Nymphenburger Schloss getroffen und schlenderten durch die weitläufige Gartenanlage. Eine Reisegruppe aus Italien ließ sich neben uns gerade die historischen Hintergründe der Schlossanlage erklären, ein Dutzend Handykameras waren abwechselnd auf die Reiseleiterin und das Gebäude gerichtet. Andere Touristen spazierten den schnurgeraden Hauptweg an den Blumenrabatten entlang und betrachteten der Reihe nach die überlebensgroßen Statuen von irgendwelchen Pseudogottheiten, die rechts und links auf Podesten standen, oder machten Selfies mit und ohne Schloss im Hintergrund.

Wir bogen rasch ab, weg vom Schloss, auf einen der Seitenwege, die auf verschlungenen Pfaden an kleinen Wasserläufen und Teichen entlang durch ein Waldstück führten.

Ich hatte die beiden gerade auf den neuesten Stand in Sachen Alex gebracht und gesagt, dass ich ihm gerne antworten würde. Und zwar, wie Helen ganz richtig vermutet hatte, indem ich mich als Laura ausgab. Ich hatte mir sogar schon eine extra E-Mail-Adresse dafür eingerichtet, denn ich konnte mich ja schlecht als Franziska Herold bei ihm melden. Allerdings hatte ich mich noch nicht getraut, den nächsten Schritt zu machen: Noch hatte ich ihm nicht geschrieben.

»Was meint ihr, wie sehr er sich freuen würde, wenn Laura ihm antwortet«, argumentierte ich. »Seit fünfundzwanzig Jahren träumt er davon – und ich kann dafür sorgen, dass dieser Traum in Erfüllung geht.«

»Laura antwortet ihm aber nicht!«, erklärte Helen in der ihr eigenen Strenge. »Du antwortest ihm. Das ist Lug und Betrug, so was macht man nicht.«

»Manchmal bist du wirklich entsetzlich spießig, Helen!« Mona war voll und ganz auf meiner Seite. »Franzi will doch nur einen Mann glücklich machen.« Sie kicherte dreckig. »Jedenfalls virtuell.«

»Warum willst du ihm denn nicht unter deinem richtigen Namen schreiben, Franzi?«, fragte Helen entrüstet. »Du könntest endlich dafür sorgen, dass dieses Missverständnis mit den falsch verschickten Briefen aufhört.«

Leider war es genau das, was ich nicht wollte: dass das mit Alex' Briefen aufhörte. Ganz im Gegenteil. Ich wollte, dass es weiterging. Beziehungsweise, dass es jetzt erst richtig losging. Dass er seine Briefe direkt an mich schrieb. Dass ich ihm Fragen stellen konnte, auf die er antwortete. Dass ich ihn kennenlernen konnte. Dass ich … keine Ahnung. Irgendwann in einer sehr fernen Zukunft würde ich ihm natürlich alles erzählen. Oder ich würde einfach die falsche E-Mail-Adresse löschen – und verschwinden. Vielleicht.

»Sei keine Spaßverderberin, Helen«, antwortete Mona an meiner Stelle und grinste. »Sie will doch nur spielen …«

»Eben. Mit Gefühlen spielt man nicht!«

Helen hatte absolut recht. Es wäre nur vernünftig, die Sache mit Alex' Briefen an dieser Stelle abzubrechen und die Dinge geradezurücken. Das Dumme war nur: Ich hatte keine Lust, vernünftig zu sein. Ich hatte Lust, etwas zu tun, das eine Franziska Herold normalerweise nicht tun würde.

»Ich werde ihm ja keine heißen Liebesbriefe schreiben«, erklärte ich. »Ich möchte mich nur ein bisschen mit ihm unterhalten.«

»Und wie, bitte schön, soll das funktionieren – ohne ihn anzulügen? Und was wirst du Daniel erzählen? Überhaupt: Wie fändest du das denn, wenn Daniel so einen kleinen E-Mail-Flirt pflegen würde?« Helen ließ nicht locker. Ein bisschen bereute ich es, sie in die Sache eingeweiht zu haben. Mit Mona wäre die Geschichte wesentlich einfacher und wesentlich lustiger geworden.

»Daniel ist viel zu sehr mit seinen Amöben beschäftigt, um mit irgendwem zu flirten«, erklärte ich. »Einschließlich seiner eigenen Ehefrau.«

»Du spielst mit dem Feuer«, warnte Helen.

Das mochte wohl so sein, aber dann hatte ich eben Lust zu zündeln.

Lieber Alex, fünfundzwanzig Jahre sind eine verdammt lange Zeit.

Ein einziger Satz stand immerhin schon in meiner Mail, und was ich da geschrieben hatte, war ja nun wirklich nicht verkehrt. Es war kurz nach zehn Uhr abends, und ich saß seit einer halben Stunde mit dem Laptop auf dem Schoß im Bett. Ich hatte keine Ahnung, was ich eigentlich schreiben sollte.

Dass Daniel mich bei meiner geheimen Korrespondenz

überraschen würde, stand nicht zu befürchten. Er war nämlich mit Tim heute Abend ins Fitnessstudio gegangen und lag in diesem Moment vermutlich schwitzend und keuchend auf einer Hantelbank oder unter einem High-Tech-Bauch-weg-Trainingsgerät. Als er neulich frühmorgens zum Joggen aufgebrochen war, hatte ich noch gedacht, sein sportlicher Ehrgeiz wäre bloß eine vorübergehende Irritation. Aber nein, er meinte es tatsächlich ernst mit seinem Astralkörper.

Ich tippte weiter.

Du kannst dir sicherlich vorstellen, wie überrascht ich war, als plötzlich ein Brief von dir hier auftauchte. Ich hatte wirklich nicht damit gerechnet, jemals wieder etwas von dir zu hören. Ich bin ganz verlegen, wenn ich lese, dass du mich nach all den Jahren immer noch liebst. Vor allem, weil ich dich damals wirklich nicht sehr nett behandelt habe … Blablababla.

Ich drückte auf die Delete-Taste, und der Cursor schluckte den Text, bis das Mailfenster wieder leer war. Ich klappte den Laptop zu. Vielleicht sollte ich das Ganze doch besser lassen.

Dann klappte ich den Laptop wieder auf – und auf einmal liefen meine Finger wie von selbst über die Tasten.

Lieber Alex, es ist so verrückt, auf einmal wieder von dir zu hören. Danke für deine wunderbaren Briefe! DANKE! Ich habe sie immer wieder durchgelesen. Es tut mir so gut zu wissen, wie sehr du mich noch liebst. Und was für ein aufregendes Leben du hast! Das kann ich von mir leider nicht behaupten. Wenn man über zwanzig Jahre lang verheiratet ist, passiert nicht mehr viel. Vielleicht sollten wir froh sein, dass uns diese Routine erspart geblieben ist. Ehrlich gesagt ist mir gerade ein bisschen langweilig. Die Kinder sind so groß, dass sie sowieso lieber ihre eigenen Wege gehen, und mein Mann ist heute Abend beim Sport. Neuerdings findet er es wichtiger, sich um seine Figur zu kümmern als um seine Frau. Wenn ich wenigstens etwas davon hätte! Aber ich bekomme ihn kaum mehr zu Gesicht, weil er immer wahnsinnig viel arbeiten muss. Wenigstens unser Hund liebt mich noch. Sonst wäre ich ja total einsam … Ich freue mich schon darauf, wieder von dir zu hören. Bitte antworte mir schnell. Ich bin schon sehr gespannt. Deine Laura.

Natürlich hatte ich nicht wirklich vor, Alex diese Mail zu schicken. Ich war ja nicht verrückt. Ich hatte nur gerade Lust, ein bisschen Ärger abzulassen. Ärger darüber, dass ich schon wieder einen Abend allein verbringen musste. Dass ich mir gerade ein wenig überflüssig vorkam. Dass ich niemanden hatte, der mir aufregende Liebesbriefe mit grüner Tinte schrieb.

Es tat mir gut, meine Beschwerdepunkte schriftlich vor mir zu sehen. Aber bevor irgendjemand anders das Ganze lesen konnte, betätigte ich die Delete-Taste und löschte den Text aufs Neue.

Jedenfalls hatte ich vor, die Delete-Taste zu drücken und den Text wieder zu löschen. Aber dabei musste ich mit dem Finger irgendetwas angetippt haben, was ich besser nicht angetippt hätte. Denn zu meinem Entsetzen poppte plötzlich der Hinweis »E-Mail gesendet« auf. Ich schrie kurz auf, warf den Laptop zur Seite und zog mir die Bettdecke über den Kopf. O, mein Gott, was hatte ich getan?!

Ich verharrte fünf Minuten unter der Bettdecke, wo ich

erwog, mich dem sicheren Erstickungstod hinzugeben. Aber kurz bevor er eintrat, kroch ich doch wieder hervor und nahm den Laptop an mich. Vielleicht hatte ich mich ja verguckt, oder es war ein technischer Fehler des Programms gewesen, und es hatte in Wirklichkeit nicht gesendet. Ich klickte den Postausgang an. Da stand es, klar und deutlich: Betreff: *Hallo Alex* – gesendet an alex@marinaorientalhongkong.com um 22:19.

Welch eine Katastrophe!

Mein erster Impuls war es, meine falsche E-Mail-Identität sofort wieder zu löschen, Alex' Briefe durch den Papierschredder in Daniels Arbeitszimmer zu jagen und mit niemandem je wieder ein Wort darüber zu reden. Nicht mal mit Mona. Aber dadurch würde ich die Sache leider nicht ungeschehen machen.

Ich blickte auf meinen Wecker. In Hongkong war es jetzt schon früher Morgen. Da Alex sicher bis spät in die Nacht in der Bar gespielt hatte, dürfte er jetzt tief schlafend in seinem Hotelbett liegen, und es würde noch einige Stunden dauern, bis er meine Mail las. So lange hatte ich Zeit, mir zu überlegen, was ich tun konnte. Vielleicht sollte ich schnell noch eine Mail hinterherschicken, mich entschuldigen und ihm erklären, dass ich das alles nicht so gemeint hatte …

Doch da gab mein Laptop ein eindeutiges akustisches Signal von sich. Es schnürte mir die Kehle zu. Alex hatte geantwortet. Mit zitternden Fingern klickte ich seine E-Mail an.

Laura, meine Liebe!
Es ist unglaublich. Da komme ich gerade von meinem Auftritt in der Bar zurück ins Zimmer (heute hat es länger gedauert, weil im Hotel ein Firmenjubiläum

gefeiert wurde), ich schaue noch mal kurz in mein Postfach – und in dem Moment kommt deine Mail an. Danke! Es ist fantastisch, von dir zu hören. Unglaublich! Großartig! Auch wenn du ein bisschen so klingst, als hätte dich gerade der Blues erwischt. Bist du nicht glücklich mit Marco? Auf dem Foto, das ich aus der Zeitung ausgeschnitten habe, ist mir schon aufgefallen, dass du einen kleinen bekümmerten Zug in den Mundwinkeln hast, der früher nicht da war. Du musst wieder mehr lächeln, Laura! Du hattest immer so ein wahnsinnig hübsches Lächeln. Bist du noch online? Ich bin jetzt jedenfalls hellwach. Ich bringe dich zum Lächeln, wenn du magst … Dein Alex.

Ohne nachzudenken, klickte ich auf »Antworten«.

Lieber Alex, ja, ich bin noch online. Was für eine verrückte Vorstellung: Da sitzen wir gerade Tausende Kilometer voneinander entfernt und reden sozusagen miteinander. Aber du brauchst dir keine Sorgen um mich zu machen. Ich habe schrecklich übertrieben. Ich habe mich gerade nur ein bisschen über meinen Mann geärgert. Es ist eigentlich alles ganz in Ordnung bei uns.

Seine Antwort kam prompt.

Schade. Ich hätte dich gern getröstet.

Ich weiß.

Erzähl mir was von dir! Hast du in den letzten Jahren noch manchmal an mich gedacht?

Ich zögerte. Dann tippte ich:

Natürlich habe ich das. Schließlich haben wir uns einmal sehr geliebt. Auch wenn das natürlich schon so viele Jahre her ist.

Ich habe dich keine Sekunde lang vergessen. Du warst immer etwas ganz Besonderes für mich. Ein funkelnder Diamant unter grauen Kieselsteinen.

Du bist kitschig, Alex. Hast du wieder zu viel Gin getrunken?

Nein, Laura, diesmal nicht. Tut mir echt leid, das mit dem besoffenen Brief neulich. Kommt nie wieder vor.

Entschuldigung angenommen.

Diesmal dauerte es ein paar Minuten, bis er zurückschrieb.

Komisch, jetzt mit dir zu mailen, das ist so, als ob es die letzten 25 Jahre gar nicht gegeben hätte. Du bist mir noch ganz vertraut. Für mich bist du immer noch die Laura von damals.

Klar. Die Frau, der du gerade schreibst, kennst du ja auch gar nicht.

Ich seufzte. Wie recht ich mit diesem Satz hatte, konnte Alex natürlich nicht ahnen.

Ja, leider. Ich würde die Laura von heute gern kennenlernen. Verrätst du mir etwas über dein

Leben? Was machst du sonst, wenn du Marco nicht gerade auf seinen Geschäftsreisen begleitest? Übrigens, es geht mich ja nichts an, aber dass Marco neuerdings Sport macht, finde ich – ehrlich gesagt – mehr als überfällig. Eigentlich kannst du dich doch darüber freuen, dass er jetzt endlich auch mal was für seine Figur tut … Und wie kommt es, dass ihr einen Hund habt? Du hattest damals doch immer so schreckliche Angst vor Hunden.

Huch! Schnell antwortete ich:

Das mit meiner Hundephobie hat sich gelegt. Die Kinder wollten unbedingt einen Hund haben, da habe ich meine Angst überwunden. Und er ist wirklich sehr brav.

Gut, dass Laura keine lebensbedrohliche Hundehaarallergie hatte! Das hätte die Sache ziemlich kompliziert gemacht. Über das, was sie sonst noch machte, beruflich oder privat, wollte ich lieber nichts schreiben. Die Gefahr, dass ich mich damit in die Nesseln setzte, war einfach zu groß.

Es dauerte eine ganze Weile, bis Alex' nächste Mail ankam. Ich dachte schon, er wäre wegen der überwundenen Hundephobie misstrauisch geworden. Aber danach sah es nicht aus:

Tapferes Mädchen. Sag mal, was hältst du davon, wenn wir skypen? Ich würde dich gerne sehen, wenn ich mit dir rede …

Ich erschrak und schrieb hastig zurück:

Nein, Alex. Das kommt nicht infrage.
Ich sitze schon im Bett und habe einen uralten, ausgeleierten Schlafanzug an.

Oh! Im Bett? Was für eine schöne Vorstellung … ;-)

Alex! Benimm dich! Ich bin verheiratet!

Ja, ich weiß. Leider. Sorry. Manchmal geht meine Fantasie mit mir durch. Beziehungsweise meine Erinnerung … Du kannst dir ja einen schönen Bademantel überziehen. Oder einen Pulli. Ich fände es toll, mit dir zu skypen. Denk doch mal: Du hast die einmalige Gelegenheit, Hongkong bei Sonnenaufgang mitzuerleben. Ich könnte die Laptopkamera aus dem Fenster halten, damit du siehst, wo ich hier wohne.

Klingt wirklich verlockend, Alex. Aber ich muss jetzt Schluss machen. Ich muss schlafen, und außerdem kommt mein Mann bald nach Hause. Wahrscheinlich war es eine ziemlich blöde Idee, mit dir zu mailen.

Nein, Laura, das war die beste Idee, die du seit 25 Jahren hattest. Ich finde es toll, wieder Kontakt zu dir zu haben.

Gute Nacht, Alex.

Gute Nacht, Laura. Ich wünsche dir süße Träume. Ich gebe mir alle Mühe, darin aufzutauchen, ich werde nämlich nicht mehr aufhören, an dich zu denken. Sagst du mir morgen, ob es funktioniert hat?

Du bist verrückt.

Ja. Ich hoffe, du auch. Ich liebe dich.

Ohne darauf zu antworten, schaltete ich den Computer aus. Ich konnte nicht glauben, was ich getan hatte.

Als Daniel eine halbe Stunde später bestens gelaunt ins Zimmer kam, saß ich immer noch aufrecht im Bett und starrte auf den schwarzen Bildschirm.

»Du bist ja noch fleißig, Schatzi!«

Daniel war nackt. Seine Haare waren nass und zerstrubbelt vom Duschen.

»Na, wie gefällt dir meine sportgestählte Figur?« Übermütig trommelte er sich mit den Fäusten auf den Brustkorb. »Hast du etwas dagegen, wenn Adonis persönlich zu dir ins Bett kommt?«

Ich starrte ihn an, als wäre gerade ein Flaschengeist aufgetaucht.

Daniel nahm mir den Laptop aus der Hand und legte ihn auf den Boden.

»Du sollst nicht immer bis spät in die Nacht arbeiten«, sagte er, während er unter die Decke schlüpfte und sich zu mir herüberrollte. »Das bekommt dir nicht.«

Er roch gut und vertraut und fühlte sich genauso an.

Ausgerechnet heute …, dachte ich, als er anfing, mich sehr liebevoll zu küssen. Ich konnte nicht aufhören, daran zu denken, wie in Hongkong gerade die Sonne aufging.

Am nächsten Morgen, kaum dass Daniel und Isa das Haus verlassen hatten, loggte ich mich wieder bei meinem speziellen E-Mail-Account ein.

Alex hatte eine neue Mail geschickt.

Und? Hat's geklappt? Hast du was Schönes von mir geträumt?

Ich zögerte einen Moment, dann schrieb ich:

Nein, Alex. Hab ich nicht. Sorry, aber wir können nicht weiter miteinander herumschäkern. Das geht wirklich nicht. Ich hoffe, du verstehst das.

Nachdem ich die Mail abgeschickt hatte, löschte ich den falschen Account, bevor er antworten konnte.

Helen hatte recht. Man durfte nicht mit den Gefühlen anderer Leute spielen. Ich fühlte mich schäbig, weil ich Alex dazu gebracht hatte, Sachen zu schreiben, die eigentlich nur für Lauras Augen bestimmt waren. Und hinter Daniels Rücken mit fremden Männern zu flirten war genauso gemein.

Auch wenn es verdammt viel Spaß gemacht hatte.

16.

So ganz allmählich rückte der große Tag näher. Mein fünfzigster Geburtstag fiel praktischerweise auf einen Samstag, sodass ich das Gratulationsgedöns relativ schnell hinter mich bringen konnte und nicht auf mehrere Tage (Stichtag plus Partytag am Wochenende) verteilen musste.

In einem Anfall von Größenwahn hatte ich bei der Schlossverwaltung angefragt, ob es vielleicht möglich wäre, den ein oder anderen barocken Saal im Nymphenburger Schloss für einen privaten Geburtstagsevent zu buchen. Die Dame am Telefon war sehr freundlich und aufgeschlossen und schilderte mir die verschiedenen Vorzüge von Hubertus-, Johannis- oder Orangeriesaal. Leider war der nächste freie Termin, den sie mir anbot, der 27. September kommenden Jahres – und da wollte ich meinen großen Geburtstag dann auch nicht mehr feiern.

Ich kam mit Daniel überein, dass wir tatsächlich ein Gartenfest machen würden. Immerhin war Tante Irmis Zwiebelturmvilla fast so hübsch anzusehen wie das Nymphenburger Schloss. (Wenn auch natürlich sehr viel kleiner.)

Tim, der nicht nur aus beruflichen Gründen in der Münchner Partyszene breit vernetzt war, ließ seine Kontakte zu »Rent-a-Tent« spielen und kündigte an, leihweise einen Gartenpavillon beizusteuern – ein riesengroßes weißes Zelt mit Fenstern aus durchsichtiger Plastikfolie, das wir zwischen Pflaumenbaum und Goldfischteich auf dem Rasen aufbauen würden, damit wir auch im Falle einer unerfreulichen Wetterprognose oder eines spontanen Gewitters gut gerüstet waren. Ich war ein paar Tage lang fleißig gewesen, hatte Einladungskarten nicht nur formuliert, sondern auch ausgedruckt und verschickt und wenig später bereits siebenunddreißig Zusagen bekommen. Sogar eine alte Schulfreundin, die ich seit einigen Jahren nicht mehr gesehen hatte, kündigte ihr Kommen an. Daniels fast neunzigjährige Eltern und auch meine fränkische Verwandtschaft wollten komplett anreisen: mein Vater und seine Frau ebenso wie Britta mit ihrem Mann und meinen beiden Nichten. Wie wichtig ihnen mein fünfzigster Geburtstag war, erkannte ich daran, dass sie zum ersten Mal nach dem Tod meiner Mutter den Laden für ein ganzes Wochenende den Aushilfen überlassen würden. Und das, wo doch die erfahrenste Mitarbeiterin gerade erst eine neue Hüfte bekommen hatte.

Helen wollte mit ihrem Mann kommen und Mona mit ihrem Polizistenfreund, der allerdings am Tag vor meiner Geburtstagsfeier seine Teilnahme wieder absagte, weil er – wie Mona mir enttäuscht mitteilte – kurzfristig den Wochenenddienst für einen erkrankten Kollegen übernehmen musste. Ich fand das auch schade, denn ich hätte den Mann, der für mich Lauras Adresse herausgefunden hatte, gerne mal kennengelernt.

Dafür hatte sich Basti angesagt, obwohl eine Abwesenheit während der Probezeit in einem Kloster normalerweise nicht vorgesehen war, wie er behauptete. Aber Basti hatte seine Mitbrüder auf nicht näher erläuterte Weise davon überzeugen können, ihm für ein paar Tage Ausgang zu gewähren. Er kam schon am Freitagabend mit einer Mitfahrgelegenheit, und als er zwei Stunden später als geplant endlich in der Tür stand, fiel ich ihm um den Hals, als wäre er gerade unter Einsatz seines Lebens der Fremdenlegion entkommen. Äußerlich sah er unverändert aus. Er trug weder eine braune Kutte noch einen Vollbart und hatte glücklicherweise auch keinen kahl geschorenen Hinterkopf. Er war nur ein bisschen blasser als sonst, was vermutlich daran lag, dass er als angehender Mönch nicht mehr so oft beim Grillen und Fußballspielen im Volkspark Friedrichshain abhängen konnte.

Auch Isabel begrüßte ihren Bruder euphorisch. Vergessen waren die jahrelangen geschwisterlichen Auseinandersetzungen darüber, wer am Abend die Hoheit über die TV-Fernbedienung haben oder morgens wann wie lange die Dusche blockieren durfte.

Während des Essens musste Basti berichten, wie es ihm in den ersten Tagen seiner klösterlichen Einkehr ergangen war, und während er so von den gemeinsamen Mahlzeiten und Gesprächsrunden erzählte, dachte ich, dass mir ein bisschen Entspannung in einem Kloster vielleicht auch ganz guttun würde. Allerdings war ich mir nicht sicher, ob ich mich daran gewöhnen würde, jeden Morgen um Viertel vor fünf aufzustehen, dreimal am Tag in die Kirche zu gehen und den Rest des Tages hauptsächlich mit schweigsamer Meditation und Gebeten zu verbringen.

Isabel erzählte von den YouTube-Video-Plänen der *Stitching Bitches* und dass sie schon was von Jennifer Rostock auf der Gitarre spielen könne, was Basti mit »cool« kommentierte. Daraufhin strahlte sie über das ganze Gesicht, als hätte ein Musikproduzent sie gerade ins Aufnahmestudio eingeladen.

»Give me five!«, rief sie und die zwei klatschten sich ab.

Überhaupt war Isabel den ganzen Abend über dermaßen liebenswürdig, dass ich mich fragte, was mit ihr los war. Ob sie etwas ausbrütete? Vielleicht waren das die Vorboten einer besonders schweren Krankheit. Diphtherie womöglich oder zumindest Pfeiffersches Drüsenfieber. Aber eigentlich sah sie ganz gesund aus. Vielleicht war Isa bloß deshalb manchmal so kratzbürstig, weil sie ihren großen Bruder vermisste beziehungsweise das Herumgezanke mit ihm. Zum Ausgleich zankte sie eben mit mir.

Heute allerdings zankte niemand.

Daniel entkorkte eine der sehr edlen Flaschen Rotwein aus einer Kiste, die seit drei Jahren unberührt im Keller gestanden hatte. Sie war ein Geschenk von Tim und Struppi zu Daniels fünfzigstem Geburtstag gewesen. Seit damals hatten wir auf eine würdige Gelegenheit gewartet, um den feinen Wein zu köpfen. Heute Abend war es endlich soweit. In zwei Stunden würde mein Leben als Generation 50 plus beginnen. Das bedeutete im Umkehrschluss, dass ich noch zwei Stunden lang als halbwegs junge Frau durchging, und diesen Zustand wollte ich in vollen Zügen genießen.

Überhaupt war es ein wunderschöner Abend. Daniel hatte gute Laune, er war charmant und lachte viel, und es klingelte nicht ein einziges Mal sein Handy. Auch Isa und Basti amüsierten sich, und als Isa vorschlug, wir könnten doch mal wieder »Das verrückte Labyrinth« spielen, sprintete Basti sofort hinauf in die Zwiebelturmdachkammer, einen winzigen achteckigen Raum, der hauptsächlich aus einem Treppenaufgang und zugigen Fenstern bestand und in dem wir den ganzen alten Krempel aufbewahrten, den eigentlich kein Mensch mehr benutzte, der aber trotzdem irgendwie zu schade zum Wegwerfen war. Basti brachte gleich auch den »Monopoly«-Karton und »Die Siedler von Catan« mit herunter, und auf einmal war es in unserer Küche so gemütlich wie früher in den Zeiten, als die beiden noch kleine süße Kinder waren. Zweimal hintereinander gewann ich das Labyrinth-Spiel, was Isa kichernd kommentierte: »Heißt es nicht ›Glück im Spiel, Pech in der Liebe‹, Mama? Tja, Papa, was sagst du dazu?«

»Das kann ja gar nicht sein«, entgegnete Daniel. »Ich jedenfalls habe großes Glück in der Liebe ...«

Ich gab ihm einen Kuss und fand mein Leben wunderbar. Es gab nicht den geringsten Grund, mit fremden Männern einen heimlichen E-Mail-Flirt anzufangen.

Wir waren alle so sehr mit Spielen und Herumalbern beschäftigt, dass wir den denkwürdigen Moment, an dem mein Geburtstag begann, tatsächlich verpassten.

»Happy birthday to you«, trällerte Daniel auf einmal. Basti und Isa fielen in den Gesang ein und dann mir um den Hals, während sie mir versicherten, dass ich eigentlich gar nicht die allerschlechteste Mutter der Welt sei ... Da war es schon zehn nach zwölf. Ich war seit zehn Minuten fünfzig und hatte es gar nicht gemerkt!

Daniel holte den kalt gestellten Champagner aus dem Kühlschrank, verteilte Gläser, und wir stießen an. Während er mich küsste, dachte ich: Ein Geburtstag, der so schön anfängt, kann eigentlich nicht schlecht werden.

»Geschenke gibt es morgen«, erklärte Daniel feierlich und goss Champagner nach. »Also nachher, wenn die Gäste kommen. Dann ist es spannender.«

Das klang gut. Ich war sehr neugierig, was sich Daniel in diesem Jahr zu meinem Geburtstag ausgedacht hatte. Wenn es nur halb so gut war wie seine Stimmung heute Abend, dann musste es ein wundervolles Geschenk sein.

»Willkommen im Club«, sagte Britta, als sie neben meinem Vater und dem Rest der heimatlichen Verwandtschaft am Morgen um Viertel nach neun an der Haustür stand. Ich war noch gar nicht richtig wach. »Jetzt bist du also endlich auch ein ›Best Ager‹, Schwesterchen.«

»Umpf«, machte ich wenig begeistert.

Best Ager, das klang wie eine hoch ansteckende Seuche, gegen die es noch keine Impfung gab. Aber weil meine Schwester ja auch schon seit ein paar Jahren infiziert war, konnten wir einander bedenkenlos umarmen und Wangenküsschen in die Luft schmatzen.

»Wir sind extra früh losgefahren, damit wir gut durchkommen«, erklärte mein Vater, noch bevor er mir gratulierte und einen riesigen Rosenstrauß in die Hand drückte. Auch seine Frau, Brittas Mann und ihre beiden Kinder wünschten mir artig alles Liebe zum Geburtstag und überreichten hübsch verpackte Geschenke.

Insgeheim wünschte ich, ihnen wäre irgendwo zwischen Nürnberg und Ingolstadt noch ein mittlerer Stau in die Quere gekommen, damit ich sie nicht ungeduscht in meinem ausgeleierten hellbauen Muffin-Schlafanzug hätte begrüßen müssen. (Es war ursprünglich Isas Schlafanzug gewesen, aber sie hatte ihn neulich aussortiert mit dem Hinweis, der sei ja wohl voll kindisch. Und ich hatte es nicht übers Herz gebracht, daraus Putzlumpen zu machen.)

Wie hätte ich ahnen sollen, dass meine Verwandtschaft mir zuliebe eine Frühschicht einlegte. Während Daniel unsere Besucher fragte, ob er Kaffee kochen oder gleich eine Flasche Prosecco aufmachen solle, verkrümelte ich mich ins Badezimmer, um wenigstens allen anderen Gästen in angemessener Optik gegenübertreten zu können, sobald sie im Laufe der nächsten Stunden eintrudelten.

Es war ein warmer, sonniger Tag. Daniel, Basti, Tim und Struppi hatten die Seitenwände des Party-Pavillons hochgerollt, sodass im Garten ein großer luftiger Schattenplatz entstanden war. Unter dem Plastikdach waren rechts und links mit weißen Tüchern eingedeckte Biertische aufgestellt, auf denen ein Cateringservice die Getränke und das Büfett aufgebaut hatte. Es war mir ebenfalls mit Tims Hilfe gelungen, doch tatsächlich eine Firma aufzutreiben, die an diesem Wochenende noch nicht ausgebucht war … In der Mitte stand ein Tisch, auf dem sich die Geschenke stapelten.

»Los geht's«, rief Daniel, nachdem endlich alle Gäste eingetroffen und mit einem Glas Prosecco stilvoll begrüßt worden waren, und ich begann auszupacken.

Mona und Helen schenkten mir einen Gutschein für drei Wellnesstage in einem schicken Hotel.

»Eine Ganzkörper-Harmoniemassage ist inklusive«, erklärte Helen. »Mit Ylang-Ylang-Aroma. Wahlweise Schokoladenmassage.«

»Und ein Heublumenbad!«, fügte Mona hinzu. »Damit du dir die Schokolade nachher nicht ablecken musst, falls du keinen Begleiter dabeihast, der dir diese Arbeit abnehmen kann …«

Ich umarmte sie lachend, während sie mir noch ins Ohr raunte: »Vielleicht hat dieser Alex ja demnächst mal einen Auftritt in München …«

»Nicht nötig«, flüsterte ich kichernd zurück. »Im Moment bin ich mit meinem eigenen Mann eigentlich ganz zufrieden!«

Tim hatte sich nicht nur um unser Partyzelt gekümmert, sondern auch um zwei Flaschen alleredelsten und raffiniert verpackten Champagner, die er vor mir auf den Tisch stellte.

»Die gönnt ihr euch mal zu einem ganz besonderen Anlass!«, sagte er mit vielsagenden Blicken.

»Und das hier gehört noch dazu.« Struppi überreichte mir einen Gutschein.

Hundeurlaubsbetreuung, las ich. »›*Damit Du es Dir mit Daniel mal ein paar Tage lang so richtig gemütlich machen kannst, kümmern wir uns eine Woche lang um Mr. Spock. Einzulösen, wann immer Dir danach ist. Alles Liebe, Tim und Struppi.*‹ – Oh, vielen Dank! Das ist ja eine süße Idee. Nicht wahr, Daniel?«

Er nickte. Unserem romantischen Urlaub auf der idyllischen Insel stand jetzt wirklich nichts mehr im Weg.

Britta und mein Vater hatten mir einen hübschen Olivenbaum mitgebracht. Der Stamm war mit einer dicken roten Schleife umwickelt. Dieses Geschenk gefiel mir auch sehr gut. Wenn ich den Baum lange genug wachsen ließ, konnte ich in hundert Jahren vielleicht eine Hängematte zwischen seine Zweige hängen und jeden Tag träumen, ich wäre in Griechenland.

Von Basti erhielt ich ein Buch mit dem Titel »Die hohe Kunst der Gelassenheit – So meistern Sie Stress im Alltag«.

»Ah«, machte ich.

»Das hat Pater Eustachio geschrieben«, erklärte mein Sohn. »Vor zehn Jahren ungefähr. Soweit ich weiß, war es mal ein Bestseller. Im Kloster haben es – glaube ich – sämtliche Mönche schon gelesen. Es scheint zu wirken. Jedenfalls sind sie alle absolut entspannt.«

»Oh, danke. Wie lieb von dir. Ich werde gleich heute Abend mit dem Lesen anfangen …« Entspannung war nun wirklich etwas, das ich nach so einem Tag würde gebrauchen können.

Auch über Isas Geschenk freute ich mich. Es war wieder etwas Botanisches: ein hübscher kleiner Pfingstrosenstrauch mit drei dicken rosa Blüten. Ich nahm sie in den

Arm und drückte sie fest und glücklich an mich. Auf einmal tat es mir sehr leid, dass ich sie wegen ihres Blumenstraußes neulich so angemeckert hatte.

Schließlich stand nur noch Daniels Geschenk verpackt auf dem Tisch. Es war riesig, etwa in der Größe eines mittleren Umzugskartons. Ich war mir sicher, dass er es nach Art dieser russischen Matrjoschka-Puppen verpackt hatte: Wenn ich den ersten Karton öffnete, würde darin ein zweiter, kleinerer Karton stecken, darin der nächste und immer so weiter, bis am Ende ein winziges Schächtelchen übrig blieb, in dem ich einen zauberhaften Ring finden würde. Vielleicht mit einer Gravur: »Für immer in tiefer Liebe, dein Daniel« oder »Dich würde ich immer wieder heiraten«. Etwas in der Art. So einen romantischen Scherz hatte Daniel vor vielen Jahren schon einmal gemacht, an unserem ersten Hochzeitstag. Damals hatte ich in der fünften Pappschachtel ein mit dunkelblauem Samt ausgeschlagenes Etui gefunden, in dem eine wunderschöne Perlenkette lag.

Ich lächelte Daniel an. Er war eben doch der wunderbarste Mann der Welt.

Als ich das Paket näher heranzog, wunderte ich mich, dass es so schwer war. Vermutlich hatte Daniel noch ein paar Ziegelsteine hineingetan, um mich zu vewirren. Ich zog die dicke rote Schleife auf und riss das Papier ab. Ein weißer Karton stand vor mir. *Robomax 5000 Supermow Deluxe,* las ich auf dem Aufkleber. Wusste ich es doch! Daniel hatte für die Verpackung seines Geburtstagsgeschenks einen Karton aus der Uni mitgebracht, in dem ein amerikanisches Spezialgerät für die Erforschung von Amöben geliefert worden war oder dieses ominöse Spezialmikroskop. Das war eben seine Art von Humor. Ich war schon sehr gespannt, welcher Scherz als nächstes kommen würde.

»Oh, toll!«, hörte ich meine Schwester rufen. »Ihr habt den Robomax 5000 genommen. Klasse, Daniel, der hat beim Test am besten abgeschnitten.«

Ich schaute zu Britta und dann zu Daniel, der mich noch immer gespannt grinsend anblickte, und kapierte nichts. Irritiert klappte ich den Deckel auf in der Annahme, darunter einen weiteren Karton zu finden, der mich langfristig zu einem hochkarätigen Ring führen würde. Aber ich sah nur eine Lage Styropor.

»Nun mach schon!«, rief Mona. »Wir wollen wissen, was da drin ist.«

Ich hob den Styropordeckel ab und erschrak. In der Kiste lag etwas, das aussah wie eine Mischung aus Darth Vader und einer griechischen Landschildkröte. Es war die komischste Verpackung, die ich je für einen Ring gesehen hatte. Falls es wirklich eine war. Vielleicht war es ja auch ein Alien. Ein platt gedrückter schwarzer Alien mit Rädern.

»Wahnsinn!« brüllte Isa plötzlich neben mir in mein Ohr. »Ein automatischer Rasenmäher! Das ist ja super!«

»Krasses Teil«, kommentierte jetzt auch Basti. »Voll Hightech.«

»Toll, nicht wahr?«, fragte Daniel hörbar begeistert. »Jetzt brauchen wir uns nie mehr darüber aufzuregen, wer den Rasen mähen soll. Der Robomax kann das ganz alleine. Jeden Tag, jede Woche. Und er macht überhaupt keinen Krach.«

Ich starrte auf die Darth-Vader-Schildkröte und dann auf Daniel.

»Was ist das?«, hauchte ich. »Ein Rasenmähroboter?«

»Ja!«, mischte sich jetzt auch mein Vater ein. »Und zwar der beste, den es derzeit auf dem Markt gibt, Franzi. Lithium-Ionen-Akku mit einer Laufzeit von dreieinhalb Stunden. Mit Rasenerkennungs- und Absturzsensoren.

Ganz wichtig wegen eures Goldfischteichs. Stoppt automatisch, wenn er auf ein Hindernis stößt, und ändert selbstständig die Mährichtung …«

»Ein Rasenmähroboter?«, wiederholte ich ungläubig und betonte dabei jede einzelne Silbe. »Du schenkst mir einen Rasenmähroboter zum fünfzigsten Geburtstag?«

Daniel nickte, sein Grinsen war jetzt nicht mehr ganz so breit wie vorher.

»Ist doch klasse«, sagte er verunsichert. »Oder freust du dich nicht?«

Ich starrte stumm in den Karton. Vielleicht hatte mein Ehemann ja wenigstens in goldenen Lettern ein »Du bist die tollste Frau der Welt, und während der Rasenmäher seinen Job macht, können wir uns dreieinhalb Stunden lang lieben« auf das schwarze Plastikgehäuse des Aliens gravieren lassen. Oder einen Gutschein für eine Reise auf eine bezaubernde Olivenbauminsel daneben versteckt. Aber auf den ersten Blick konnte ich nichts dergleichen entdecken. Und auf den zweiten leider auch nicht.

Basti hatte sich inzwischen die Bedienungsanleitung herausgezogen.

»Der Robomax 5000 erkennt automatisch, wenn die Leistung des Akkus nachlässt, und fährt eigenständig in die Ladestation zurück«, las er vor.

Ich erkannte auch automatisch, dass die Leistung meines Akkus nachließ, und hätte mich jetzt gerne in meine Ladestation zurückgezogen. Ich konnte es nicht fassen. Kein goldener Ring, keine Perlenkette, kein romantischer Urlaub. Nichts von alledem. Nicht mal eine Hängematte. Stattdessen hatte Daniel mir einen Rasenmäher geschenkt. Zum fünfzigsten Geburtstag. Da hätte ich ja noch lieber eine Sprudelbadewanne mit Farbautomatik bekommen. Am liebsten hätte ich geheult.

»Ab wann kann ich das Wellnesspaket buchen?«, fragte ich Helen leise.

»Ab sofort«, flüsterte sie. »Ich hätte vollstes Verständnis, wenn du gleich heute noch hinfahren wolltest …«

Ich zuckte unglücklich mit den Schultern.

Mona legte einen Arm um mich und drückte mich kurz an ihren weichen Leib.

»Jetzt schneiden wir erst mal die Geburtstagstorte an«, erklärte sie laut, und das tat sie dann auch. Ich ließ sie gewähren. Sie war schließlich Fachfrau für Kuchen und Torten aller Art.

Isa und Basti hoben unterdessen Darth Vader Deluxe aus seinem Karton und setzten ihn auf den Rasen.

»Wir können die Ladestation in Spocks Hundehütte stellen«, rief Isa und klatschte begeistert in die Hände. »Dann hat der Roboter ein eigenes Häuschen im Garten.«

Die Hundehütte stand ungenutzt neben der Terrasse, seit dem Tag, an dem Mr. Spock zu uns gekommen war. Damals hatte ich noch gedacht, dass aus ihm ein anständiger Wachhund werden würde, der hauptsächlich draußen leben und Haus und Hof zähnefletschend vor jedem Eindringling verteidigen würde. Aber Spock hatte für die Hütte nur ein müdes Schnuppern übrig gehabt, es ansonsten von Anfang an bevorzugt, auf unserem Sofa zu übernachten, und er begrüßte jeden Fremden mit begeistertem Schwanzwedeln.

Isa und Basti schleppten die Ladestation in die Hütte. Sie führten das Stromkabel an der Rückwand neben einer lose gewordenen Holzlatte hinaus und schoben den Stecker auf der Terrasse in eine Steckdose.

»Der Akku ist schon aufgeladen«, erklärte Daniel. »Ihr könnt ihn gleich ausprobieren. Aber ihr müsst erst den Begrenzungsdraht aufbauen, damit das Gerät weiß, wo es arbeiten soll, und nicht Mamas Basilikumbüsche niedermäht.«

Isa und Basti kramten in der Kiste, holten allerlei Utensilien heraus, dann steckten sie Heringe an den Rand des Rasens und wickelten zur Umzäunung meterweise Draht ab.

Kurz darauf rollte Darth Vader mit leisem Surren durch unseren Garten, eine Spur kurz geschorenen Grases hinter sich lassend. Mr. Spock sprang bellend und schwanzwedelnd um ihn herum, als wäre er ein neuer Mitbewohner. Basti und Isa machten sich johlend einen Spaß daraus, sich dem Gerät in den Weg zu stellen, sodass es gegen ihre Schuhe stieß und dann die Rollrichtung änderte. Meine beiden Nichten und einige andere jugendliche Geburtstagsgäste schlossen sich dem Spiel sofort an, was ich gut fand. Ich hoffte, dass der Roboter über die permanente sensorgesteuerte Mährichtungsänderung bald so verwirrt sein würde, dass er kaputtging. Aber diesen Gefallen tat Darth Vader mir nicht. Er schnurrte unbeeindruckt kreuz und quer über den Rasen und zeigte nicht die geringsten Anzeichen eines Defekts. Es war eben ein robustes Modell, immerhin der Testsieger, das Beste, was es derzeit auf dem Markt gab, wie Britta und mein Vater gesagt hatten. Sie mussten das wissen. In allen Belangen des Gärtnerns kannte sich niemand so gut aus wie sie.

»Wie wäre es noch mit etwas Prosecco?«, fragte Helen, die meinen verdrießlichen Blick aufgefangen hatte, und fischte eine Flasche aus dem Kübel mit dem Eiswürfelwasser. Ich nahm ihr den Prosecco aus der Hand und befüllte ein paar Gläser, bis sie überliefen. Dann nahm ich mir gleich zwei davon, rief »Prosit! Auf meinen fünfzigsten Geburtstag! Es ist wunderbar, dass ihr alle gekommen seid, um mir über diese schweren Stunden hinwegzuhelfen«, und trank abwechselnd aus beiden Gläsern, bis der Prosecco in meinem Bauch blubberte und ich nur noch ein ganz kleines bisschen böse auf Daniel war. Bis ich jedenfalls nicht mehr das Gefühl hatte, ihn sofort mit Schwung in den Goldfischteich schubsen zu müssen.

Weite Teile des Sonntags verbrachte ich in einem Zustand leichten Dahindämmerns. Ich hatte Kopfschmerzen und nur noch lückenhafte Erinnerungen an den Rest der Party. Soweit ich mich entsinnen konnte, hatte ich mich zielstrebig einem Prosecco-Rausch hingegeben, dem Mona sich umgehend anschloss. Sie war sauer auf ihren Rolf, weil er lieber auf Streife ging, anstatt mit ihr den Geburtstag der besten Freundin zu feiern.

Wir beschlossen, der Männerwelt zumindest für diesen Abend zu entsagen, und tanzten miteinander auf der Wiese erst Walzer, dann etwas, das wir für Tango hielten, und versuchten es schließlich spontan mit Zumba. Mein unkoordiniertes Hopsen endete damit, dass ich irgendwann über den Mähfeld-Begrenzungsdraht stolperte und unsanft im Küchenbeet landete, wo ich meine Basilikum-, Salbei-, Thymian-, Rosmarin- und alle anderen bis dahin sorgsam gepflegten Gewürzsträucher quiekend unter mir begrub.

Danach hatte mein Kleid grüne Flecken im Hüftbereich, und ich roch den ganzen Abend lang wie ein Kräuter-der-Provence-Kotelett, bevor es jemand auf den Grill legt.

Und sehr viel mehr wollte ich von meiner Geburtstagsfeier eigentlich auch gar nicht mehr wissen.

17.

In den nächsten Tagen wurde es einsam in unserem Haus. Am Sonntagnachmittag fuhr Daniel Bastian zum Bahnhof, damit er per Zug zu seinen Mönchen nach Berlin zurückreisen konnte. Ich hatte den Eindruck, dass unser Sohn in den Stunden vor seiner Abreise ruhiger war als sonst. Vielleicht bereitete er sich innerlich auf die Stille und Schweigsamkeit des Klosterlebens vor. Oder aber der Abschied von Zuhause fiel ihm diesmal besonders schwer, weil Anne ihn nicht mehr vom Zug abholen würde und weil er doch irgendwie sein BWL-Studium vermisste.

»Hör mal, Basti«, sagte ich. »Wenn in Berlin gar nichts mehr geht, kommst du nach Hause, okay?«

»Quatsch, Mama. Alles in Ordnung. War ein toller Geburtstag. Pass gut auf den Robomax auf.«

Ich umarmte ihn und winkte ihm nach, als er ins Auto stieg, aber er hielt sich nicht lange mit Abschiedszeremonien auf und zog die Tür hinter sich zu, ohne sich noch einmal umzudrehen. Ich blickte dem Wagen hinterher und wünschte mir, dass Basti sich einen Studienort gesucht hätte, der nicht so weit weg wäre, und dass er jeden Abend nach Hause kommen könnte, damit ich ihm sein Lieblingsessen – Risotto in allen Varianten – zubereiten könnte, um ihn zum Lächeln zu bringen.

Montag früh chauffierte ich Isa und ihre schätzungsweise fünfundzwanzig Kilo schwere Reisetasche mit dem Auto zur Schule, wo schon der Bus wartete, der die ganze Klasse in den ungeliebten Spessart transportieren würde. Erstaunlicherweise war die Stimmung von Isa und ihren Freundinnen bestens. Wahrscheinlich überwog allmählich doch die Freude über ein paar schulfreie Tage, ob sie dabei nun zu Waldwanderungen gezwungen wurden oder nicht.

Danach brachte ich Daniel zum Flughafen, von wo er zu seinem Symposium in Thessaloniki aufbrach. Es war etwas später geworden als geplant, und Daniel verabschiedete sich am Check-in-Automaten hektisch mit einem dahingehauchten Küsschen, während sein Handy schon wieder klingelte.

Und dann war ich allein zu Hause. Allein mit Mr. Spock.

Und mit Darth Vader.

Ich ging zur Hundehütte und schaltete den Roboter an. Mit einer Tasse lauwarmem Kaffee setzte ich mich auf die Terrasse und sah zu, wie er kreuz und quer über die Wiese schnurrte. Eigentlich war sein Einsatz heute gar nicht nötig. Das Gras war kurz genug, weil Darth Vader fast das ganze Wochenende über gelaufen war. Aber ich fand es irgendwie beruhigend, ihm hinterherzusehen. Auch Mr. Spock hatte sich inzwischen an unseren neuen Mitbewohner gewöhnt und begleitete ihn schwanzwedelnd auf seinem Zickzackweg durch den Garten. Vermutlich hielt er den Robomax für einen degenerierten Dackel, mit dem er sich gerne angefreundet hätte.

Meine kontemplative Stimmung wurde durch ein Geräusch unterbrochen. Erst quietschte unsere Gartentür, dann näherten sich Schritte über den Steinplattenweg. Als ich mich umdrehte, stand die Postbotin im Garten.

»Ich habe den Hund gesehen«, erklärte sie. »Und als nach meinem Klingeln keiner die Haustür aufmachte, dachte ich mir schon, dass Sie auf der Terrasse sitzen. Hier …« Sie reichte mir einen großen gepolsterten Umschlag. »Der passte nicht in Ihren Briefkasten.«

Ich nahm den Umschlag und die restlichen Briefe entgegen und überlegte, ob ich die Frau auf eine Tasse Kaffee einladen sollte, damit ich ein bisschen menschliche Gesellschaft hätte. Aber bevor ich etwas sagen konnte, war sie mit einem »Dann noch einen schönen Tag« schon wieder um die Ecke verschwunden.

Ich betrachtete den dicken Brief. Wie ich dem Absender entnahm, kam er von einer entfernten, irgendwo im Badischen wohnenden Cousine, die meine Geburtstagseinladung aus Zeitgründen abgesagt hatte und offensichtlich nicht einmal rechtzeitig zur Post gekommen war, um mein Geschenk pünktlich abzuschicken.

Ich packte es aus und hielt ein Buch in der Hand. *Silber ist das neue Blond*, stand auf dem Titel, und darunter: *Wie Sie in Würde altern.*

Na, das wollte ich aber so was von überhaupt nicht wissen!

Mit ebenso viel Zorn wie Schwung schleuderte ich das Buch weit hinaus in den Garten, wo es mit einem dumpfen Knall gegen Darth Vader schlug, noch einmal kurz durch die Luft flatterte wie eine angeschossene Taube und mit zerknicktem Einband im Gras landete. Der Roboter stoppte nach dem Zusammenprall und rotierte für einen Moment auf derselben Stelle, sodass ich schon Hoffnung hatte, die empfindliche Sensorik könnte durch die Kollision mit dem Buch endlich Schaden genommen haben. Aber da wendete er schon, zuckelte zielstrebig in Richtung Hundehütte und schob sich sehr langsam auf die Ladestation, wo er mit einem kaum hörbaren Klock an der Stromversorgung andockte und dann verstummte.

Mr. Spock stürzte sich auf das Buch, biss herzhaft hinein und brachte es mir – den Garten mit erstaunlich großen Sprüngen durchquerend – auf die Terrasse zurück, wo er es zu meinen Füßen ablegte und mich mit hechelnder Zunge und unübersehbarem Stolz anblickte.

»Ach, Spock«, sagte ich gerührt und kraulte ihm das Nackenfell. »Guter Junge! Du hast ja seit zehn Jahren nichts mehr apportiert …«

Trotzdem ließ ich das zerknickte, angebissene und mit Spocks Spucke besabberte Buch auf den Terrassenbodenfliesen liegen und ging die restlichen Briefe durch. Sie fielen mir aus der Hand, als ich den letzten Umschlag sah.

O mein Gott! Ich hatte ihn beinahe vergessen vor lauter Geburtstag. Seit unserem heimlichen kleinen E-Mail-Flirt hatte ich nichts mehr von ihm gehört. Wie sehr ich diese grünen Buchstaben vermisst hatte.

Ach, Alex.

Ich starrte auf den Brief. Etwas war anders als sonst. Dieselbe Tinte, derselbe Name, dieselbe Adresse wie immer, aber es klebte diesmal keine exotische Briefmarke darauf. Kein Schmetterling, keine Orchidee und auch keine asiatischen Schriftzeichen auf dem Poststempel. Auf der Briefmarke war ein Leuchtturm abgebildet, ein eindeutig norddeutscher, rot-weiß geringelter Leuchtturm. Und auf dem Poststempel stand nicht Hongkong, sondern zweifelsfrei: Hamburg.

Mein Herz galoppierte.

Ich drehte den Brief um. Wie immer hatte Alex auf der Rückseite seinen Namen auf die Spitze der Umschlaglasche geschrieben, akkurat in allerschönster Schreibschrift. Aber darüber stand in feinen, zartgrauen Druckbuchstaben noch etwas. *Hotel Residence Alsterblick, Hamburg*. Dazu ein Emblem, das zwei mit ihren Hälsen ineinander verschlungene Schwäne zeigte.

Ein paar Sekunden lang vergaß ich vor Schreck zu atmen. Alex war tatsächlich nach Deutschland zurückgekehrt. Er war in Hamburg und hatte Laura mit dem Briefpapier des Hotels geschrieben, in dem er jetzt wohnte. Im Hotel Residence Alsterblick.

Mit dem Griff meines Kaffeelöffels schlitzte ich hastig den Umschlag auf.

Meine Hände zitterten, als ich das Blatt auseinanderfaltete. Auf dem Kopf des Briefbogens waren die Adresse des Hotels und das Schwanenmotiv aufgedruckt. Ich begann zu lesen …

Liebe Laura!
Herzliche Grüße aus Hamburg. Stell Dir vor, ich habe es wirklich getan. Ich habe Hongkong verlassen. Nachdem wir beide neulich gemailt hatten, habe ich auf einmal richtig Heimweh bekommen. Wieso hast Du nicht mehr geantwortet? Verzeih, wenn ich Dir wieder zu nahegetreten bin. Du hättest deshalb doch nicht gleich Dein E-Mail-Konto deaktivieren sollen. Es war wunderschön, etwas von Dir zu lesen, ich habe mich Dir auf einmal wieder so nah gefühlt.
Noch am selben Tag habe ich von Hongkong aus Kontakt zu ein paar Hotels in Deutschland aufgenommen, und im Residence Alsterblick suchten sie tatsächlich einen Barpianisten. Ich habe keine Sekunde gezögert, auch wenn sie im Marina Oriental nicht besonders begeistert waren von meinem spontanen Aufbruch, das kannst Du mir glauben. Seit gestern bin ich zurück in Deutschland. Es ist so ungewohnt, wieder in Hamburg zu sein. Obwohl ich in dieser Stadt doch aufgewachsen bin. Ich war so lange nicht

mehr hier! Es kommt mir alles so klein und überschaubar vor, nachdem ich so viele Jahre in den Häuserschluchten von Hongkong gelebt habe. Ich liebe das Licht hier. Die Schwäne auf der Alster, die Segelboote, diese wunderbaren alten herrschaftlichen Häuser. Die Stille am Wasser früh am Morgen. Ich gehe immer eine kleine Runde an die Luft, wenn ich mit meinem Auftritt fertig bin, um den Kopf frei zu bekommen. Der Himmel scheint mir hier näher zu sein als in Hongkong.

Wie sich die Stadt verändert hat! Das Hafenviertel habe ich ja überhaupt nicht mehr wiedererkannt. Wahnsinn, die Elbphilharmonie. Kennst Du Hamburg eigentlich? Ich wünschte, Du könntest herkommen, und wir würden miteinander spazieren gehen. Wir hätten einander so viel zu erzählen!

Ich arbeite jetzt im Hotel Residence Alsterblick, täglich ab 22 Uhr am Piano in der Bar. Nur für den Fall, dass Du mich besuchen kommen möchtest, wo es doch in Hongkong leider nicht geklappt hat … Ich schreibe Dir auf dem Briefpapier des Hotels, damit Du weißt, dass ich keinen Scherz mache – und wo Du mich findest. Vielleicht hat Marco ja demnächst mal geschäftlich in Hamburg zu tun. Dann könntest Du mitfahren, und wir sehen uns hier.

Ob ich den Mut habe, tatsächlich nach München zu fahren, weiß ich noch nicht. Schon Deine Mails zu lesen war zauberhaft. Ich habe Angst, dass alles wieder von vorne anfängt, wenn ich Dich wiedersehe. Und außerdem habe ich ja hier erst mal ein paar Wochen lang einen Job zu erledigen.

Pass auf Dich auf, Laura,
Dein Alex

Mein Plan reifte innerhalb einer Sekunde. Die Rechnung war sehr einfach: Daniel auf Dienstreise plus Basti im Kloster plus Isa auf Klassenfahrt multipliziert mit Tim und Struppis Hundebetreuungsgutschein ergab eindeutig die Gelegenheit zu einem spontanen Kurzausflug nach Hamburg. Und den würde ich gleich heute noch antreten. Ich musste da ein paar Dinge klarstellen.

18.

»Das ist nicht dein Ernst – oder?«

Bevor ich abfuhr, hatte ich zur Erörterung der Gesamtlage ein weiteres Damenkränzchen einberufen. Ich besuchte Mona auf einen Milchkaffee in der Strudelstube und sah zu, wie sie ein Dutzend köstlich duftender Blaubeermuffins auf einer gläsernen Etagere verteilte. Mr. Spock hatte ich diesmal zu Hause gelassen, wo er neben der Hundehütte lag und Darth Vader bewachte. Helen war wieder mal unterwegs zu einem wichtigen Wohnungsbesichtigungstermin und per Autotelefon zugeschaltet. Ich hatte mein Handy auf den Tresen gelegt und den Lautsprecher eingestellt, aus dem gerade ihre Stimme mit unüberhörbarer Skepsis dröhnte.

»Doch, Helen«, antwortete ich und rührte wild entschlossen in meiner Kaffeetasse. »Das ist mein voller Ernst. Warum denn nicht! Warum sollte ich die ganze Woche allein zu Hause herumsitzen und dem doofen Rasenmäher beim Rasenmähen zuschauen, wenn ich die Chance habe, einen … einen … einen wunderbaren, sensiblen Mann kennenzulernen.«

Jetzt war es raus.

»Mein Gott, Franzi«, rief Helen. »Du hast ihm damals tatsächlich eine Mail geschrieben, nicht wahr? Und er hat geantwortet!«

»Na ja, es ging ein bisschen hin und her«, gestand ich.

»Aber als es mir zu brenzlig wurde, habe ich sofort Schluss gemacht. Er denkt, er hat mit Laura geflirtet.«

Helen seufzte ins Telefon. »Ich hatte dich gewarnt. Und jetzt? Wie soll das weitergehen?«

»Da geht gar nichts weiter. Ich will ihm nur seine Briefe zurückgeben. Ihm die Sache mit den falschen E-Mails erklären, ihm ein bisschen beim Klavierspielen zuhören. Und vielleicht ein bisschen reden mit ihm.«

»Ach«, sagte Mona und zwinkerte mir ironisch zu, ohne das Muffinstapeln zu unterbrechen. »Reden nennt man das neuerdings ...«

»Jawohl. Reden. Warum denn nicht? Ich möchte den Menschen kennenlernen, der diese tollen Briefe schreibt. Der seit fünfundzwanzig Jahren heiß und innig eine Frau liebt, obwohl die einen anderen geheiratet hat. Reden ist ja wohl nicht verboten.«

»Hast du dir schon mal überlegt, was passiert, wenn der Typ wegen deiner falschen Mails stinksauer auf dich ist?«

Mit dieser Frage traf Helen den wundesten Punkt.

»Ich hoffe einfach, dass er mich versteht, wenn ich ihm genau erzähle, wie das alles passiert ist«, sagte ich.

Mona war sich da ganz sicher: »Natürlich wird er das. Ich habe seine Briefe zwar nicht selbst gelesen, aber so viel habe ich doch mitbekommen: Wenn ein Mensch auf dieser Welt versteht, was für verrückte Sachen Leute manchmal tun, wenn sie sich beziehungsmäßig gerade etwas ... nun ja, sagen wir: im Sparmodus befinden, dann ist das ja wohl Alex.«

»Danke, Mona. Genau das hatte ich sagen wollen!«

»Hey, du Knalltüte, du hast sie wohl nicht mehr alle!« Helens Stimme brüllte so laut aus dem Handy, dass Mona und ich erschrocken zusammenfuhren.

»Wie ... wie meinst du das jetzt, Helen?« Ich wusste

ja, dass sie eine recht moralische und sehr energische Frau war. Aber dass sie mich wegen meiner Alex-Pläne dermaßen anmeckern würde, hätte ich nicht gedacht.

»Ach, ich meine doch nicht euch«, antwortete Helen. »Hier hat gerade so ein Trottel einfach die Spur gewechselt und hätte fast meinen Wagen gerammt! Ich war so geschockt, dass ich noch nicht mal Zeit zum Hupen hatte. Dieser Vollidiot! – Aber trotzdem, Franzi. Ich bin mir nicht sicher, ob das wirklich eine gute Idee ist, diesen Alex zu besuchen. Was erwartest du dir denn von deinem kleinen Ausflug? Ich meine, langfristig.«

Ich zuckte mit den Schultern, was einigermaßen sinnlos war, denn Helen konnte mich ja nicht sehen.

»Überhaupt nichts, ich meine langfristig. Ich möchte einfach mal raus aus allem hier. Nur für ein paar Tage. Ich möchte mal wieder was Neues erleben. Was Aufregendes. Ich möchte einen Tag beginnen, bei dem ich nicht weiß, wie er enden wird. Ich möchte … Ich will …«

»… einfach mal wieder was herrlich Unvernünftiges tun«, beendete Mona meinen Satz, noch ehe mir einfiel, was ich sonst noch alles gerne wollen würde.

»Ganz genau. Irgendwas Verrücktes. Ich bin doch erst fünfzig und noch nicht scheintot. Manchmal komme ich mir schon jetzt so vor, als wäre ich ausgestopft. Das kann doch nicht alles gewesen sein – oder?«

»Recht hast du, Franzi. No risk, no fun. Gib deinem Leben ruhig mal wieder einen kleinen Schubs. Aber wundere dich nicht, wenn es auf einmal Loopings dreht.«

»Loopings«, schnurrte Helens Stimme tadelnd aus dem Telefon. »Das Leben ist doch keine Achterbahn. Franzi, willst du ernsthaft diesem Fantasieflirt hinterherreisen? Und dann? Hast du dir schon mal Gedanken über die Konsequenzen gemacht?«

»Welche Konsequenzen? Quatsch. Das ist doch kein Fantasieflirt. Das ist überhaupt kein Flirt. Das ist …«

Ich hatte keine Ahnung, was es war und was es werden sollte. Vielleicht eine klitzekleine Racheaktion, weil Daniel meine Begleitung auf seiner Griechenlandreise so rundweg abgelehnt hatte. Weil er neuerdings die Tür seines Arbeitszimmers zumachte, wenn er telefonierte. Weil er mir so etwas Geschmackloses wie einen Rasenmäher zu meinem fünfzigsten Geburtstag geschenkt hatte.

Es war, als hätte Helen meine Gedanken gehört: »Wenn du dich über Daniel ärgerst, solltest du erst mal mit ihm reden, bevor du dich unüberlegt in ein Abenteuer stürzt.«

Als wäre sie meine Therapeutin!

»Ich stürze mich gar nicht unüberlegt in ein Abenteuer«, behauptete ich.

»Natürlich nicht«, kommentierte Mona grinsend und bestäubte die oberste Lage ihrer Muffins schwungvoll mit Puderzucker. »Sondern mit voller Absicht.«

19.

Sechseinhalb Stunden später flog die Lüneburger Heide an meinem Fenster vorbei. Beziehungsweise ich an ihr.

Ich hatte es tatsächlich getan. Ich saß im ICE von München nach Hamburg und genoss den Blick auf eine Feld-Wald-und-Wiesen-Landschaft, die im milden Sonnenlicht des späten Juninachmittags leuchtete. In der Gepäckablage über mir lag mein kleiner, viel zu selten benutzter Rollkoffer, in den ich Klamotten für die unterschiedlichsten Anlässe eingepackt hatte, und ich fühlte mich: großartig. Aufgeregt. Abenteuerlustig. So ähnlich hatte sich Christoph Kolumbus damals wahrscheinlich gefühlt, als er zu seiner spektakulären Reise aufgebrochen war, um einen neuen Seeweg nach Indien zu finden. Was ihm bekanntlich nicht gelungen war. Aber dass er dabei zufälligerweise Amerika entdeckt hatte, hat sich ja langfristig durchaus als Vorteil erwiesen. Auch ich war bereit für alle möglichen Entdeckungen.

Im Gegensatz zu Christoph Kolumbus wusste ich allerdings schon, wo ich nach meiner Ankunft übernachten würde. Nämlich nicht im Hotel Residence Alsterblick. Erstens hielt ich es für keine gute Idee, womöglich Tür an Tür mit Alex zu wohnen. Zum anderen hätte ein Kurzurlaub im Alsterblick schlichtweg mein Budget gesprengt. Denn wie meine ausführliche Internetrecherche ergeben hatte, handelte es sich bei dieser Herberge mal wieder um ein Fünf-Sterne-plus-Hotel der obersten Luxusklasse, ungefähr so nobel wie Alex' Hotel in Hongkong. Natürlich. Denn ein günstigeres Haus würde sich wohl nicht allabendlich einen Barpianisten leisten können.

Den entscheidenden Tipp für mein Hotel hatte ich Helen zu verdanken. Nachdem sie während unserer kleinen Telefonkonferenz in der Strudelstube feststellen musste, dass mich kein Argument dieser Welt von meinem Hamburg-Trip abbringen konnte, hatte sie sich schließlich konstruktiv an meinen Reiseplanungen beteiligt. Eine Bekannte aus ihrem Frauennetzwerk sei neulich bei einem Workshop in Hamburg gewesen und habe in einem originellen und bezahlbaren Hotel gewohnt, erklärte Helen. Das Haus heiße Belle Epoque, liege sehr zentral, und die Kollegin habe es wärmstens empfohlen. Nachdem Helen aufgelegt hatte, schickte sie mir die Telefonnummer des Hotels gleich per SMS hinterher.

Ich hielt mich diesmal nicht lange mit Internetrecherchen auf. Ein Hotel, das Helens kultiviertes Frauennetzwerk empfahl, konnte so schlecht nicht sein. Noch an Monas Tresen sitzend, rief ich im Belle Epoque an, und es war tatsächlich noch ein Zimmer frei. Ich buchte es für drei Nächte.

»Du hast es gut«, seufzte Mona, während sie die Etagere mit den Muffins in die Vitrine schob. »Am liebsten würde ich mitfahren. Hach, so ein kleiner Städtetrip nach Hamburg wäre jetzt genau das Richtige. Meinen Rolf bekomme ich neuerdings kaum mehr zu Gesicht. Er muss ständig Sonderschichten übernehmen und Überstunden machen, weil bei der Münchner Polizei eine Grippewelle ausgebrochen ist.«

»Wir haben eben sehr gefragte Männer«, tröstete ich sie halbherzig. »Das wird auch wieder besser.«

Nachdem ich das mit dem Hotel geklärt hatte, besuchte ich meine Nachbarn. Tim war einigermaßen erstaunt, als ich am Mittag mit Spock an der Leine und ein paar Packungen Hundefutter unter dem Arm bei ihm klingelte.

»Wäre es möglich, dass ich Euren Gutschein vielleicht heute schon einlöse?«, fragte ich.

»Oh«, sagte er. »Das ging ja schnell. Aber klar. Warum nicht. Besuchst du Daniel jetzt doch bei seinem Kongress in Griechenland?«

Ich schüttelte den Kopf. »Das nicht. Ich fahre für drei Tage nach Hamburg. Äh … alte Bekannte besuchen.«

Alex und seine grünen Buchstaben waren mir eben sehr vertraut. Und nachdem wir sogar schon ein paar freche Mails ausgetauscht hatten, konnte ich guten Gewissens von einem alten Bekannten reden.

Tim nickte. »Recht hast du. Mach dir ein paar schöne Tage. Hamburg ist ja auch eine so zauberhafte Stadt. – Dann komm mal rein, mein Schatz.«

Letzteres galt dem Hund.

Aber leider hatte Mr. Spock keine Lust, Tims Einladung zu folgen. Jedenfalls nicht ohne mich. Sobald ich mich umdrehte und wieder gehen wollte, trabte der Hund hinterher. Ich hatte vergessen, wie anhänglich er in den letzten Jahren geworden war.

»Och«, machte Tim und sah richtig enttäuscht aus. »Warum will er denn nicht bei mir bleiben?«

Das fragte ich mich auch. Bei meinen Planungen für einen Besuch in der Pianobar des Hotels Residence Alsterblick und für meine vertraulichen Gespräche mit Alex hatte Mr. Spock ehrlich gesagt keine Rolle gespielt. Außerdem waren in den meisten Hotels, die ich kannte, Hunde, die über das Maß eines Meerschweinchens hinausgingen, sowieso nicht gern gesehen.

Ich redete Mr. Spock gut zu. Ich versuchte, ihn mit Hundeleckerli zu bestechen. Tim stiftete sogar ein paar Scheiben Corned Beef, die vom Abendessen übrig geblieben waren. Mr. Spock fraß alles mit großem Wohlgefallen, aber nichts konnte ihn dazu bringen, sich dauerhaft im Nachbarhaus einzurichten. Als ahnte er, dass ich gern mal ein paar Tage ohne ihn verbringen würde – etwas, das es unbedingt zu verhindern gelte.

Schließlich hatte ich eine Idee. Ich ging in unseren Garten, holte den Robomax nebst Ladestation aus der Hundehütte und stellte beides auf Tims Terrasse in einer wind- und wettergeschützten Ecke ab.

»Pass gut auf Darth Vader auf«, erklärte ich Mr. Spock mit hocherhobenem Zeigefinger. »Das ist jetzt ganz wichtig.«

Es funktionierte. Mr. Spock ließ sich umgehend neben dem Roboter nieder und sah mich mit aufgestellten Ohren und wachen Augen an, als wolle er dem Gerät bis zum Ende der Woche nicht von der Stelle weichen. Im Grunde seines Herzens war er eben doch ein fantastischer Wachhund.

»Falls Mr. Spock nichts dagegen hat, könnt ihr den Robomax auch ruhig mal auf eurem Rasen einsetzen«, sagte ich.

Tim nickte. »Gute Idee. Die Wiese hätte eine anständige Rasur dringend nötig.«

Ich hoffte inständig, dass Mr. Spock den Robomax zwischendurch mal freigeben würde, und trabte beschwingt nach Hause. Ich wollte gerade ein Taxi rufen, das mich zum Bahnhof bringen sollte, da rief Daniel an.

»Ich bin gut angekommen«, rief er ins Telefon. Um ihn herum lärmte mutmaßlich Thessaloniki. Es dröhnte und hupte im Hintergrund. »Wir sind gerade auf dem Weg zum Hotel. Es ist das totale Verkehrschaos in der Stadt. Ich wollte nur kurz Bescheid sagen. In den nächsten Tagen bin ich wahrscheinlich schlecht zu erreichen, weil ich während des Kongresses mein Handy ausschalte, und abends sind wir meist unterwegs zum Essen. Du kennst das ja. Und bei dir? Alles in Ordnung?«

»Ja, nichts Besonderes hier. Nur … Ich … ich werde auch für ein paar Tage verreisen. Ich meine, wo doch sowieso keiner zu Hause ist …«

»Ah, gute Idee. Du hast ja diesen Wellnessgutschein von Mona und Helen bekommen. Genieß die Zeit! Ich muss los. Ich melde mich bald wieder.«

»Daniel, warte mal …«

Klick.

Noch ehe ich Daniels Irrtum aufklären konnte, hatte er schon wieder aufgelegt.

Selbst schuld, dachte ich beleidigt. Wenn er jetzt nicht einmal mehr Zeit zum Telefonieren hatte, würde er eben ein anderes Mal von meinem Ausflug nach Hamburg erfahren.

Ich schaute noch einen Moment auf das Telefon, bevor ich es in die Ladeschale zurücklegte. Hatte Daniel tatsächlich »wir« gesagt? »*Wir* sind auf dem Weg zum Hotel!« Wer war eigentlich der andere Teil von »wir«? Ich versuchte, mir den Abend ins Gedächtnis zu rufen, an dem Daniel mir von seiner Dienstreise erzählt hatte, konnte mich aber nicht daran erinnern, ob er damals auch schon im Plural gesprochen hatte.

Na ja, dachte ich, vermutlich hat er sich mit ein paar anderen Amöbenexperten am Flughafen getroffen und will mit denen jetzt ungestört über die Fortpflanzung von Einzellern fachsimpeln.

Was sollte es denn sonst bedeuten?!

Hamburg empfing mich laut und lärmend. Verglichen mit dieser Stadt erschien mir München tatsächlich als ein ruhiger, beschaulicher Ort. Auf einmal war mir klar, weshalb manche Leute München ein Millionendorf nannten. In Hamburg kamen mir die Häuser höher vor, die Straßen breiter, der Verkehr dichter, die Menschen geschäftiger – und es gab definitiv mehr Graffiti und wilde, zerfetzte Plakate an den Wänden. Ich war froh, als ich auf dem Platz vor dem Hauptbahnhof ein Taxi ergatterte. Am Steuer saß ein kräftiger, schnurrbärtiger Mann mit schwarzer Kappe und schwarzem Hemd, das er für meinen Geschmack ein paar Knöpfe zu weit geöffnet hatte.

»Moin, junge Frau«, sagte er, nachdem ich mich mit meinem Köfferchen auf die Rückbank gesetzt hatte. »Wohin darf ich Sie denn chauffieren?«

»Zum Hotel Belle Epoque, bitte.«

»Ah.« Er zwinkerte mir beim Anfahren durch den Rückspiegel zu. »Das ehemalige Bordell.«

»Wieso Bordell? Stopp. Nein!«

Meine Stimme klang schrill. Sollte Helens Netzwerkkollegin da etwa eine Telefonnummer verwechselt haben? Sie konnte bei ihrem Hamburgseminar unmöglich in einem Schmuddelclub übernachtet haben.

»Nicht Bordell«, gluckste der Taxifahrer, hörbar amüsiert über meine Aufregung. »Ich sagte ›ehemaliges Bordell‹. Seit dreißig Jahren ist damit Schluss.«

»Und jetzt?«, brachte ich verunsichert heraus. Vielleicht hätte ich mich doch etwas besser über meine Herberge informieren sollen. Wie sollte ich in einem Puff schlafen können, auch wenn es nur ein ehemaliger war? Hoffentlich waren seine aktiven Zeiten auch tatsächlich vorbei. Hamburg erschien mir sehr verwirrend und obszön.

»Alles in Ordnung, Lady. Ist ein gemütliches kleines

Hotel inzwischen. Jedenfalls wenn Sie Plüsch und Barock mögen.«

Das tat ich zwar normalerweise nur bedingt. Aber ich dachte mir: besser ein bisschen Pomp im Zimmer als ein Rudel Freudenmädchen vor der Tür.

Auf einmal kam ich mir vor wie eine Landpomeranze auf großer Fahrt. Selbst der Taxifahrer mit seinem altmodischen Schnurrbart erschien mir weltgewandter als ich. Es war wirklich höchste Zeit gewesen, mal aus meiner Münchner Zwiebeltürmchenidylle auszubrechen.

Die Fahrt dauerte nur wenige Minuten. Das Taxi setzte mich in einer belebten Straße ab. Der Hoteleingang befand sich in der Nähe eines U-Bahn-Eingangs zwischen einem Laden für Sportwetten und einer Dönerbude. Das wollte ich mal als »zentral gelegen« durchgehen lassen.

Ich stieß die unscheinbare Tür auf, hinter der sich erst mal nichts weiter verbarg als ein langer Gang und an dessen Ende eine steile Treppe. Ich ging durch den Flur und stieg hinauf, meinen Rollkoffer hinter mir herziehend. Die Stufen waren mit dickem rotem Teppichboden belegt, der das Rumpeln der Räder etwas dämpfte.

Im ersten Stock fand ich endlich die Rezeption. Es schien sich gleichzeitig um das Frühstückszimmer zu handeln. In dem dunkel getäfelten Raum standen vier kleine runde Tische, um die sich allerlei Sessel und Sofas verschiedenster Farben und Formen gruppierten. Hinter einer altmodischen Theke, auf der sich neben einem Stapel Zeitschriften auch eine ausladende Schale mit Pfirsichen befand, lehnte eine schlaksige junge Frau, die erfreulicherweise weder in einschlägige Reizwäsche gekleidet noch besonders auffällig geschminkt war. Sie trug Jeans und ein langärmeliges blau-weißes Ringel-Shirt und studierte irgendetwas in ihrem Tabletcomputer. Sie sah lächelnd zu mir auf, als ich die letzte Stufe hinaufgeschnauft kam.

»Hallo, ich bin Vanessa. Kann ich Ihnen helfen?«

»Hoffentlich!«

Mein Zimmer, für das zu meiner großen Erleichterung tatsächlich eine Reservierung vorlag und zu dem sie mich nun führte, befand sich ungünstigerweise im fünften Stock, sodass ich mein Gepäck weitere steile Treppenstufen hinaufwuchten musste, denn einen Aufzug gab es in diesem Etablissement nicht.

Immerhin hatte ich während des Aufstiegs ausgiebig Gelegenheit, das zu studieren, was der Taxifahrer als Plüsch und Barock bezeichnet hatte. Es war mehr als das. Es war überbordender, bombastischer, das Auge irritierender Ultra-Barock! Sämtliche Wände des Hotelflurs waren mit rot-gold gemusterten Seidentapeten bespannt, die Fußböden mit wild geblümten Teppichen bedeckt. Auf jedem Treppenabsatz standen kleine verschnörkelte Sesselchen, Tischchen oder Schränkchen. Spiegel mit goldenen Rahmen hingen an den Wänden, und von den Decken baumelten glitzernde Kristallkronleuchter in verschiedensten Varianten.

Aber all dieser Prunk war nichts gegen das Zimmer, zu dem mir Vanessa jetzt die Tür öffnete. Mitten in dem durch tiefrote Vorhänge abgedunkelten Raum thronte auf einem Podest ein gewaltiges, mit schwarzem Samt gepolstertes französisches Bett. Die vielen Kissen und Decken waren bezogen mit sündig schimmernder schwarzer Wäsche, an jeder Seite stand ein winziges gläsernes Tischchen mit löwentatzenartigen Beinen. Der Raum war mit einem schwarzen, mit überdimensionalen lila Pfauenfedern gemusterten Teppichboden ausgelegt. An den Wänden glänzten Tapeten, über und über bedeckt mit verschnörkelten goldenen Ornamenten, an der einen Zimmerwand hing ein ausladendes silbernes Hirschgeweih, daneben der unvermeidbare Kristallleuchter, und als Krönung des Ganzen war direkt über dem Bett leicht schräg ein goldumrahmter Spiegel von der Größe einer halben Tischtennisplatte angebracht.

»Wow«, sagte ich, als ich wieder zu Atem kam. »Das nenn ich mal ein Hotelzimmer.«

»Es ist unser schönster Raum«, erklärte Vanessa und lächelte so glücklich, als hätte sie sich die Dekoration selbst ausgedacht. »Etwas für Singles und für sehr Verliebte. Er hat nämlich ein gläsernes Badezimmer.«

Ich wandte mich um und blickte direkt auf eine Toilette und ein Waschbecken, beides in Muschelform. Daneben stand eine halbrunde, ebenso muschelförmige Badewanne, alles nur durch eine Glaswand vom Rest des Zimmers abgetrennt.

»Frühstück gibt es von sieben Uhr dreißig bis elf«, klärte Vanessa mich auf. »Wenn Sie Fragen haben, bin ich gern für Sie da.«

Mit diesen Worten ließ sie mich allein. Ich betrachtete mein vorübergehendes Hamburger Zuhause und versuchte, mir nicht auszumalen, was sich in diesem Zimmer schon alles ereignet haben mochte, damals vor langer Zeit, als es noch kein Hotel gewesen war. Mein erster Reflex war, Daniel anzurufen und ihm kichernd zu erzählen, wo ich mich befand. Aber dann fiel mir ein, dass er ja gerade in wichtiger Mission mit seinen Amöbenkollegen unterwegs war und sein Handy wahrscheinlich ausgeschaltet hatte.

Ich knipste mit meinem Smartphone ein paar Fotos vom Bett, vom Spiegel und vom Hirschgeweih und schickte sie Helen und Mona mit der Bemerkung »Na, wie gefällt euch mein Hotelzimmer?« und einem Zwinkersmiley dahinter.

So aberwitzig hatte ich mir ein Bordell gar nicht vorgestellt. Vor allem kein Bordell, das doch schon lange keins mehr war.

Hoffentlich bekam ich keine Kopfschmerzen vom Anblick dieser golden flirrenden Tapete und dieses Pfauenfederteppichbodens. Hoffentlich war wenigstens die Matratze in den letzten dreißig Jahren mal erneuert worden. Und hoffentlich würde dieser Spiegel nicht ausgerechnet heute Nacht von der Decke fallen und mich erschlagen.

20.

Was man als Frau von fünfzig Jahren möglichst getan haben sollte: ein Kind bekommen (oder mehrere), einen Baum pflanzen (bei mir hatte es immerhin für einen Pfingstrosenstrauch gereicht) und an einem späten Abend allein und ein bisschen aufgebrezelt an einer schicken Hotelbar sitzen.

Mit dem heutigen Tag hatte ich auch den letzten Punkt dieser Liste abgearbeitet. Ich lehnte mit einem Tequila Sunrise an der geschwungenen Wurzelholztheke des Hotels Alsterblick und versuchte, so auszusehen, als befände ich mich in meiner natürlichen Umgebung. Als wäre ich eine dieser lässigen Geschäftsfrauen, die mindestens jeden zweiten Abend damit verbringen, an irgendeiner Hotelbar dieser Welt zu lümmeln, dem schwarz befrackten Barkeeper zuzulächeln und in größter Gelassenheit an einem Tequila Sunrise zu nippen. Wobei ich weniger nippte, sondern den süßen Sonnenaufgang in großen Schlucken zu mir nahm, um meine Nervosität vor der Begegnung mit Alex etwas zu dämpfen.

Ich ließ den Blick durch den großzügigen Raum schweifen: tomatenrote Ledersessel, eckige Glastische, verspiegelte Säulen, Art-déco-Lampen, ein dunkler Parkettboden und mittendrin ein schwarz glänzender, aufgeklappter Flügel, an dem allerdings noch niemand spielte.

Alex schien sich zu verspäten; es war schon fünf nach zehn, und eigentlich hätte sein Auftritt doch um zehn beginnen sollen.

Das Lokal war erstaunlich gut besucht für einen Montagabend. Fast alle Tische waren besetzt. Neben mir an der Bar standen zwei holländische Geschäftsleute, die offensichtlich gerade einen erfolgreichen Vertragsabschluss feierten, bei dem es wohl um irgendetwas Hydraulisches gegangen war und die mir vielsagend mit ihrem Whiskygläsern zuprosteten. Auf der anderen Seite der Theke lehnte ein hagerer Mann, schweigend in den Anblick seines Bierglases vertieft, mit einem Gesichtsausdruck, der irgendwo zwischen mürrisch und gelangweilt lag. Das schüttere graue Haar trug er stramm nach hinten gekämmt, die fliehende Stirn und die kühn entwickelte Nase gaben seinem Profil etwas Vogelartiges.

Na, bei diesem Typen bestand wenigstens keine Gefahr, dass ich mich von ihm in einen charmanten Flirt verwickeln lassen würde.

Ich sah noch einmal auf meine Armbanduhr. Es war fast zehn nach zehn. Wo blieb dieser Alex bloß?

In diesem Moment kippte der Vogelmann mit einem Ruck den Rest seines Bieres hinunter, schob das Glas weg und erhob sich von seinem Barhocker. Mit schlurfenden Schritten ging er auf den Flügel zu, ließ sich auf die Sitzbank fallen und begann zu spielen.

Mein Gott, das war Alex?!

Ich war so erschrocken, dass ich meinen Cocktail in einem Zug austrank. Sogleich bestellte ich einen zweiten. Mona hatte recht gehabt: Nichts ist so schön wie die Fantasie. Nicht jeder, der schöne Buchstaben aneinanderreiht, muss auch ein schöner Mensch sein.

Warum hatte ich eigentlich erwartet, dass dieser Alex

ein Adonis erster Klasse war? Mein Gott, und mit diesem Mann hatte ich im Schlafanzug geflirtet!

Befeuert durch reichlich Tequila, zog ich mein Handy aus der Tasche, um Helen und Mona auf den neuesten Stand zu bringen. Ich hatte gerade »Alex ist ein hässlicher Habicht« in die Tasten getippt, als sich der Barmann diskret zu mir beugte.

»In der Bar kein Handy, bitte«, sagte er mit einem entschuldigenden Lächeln und wies mit einem Nicken auf ein winziges Messingschild auf dem Tresen, das ein durchgestrichenes Telefon zeigte.

Verschämt packte ich mein Handy wieder ein und klammerte mich an meinen Cocktail. Verdammt, was war das für ein vornehmes Hotel hier! Handy-Verbot? Ich war doch nicht auf Klassenfahrt!

Ich konzentrierte mich darauf, dem Vogelmann beim Klavierspielen zuzuhören. Das immerhin konnte er ganz gut. Ich wippte mit dem Fuß zu allerlei bekannten Swing- und Jazzmelodien und orderte einen weiteren Tequila Sunrise, bis der Pianist nach etwa einer Stunde eine Pause machte und wieder seinen Platz an der Bar einnahm.

Und jetzt? Ich hatte keine Erfahrung damit, fremde Männer an einer Hotelbar anzusprechen, aber dank der zweieinhalb Tequilas traute ich es mich trotzdem. Ich fühlte die neugierigen Blicke der holländischen Hydraulikexperten in meinem Rücken, als ich von meinem Barhocker aufstand, meine Handtasche mit den Briefen fest umklammerte und tapfer auf den Vogelmann zuging.

»Entschuldigung«, sagte ich und ärgerte mich, dass ich so schüchtern klang. »Sie haben wirklich wunderbar musiziert.«

Meine Güte, das klang nicht nur schüchtern, das klang ausgesprochen doof. Wahrscheinlich hielt er mich für eine unter akuter Vernachlässigung leidende alte Schachtel, die den nächstbesten alleinstehenden Mann des Lokals aufreißen musste, um nicht völlig vereinsamt zu sterben. Der Vogelmann warf mir einen gnädigen Blick zu.

»Danke, das freut mich«, sagte er.

Ich räusperte mich. »Haben Sie sich wieder gut eingelebt in Hamburg?«

Statt einer Antwort grunzte er irgendetwas Hanseatisches, was ich nicht verstand. Wahrscheinlich hatte er es selbst nicht verstanden, denn er blickte mich mit gerunzelter Stirn an. Begeistert über meinen Small Talk wirkte er jedenfalls nicht.

»Ich meine, wenn man so lange in der Fremde gelebt hat, ist es sicherlich so etwas wie ein Kulturschock, wieder in Hamburg zu sein …«

»Och, wissen Sie, so anders ist Bremen nun auch wieder nicht.«

Bremen? Wieso Bremen? Offenbar hatte Alex nach seiner Rückkehr aus Hongkong noch einen Zwischenstopp an der Weser eingelegt, von dem er Laura aus welchen Gründen auch immer nichts berichten wollte.

»Es ist nämlich so …« Ich begann in meiner Handtasche nach den Briefen zu kramen. »Ich habe hier etwas für Sie.«

Der Vogelmann winkte ab. »Lassen Sie mal gut sein, junge Frau. Wenn Sie mir ein Demotape geben wollen – da bin ich nicht der Richtige. Da sollten Sie sich lieber an die Hotelleitung wenden oder an einen Musikagenten. Je nachdem, was Sie vorhaben. Ich kann Ihnen mit Ihrer musikalischen Karriere wirklich nicht …«

»Nein, nein, ich habe kein Demotape dabei.« Ich lachte auf, was deutlich ziegenhafter klang als beabsichtigt. »Ich kann gar nicht mehr richtig Klavierspielen. Ich … wollte Ihnen nur etwas zurückgeben.«

Jetzt hatte ich die Briefe herausgefischt und hielt sie ihm hin.

»Hier! Sie haben die falsche Adresse drauf geschrieben. Deshalb ist Ihre Post nicht bei Laura, sondern versehentlich bei uns angekommen. Es tut mir leid. Ich habe die Umschläge geöffnet, weil ich gehofft hatte, darin Ihre Adresse zu finden. Und das mit den E-Mails neulich abends, das war … Ach, ich weiß auch nicht, was ich mir dabei gedacht habe.«

Der Vogelmann sah mich an. Dann nahm er mir die Briefe ab.

Er betrachtete sämtliche Umschläge ausführlich auf beiden Seiten. Dann reichte er sie mir schulterzuckend zurück.

»Tut mir leid, Lady, aber ich habe keine Ahnung, was Sie von mir wollen.«

In diesem Moment rief der Barmann »Darf's noch ein Bier sein, Hein-Gerrit?« – und mir wurde schlagartig klar, dass hier eine Verwechslung vorlag. Der Vogelmann war nicht der, für den ich ihn gehalten hatte.

»Sie – Sie sind gar nicht Alex?«, stotterte ich.

»Nee, tut mir leid. Ich bin Hein-Gerrit. Der Alex ist morgen wieder hier, soweit ich weiß.«

Mit ketchuprotem Schädel verstaute ich die Briefe wieder in meiner Handtasche, murmelte ein undeutliches »Oh, dann entschuldigen Sie bitte« und schlich zu meinem Barhocker zurück, wo mich die beiden Holländer gut gelaunt begrüßten.

»Bist du auf der Suche nach netten Begleitern?«, rief der eine mehr auf Niederländisch als auf Deutsch. »Dann bist du bei uns richtig!«

Das mochte wohl so sein, aber mir war das Bedürfnis nach Kontakten zu fremden Männern erst mal vergangen.

Ich bezahlte meine Tequilas, ohne den letzten ausgetrunken zu haben, und verließ fluchtartig die Bar.

Es war nach Mitternacht, als ich im fünften Stock des Belle Epoque der Länge nach auf mein Bett fiel. Todmüde fischte ich aus meiner Tasche das Handy heraus, wo ich zwei SMS vorfand. Eine war von Daniel, er hatte sie vor einer halben Stunde abgeschickt: »Es tut mir leid, dass ich heute nicht mehr dazugekommen bin, dich anzurufen. Jetzt will ich dich in deinem Schönheitsschlaf auch nicht mehr stören. Hast du dich in deinem Wellnesstempel schön verwöhnen lassen? Bussi.«

Die zweite SMS war von Isabel: »Hallo Mama! Hier ist es so bescheuert, hier gibt es nicht mal Handy-Empfang! Isa.«

Auf wundersame Weise hatte meine Tochter es trotzdem geschafft, aus den finsteren Tiefen des Spessarts ihre SMS abzuschicken. Ich schrieb ihr zurück: »Lieber Schatz! Die Menschen haben jahrtausendelang gut ohne Handy gelebt, da wirst du das auch ein paar Tage aushalten. Kuss, Mama.«

Dann rief ich Daniel an, aber nach fünfmal Tuten meldete sich nur seine Mailbox. Wahrscheinlich lag er bereits tiefenentspannt in seinem griechischen Hotelzimmer und schnarchte wie ein Weltmeister. Ich beschloss, am nächsten Tag mit ihm zu reden.

21.

Als ich am Morgen erwachte, hing der Spiegel glücklicherweise unverändert über mir an der Decke. Ich fand es komisch, mir selbst beim Aufwachen zuzugucken: ein kleines bleiches Gesicht zwischen vielen dicken schwarzen Kissen. Wieso heißt das eigentlich Schönheitsschlaf, wenn man danach erst mal aussieht wie ein Grottenolm?, überlegte ich.

Erstaunlicherweise hatte ich trotz der Cocktails keine Kopfschmerzen und fühlte mich auch sonst eigentlich ganz gesund und munter. Das Exbordell-Bett war tatsächlich sehr bequem, und mein zerknittertes Erscheinungsbild ließ sich mit etwas Make-up glücklicherweise schnell kaschieren.

Nach dem Frühstück tat ich das, was die meisten Menschen tun, wenn sie zum ersten Mal nach Hamburg kommen: Ich stieg auf die Aussichtsplattform auf dem Michel, ließ mich auf einer Barkasse über die Alster schippern, machte eine Hafenrundfahrt, absolvierte das komplette Touristenprogramm – und als ich erschöpft, aber glücklich am frühen Abend in mein goldschimmerndes Pfauenfedernzimmer zurückkam, stellte ich fest, dass Daniel mich siebenmal, Mona dreimal und Helen einmal auf meinem Handy angerufen hatten, ohne dass ich etwas davon gemerkt hatte.

Ich hörte meine Mailbox ab.

»Na, du lässt es dir ja gut gehen.« Daniels Stimme klang kein bisschen vorwurfsvoll. »Wo bist du denn? Liegst du den ganzen Tag unter einer Kleopatra-Packung, oder ist das Telefonieren in deinem Wellnesstempel verboten? Ich versuche es später noch mal.«

Ach, ja. Daniel kannte die entscheidenden Details meiner kleinen Reise ja noch gar nicht. Ich versuchte, ihn anzurufen, erwischte aber ebenfalls wieder nur seine Mailbox, auf der ich die Nachricht hinterließ, dass ich gerade einen Kurzurlaub in Hamburg machte und mir diese Stadt außerordentlich gut gefiele, vor allem die Alster mit den vielen hübschen Segelbooten drauf.

Mona erkundigte sich, wie mein Date mit Alex gelaufen sei, ich möge sie doch bitte nicht länger auf die Folter spannen. Helen hatte nur das Geräusch ihres aufgelegten Telefons hinterlassen.

Ich schickte den beiden eine WhatsApp-Nachricht, in der ich ihnen von meiner peinlichen Verwechslung in der Hotelbar berichtete und dass ich es heute noch einmal versuchen würde.

Anschließend rief ich bei Tim und Struppi an, um mich zu erkundigen, wie sie mit ihrem neuen Haustier klarkamen.

»Es läuft alles ganz wunderbar«, erklärte Struppi. Ich erfuhr, dass sich Mr. Spock geweigert hatte, dem Robomax auch nur einen Zentimeter von der Seite zu weichen. Weil die beiden den Hund aber nicht nachts alleine auf der Terrasse hatten lassen wollen, hatten sie schließlich den Rasenmäher ins Haus getragen, was damit geendet hatte, dass sowohl der Robomax als auch Spock die Nacht auf Tims und Struppis Bettvorleger verbracht hatten.

»Oh«, sagte ich.

Dann brauchte ich erst mal Erholung von allem.

Die nächsten beiden Stunden verbrachte ich zu großen Teilen in meiner muschelförmigen Badewanne, bedeckt von einer dicken, lecker nach Grapefruit riechenden Schaumschicht.

Es war zwanzig vor zehn, als ich aus dem Hotel stöckelte, dem Höhepunkt des Tages entgegen. Ich hatte optisch so viel aus mir herausgeholt, wie es der Inhalt meines Rollkoffers möglich gemacht machte. Ich war zufrieden. Ich fand, ich sah heute frisch und jung aus. Wie neunundvierzigeinhalb und keinen Tag älter. In meiner Handtasche steckten immer noch die sechs zauberhaften Briefe. Ich war endgültig bereit für die Begegnung mit Alex.

Diesmal hoffentlich mit dem richtigen Alex.

Weder der Vogelmann noch die munteren Holländer saßen am Tresen der Hotelbar, als ich eintrat. Der Barkeeper, ganz Profi, begrüßte mich mit einem wiedererkennenden Lächeln. Offensichtlich hatte er mir meinen Fauxpas mit dem Handy und meinen überstürzten Aufbruch verziehen.

»Wieder ein Tequila Sunrise?«, fragte er, und ich nickte. Einigermaßen souverän diesmal, denn immerhin hatte ich ja inzwischen schon ein bisschen Erfahrung damit, alleine an einer Hotelbar zu sitzen. Ich fühlte mich nicht mehr ganz so fehl am Platz wie gestern. Genau genommen fühlte ich mich sogar großartig: Ich war eine attraktive, erfahrene Frau, die lässig mit ihrem Cocktail in der Hand auf einem Barhocker saß und zauberhafter Pianomusik lauschte.

Denn diesmal hatte der Auftritt pünktlich angefangen.

Der Mann am Flügel war überraschend blond und elegant. Er trug einen dunklen Anzug mit Fliege unterm Hemdkragen und glänzende schwarze Schuhe. Keine Ahnung, weshalb ich mir Alex immer dunkelhaarig vorgestellt hatte, mit melancholischen Augen, ein bisschen nachlässig frisiert und gekleidet vielleicht, wie man sich eben einen Künstler vorstellt, der seit Jahrzehnten ohne festen Wohnsitz und ohne feste Beziehung lebt. Dieser Mann hier war ganz anders. Er war – perfekt.

»Ist das der Alex, da am Piano?«, fragte ich den Barmann leise. Noch so einen fatalen Fehler würde ich hier jedenfalls nicht machen. Als er nickte, atmete ich erleichtert auf. Dann atmete ich für einen Moment überhaupt nicht mehr, weil jetzt die Klänge von *Strangers In the Night* durch die Bar perlten, als wäre das hier ein Werbespot für Weichspüler, für Champagner oder sonst was Dolles, und ich dachte nur noch: Kitschiger geht's ja wohl nicht.

Alex spielte einen Sinatra-Klassiker nach dem anderen: *New York, New York. Come Fly With Me. As Time Goes By.* Das Gemurmel in der Bar ebbte ab. Die Leute saßen auf ihren Tomatensesseln und lauschten andächtig. Ich auch. Ich war ganz verzaubert. Von Alex und von seiner Musik. Es kam mir so vor, als befände ich mich plötzlich in einem anderen Leben, möglicherweise sogar in einem anderen Universum. München, die Zwiebelturmvilla, Daniel, die Kinder, Mr. Spock, unser Goldfischteich, alles war auf einmal ganz weit weg. Möglicherweise existierte es überhaupt nicht mehr. Es gab nur noch diesen Moment.

Eine verwirrende Wehmut überkam mich. Ich sehnte mich plötzlich danach, noch einmal siebzehn zu sein. Noch einmal mit allem ganz von vorne anfangen zu können. Und ich sehnte mich nach irgendetwas, von dem ich selbst gar nicht genau wusste, was es war.

Am liebsten hätte ich Mona und Helen sofort eine Textnachricht geschickt: »Alex ist der schönste Mann, den ich je gesehen habe, und er spielt Klavier wie ein Gott.« Aber ich ließ das Handy wohlweislich in der Tasche.

Es dauerte fast eine Stunde, bis Alex eine Pause machte und an die Theke kam, wo ihm der Barmann ein Getränk reichte, bei dem es sich dem Anschein nach um eine Apfelschorle handelte. Ich beobachtete ihn, wie er mit seinen langen schlanken Fingern das Glas umfasste, wie er einen Schluck trank und das Glas wieder abstellte, während er den Blick gedankenverloren über die Wurzelholzmaserung der Theke wanden ließ.

Ich hatte gerade meinen ganzen Mut zusammengenommen, um die Aktion »Briefrückgabe, der nächste Versuch«, zu starten, als mir jemand zuvorkam. Genauer gesagt zwei Jemande. Zwei Frauen marschierten zielstrebig auf die Bar zu, lehnten sich neben Alex an den Tresen und verwickelten ihn umgehend in ein Gespräch. Sie waren schätzungsweise Mitte dreißig und hatten sich ziemlich schick gemacht, mit eng anliegenden Kleidchen, bei denen silbern beziehungsweise schwarz schimmernde Pailletten eine wichtige Rolle spielten. Was die beiden mit Alex besprachen, konnte ich nicht verstehen, aber sie lachten die ganze Zeit, schüttelten dabei ihre ausgesprochen langen blonden beziehungsweise brünetten Haare und machten mir nicht den Eindruck, als würden sie gleich irgendwelche Demotapes aus ihren Dekolletés oder sonst wo herausholen.

Donnerwetter, staunte ich in Gedanken. Dieser Alex hat tatsächlich Groupies. Und ich hatte gedacht, so was gäbe es nur bei Rockmusikern.

Jedenfalls vermasselten mir die beiden Damen meinen Auftritt. Ich konnte mich ja schlecht auch noch dazustellen und demonstrativ mit meinen Briefen wedeln.

Als Alex sein Glas leer getrunken hatte und zurück zum Flügel ging, die Paillettendamen an der Bar zurücklassend, stellte ich mich ihm todesmutig in den Weg.

»Sie sind Alex?«, vergewisserte ich mich ein letztes Mal.

Er nickte.

»Ja. Wieso?«

»Ich – ich müsste gleich mal mit Ihnen sprechen.«

»Was gibt es?« Er runzelte irritiert seine wohlgeformte Stirn. »Falls Sie Musikmanagerin sind: Danke, aber ich bin nicht interessiert.«

»Oh, nein.« Ich lachte nervös. »Das ist eher – privat.«

Alex musterte mich eingehend von oben bis unten und wieder zurück. Seine Augen schienen mich zu scannen, als ginge er in Gedanken blitzschnell sämtliche Frauen durch, mit denen er in seinem Leben je zu tun gehabt hatte, und fragte sich, ob und in welchem Zusammenhang ich da irgendwann mal aufgetaucht sein könnte.

Als unsere Blicke sich begegneten, spürte ich, wie mir eine warme Welle über den Rücken lief. So hatte mich schon lange kein Mann mehr angesehen. So direkt, so erwartungsvoll, so fragend, so offen für alles.

Es kam mir vor, als wäre mein Leben auf diese eine Sekunde zusammengeschnurrt. Für einen Moment – so schien es mir – war ich nicht mehr Mutter, nicht mehr Ehegattin, nicht mehr Teilzeittexterin, nichts mehr von alledem, sondern nur das: eine Frau, die einem Mann begegnet.

Es fühlte sich verwirrend gut an.

»Ich komme gleich zu Ihnen«, sagte Alex schließlich. »Nach der nächsten Runde.«

Ich nickte und sah ihm nach, wie er wieder am Flügel Platz nahm und zu spielen begann. Um mein Herzklopfen etwas zu dämpfen, bestellte ich einen zweiten Tequila Sunrise, rührte mit dem dicken schwarzen Strohhalm in den Eiswürfeln herum und wippte im Takt der Musik mit dem Fuß, während ich ihm zuhörte. Alex spielte jetzt

Summertime. Das war so wunderschön, dass ich beschloss, zu Hause sofort meine alten Noten aus der Dachkammer zu holen und wieder regelmäßig Klavier zu spielen. Oder mir eine Jazz-CD zu kaufen.

Zwischendurch verschwand ich auf dem Damenklo, um Mona und Helen per SMS einen Zwischenstand der Ereignisse zu liefern, ohne dass der Barmann mir in die Quere kam. Beide waren trotz der späten Stunde noch wach und antworteten prompt.

»Super! Das wird ein fantastischer Abend! Ich drück dir alle Daumen. Du musst mir morgen jedes Detail schildern«, schrieb Mona und setzte noch ein halbes Dutzend Ausrufezeichen dahinter, ohne zu erklären, wie sie das mit dem Damendrücken meinen könnte.

Helens SMS war kürzer: »Mach bloß keinen Blödsinn, Franzi!«

Das erinnerte mich an etwas. Ich sah auf die Uhr, es war fast zwölf. Ich zögerte kurz, dann rief ich bei Daniel an. Wahrscheinlich lag er längst wieder im Bett und schlief tief und fest nach einem langen und anstrengenden Kongresstag. Doch erstaunlicherweise ging er sofort ans Telefon.

»Alles klar bei dir, Schatz?«, begrüßte er mich. Es hörte sich nicht so an, als hätte ich ihn gerade aus einer Tiefschlafphase gerissen. »Was tust du denn in Hamburg?«

Immerhin hatte er seine Mailbox abgehört.

»Ich? Ah, nichts. Ich sehe mir nur die Stadt an. Ich … ich wollte immer schon mal nach Hamburg.«

»Ach, so? Das wusste ich gar nicht. Du hast doch immer gesagt, du findest Norddeutschland kalt und windig. Na egal. Hauptsache, du bekommst ein schönes Wellnesspaket.« Daniel klang vergnügt und hellwach und nicht im Geringsten erstaunt darüber, dass ich kurzfristig und ohne seine Begleitung eine kleine Städtetour angetreten hatte. Im Hintergrund hörte ich Stimmengewirr und das Klirren von Gläsern.

»Bist du noch unterwegs?«, fragte ich.

»Ja, wir feiern gerade den phänomenalen Fachvortrag einer aufstrebenden jungen Wissenschaftlerin.«

Jetzt drang mehrstimmiges Gelächter aus meinem Telefonhörer.

»Welche Wissenschaftlerin?«, erkundigte ich mich.

»Bettina, unsere neue Doktorandin, hat ihren ersten internationalen Auftritt gehabt, und ich sage dir, sie hat das super gemacht.«

Daniel klang so begeistert, als hätte er gerade erfahren, dass er demnächst mit dem Nobelpreis ausgezeichnet werden würde. Ich hingegen spürte plötzlich einen leicht unangenehmen Druck in der Magengegend.

»Bettina? Ist diese – diese Bettina auch in Thessaloniki?«

»Na, klar. Denkst du etwa, sie hält ihren Vortrag per Skype?« Erneutes Gejohle im Telefon. Das schien ja eine lustige Runde zu sein. »Jaspers ist auch dabei«, fuhr Daniel mit geschmeidiger Stimme fort. »Das Dream-Team der Amöbenforschung, vereint beim Ouzo …«

Vereint bei reichlich Ouzo, schien es mir. Jedenfalls brauchte ich angesichts der Partystimmung in Thessaloniki kein schlechtes Gewissen zu haben, dass ich es mir in dieser schicken Bar mit dem ein oder anderen Tequila gut gehen ließ. Und vielleicht auch ein klitzekleines bisschen mit dem ein oder anderen Pianisten.

»Lass uns morgen mal in Ruhe telefonieren«, sagte Daniel noch. »Jetzt ist es bei mir gerade etwas ungünstig.«

Bei mir war es auch gerade etwas ungünstig.

Als ich aus dem Toilettenabteil trat, stand die brünette

Paillettendame am Waschbecken und musterte mich eingehend durch den Spiegel. Es war mir peinlich, dass sie meinen Teil des Gesprächs mit Daniel gehört hatte. Vor allem den Teil, in dem ich mich mit etwas zu schriller Stimme nach dieser Bettina erkundigt hatte. Vermutlich wunderte sie sich, weshalb ich zum Telefonieren aufs Klo ging wie ein Schulmädchen, das keine Lust auf den Lateinunterricht hat.

Ich kam genau in dem Moment zurück an die Bar, in dem Alex die letzten Takte klimperte und unter dem Applaus der Barbesucher vom Flügel aufstand. Augenblicklich schlug mir das Herz bis zum Hals, und ich wusste auf einmal, dass mein Leben an diesem Abend eine fatale Wendung nehmen würde.

»Nun«, sagte Alex und ließ sich neben mir auf dem Barhocker nieder. Er lächelte mich an. »Was kann ich für Sie tun?«

22.

Schwäne, dachte ich, haben etwas sehr Beruhigendes.

Wie sie da so paarweise über den Fluss zogen, kleine Bugwellen hinterlassend, die langen Hälse gelegentlich in die Tiefen des Wassers tauchten und ab und zu ihre großen weißen Flügel schüttelten, hätte ich stundenlang zusehen können. Und das tat ich auch. Ich saß auf einer Bank am Ufer der Außenalster und starrte über das Wasser, auf dem die Sonnenlichtpunkte flimmerten wie Diamanten. Segelboote kreuzten gemächlich meinen Blick, zwei lange schlanke Ruderboote waren stadtauswärts unterwegs, im flotten Rhythmus kreisten die Paddel, und ich? Ich wartete auf Alex.

Ich hatte zum ersten Mal seit fünfundzwanzig Jahren eine Verabredung mit einem Mann, mit dem ich weder verheiratet noch sonst wie liiert war, und mir war sehr merkwürdig zumute. Ich hatte ganz vergessen, wie es sich anfühlte, diese berühmten Schmetterlinge im Bauch zu haben. Obwohl: Was da gerade in mir herumwirbelte, kam mir nicht besonders schmetterlingshaft vor, sondern eher wie ein Schwarm hungriger ausgewachsener Flughunde.

Nicht dass ich ein schlechtes Gewissen gehabt hätte. Jedenfalls kein sehr schlechtes Gewissen. Ich hatte gerade noch einmal versucht, Daniel anzurufen, aber wieder war nur seine Mailbox angesprungen. Das war ja wirklich ein sehr intensiver Kongress in Thessaloniki. Komisch, dass man über ein so winziges Tier wie eine Amöbe tagelang so viele verschiedene wissenschaftliche Vorträge halten konnte!

Im Übrigen war ich natürlich überhaupt nicht verliebt.

Denn warum sollte ich mich verliebt haben? Weil Alex so erschreckend gut aussah? Weil er so wahnsinnig toll Klavier spielen konnte, dass ich beinahe vor Rührung geweint hätte? Weil er und ich … Ach, Gott.

Ich konnte nur noch an den vergangenen Abend denken.

Alex hatte sich beim Barmann eine Apfelschorle bestellt, nachdem er sich neben mich gesetzt hatte. Im Gegensatz zu mir wirkte er kein Stück beunruhigt. Offenbar war er während des Klavierspielens zu dem Schluss gekommen, dass uns beide kein pikantes Detail in unserem Leben verband. Vielleicht hielt er mich für eine Journalistin, die über den Alltag eines Barmusikers recherchierte.

»Also, was gibt es?«

Ich wünschte, er sähe ein kleines bisschen weniger gut aus. Ich wünschte, ich wäre nicht so nervös. Aus den Lautsprechern der Bar tönte sentimentale Saxofonmusik. Mir wäre es lieber gewesen, der Barmann hätte eine CD mit schmetternder Marschmusik eingelegt. Ich nippte an meinem Tequila Sunrise. Dann dachte ich an Daniel und die Ouzoparty mit dieser Bettina in Thessaloniki, und das machte die Sache wesentlich einfacher.

»Es geht um Ihre Briefe«, sagte ich und registrierte ein überraschtes Zucken in Alex' Augen. Er war einer der seltenen blonden Menschen, die braune Augen haben. Rehbraun, mit einem winzigen Goldpunkt auf der rechten Iris, wie ich feststellte. Verdammt, dieser Mann hatte sogar schöne Augen.

»Welche Briefe?«

»Die Briefe an Laura. Laura Caspari.«

»Wieso? Was wissen Sie von Laura?«

Alex stellte das Glas, aus dem er gerade einen Schluck hatte nehmen wollen, mit einer heftigen Bewegung zurück auf die Theke und starrte mich an.

»Sind Sie – bist du … Linda?«, stammelte er ungläubig und betrachtete mich so eingehend, als überlegte er, ob es nicht vielleicht an der Zeit wäre, sich eine sehr, sehr dicke Brille anzuschaffen. »Lauras Schwester? Ich – ich hätte dich im Leben nicht mehr …«

Ich schüttelte schnell den Kopf und stieß ein kleines hysterisches Lachen aus: »Nein, nein, ich bin nicht Linda! Um Himmels willen! Ich kenne sie nicht einmal. Ich kenne weder Linda noch Laura. Ich wollte Ihnen nur Ihre Briefe bringen. Die sind bei uns gelandet. Die Adresse war falsch. Sie haben versehentlich unsere Adresse angegeben, wissen Sie. Akazienweg. Aber Laura wohnt …«

Ich stoppte rechtzeitig. Alex brauchte nun wirklich nicht zu wissen, dass ich herausgefunden hatte, wo Laura tatsächlich lebte und dass ich seine Briefe eigentlich dort hätte in den Briefkasten werfen können.

»Laura wohnt nicht im Akazienweg«, erklärte ich deshalb.

»Akazienweg, Akazienweg …«, murmelte Alex nachdenklich, dann tippte er sich plötzlich mit der flachen Hand an die Stirn, als wäre ihm gerade die Erkenntnis gekommen. »Wie komme ich denn auf Akazienweg? Es hätte Akazien*allee* heißen müssen. Natürlich: Akazienallee 23. Wie konnte ich nur ihre Adresse vergessen …«

Während er noch verwundert den Kopf schüttelte, kramte ich in meiner Handtasche und nahm die Briefe heraus. Vom vielen Ein- und Auspacken waren die Umschläge an den Ecken schon leicht zerknittert. Ich versuchte, den obersten glatt zu streichen, aber es half nicht viel.

»Hier! Es tut mir leid, ich habe sie geöffnet, weil ich gehofft hatte, dass Sie darin eine Adresse angeben. Dann hätte ich Ihnen die Briefe natürlich sofort zurückgeschickt. Also, nicht dass Sie glauben, ich hätte Ihre schönen Liebesbriefe gelesen ...«

An dieser Stelle brach ich erschrocken ab, und mich überfiel eine heftige Hitzewallung, weil mir klar wurde, dass ich soeben einen verhängnisvollen logischen Fehler gemacht hatte. Alex war er nicht entgangen.

»Aber wie kann das sein«, rief er und umfasste mein Handgelenk so heftig, dass es fast wehtat. »Laura und ich, wir haben uns gemailt. Sie muss meine Briefe bekommen haben. Sonst hätte sie meine Mailadresse doch nicht gehabt. Außerdem hat sie mich in meinem Hongkonger Hotel angerufen. Was ist hier los? Woher haben Sie diese Briefe?«

»Das ... das habe ich doch gerade gesagt. Die lagen in unserem, nicht in Lauras Briefkasten. Laura hat sie nie gelesen. Und das mit den Mails ... Na ja. Wissen Sie ...«

Er ließ meine Hand los, und seine Augen weiteten sich, als er meinen vermutlich ziemlich beschämten Gesichtsausdruck bemerkte.

»Sagen Sie jetzt nicht, dass Sie ...?«

»Doch.« Ich nickte zerknirscht. Meine Stimme war nur noch ein Hauch.

»Sie waren das?« Alex blickte mich ungläubig an. Seine Stimme wurde mit jedem Satz empörter. »Sie haben in meinem Hotel in Hongkong angerufen? Mit Ihnen habe ich neulich diese Mails geschrieben? Sie waren das – mit dem ausgeleierten Schlafanzug im Bett? Das war gar nicht Laura?«

Er war blass geworden, mir hingegen schoss eine heiße Röte ins Gesicht. Mit einem unbekannten Menschen freche Mails auszutauschen war das eine, diesem Menschen jetzt gegenüberzusitzen und ihm direkt in die Augen zu sehen – etwas ganz anderes.

»Es tut mir leid. Ich weiß, das hätte ich nicht tun dürfen. Ich schwöre Ihnen, ich bin sonst nicht so neugierig. Am Anfang habe ich noch versucht, die Briefe an Laura weiterzuleiten. Ich habe den ersten Brief zurück zur Post gebracht. Aber es … es hat nicht geklappt. Er wurde zu uns zurückgeschickt. Dann kamen immer mehr Briefe. Und sie waren so wunderschön. Es waren die schönsten Briefe, die ich je gelesen habe. Wirklich! Es steckt so viel Wärme drin, so viel Leidenschaft. Wann bekommt man denn heutzutage noch handgeschriebene Briefe! Mit grüner Tinte! Die musste ich einfach lesen. Ich konnte sie doch nicht wegwerfen … Und dann habe ich gemerkt, wie sehr Sie diese Laura noch immer lieben – und wie sehr Sie hofften, sie in Hongkong zu treffen. Ich habe in Ihrem Hotel angerufen, mich als Laura Caspari ausgegeben und die Verabredung abgesagt, weil … Ich habe angefangen, diesen Briefeschreiber zu mögen. Ich wollte nicht, dass Sie enttäuscht sind. Sie waren sich doch so sicher, dass Laura sich bei Ihnen melden würde. Sie ahnten doch nicht, dass Laura gar nichts von den Briefen weiß.«

Das klang wirklich verdammt kompliziert.

»Und als Sie dann eine E-Mail-Adresse angegeben haben …«, fuhr ich fort. »Na ja, es war eigentlich nur ein Spaß, dass ich geantwortet habe.«

»Nur ein Spaß«, wiederholte Alex tonlos, ohne mich aus den Augen zu lassen. Ich zuckte mit den Schultern. Ich fühlte mich elend.

»Ja. Es tut mir wirklich sehr leid. Ich hatte mich gerade

über meinen Mann geärgert und wollte ein bisschen Frust ablassen. Ich schwöre Ihnen, ich hatte eigentlich gar nicht vor, die Mail abzuschicken. Ich bin aus Versehen auf den Senden-Button gekommen. Ich war selbst ganz erschrocken. Aber als Sie dann so schnell geantwortet haben und so charmant waren …«

»Tja, da haben Sie dann ganz allein in Ihrem Schlafzimmer gesessen und gedacht: Was für eine aufregende Sache ist es doch, mit einem wildfremden Mann in Hongkong zu flirten.«

»Äh. Ja. Genau so war es. Entschuldigen Sie bitte.« Ich sah ihn an und versuchte, aus seinem Blick schlau zu werden. »Das klingt nach einem ziemlich schlechten Film, nicht wahr?«

Alex nickte. Er nahm mir die Umschläge ab. Ohne weitere Betrachtung schob er sie in die Sakkotasche.

»Na, dann habe ich wenigstens Ihnen eine Freude mit meinen Briefen gemacht«, sagte er sarkastisch. Ich schämte mich. In diesem Augenblick wünschte ich, ich hätte auf Helen gehört und keinen Kontakt zu ihm aufgenommen.

»Ich weiß, dass es nicht in Ordnung war. Ich hätte das sofort richtigstellen müssen.«

»Allerdings.« Seine Stimme klang kühl. »Können Sie sich eigentlich vorstellen, wie enttäuscht ich bin? Nicht nur, weil Sie die Dreistigkeit besessen haben, sich für eine Frau auszugeben, die Sie gar nicht sind. Nicht nur, weil ich Ihnen gegenüber Gefühle preisgegeben habe, die eigentlich einer ganz anderen Person galten. Sondern vor allem wegen Laura. Weil sich überhaupt nichts geändert hat. Weil sie noch genauso weit weg ist wie damals. Und ich hatte tatsächlich geglaubt, Laura und ich wären auf dem besten Wege, wieder so etwas wie Freunde zu werden. Was für eine Illusion!«

Alex presste die Lippen aufeinander und nahm sein

Glas in die Hand, aber er trank nicht, sondern starrte es nur an. Er hielt es so fest umklammert, dass ich auf einmal Angst bekam, er könnte es aus lauter Zorn mit vollem Schwung durch die Bar schleudern. Gegen den Flügel vielleicht. Oder gegen die vielen Flaschen an der Spiegelwand hinter dem Tresen, auf dass alles in einem wilden Klirren zerschmettert würde. Und ich hätte vollstes Verständnis dafür gehabt.

Aber Alex trank dann doch nur einen Schluck und stellte das Glas zurück auf die Theke.

»Das hatte ich alles nicht bedacht«, sagte ich und wich seinem Blick aus. »Es war nicht meine Absicht, Sie zu verletzen. Wissen Sie, ich hab es einfach nur genossen, mal etwas Verrücktes zu tun. Als Sie im letzten Brief dann schrieben, dass Sie nicht mehr in Hongkong wohnen, sondern nach Hamburg gezogen sind und jetzt einen Job hier im Hotel haben, war mir klar, dass ich der Sache ein Ende machen würde.«

»Oh, wie freundlich von Ihnen!« Beißender Spott lag in seiner Stimme. »Sonst hätte ich womöglich bis an mein Lebensende Liebesbriefe an die falsche Frau geschrieben.«

»Richtig!«, antwortete ich tapfer. »Sonst hätten Sie nie erfahren, dass Laura Ihre Briefe gar nicht bekommen hat.«

»Also sollte ich Ihnen im Grunde dankbar sein?«

»Ja, wenn Sie es so sehen wollen …«

Ich meinte ein winziges Blinzeln in Alex' Augen zu erkennen, beinahe so, als unterdrücke er ein Grinsen. Aber vielleicht bildete ich mir das auch nur ein.

Ich blickte zu Boden. Wahrscheinlich war das jetzt der Zeitpunkt, an dem ich verschwinden sollte. Denn eigentlich war mein Job ja erfüllt. Briefe zurückgegeben: *Mission completed.* Ich sollte meine Getränke bezahlen, Alex Lebwohl sagen und zurück ins Hotel gehen.

Aber irgendetwas hielt mich zurück. Die Sekunden vergingen, und ich brachte es nicht über mich, aufzustehen und zu gehen. Es fühlte sich an, als wäre ich an meinem Barhocker festgeklebt. Unschlüssig schaukelte ich mein Glas mit den halb geschmolzenen Eiswürfeln in der Hand.

Alex räusperte sich.

»Und dann sind Sie extra von München nach Hamburg gefahren, um mir meine Briefe zu bringen?«

Ich nickte zaghaft.

»Ja. Was hätte ich denn sonst tun sollen?«

»Warum haben Sie die Briefe nicht einfach in einen großen Umschlag gesteckt und mir hergeschickt?«

Diese Frage war naheliegend, das musste ich zugeben. Komischerweise war mir dieser Gedanke überhaupt nicht gekommen, nachdem ich seinen Brief aus Hamburg erhalten hatte. Als ich die Adresse des Hotels gesehen hatte, war mir sofort klar gewesen, dass ich hinfahren würde.

Aber was sollte ich antworten? Ich dachte an Monas Bemerkung, dass man seinem Leben ab und zu einen kleinen Schubs geben muss, damit es wieder in Schwung kommt. Ich dachte an Daniel, der seine Amöben inzwischen vermutlich mehr liebte als mich und mir blöde Geschenke zum fünfzigsten Geburtstag machte. Der mir seit ungefähr zwanzig Jahren keinen Brief mehr geschrieben hatte, sofern man die bunten Post-it-Zettelchen nicht dazuzählte, die er gelegentlich an strategischen Punkten im Haus verteilte, und auf denen ich dann lesen konnte, dass ich bitte, bitte bei Gelegenheit neue Druckerpatronen kaufen, seine Lieblingsanzugschuhe zum Besohlen bringen oder ein paar Flaschen Prosecco für den Geburtstag eines Institutsmitarbeiters hübsch verpacken möge. Wann er das letzte Mal »Ich liebe dich« zu mir gesagt hatte, daran konnte ich mich gar nicht mehr erinnern. Allerdings auch nicht daran, wann ich ihm das zum letzten Mal gesagt hatte. Man kam einfach nicht mehr richtig in Stimmung, wenn so viel Alltag im Weg herumstand. Ich dachte an Isas nerviges Pubertätsgemecker und Bastis abgebrochenes Studium, an unseren arthritischen Hund und meinen Ärger wegen des gerupften Pfingstrosenstrauchs. Ich dachte an die alberne Friseursalonkampagne, an der ich in den vergangenen Wochen gearbeitet hatte, und dass ich irgendwann in grauer Vorzeit mal geglaubt hatte, ich würde nicht Werbetexte, sondern wunderbare Liebesromane schreiben.

All das dachte ich, und mit all dem hatte es zu tun, dass ich Alex die Briefe nicht mit der Post geschickt hatte, sondern höchstpersönlich angereist war. Aber das konnte ich ihm nun wirklich nicht sagen.

»Ich bin hergekommen, um mich bei Ihnen zu entschuldigen«, erklärte ich deshalb. »Und außerdem wollte ich sichergehen, dass die Briefe diesmal nicht wieder in falsche Hände geraten.«

»Aha«, machte Alex nur.

Er sah jetzt nicht mehr empört aus. Eher erstaunt. Als wundere er sich, zu welch absurden Handlungen eine mit ihrem Leben offenbar nicht ganz ausgelastete Frau fähig war. Ich wunderte mich ja selbst darüber.

Wir saßen da und schauten abwechselnd in unsere Gesichter und in unsere Gläser und schwiegen.

»Möchten Sie tanzen?«, fragte Alex plötzlich.

»Tanzen?« Ich starrte ihn an, weil ich mir nicht sicher war, ob ich richtig gehört hatte. »Wie meinen Sie das – tanzen?«

Er konnte das unmöglich ernst meinen. Er war doch gerade noch so wütend auf mich gewesen.

Außerdem hatte ich seit einer Ewigkeit nicht mehr

getanzt. Abgesehen von dem Herumgehopse auf meiner Geburtstagsfeier, das so jämmerlich im Kräuterbeet geendet war. Ich glaube, zum letzten Mal richtig getanzt hatte ich auf Monas dritter Hochzeit, und sie war inzwischen schon wieder seit über zwei Jahren geschieden.

»Es ist ganz einfach«, fuhr Alex fort, wobei sich ein spöttisches Lächeln in seinem Gesicht ausbreitete. Diesmal war es eindeutig ein Lächeln. Es legte um seine Augen zig winzige Fältchen, die einerseits deutlich machten, dass auch er längst keine dreißig mehr war, nicht mal mehr vierzig, und dass er sein Leben in vollen Zügen gelebt hatte. Die ihm andererseits aber – und das war eine erschreckende Erkenntnis – verdammt gut zu Gesicht standen.

»Ich nehme Sie an der Hand, und wir bewegen uns zum Rhythmus der Musik.«

»Ich weiß, was Tanzen ist. Aber ich … ich bin völlig aus der Übung. Und außerdem«, ich ließ den Blick durch die Bar schweifen. »Hier ist doch gar keine Tanzfläche.«

Alex nahm mir das leere Glas aus der Hand, stellte es auf die Theke und fasste meinen Arm.

»Das ist eine Frage der Definition!«

Ehe ich wusste, wie mir geschah, hatte Alex mich aufs Parkett gezogen.

»Aber nein …«, unternahm ich einen letzten halbherzigen Versuch, meiner nächsten drohenden Blamage zu entkommen.

»Aber doch«, sagte er, ohne meinen Arm loszulassen. »Jetzt sind Sie schon mal hier, da sollen Sie auch Spaß haben. Widerstand zwecklos. Wir zwei machen uns jetzt einen schönen Abend, wo wir uns doch neulich schon so nette Mails geschrieben haben. Auf geht's!«

Es war völlig verrückt.

Aus den Lautsprechern der Bar trällerten jetzt ausgerechnet Nancy und Frank Sinatras *Something Stupid.* Auch ich kam mir äußerst dämlich vor, hatte aber keine Zeit, mir tiefere Gedanken über die Ironie dieses Augenblicks zu machen, denn ich war schwer damit beschäftigt, meine Schritte zu koordinieren. Ich wollte tunlichst vermeiden, hier vor allen Leuten einen so peinlichen Abgang zu machen wie auf meiner Geburtstagsparty.

Dabei dachte ich die ganze Zeit: Mein Gott, ich tanze mit Alex. Neulich noch waren es nur ein paar grüne Buchstaben auf einem Blatt Papier, und jetzt tanze ich mit ihm!

Es gab wirklich kaum Platz zum Tanzen. Aber überraschenderweise machte das nichts: Alex schob mich lässig zwischen dem Flügel und den Tischchen herum, an denen die Leute saßen und unserer spontanen Tanzeinlage halb belustigt, halb verblüfft zuschauten.

»Klappt doch ganz gut«, meinte er. »Sie haben mir bis jetzt höchstens fünfmal auf die Füße getreten …«

»Ich gebe mein Bestes«, hauchte ich, mich weiter auf den Takt der Musik konzentrierend. Eins, zwei, tapp. Eins, zwei, tapp …

»Autsch!«, machte Alex.

»Ich hatte Sie gewarnt!«

Aber mit jedem Schritt wurde ich besser. Ich begann mich zu entspannen. Nach einer Weile hatte ich meine Füße unter Kontrolle und stolperte nicht mehr ständig. Ich stellte fest, dass mir die Sache tatsächlich Spaß machte. Eigentlich war Tanzen ja ganz einfach. Jedenfalls mit Alex. Er war schließlich Musiker, er hatte eben ein Gespür für Takt und Rhythmus. Und vermutlich auch eins für Frauen. Hätte er mich schon bei meinem beschwipsten Geburtstagstanz im Arm gehalten, wäre ich bestimmt nicht ins Kräuterbeet gestürzt.

»Sind Sie nicht mehr sauer auf mich, weil ich Ihre

Briefe gelesen habe – und, na ja, wegen der Sache mit den falschen Mails?«

»Ach, wissen Sie was: Ob man nun einer Phantomfrau schreibt, von der man seit fünfundzwanzig Jahren nichts mehr gehört hat, oder einer Phantomfrau, die man überhaupt nicht kennt – da ist eigentlich kein großer Unterschied. Sie haben mir wenigstens geantwortet!«

Wenn ich ihn nicht schon im Arm gehalten hätte, dann wäre ich ihm jetzt möglicherweise um den Hals gefallen.

Ich fing an, die unglaubliche Situation zu genießen. Ich liebte die Musik, das Tanzen, die Bar, alles. Ich fühlte mich so lebendig: Alex und ich schwangen uns unbeirrt um den Flügel herum, wir hatten die Aufmerksamkeit sämtlicher Gäste der Bar auf uns gezogen, und es fühlte sich großartig an!

Aus dem Augenwinkel nahm ich die Paillettenmädels vom vorigen Abend wahr. Sie saßen im hinteren Bereich der Bar mit staunend geöffneten Mündern vor ihren halb geleerten Cocktailgläsern, neben ihnen am Tisch mit breitem Grinsen – na, da schau an! – die niederländischen Hydraulikexperten. Wo waren die denn auf einmal wieder hergekommen?

Egal. Ich war beschäftigt. Ich tanzte mit Alex, während die Sinatras irgendetwas von »I love you« sangen, und fühlte mich unsterblich.

Die Musik rauschte durch die Bar, durch meinen Kopf und durch meine Beine. Alex wirbelte mich immer schwungvoller durch den Raum, einmal stolperte ich beinahe über ein Stuhlbein, aber er fing mich auf. Ich ließ mich übermütig in seine Arme fallen und lachte nur. Wann eigentlich hatte ich zum letzten Mal so viel Spaß gehabt? Wann hatte ich zuletzt so viel gelacht? Mich so lebendig, frisch und faltenfrei gefühlt? War das zehn oder zwanzig Jahre her?

Irgendwann tobten auch die beiden Paillettenmädels über die nicht vorhandene Tanzfläche, je einen der Hydraulikexperten im Arm, und alle vier lärmten dabei, als gäbe es kein Morgen. Erst als die Brünette quiekend versuchte, den Flügel zu erklimmen, um sich lasziv auf dem schwarz glänzenden Lack zu rekeln, griffen Alex und der Barmann ein und hielten sie auf. Worauf die Lady beleidigt war und die vier das Etablissement mit unbekanntem Ziel verließen.

»Wie heißen Sie eigentlich?«, fragte Alex, als er mich wenig später – ich war etwas außer Atem geraten – an die Bar zurückführte. »Wenn Sie schon so freundlich sind, mir die fehlgeleiteten Briefe an meine Exfreundin persönlich zuzustellen – und gelegentlich sogar ihre Identität annehmen, um mir tröstende Mails zu schicken –, dann wüsste ich sehr gerne, welch reizendem Engel ich all diese guten Taten zu verdanken habe.«

Seine Worte trieften geradezu von Ironie.

»Oh, ja, natürlich!« Ich versuchte, den Engel zu ignorieren, was mir nur mäßig gelang. »Ich habe ganz vergessen, mich vorzustellen. Ich heiße Franziska.«

Das musste reichen. Meine Adresse kannte er ja sowieso schon.

»Angenehm, Alex.«

»Ich weiß.«

Bevor es auch nur eine Sekunde lang still und peinlich werden konnte, fragte Alex: »Noch einen Tequila Sunrise?«

Ich zuckte mit den Schultern und konnte mich gerade noch davon abhalten, ihn anzustrahlen und so etwas Lächerliches zu sagen wie: »Dabei ist die Sonne ja eigentlich gerade schon aufgegangen.«

»Oder lieber Champagner?«

»Oh ja, lieber Champagner.«

Wir stießen auf die glückliche Rückgabe der verirrten Liebesbriefe an. Vor allem aber auf unsere Versöhnung. Mona hatte recht gehabt: Wenn ein Mann mich verstehen würde, dann war es Alex. Der Abend entwickelte sich allmählich so, wie ich es mir nicht einmal in meinen kühnsten Träumen vorgestellt hatte.

»Erzählen Sie mir von damals«, bat ich Alex keck. Das Tanzen und der Champagner hatten mich übermütig gemacht. »Wie ging es weiter nach diesem Nachmittag im Englischen Garten …«

»Sie meinen, nachdem Laura mir den Dolchstoß versetzt hatte?«

Ich nickte und nippte an meinem Champagner.

Alex drehte das Glas in seinen Händen.

»Na gut«, sagte er. »Da Sie die Eckdaten schon kennen, kann ich Ihnen eigentlich auch den Rest der Geschichte verraten. Aber ich warne Sie, das dauert länger. Haben Sie Zeit?«

Ich dachte an seinen charmanten Satz mit dem Engel. Er hatte schließlich angefangen mit dem Flirten. Warum sollte ich nicht mitmachen? Nur so zum Spaß.

»Wenn's sein muss, die ganze Nacht«, antwortete ich rundheraus.

»Okay, Sie haben es so gewollt.«

Er trank einen Schluck und begann zu erzählen.

»Nachdem ich erfahren hatte, dass Laura wieder mit Marco zusammen war, brauchte ich ein paar Sekunden, um zu begreifen, was das bedeutete. Dann bin ich einfach gegangen. ›Na, dann wünsche ich dir noch ein schönes Leben‹, habe ich gesagt und war weg. Sie rief etwas, aber ich habe mich nicht mehr nach ihr umgedreht. Den Rest des Tages lief ich wie eine Aufziehpuppe durch die

Stadt. Vermutlich stand ich unter Schock. Es brachte mich fast um den Verstand, innerhalb nicht mal einer Minute zu erfahren, dass sie schwanger war, dass sie dieses Kind noch mit ihrem früheren Freund gezeugt hatte und deshalb zu ihm zurückkehren würde. Ich wohnte damals in einer WG mit zwei Kumpels. Ich sagte denen, sie könnten mein Zimmer untervermieten, ich würde abhauen. Dann packte ich alles, was mir wichtig war, in eine Tasche und fuhr raus zum Flughafen. Ich sagte mir, ich nehme den nächsten Flieger, in dem es noch einen Platz gibt, Hauptsache, ich komme weit weg aus München. Es war eine Maschine nach Hongkong. Ich saß drin, noch ehe mir richtig bewusst war, was ich getan hatte. Ausgerechnet Hongkong …« Er schwieg einen Moment.

»Was hatte es denn mit Hongkong auf sich?«, fragte ich.

Alex sah an mir vorbei, als er weitersprach.

»Ein paar Tage zuvor hatte ich Laura vorgeschlagen, einfach mit mir abzuhauen. München zu verlassen und irgendwo anders ein neues Leben anzufangen. Weg von ihrer Familie, die sich ständig darüber beklagte, dass Laura so eine gute Partie wie Marco meinetwegen habe sausen lassen. Sie war ganz verzweifelt und zerrissen. Ich sagte: ›Lass uns irgendwohin fahren, wo uns niemand kennt. Nach Rio oder Kathmandu oder meinetwegen nach Hongkong. Egal wohin. Ans Ende der Welt. Wir fangen noch einmal ganz neu an. Nur du und ich.‹« Alex seufzte. »Aber wahrscheinlich ahnte Laura schon da, dass sie schwanger war und sich von mir trennen würde, jedenfalls hielt sie das für keine gute Idee. Es war ja auch wirklich verrückt. Wir kannten uns doch erst seit ein paar Wochen.«

Ich wollte mehr erfahren.

»Wie haben Sie sich kennengelernt?«

»In der Mensa. Auf der Suche nach einem freien Tisch

rempelten wir einander versehentlich mit unseren vollbepackten Tabletts an. Zwei Portionen Spaghetti Napoli eng umschlungen auf dem Fußboden und jede Menge zertrümmertes Porzellan drumherum. Ich hatte das als gute Prophezeiung gesehen, als Wink des Schicksals, dass diese wunderschöne, über unser Missgeschick ausgelassen lachende Frau und ich zusammengehörten. Aber im Nachhinein weiß ich, dass es ein schlechtes Omen war. Scherben bringen eben nicht immer Glück.«

»Aber Sie waren doch ein paar Wochen lang glücklich mit Laura«, wandte ich ein.

»Tja, da haben Sie recht. Ich war so unfassbar glücklich mit ihr, wie ich es vorher noch nie erlebt hatte. Umso schrecklicher war die Erkenntnis, dass es vorbei war. Ich war mir sicher: Für keine Frau auf dieser Welt würde ich jemals wieder so viel fühlen wie für Laura. Na ja.« Jetzt wurde er wieder sarkastisch: »Wenn es am schönsten ist, soll man bekanntlich aufhören. Laura und ich, wir haben ja niemals die Stufe einer Beziehung erreicht, in der man sich über ausgequetschte Zahnpastatuben ärgert oder darüber streitet, wer den Müll rausbringt oder so. Vermutlich wiegen unglückliche Lieben einfach schwerer als glückliche …«

Ich dachte an Daniel und sagte scherzend: »Oh, das kann man so nicht sagen. Meine glückliche Liebe hat mit der Zeit zugenommen. So zirka zehn bis fünfzehn Kilo in den vergangenen zwanzig Jahren. Haha …«

Alex grinste.

»Bist du verheiratet?«

Er war nahtlos zum Du übergegangen.

»Ja. Und zwar von Anfang an mit demselben Mann.«

»Und? Tatsächlich immer noch glücklich miteinander?«

Ich errötete.

»Ja … Nein … Ich weiß nicht. Manchmal …«

»Und wenn du dir nicht sicher bist, schreibst du E-Mails an fremde Männer und fährst nach Hamburg, um sie da in einer Bar zu treffen, nicht wahr?«

So wie Alex das sagte, klang es ziemlich frivol.

»Nein, natürlich nicht«, antwortete ich entrüstet. »Ich hab so was noch nie gemacht. Außerdem war es ganz anders: Wenn du dich bei der Adresse nicht verschrieben hättest, dann wäre ich jetzt nicht hier.« Ich nippte an meinem fast leeren Glas und schob dann hinterher: »Und wenn sich mein Mann etwas mehr Mühe mit seinem letzten Geburtstagsgeschenk gemacht hätte, vielleicht auch nicht.« Ich bereute den letzten Satz, noch bevor ich ihn zu Ende gesprochen hatte. Alex schwieg taktvoll.

»Noch ein Glas Champagner?«, fragte er schließlich. Ich zuckte unentschlossen mit den Schultern.

»Das war eindeutig ein Ja«, sagte er. »Also noch einen Champagner. Auf alle Exfreundinnen und Ehemänner, die wir lieben oder wenigstens mal geliebt haben.«

Er reichte mir das frische Champagnerglas.

»Wie ging es dann weiter in Hongkong?«, fragte ich, erstens, weil mich das wirklich interessierte, und zweitens, weil ich keine Lust hatte, mit Alex ausgiebig über mein Verhältnis zu Daniel zu reden. Ehrlich gesagt, hatte ich jetzt nicht einmal Lust, an Daniel zu denken.

»Ich fand ein Zimmer in einem billigen Hotel mitten in der Stadt«, erzählte Alex. »Es wirkte fast ein bisschen wie ein Obdachlosenheim. Vielleicht war es das auch. Es gab ein schmuddeliges Gemeinschaftsbad auf dem Gang und den schrecklichsten Kaffee, den ich je getrunken habe. Mein Zimmer war winzig, und vom Fenster aus blickte man in einen trüben Lichtschacht. Aber es war mir egal. Ich hatte ja nicht viel Geld. Ich stellte meine Tasche ab und fuhr sofort auf den Victoria Peak, diesen Berg in Hongkong, auf den man mit einer Trambahn hinauffahren kann. Mein Sitznachbar im Flugzeug hatte mir gesagt, dass man von dort einen fantastischen Blick auf die Stadt hat, vor allem am Abend. Und er hatte absolut recht. Als ich oben ankam, ging gerade die Sonne unter, ein unglaubliches Schauspiel. Es wurde schnell dunkel. Die bunten Lichter der Wolkenkratzer erstrahlten und flimmerten. Sie spiegelten sich im Wasser. Es war unfassbar schön. Atemberaubend. Ich stand da oben an der Brüstung und konnte nur staunen. Ich wünschte mir so sehr, dass Laura an meiner Seite wäre und diesen faszinierenden Anblick mit mir teilen könnte. Aber sie war unendlich weit weg.« Alex machte wieder eine Pause und trank einen Schluck. »Nun ja, das war vor einem Vierteljahrhundert«, sagte er und presste für einen Moment die Lippen aufeinander. »Ich habe deswegen keine schlaflosen Nächte mehr.«

»Bis du Laura wiedersahst.«

»Bis ich ein Bild von ihr wiedersah. Ja.«

»Und jetzt? Wirst du nach München fahren und sie treffen?«

Alex zögerte mit der Antwort.

»Ehrlich gesagt, ich habe Angst, sie wiederzusehen. Ich habe Angst, mich noch einmal in sie zu verlieben und wieder bei null anzufangen.«

»Vielleicht ist sie ja eine grässliche frustrierte Zicke geworden, und du bist heilfroh, dass du sie nicht mehr an der Backe hast.«

Alex schüttelte den Kopf.

»Du hast das Bild von ihr nicht gesehen. So sieht keine grässliche frustrierte Zicke aus.«

»Du weißt nicht, wozu ein Bildbearbeitungsprogramm in der Lage ist! Aber im Ernst: Wer weiß, was aus Laura inzwischen geworden ist! Es klingt so, als wäre sie in deiner Erinnerung mit den Jahren immer großartiger geworden, als würdest du sie geradezu vergöttern. Eine reale Frau wird ihr jedenfalls nie das Wasser reichen können. Vielleicht würde es dir ja guttun, wenn du Laura wiederträfest und mit ihr redetest. Wenn du erkennst, dass sie eine ganz normale Frau ist, wie Millionen anderer Frauen auch …«

»Laura ist keine ganz normale Frau. Laura ist etwas Besonderes.«

»Alex, du bist verrückt!«

»Das kann schon sein.« Er lachte jetzt und sah nicht im Geringsten so aus wie ein Mann, der gerade qualvoll an einem gebrochenen Herzen zugrunde ging.

Schweigend tranken wir unsere Champagnergläser leer. Inzwischen waren wir die letzten Gäste in der Bar. Der Barkeeper schaltete schon die Spülmaschine an. Aber weder Alex noch ich machten irgendwelche Anstalten aufzustehen.

»Wie hast du deinen Mann kennengelernt?«, wollte Alex wissen. War ja klar gewesen, dass ich um diese Antwort nicht herumkommen würde.

»Am schwarzen Brett der Uni. Wir studierten die Wohnungsanzeigen, er unter ›Biete‹ und ich unter ›Suche‹. ›Brauchst du ein neues Zimmer?‹, fragte er. ›In unserer WG wird gerade eines frei.‹ Und dann kam es, wie es kommen musste. Ich hab mit Daniel schon zusammengewohnt, bevor wir uns ineinander verliebten.«

»Wie praktisch. Dann können einen die Probleme mit der ausgequetschten Zahnbürste nicht mehr schockieren.«

»Das stimmt. Und die Sache mit dem Müll auch nicht.«

Wir lachten. Auf einmal war alles ganz leicht.

»Warum hast du dich in ihn verliebt? Was war das Besondere an ihm?«

»Ich weiß nicht. Alles an ihm war besonders. Er hatte immer eine so positive Sicht auf die Dinge. Er brachte mich ständig zum Lachen, auch wenn es mir mal schlecht ging, wenn ich mich über einen Professor ärgerte oder in einer Prüfung nicht so gut abschnitt. Er war unglaublich romantisch. Er konnte mich immer wieder überraschen mit seinen Ideen. Und er überrascht mich immer noch«, setzte ich seufzend hinzu. »Wobei sich das mit der Romantik allerdings erledigt hat. Inzwischen steht bei uns der praktische Gedanke im Mittelpunkt. Stell dir vor, mein Mann hat mir zu meinem letzten Geburtstag einen Rasenmähroboter geschenkt.«

»Oh«, machte Alex. »Wie enttäuschend! Jetzt verstehe ich, weshalb du dich auf unseren kleinen virtuellen Flirt eingelassen hast.«

»Nun ja. Wir hatten kein Wer-bringt-den-Müll-raus-, sondern eher ein Wer-mäht-den-Rasen-Problem. Immerhin haben wir das jetzt nicht mehr. Tja, so ist das eben, wenn man über zwanzig Jahre lang verheiratet ist, mit allem Drum und Dran: zwei Kindern, Haus, Garten, Hund, Job …«

»Sollte ich froh sein, dass mir das mit Laura erspart geblieben ist?«

»Vielleicht. Bei euch ist nie der Alltag eingekehrt. Ihr habt die Routine in einer Beziehung nicht kennengelernt. Du kannst sie weiter als unfehlbare Göttin anhimmeln.«

Alex dachte einen Moment lang nach.

»Ich kann mir nicht vorstellen, dass sie mir jemals einen Rasenmäher zum Geburtstag geschenkt hätte.«

»Ach, Alex. Das habe ich mir bei Daniel vor fünfundzwanzig Jahren auch nicht vorstellen können … Abgesehen davon, dass es damals noch keinen Robomax gab.«

Der Barkeeper räumte unsere leeren Champagnergläser ab und räusperte sich.

»Komm«, sagte Alex. »Ich glaube, es wird Zeit zu gehen. Wohnst du auch hier im Hotel?«

Ich schüttelte den Kopf.

Alex begleitete mich nach draußen. Es war eine erstaunlich milde Nacht. In den Bäumen auf der anderen Straßenseite war ein früher Vogel schon wach. Oder noch wach, wie wir.

»Und jetzt?«, fragte Alex. Es klang abenteuerlustig. Immerhin hätte er ja auch »War schön mit dir, aber ich geh jetzt mal schlafen« sagen können.

Vor dem Hotel stand ein Taxi mit eingeschalteter Innenbeleuchtung, der Fahrer war in eine Zeitung vertieft. Ich blieb unschlüssig stehen. Das Letzte, das ich mir jetzt vorstellen wollte, war, Alex einfach Lebewohl zu sagen, in das Auto zu steigen, davonzufahren – und ihn nie wiederzusehen. Was ich mir aber auch nicht vorstellen konnte, war, ihm das so direkt zu sagen.

»Ich – ich bin noch gar nicht müde. Mein Hotel ist nicht weit weg von hier. Ich glaube, ich habe Lust auf einen kleinen Spaziergang …«

Während ich noch über das Wort Lust nachdachte, legte Alex einen Arm um meine Schulter und sprach theatralisch:

»›Mein schönes Fräulein, darf ich wagen, meinen Arm und Geleit Ihr anzutragen?‹« Ich blickte auf und sah in sein grinsendes Gesicht. »Das war Goethe«, fuhr er fort. »Faust, erster Teil.«

»Ich weiß. Das ist die Stelle, an der er sich an das arme Gretchen heranmachen will, der Schuft. Ich kenne das Stück. Ich habe Germanistik studiert. ›Bin weder Fräulein, weder schön, kann ungeleitet nach Hause gehn‹ …«, zitierte ich deshalb kichernd, wovon sich Alex glücklicherweise nicht umstimmen ließ.

»Das kommt gar nicht infrage, Franziska. Ich werde dich nicht nachts allein durch Hamburg laufen lassen. Wer weiß, was für zwielichtige Typen dir da begegnen …«

»Vielleicht Mephisto persönlich?«

»Zum Beispiel.«

Arm in Arm schlenderten wir an dem Taxi vorbei, die Straße entlang Richtung Alster. Alex war etwas kleiner als Daniel und schlanker, es fühlte sich ungewohnt an. Es dauerte ein paar Meter, bis wir unsere Schritte einander angepasst hatten. Wir schwiegen. Der Champagner war auf einmal wie verflogen. Ich spazierte mit einem wunderbaren Mann in einer wunderbaren Nacht durch eine wunderbare Stadt und wusste nicht, was ich denken sollte.

»Ich liebe diese nächtlichen Spaziergänge«, sagte Alex. »Diese Ruhe in der Stadt, das Sternenlicht. Das habe ich vermisst in Hongkong. Da flimmern die ganze Nacht lang diese wahnsinnigen Leuchtreklamen in den Straßen. Gehen wir ein paar Schritte an der Alster entlang?«

Wir verließen die Straße und bogen den Fußweg zum Wasser hin ab. Eine Sekunde lang dachte ich daran, dass ich in diesem Moment allem widersprach, was ich vor sehr vielen Jahren von meiner Mutter und meiner großen Schwester gelernt hatte und wovor ich meine eigene Tochter seit unserer ersten Lektüre von »Rotkäppchen und der Wolf« regelmäßig warnte: Geh niemals mit einem Fremden mit, den du gerade erst in einer Bar kennengelernt hast. (Beziehungsweise auf einem Spielplatz oder auf einer Schulparty. Hauptsache, du gehst nicht mit.)

Mit Alex ging ich trotzdem mit. Er war mir nicht fremd. Ich kannte ihn durch seine Briefe und durch unsere Mails. Mir war es, als hätte ich einen guten alten Freund wiedergetroffen, den ich lange vermisst hatte.

Wir setzten uns auf eine Bank und schauten über den

Fluss. Der Ausblick war atemberaubend. Vermutlich längst nicht so spektakulär wie der Ausblick vom Victoria Peak auf das nächtliche Honkong, aber ich fand es toll: Auf der Wasseroberfläche schimmerten die bunten Lichter der Stadt, über uns blinkten die Sterne. Zwischen den hohen Häusern am anderen Ufer wurde der Himmel schon ein bisschen lila. Der Morgen war nicht mehr weit.

»Ist dir kalt?«, fragte Alex. Ohne meine Antwort abzuwarten, zog er sein Sakko aus und legte es mir über die Schultern. Es war warm und angenehm. Ich wünschte, diese Nacht würde nie mehr aufhören.

Ich legte den Kopf an Alex' Schulter und versuchte, nicht an Daniel zu denken. Es war ja nur ein Spaziergang. Eine kleine Pause auf einem kleinen Spaziergang – mit verdammt spektakulärer Aussicht auf Hamburg kurz vor dem Sonnenaufgang.

Da entdeckte ich einen Lichtpunkt, der sich quer über den Himmel bewegte. Auch das noch!

»Sieh mal, Alex«, flüsterte ich ehrfürchtig. »Eine Sternschnuppe. Ist das nicht absolut romantisch? Wir dürfen uns etwas wünschen.«

Alex lachte leise.

»Ich habe noch nie eine blinkende Sternschnuppe gesehen. Und auch keine, die so langsam unterwegs ist. Ich befürchte, das ist etwas anderes. Ein Flugzeug im Landeanflug auf Hamburg-Fuhlsbüttel, würde ich mal tippen …«

»Oh«, machte ich und schämte mich ein bisschen für meinen unangemessenen Romantikflash. Eine Sternschnuppe – das wäre ja auch wirklich ein bisschen zu kitschig gewesen.

»Eigentlich gilt hier ja ein Nachtflugverbot«, überlegte Alex. »Aber ich glaube, in besonderen Ausnahmefällen dürfen die Flieger auch nachts landen.«

Ich schaute dem blinkenden Punkt am Himmel nach und dachte: Genau wie bei uns. Eigentlich galt hier ja ein Nachtkussverbot, aber in besonderen Ausnahmefällen … Ich sah Alex an.

»Weißt du was«, murmelte er. »Ich glaube, in einer Nacht wie dieser darf man sich sogar beim Anblick eines Flugzeugs im Landeanflug auf Hamburg-Fuhlsbüttel etwas wünschen.«

Schnell, dachte ich. Ich musste mir schnell etwas wünschen, bevor das Flugzeug hinter dem Fernsehturm im Morgendunst verschwand. Aber ich wusste nicht, was ich mir wünschen sollte. Dass Alex mich jetzt küsste? Dass Alex mich jetzt um Himmels willen bitte nicht küsste? Dass das hier nur ein verrückter Traum war, aus dem ich gleich erwachen würde, und zwar schlecht gelaunt auf unserer Terrasse sitzend, dem Robomax beim Rasenmähen zusehend? Na, das wollte ich jedenfalls nicht.

Noch ehe ich mich für einen Wunsch entschieden hatte, umfasste Alex meinen Nacken sanft mit seiner rechten Hand und zog mich an sich. Als wir uns küssten, wusste ich auf einmal, was ich mir gewünscht hatte und dass dieser Wunsch gerade in Erfüllung ging.

Ich fühlte mich schwerelos. Zeitlos. Sorglos. Als wäre ich gar nicht mehr ich.

Fünfundzwanzig Jahre lang hatte ich ausschließlich Daniel geküsst. Und besonders feurig ging es da schon lange nicht mehr zu. Ich hatte ganz vergessen, wie wunderbar und aufregend sich ein erster Kuss anfühlte. Und ein zweiter. Und dritter. Und überhaupt …

Kurz bevor mein Herzschlag eine ungesunde Frequenz erreicht hatte, blickte ich wieder auf. Da schimmerte der Himmel am anderen Ufer schon rosa, und die meisten Sterne waren verblasst. Das vorsichtige Zirpen der Vögel in den Bäumen und Sträuchern um uns herum war in ein heftiges Gezwitscher und Geflöte übergegangen. Eine erste frühe Ente paddelte vor uns durch das Wasser.

»Komm«, sagte Alex leise. »Ich bring dich zu deinem Hotel.«

Dabei war ich noch gar nicht fertig mit dem Küssen. Ganz im Gegenteil, ich war gerade so richtig in Schwung gekommen. Ich hatte das Gefühl, so hellwach zu sein wie schon lange nicht mehr.

Andererseits war es jetzt doch verdammt kalt geworden. Meine Füße fühlten sich an wie Eisklumpen. Da half auch Alex' Sakko nichts. Wir standen auf und gingen eng umschlungen weiter, alle paar Meter für einen Kuss stehen bleibend.

Aber irgendwann standen wir dann doch vor dem Belle Epoque. Das Rollo an der Dönerbude nebenan war hinuntergerollt. Über den Gehweg dröhnte eine Kehrmaschine und verschwand um die Ecke. Hinter ihr kehrten zwei in Orange gekleidete Männer mit struppigen Besen in den Händen den Rinnstein. Schräg gegenüber auf der anderen Straßenseite war noch Licht in einer Kneipe. »Zur Koralle« stand in Leuchtbuchstaben über der Tür. Als die sich für einen Moment öffnete und eine Frau herausstöckelte, dröhnte Musik zu uns herüber: *»Live ist live, nana nanana …«* Dann fiel die Tür wieder zu, und es war still bis auf das Klackern von Absätzen.

Es war jetzt fast hell. Alex nahm den Arm von meiner Schulter, und ich kramte in meiner Handtasche nach dem Zimmerschlüssel. Ich dachte an das breite Luxusbett mit den vielen Kissen und der schimmernden schwarzen Seidenwäsche, das mich oben erwartete. An die goldene Tapete und den Pfauenfedernteppich. An den Kristalllüster und das silberne Hirschgeweih. Daran, dass das Zimmer wie geschaffen war für eine Nacht wie diese. Dass es eine einmalige Chance war. Daniel würde niemals etwas davon erfahren, es wäre wunderbar und ganz einfach zu sagen: Komm mit rauf. Aber dann fiel mir siedend heiß das Muschelklo ein, die freistehende Badewanne – und vor allem die Glaswand, die so überhaupt nichts versteckte. Und da wusste ich, dass ich niemals mit Alex hinaufgehen würde. Das war ein Zimmer für zwei Leute, die einander seit Jahrzehnten in- und auswendig kannten, die nicht das klitzekleinste Geheimnis voreinander hatten, so wie Daniel und ich. Es war definitiv kein Zimmer für die erste und entscheidende Nacht mit einem aufregenden Mann, den ich gerade erst kennengelernt hatte. Und von dem ich nun wirklich nicht wissen wollte, ob er beim Pinkeln die Klobrille aufklappte oder nicht.

»Ich … ich geh dann mal hinauf«, sagte ich und gab Alex einen Kuss, von dem ich hoffte, dass er sich ein bisschen bedauernd anfühlte. »Was machst du denn heute noch? Sehen wir uns nachher?«

Alex streichelte meine Haare und sah mich mit einem Blick an, der alles bedeuten konnte. Für eine Sekunde lang verwünschte ich Vanessa dafür, dass sie mir dieses Zimmer gegeben hatte und kein anderes, eines mit mehr Privatsphäre auf dem Klo. Aber andererseits war ich auch ein bisschen erleichtert, dass mich die architektonischen Gegebenheiten des Hotels davor bewahrten, etwas zu tun, das ich vielleicht in ein paar Stunden und mit etwas weniger Champagner im Blut bitterlich bereuen würde.

»Treffen wir uns um halb drei wieder an der Bank an der Alster?«, schlug Alex vor. »Ich meine, wenn du das möchtest. Wir könnten uns ein Boot ausleihen und die Kanäle entlangpaddeln. Dann zeige ich dir die schönsten Häuser, die tollsten Gärten und die verwunschensten Orte Hamburgs …«

Vor allem das mit den verwunschenen Orten klang himmlisch.

»Klar möchte ich«, antwortete ich deshalb. »Ich bin pünktlich da.«

»Ich freu mich auf dich. Schlaf gut!«

Noch ein Kuss. Dann trat ich ins Haus. Als ich mich noch einmal umdrehte, sah ich durch die Glastür, dass Alex schon gegangen war.

23.

Keine vier Stunden später lärmte mein Handy. Noch nicht mal halb zehn war es, wie ich mit einem Blick auf das Telefon feststellte, das neben meinem Bett auf dem löwenfüßigen Tischchen lag. Unbekannter Anrufer, stand auf dem Display, und ich war sofort hellwach. Das ist Alex, dachte ich für den Bruchteil einer Sekunde, bis mir einfiel, dass das unmöglich war, weil er meine Telefonnummer ja gar nicht hatte.

»Hallo?!«, krächzte ich in den Hörer und richtete mich im Bett auf, damit meine Stimme nicht ganz so klang, als wäre ich gerade aus dem Koma erwacht. Die Nachwehen der Tequila-Champagner-Mischung pochten dumpf in meinen Schläfen.

»Frau Herold?«, krähte es an meinem Ohr. Die Stimme kam mir von irgendwoher bekannt vor. Aber ich war noch nicht frisch genug, um mich zu erinnern.

»Ja, bitte.«

»Guten Morgen, hier ist Scholler-Borstig.«

Ah, der Spessart. Dass sich Isas Lateinlehrerin persönlich bei mir meldete, verhieß nichts Gutes.

»Ist was mit Isabel?« Ich saß plötzlich kerzengrade im Bett.

»Das kann man so sagen.«

Ich sah meine Tochter schon mit tränenüberströmtem

Gesicht vor mir, wie sie mit einem dicken Gipsbein und Krücken über einen fernen Krankenhausflur humpelte oder sich fiebrig und mit maserngesprenkeltem Gesicht auf einem kratzigen Jugendherbergskopfkissen wälzte …

»Ich möchte Sie bitten, Ihre Tochter umgehend abzuholen, sie hat auf eklatante Weise gegen die Klassenfahrtsvereinbarung verstoßen.«

»Klassenfahrtsvereinbarung?« Erleichtert ließ ich mich zurück ins Kissen plumpsen. Das klang jedenfalls nicht nach einer gefährlichen Krankheit. Andererseits: Was wollte Frau Scholler-Borstig mir damit sagen? Was hatte ich eigentlich auf ihrem dreiseitigen Anti-Drogen-Pamphlet alles unterschrieben? Ich wusste gar nicht, dass es ein solches Wort überhaupt gab.

»Können Sie es einrichten, im Laufe des Tages herzukommen und Isabel abzuholen, Frau Herold?«

»Auf keinen Fall!«, rief ich. Das wäre ja noch schöner: Da freute ich mich gerade auf mein heimliches, halb verbotenes Date mit Alex, und da wollte mir Isas Lateinlehrerin mit ihrer mangelnden pädagogischen Kompetenz einen Strich durch die Rechnung machen? Oder sollte das etwa ein Trick von Isa sein, mit dem sie die verhasste Klassenfahrt im Spessart abkürzen wollte? Wie auch immer.

»Ich kann heute leider nicht kommen«, erklärte ich und bemühte mich um einen geschäftsmäßigen Tonfall, soweit mir das in meinem leicht verkaterten Zustand und der plüschigen Exbordell-Umgebung möglich war. »Ich befinde mich gerade auf einem wichtigen Geschäftstermin in Hamburg. Und mein Mann ist auf Dienstreise in Griechenland. Wir hatten uns darauf verlassen, dass unsere Tochter während ihres Schulausfluges für ein paar Tage verlässlich betreut wird.«

Der letzte Satz klang vielleicht ein bisschen schnippisch, aber von Frau Scholler-Borstig wollte ich mir nun wirklich nicht den Tag verderben lassen. »Was ist denn überhaupt Schlimmes passiert?«, erkundigte ich mich.

»Ihre Tochter hat Alkohol konsumiert, die Nacht weitestgehend im Freien verbracht, und das auch noch in männlicher Begleitung. Das waren gleich drei Verstöße gegen die Regeln. Und wer dreimal gegen die Regeln verstößt, muss nach Hause. So steht es in der Klassenfahrtsvereinbarung, die Sie unterzeichnet haben, Frau Herold.«

»Oh!«, machte ich und dachte unwillkürlich: Wie die Mutter, so die Tochter. Aber das mit dem Alkohol und der männlichen Begleitung beunruhigte mich dann doch. Jedenfalls was Isa betraf. Laut sagte ich: »Das geht natürlich nicht, Frau Scholler-Borstig. Es tut mir leid, dass Isabel über die Stränge geschlagen hat. Aber das kommt sicher nicht noch einmal vor. Kann ich bitte mal mit ihr sprechen?«

Ich hörte das Geräusch von festen Schritten, dann das Ächzen einer Tür, die geöffnet wurde.

»Isabel, deine Mutter möchte mit dir reden.«

Zwei Sekunden später hatte ich Isa am Telefon.

»Mama?« Ihre Stimme klang klein und müde. Ganz und gar nicht wie die einer aufsässigen Schülerin, die kurz vor ihrem ersten Jugendarrest stand.

»Was ist da los, Isa, Schatz? Deine Lehrerin hat gesagt, ich soll dich abholen kommen.«

»Das ist total übertrieben«, protestierte meine Tochter. »Wir haben nur eine Mitternachtsparty gemacht, Flo, Vicky, Luisa und ich. Mit ein paar total netten Typen aus einer anderen Schule in München, die hier auch gerade auf Klassenfahrt sind. Beziehungsweise waren. Die mussten nämlich heute schon wieder zurück, und deshalb haben wir ein bisschen Abschied gefeiert. Wir hatten Chips und

Salzstangen und haben uns zwei Flaschen Bier geteilt. Eine für uns Mädchen und die andere für die Jungs. Wir haben nicht mal aus derselben Flasche getrunken, die Jungs und wir …«

Ich ahnte, dass Isa am liebsten hinzugefügt hätte: »Die übertreibt total, die olle Scholle.« Aber in Anwesenheit ihrer Lehrerin hielt sie sich glücklicherweise zurück.

Wenn es sich tatsächlich so zugetragen hatte, wie Isa behauptete, klang das jedenfalls nicht nach wildem Exzess und Komasaufen. Unsere Familie war doch kein Fall fürs Jugendamt. Ich war erleichtert, konnte den Bruch der Schulregeln aber natürlich nicht unkommentiert lassen.

»Du weißt, dass so etwas verboten ist, Isa. Deine Lehrerin macht sich Sorgen um dich.«

Isa grummelte irgendetwas.

»Das kommt nicht wieder vor, versprochen?«

»Klar, versprochen, Mama. Die Jungs sind sowieso schon wieder nach Hause gefahren.«

»Ich bin mir sicher, dass meine Tochter Ihnen auf der Klassenfahrt keine Probleme mehr bereiten wird«, behauptete ich, als ihre Lehrerin das Telefon wieder übernommen hatte. »Und unter uns gesagt, Frau Scholler-Borstig – so eine kleine Mitternachtsparty gehört doch zu jeder Klassenfahrt dazu. Denken Sie mal an Hanni und Nanni. Die feiern ständig Mitternachtspartys, und das sind Kinderbücher.«

»Aber Hanni und Nanni trinken kein Bier.«

»Ich weiß. Aber Isa und ihre Freundinnen haben ja auch kein Besäufnis veranstaltet. Sie haben sich eine Flasche Bier geteilt. Da gibt es wirklich Schlimmeres.«

»Principiis obsta«, erklärte Frau Scholler-Borstig. Und als ich verwundert schwieg, übersetzte sie: »Wehret den Anfängen!«

»Jaja, die guten alten Lateiner … Aber mir scheint das hier ein harmloser Schülerspaß gewesen zu sein. Kein Grund für drastische Erziehungsmaßnahmen. Haben Sie als Schülerin nicht auch ab und zu mal Ihre Lehrer ausgetrickst?«

»Nein«, sagte sie seelenruhig. »Habe ich nicht.«

Natürlich nicht. Wahrscheinlich war Frau Scholler-Borstig immer schon die Klassenstreberin gewesen. Selbst im Kindergarten schon. Viele gute Noten und wenig gute Freunde, was für ein ödes Leben. Sie hätte bei Isas Mitternachtsparty mal besser mitfeiern sollen, anstatt sich darüber aufzuregen. Das hätte ihr langfristig sicherlich gutgetan.

Es gelang mir schließlich, Isas Lehrerin davon zu überzeugen, meiner Tochter noch eine Chance zu geben und sie weiter an der Klassenfahrt teilnehmen zu lassen. Erleichtert legte ich das Handy zur Seite. Meinem Date mit Alex stand nichts mehr im Weg.

Ich wühlte mich aus dem Bett und hängte das Bitte-nicht-stören-Schild außen an meine Zimmertür. Ich brauchte dringend noch ein paar Stunden Schlaf, um Alex nicht allzu grottenolmartig gegenüberzutreten, und wollte nicht von einem putzwilligen Zimmermädchen geweckt werden.

Ich rollte mich unter meinen Kissenbergen zusammen und schlief auch gleich wieder ein – um wenig später erneut durch das Klingeln meines Handys geweckt zu werden. 12:18 Uhr. Doch schon so spät! Es fühlte sich an wie sieben Uhr morgens, aber gut. Allmählich musste ich ja wach werden.

Am Telefon war Mona.

»Hey, Mädel«, rief ich und bemühte mich um einen ausgeschlafenen Tonfall. »Was gibt's Neues?«

»Gut, dass du ans Telefon gehst«, sagte Mona mit Grabesstimme.

»Wieso? Stimmt was nicht?«

Ich hörte, wie Mona schluckte, als müsse sie all ihren Mut zusammennehmen. Dann antwortete sie.

»Es ist alles aus.«

»Aus? Was ist aus?«

»Das mit Rolf. Schluss, aus, vorbei.«

»Oh, nein. Aber warum denn? Was ist passiert?«

»Die Grippe. Erinnerst du dich an die Grippewelle bei der Münchner Polizei? Dass er immerzu Überstunden machen musste in den letzten Wochen, weil so viele Kollegen krank waren?«

»Klar erinnere ich mich. Deshalb konnte Rolf ja auch nicht zu meiner Geburtstagsparty kommen.«

Mona schluchzte.

»Die Grippe hat lange blonde Haare und ist einunddreißig Jahre alt.«

»Nein …«

»Doch. Polizeianwärterin. Ich hab sie vor dem Präsidium erwischt. Wie sie im Auto herumgeknutscht haben. Ich bin extra hingefahren, weil ich mich bei seinem Vorgesetzten beschweren wollte, dass Rolf ständig Zusatzdienste schieben muss. Und dann das. Es gibt gar keine Grippewelle bei der Münchner Polizei. Er hat mich seit Monaten belogen und betrogen. Hatte nicht mal die Eier, mir zu sagen, dass er sich in seine neue Kollegin verknallt hat. Wahrscheinlich wäre das noch bis Weihnachten so weitergegangen, wenn ich ihm nicht auf die Schliche gekommen wäre …«

Mona erzählte mir ausführlich von ihrem Showdown vor dem Polizeipräsidium, von allen Indizien des Fremdgehens, die sie in den vergangenen Wochen und Monaten übersehen hatte, und davon, dass in ihrem Leben wieder einmal der Traum der ganz großen Liebe geplatzt war, wobei ihre Stimme zwischen weinerlich und wutentbrannt schwankte.

»Ich bin über fünfzig«, jammerte sie. »Soll ich den Mann meines Lebens denn im Seniorenheim kennenlernen?«

»Tja, Mona. Vielleicht solltest du demnächst mal bei einer Kaffeefahrt in den Schwarzwald mitmachen, womöglich funkt es bei der Heizdeckenverkaufsschau …«

Es war ein Risiko, Mona mit einem Scherz aufheitern zu wollen. Aber als sie auf meine Worte hin in ein leises Lachen ausbrach, wusste ich, dass sie ihr gebrochenes Herz überleben würde. Auch diesmal wieder. Monas Optimismus war eben durch nichts zu erschüttern.

»Und du?«, fragte sie schließlich. »Wie geht es dir so in Hamburg?«

Ich erzählte ihr in wenigen Stichworten von meinen Erlebnissen der letzten Tage. Wobei ich einige entscheidende Details unerwähnt ließ, die Küsse an der Alster zum Beispiel und vor allem meine beschwipsten, höchst sündigen Gedanken heute früh vor der Tür des Hotels.

Mona war begeistert, als sie hörte, dass ich nach so vielen Jahren mal wieder richtig getanzt hatte. Und zwar ohne anschließend in irgendwelche Gemüsebeete zu stürzen.

Das Fiepen meines Handys unterbrach meine Ausführungen. Der Akku war fast leer. Wir hatten schlappe eineinhalb Stunden miteinander telefoniert. Ich saß noch immer ungeduscht im Bett, hatte nicht einmal einen Kaffee getrunken – und war in einer Dreiviertelstunde mit dem hinreißendsten Mann zwischen Hongkong und Hamburg verabredet!

»Oh, Mona. Ich muss Schluss machen, ich treffe mich doch gleich mit Alex. Bist du mir sehr böse?!«

War sie mir natürlich nicht. Die Aussichten, bei einer Heizdeckenverkaufsschau oder einer Topf-Set-Werbeveranstaltung irgendwann in nächster Zukunft endlich den Richtigen kennenzulernen, hatten Monas gute Laune wiederbelebt.

»Pass auf dich auf, Süße«, sagte sie noch. »Und mach niemanden unglücklich, am wenigsten dich selbst.«

Über diesen Satz musste ich noch ein paar Sekunden lang nachdenken. Dann steckte ich mein Handy an das Ladegerät, dessen Kabel in die Steckdose und entschwand hinter der gläsernen Wand.

24.

An all das dachte ich, als ich mich um kurz nach halb drei auf »unserer« Bank an der Alster niederließ und aufs Wasser blickte. Genau genommen war es schon zwanzig vor drei. Ich hatte mich bei der Dauer meines Fußweges etwas verschätzt und dann die richtige Bank nicht gleich gefunden. Außerdem war ich sowieso etwas zu spät vom Hotel aufgebrochen, zum einen wegen des langen Telefongesprächs mit Mona, zum anderen, weil nach der langen Nacht und meinem unruhigen Schlaf zeitaufwendige Restaurierungsarbeiten an meiner Optik nötig gewesen waren. Ich war ein klitzekleines bisschen enttäuscht, als ich feststelle, dass Alex noch nicht da war. Er würde doch wohl nicht schon wieder weggegangen sein, weil er dachte, ich ließe unsere Verabredung platzen? Nein, das hielt ich für unwahrscheinlich. Das wusste doch jeder, dass Frauen beim ersten Date immer etwas zu spät kommen, um die Spannung zu erhöhen. Nun ja, vielleicht nicht gerade zehn Minuten zu spät. Aber Alex wirkte auf mich nicht gerade wie ein Spießer, der beleidigt abhauen würde, nur weil ich ihn ein bisschen warten ließ.

Er wird jeden Moment kommen, dachte ich und gab mich ganz der Vorfreude hin.

Die Sonne schien von einem knallblauen Himmel herunter, an dem die Schwalben ihre Kurven drehten. Auf der

Wiese um mich herum hatte sich inzwischen ein munteres Völkchen versammelt. Familien, die es sich mit ihren gut gefüllten Tupperdosen und allerlei anderen kulinarischen Köstlichkeiten auf Picknickdecken gemütlich machten. Junge Leute, die einfach in der Sonne dösten, auf dem Bauch lagen und in einem Buch lasen oder ihr nächstes Referat fürs Studium vorbereiteten. Eine ältere Mopsbesitzerin, die sich und ihren zwei Vierbeinern Ausgang gewährte. Nichts mehr war zu spüren von dem Zauber der vergangenen Nacht. Heute herrschte eine heitere, ausgelassene Stimmung auf der Uferwiese. Ein Sommernachmittag an der Alster.

Ich sah schon wieder auf die Uhr. Es war zehn vor drei und Alex immer noch nicht da. Das fand ich erstaunlich, denn eigentlich hatte er recht zuverlässig auf mich gewirkt. Sein Auftritt in der Hotelbar hatte jedenfalls auf die Minute pünktlich begonnen. Hatte ich ihn vielleicht falsch verstanden? Womöglich hatten wir uns gar nicht für halb drei verabredet, sondern für drei Uhr dreißig! Ich wartete weiter. Alle zwei Minuten drehte ich mich um und schaute, ob Alex vielleicht auf einer der anderen Bänke auf mich wartete. Aber er kam nicht.

Ich ärgerte mich, dass wir unsere Handynummern nicht ausgetauscht hatten. Weshalb auch – wir hatten uns ja fest verabredet.

Als er um zwanzig vor vier noch immer nicht da war, kam ich zu dem Schluss, dass etwas passiert sein musste. Alex hatte selbst vorgeschlagen, dass wir uns trafen. Also musste ihm etwas Wichtiges dazwischengekommen sein. Vielleicht hatte er einen Anruf bekommen, dass ein naher Verwandter gestorben war. Vielleicht war eine schwere Krankheit ausgebrochen, die er sich in Hongkong eingefangen hatte, und jetzt lag er mit Schüttelfrost in seinem

Hotelbett, und niemand kümmerte sich um ihn. Vielleicht war er auf dem Weg zu unserem Treffpunkt von einem Lastwagen überfahren worden und wurde gerade notoperiert … Es gab so viele Gründe, weshalb Alex nicht hatte kommen können. Kommen wollen hatte er jedenfalls ganz bestimmt.

Sicher wussten die Leute in seinem Hotel mehr.

Ein letztes Mal schaute ich mich suchend nach Alex' Blondschopf um, dann stand ich auf und lief schnurstracks zum Hotel Alsterblick.

Im Foyer stand eine Gruppe von offensichtlich neu angekommenen Hotelgästen und diskutierte mit ihrem Reiseleiter über den weiteren Ablauf des Tages. Ich schlängelte mich an ihren Koffern und Taschen vorbei zur Rezeption.

»Entschuldigen Sie«, sprach ich eine der drei jungen Frauen an, die hinter der Empfangstheke standen. »Können Sie mir sagen … Es geht um Ihren Barpianisten. Alex. Er müsste hier eine Nachricht für mich hinterlassen haben. Mein Name ist Franziska Herold. Wissen Sie, ich war verabredet mit ihm, und er ist nicht gekommen.«

Die Frau schaute mich mitleidig an, mit einem Blick, als dächte sie: Schon wieder so ein armseliges Groupie, das unser fideler Künstler hat sitzen lassen …

»Es war ein dienstlicher Termin«, fügte ich deshalb schnell hinzu, um nicht allzu peinlich zu erscheinen. »Eine wichtige Besprechung. Musikmanagement, Sie wissen schon …«

Ich wurde nicht einmal rot dabei.

»Tut mir leid«, antwortete die Frau, nachdem sie kurz in ihrem Computer nachgesehen hatte, und lächelte freundlich. »Ich habe leider keine Nachricht für Sie.«

Es klang ein bisschen so wie bei Heidi Klum, wenn sie

einem ihrer Topmodels sagte: »Ich habe heute leider kein Foto für dich.«

»Das kann nicht sein!« Ich spürte ein unangenehmes Rauschen im Kopf. »Können Sie mir bitte seine Telefonnummer geben? Ich müsste ihn dringend erreichen.«

»Tut mir leid«, wiederholte die Frau unermüdlich lächelnd. »Wir dürfen die Kontaktdaten von Mitarbeitern und Hotelgästen leider nicht herausgeben.«

Ihr freundliches Grinsen ging mir allmählich auf die Nerven.

»Bitte! Es ist wichtig.«

Die Frau zuckte mit den Schultern. Wahrscheinlich war ihr das Lächeln ins Gesicht gemeißelt.

»Ich befürchte, dass ihm etwas zugestoßen ist.« Meine Stimme wurde laut. »Er wohnt doch hier und soll heute Abend wieder auftreten. Haben Sie denn überhaupt kein Verantwortungsgefühl? Kann ich bitte Ihren Vorgesetzen sprechen?«

Das Letzte schimpfte ich so empört durch die Hotelhalle, dass das Schnattern der Reisegruppe hinter mir verstummte und der Rezeptionistin das Lächeln verging.

»Gibt es Probleme? Wie kann ich Ihnen helfen?«

Aus einer halb geöffneten Bürotür hinter der Rezeption war jetzt ein älterer Herr getreten, der mich ebenfalls mit professioneller Freundlichkeit anschaute. Am Revers seiner dunkelblauen Anzugjacke steckte ein Schild: Vincent van Beeck, Empfangschef.

»Ich suche Ihren Pianisten«, flüsterte ich. »Alex … äh …« Verdammt, ich kannte nicht einmal seinen Nachnamen. »Ich – ich habe Sorge, dass ihm etwas Schlimmes passiert sein könnte.«

Herr van Beeck wurde plötzlich ernst.

»Alex Hansen hat unser Haus vor einer Stunde verlassen …«

»Ja, ich weiß, wir waren verabredet.«

»Er hat sein Zimmer geräumt, gnädige Frau. Er ist ganz kurzfristig abgereist.«

»Abgereist?«

Das Rauschen in meinem Kopf wurde stärker. »Aber – aber wohin denn? Er spielt doch heute Abend wieder in der Bar.«

Herr van Beeck zögerte einen Moment, dann sagte er leise: »Ich bedauere, Ihnen mitteilen zu müssen, dass Herr Hansen sein Engagement in unserem Haus mit dem heutigen Tag beendet hat.«

»Wie – beendet!?«

»Er hat uns mitgeteilt, dass er seine Tätigkeit aus persönlichen Gründen ab sofort nicht mehr ausüben kann. Glauben Sie mir, gnädige Frau, niemand bedauert das mehr als die Hotelleitung. Glücklicherweise haben wir auf die Schnelle einen Pianisten gefunden, der heute Abend kurzfristig für ihn einspringen kann. Wenn Sie also in der Bar …«

»Alex … Alex spielt hier nicht mehr?«, unterbrach ich ihn. »Nie mehr? Er ist weg?«

Der Mann nickte.

»Aber ich …«

Mir fiel etwas ein. Ich zog mein Smartphone aus der Tasche und loggte mich in meinen E-Mail-Account ein. Diesmal brauchte ich mich hinter keiner Fake-Adresse zu verstecken, denn Alex wusste ja inzwischen, wer ich war.

»Alex, wo bist du?«, tippte ich hastig. »Warum bist du nicht zu unserer Verabredung gekommen? Was ist los? Warum bist du hier plötzlich abgereist? Bitte melde dich unbedingt!«

Ich schrieb ihm auch noch meine Handynummer. Dann gab ich Alex' Mailadresse in die entsprechende Zeile ein und tippte auf ›Senden‹. Aber schon eine Sekunde später kam die E-Mail zurück: »Fehlermeldung«, stand da. »Diese E-Mail-Adresse ist uns leider nicht bekannt.«

Verdammt! Nach seinem Weggang hatte das Hotel in Hongkong natürlich auch seinen E-Mail-Account gelöscht.

»Bitte!« Ich schob das Handy zurück in die Tasche und wandte mich noch einmal an den Empfangschef, der an der Rezeption stehen geblieben war. »Sie müssen doch eine Handynummer von ihm haben oder eine aktuelle E-Mail-Adresse. Es ist wirklich wichtig. Können Sie mir bitte …«

»Bedaure. Wie meine Kollegin es Ihnen bereits mitgeteilt hat, dürfen wir keine Kontaktdaten weiterreichen. Wenn Sie wünschen, lassen Sie Ihre Telefonnummer hier, ich werde sie Herrn Hansen zukommen lassen mit der Bitte, sich möglichst bald bei Ihnen zu melden.«

Wie mechanisch schrieb ich meine Nummer auf das kleine hübsche Notizblatt mit dem Emblem der verschlungenen Schwanenhälse darauf. Allerdings war ich mir nicht sicher, ob sich dieser Herr van Beeck tatsächlich die Mühe machen würde, Alex meinetwegen anzurufen. Was interessierten ihn die Privatangelegenheiten eines ehemaligen Mitarbeiters, der das Hotel gerade erst in Schwierigkeiten gebracht hatte. Vermutlich würde der Empfangschef den Zettel zerknüllen und mit Schwung in den Papierkorb werfen, sobald ich mich umdrehte. Unglücklich schlich ich mich nach draußen.

Den Rest des Nachmittags verbrachte ich hauptsächlich damit, auf der Bank an der Alster zu sitzen und auf mein Handy-Display zu starren. Aber Alex meldete sich tatsächlich nicht. Ich ging zurück zum Belle Epoque in der Hoffnung, dass Alex dort eine Botschaft hinterlassen hatte. Aber auch Vanessa schüttelte auf meine Frage hin nur bedauernd den Kopf. Daraufhin packte ich kurz entschlossen meinen Kram in Zimmer Nummer 501 zusammen, fuhr zum Bahnhof und stieg in den nächsten Zug nach München.

Alex war schon wieder spurlos verschwunden. Das konnte doch nicht wahr sein.

Irgendwo zwischen Hannover und Göttingen rief Daniel mich an.

»Na, Schatz. Da bin ich aber froh, dass du zwischen deiner Fangopackung und der Aromatherapie auch mal ans Telefon gehst. Wie lange bleibst du eigentlich noch?«

Es war auf einmal so schön, seine Stimme zu hören. So unendlich vertraut. Umgehend hatte ich Sehnsucht nach Daniel.

»Ich bin schon auf dem Heimweg. Es war super.«

»Alles okay bei dir? Du klingst so erschöpft.«

»Na ja … Du glaubst gar nicht, wie anstrengend so ein paar Wellnesstage sind. Ich sage dir, richtige Ayurvedamassagen haben es in sich …« Ich erinnerte mich, dass Helen neulich einmal etwas in der Art erzählt hatte.

»Na, dann erhol dich zu Hause noch ein bisschen, Schatz. Ich habe meinen Rückflug übrigens verschoben. Ich kann erst einen Tag später kommen. Hier … äh … hier gibt es noch so einiges zu besprechen. Kannst du mich am Samstagabend vom Flughafen abholen? Ich lande so gegen halb neun.«

»Klar, das geht in Ordnung.«

Der Fahrkartenkontrolleur kam, und auf der Suche nach meinem Ticket kramte ich tief in der Handtasche. Zu meiner großen Verblüffung zog ich schließlich zwischen Taschentuchpackungen, meinem Geldbeutel, meinem Notizkalender, diversen Kugelschreibern, Lippenstiften und meiner Puderdose nicht nur meine Fahrkarte, sondern auch einen zerknitterten Brief heraus. Grüne Buchstaben auf dem Umschlag. Für den Bruchteil einer Sekunde dachte ich, dass Alex mir geschrieben und seinen Brief irgendwie in meine Handtasche geschmuggelt hätte. Aber es war einer seiner Briefe an Laura. Der mit der Orchideenmarke. Alex' betrunkener Brief aus Hongkong! Aus irgendwelchen Gründen war mir dieser Umschlag durchgerutscht, als ich Alex seine Post zurückgegeben hatte. Es war mir gar nicht aufgefallen, dass einer gefehlt hatte. Ein Glücksgefühl durchschwappte mich. Eine Erinnerung an Alex war mir geblieben. Ich holte den Brief aus dem Umschlag und las ihn immer wieder durch, bis der Zug in den Münchner Hauptbahnhof einrollte.

Ich erschrak, als ich wenig später durch unser Gartentor trat. Es war mitten in der Nacht, und die Zwiebelturmvilla stand hell erleuchtet in der Dunkelheit wie das Schloss Nymphenburg bei einer Galaveranstaltung. In jedem Zimmer war das Licht eingeschaltet. Ich überlegte kurz, ob ich womöglich bei meiner Abreise etwas unkonzentriert gewesen war, aber ich war am helllichten Tag aufgebrochen und hatte vorher garantiert keine einzige Lampe eingeschaltet. Ob Tim oder Struppi etwas im Haus gesucht und vergessen hatten, das Licht auszumachen? Immerhin hatten die beiden ja einen Schlüssel, für alle Fälle.

Ich sperrte die Haustür auf. Im Flur empfing mich von irgendwoher wummernde Musik, es roch köstlich nach Pizza.

Mir kam ein Verdacht.

Nein, dachte ich und stellte meinen Koffer ab, das darf

nicht wahr sein. Das konnte sie unmöglich getan haben, die Scholler-Borstig. Sie konnte Isabel auf keinen Fall allein in einen Zug gesetzt und nach Hause geschickt haben. Na warte, dachte ich, ich werde die Schulaufsichtsbehörde alarmieren.

Ich stapfte durch den Flur, riss die Küchentür auf – und prallte erschrocken zurück.

»Mein Gott, was – was machst du denn hier?«

»Nicht erschrecken, Mama«, sagte Basti und drehte den CD-Spieler auf der Fensterbank leiser. »Ich bin wieder nach Hause gekommen. Bye-bye, Berlin, welcome back, München. Das mit dem Kloster war irgendwie doch nicht so toll.«

Ich ließ mich erschöpft auf einen Stuhl fallen.

»Aber wieso das denn auf einmal? Ich dachte, es gefällt dir da …«

»Ein Stück Pizza?«, ignorierte mein Sohn die Frage und öffnete die Backofentür. Ich nickte matt. Mir fiel ein, dass ich seit Stunden nichts mehr gegessen hatte. Eine dicke fette Fertigpizza war jetzt genau das Richtige.

»Wo bist du eigentlich gewesen?«, fragte Basti, während er einen zweiten Teller aus dem Schrank holte, die eine Hälfte eines köstlich nach Tomaten, Salami und Käse duftenden runden Fladens darauflegte und mir über den Küchentisch zuschob. Dann legte er mir Messer und Gabel dazu. »Und wo ist Mr. Spock?«

»Der Hund ist bei Tim und Struppi, und ich habe ein paar Tage Urlaub in Hamburg gemacht.«

»Einfach so?«, staunte Basti. »Ohne Papa?«

Ich nickte: »Ja, einfach so. Ich wollte mir mal ansehen, wie Hamburg so ist …«

»Krass. Und wie ist Hamburg?«

»Schön. Wirklich eine tolle Stadt. Aber jetzt erzähl du

mal bitte, was bei dir los ist!«, fügte ich schnell hinzu, weil ich mich nicht in Details über mein Hamburg-Abenteuer verlieren wollte.

»Ach, weißt du, für eine Zeit war es ganz cool im Kloster. Aber wenn ich mir vorstelle, ich müsste den Rest meines Lebens mit siebzehn alten Männern verbringen …«

»Na ja, irgendwann wirst du auch alt sein.«

»Das ist es ja. Aber vorher will ich noch eine ganze Menge erleben.«

»Gut!«

Ich war erleichtert. Es hörte sich so an, als habe mein Sohn das tiefste Tal seines Liebeskummers überwunden.

»Weißt du«, fuhr Basti fort. »Wir mussten immerzu meditieren. Anfangs war es ja ganz cool, die ganze Zeit zu chillen. Aber irgendwann war das echt langweilig. Ich hab gemerkt, dass die Typen irgendwie anders ticken als ich. Pater Eustachio sagte, Meditieren heißt: sich dem besten Freund zuzuwenden.« Bei diesem Satz senkte Basti seine Stimme in einen tiefen Bass, um mir eine Vorstellung davon zu geben, wie der Pater gesprochen hatte. »Er meinte natürlich Gott oder Jesus oder so. Er sagte, beim Meditieren sei man ihm ganz nah. Aber weißt du was, Mama: Das hat bei mir nicht geklappt. Da war bei mir nix mit Gott und Jesus beim Meditieren. Ich hab die ganze Zeit nur Anne vor mir gesehen. Verdammt nah, weißt du. Und ab und zu auch Taylor Swift. Echt unkatholisch. Ich glaube, ich wäre ein miserabler Mönch.«

Ich unterdrückte ein Grinsen, biss in mein Pizzastück und nickte.

»Okay. Und jetzt? Was planst du? Willst du weiterstudieren?«

»Keine Ahnung. Eigentlich nicht. Ich hätte Lust, eine Kneipe aufzumachen.«

»Eine Kneipe?« Ich starrte abwechselnd meinen Sohn und die Pizza auf meinem Teller an. »Was genau befähigt dich dazu, ausgerechnet eine Kneipe aufzumachen? Die Pizza hier ist gut, aber ein bisschen mehr als Doktor Oetker aufzubacken solltest du schon können, das ist dir doch klar, oder?«

Basti nickte. »Ich hab im Kloster viel in der Küche gearbeitet, das hat mir schon Spaß gemacht. Außerdem habe ich Betriebswirtschaft studiert, Mama. Bloß weil ich durch die Mikroökonomieprüfung geflogen bin, heißt das ja nicht, dass alles total umsonst war. Ich kenne mich ein bisschen aus mit doppelter Buchführung, mit Management und Logistik und dem ganzen Kram. Ich wette, ich hab mehr Ahnung davon als Mona – und die hat auch ein Lokal.«

»Hm«, machte ich.

Wir schwiegen eine Weile und kauten Pizza.

»Mit Berlin bist du also endgültig fertig?«, fragte ich schließlich.

Basti nickte.

»Und all deine Sachen?«

»Stehen wieder hier oben in meinem alten Zimmer. Ich hab den Wäschekorb, das Bügelbrett und deinen Laptop in euer Schlafzimmer gebracht. Die Kartons packe ich morgen aus. Ich hatte wirklich Glück mit meinem Umzug: Die Schwester von einem Kumpel aus meiner ehemaligen WG hat eine Bekannte, deren Cousine ist mit einem Typen liiert, der bei einer Spedition arbeitet. Und weil in der Fuhre nach München heute noch Platz war, bin ich gleich mitgefahren.«

Ich hatte das Verwandtschaftsverhältnis nicht ganz kapiert, aber Hauptsache, Basti war unbeschadet zu Hause angekommen. Dass ich mit dem Wiedereinzug meines

Sohnes jetzt kein eigenes Arbeitszimmer mehr hatte, würde ich verschmerzen. Und darüber, wie es nun mit ihm weitergehen würde, würden wir reden, wenn Daniel erst wieder zu Hause wäre.

25.

Am nächsten Morgen kehrten auch Mr. Spock und Darth Vader zurück in unseren Haushalt. Der Hund war so glücklich, mich wiederzusehen, als wäre ich von den Toten auferstanden. Basti ging sofort in den Garten und aktivierte den Rasenmäher, nicht weil es nötig gewesen wäre, sondern weil es ihm und dem Hund einfach Spaß machte zu sehen, wie der Robomax über die Wiese zuckelte.

Genauso wenig war es nötig, sämtliche Fenster an der Straßenfront unseres Hauses zu putzen. Ich tat es trotzdem, inklusive der Treppe vor dem Haus, um bloß nicht den Moment zu verpassen, in dem die Briefträgerin uns die Post brachte. Ich hoffte nämlich insgeheim, dass Alex mir bei seinem überstürzten Aufbruch aus dem Hotel noch einen erklärenden Brief geschrieben hatte (meine Adresse kannte er ja), aber die Postbotin radelte mit einem fröhlichen Gruß an unserem Haus vorbei und rief mir zu: »Heute habe ich nichts für Sie!«.

Schon wieder überkam mich dieses »Heidi-Klum-schmeißt-mich-raus«-Gefühl. Ich war einfach nicht gut genug, um in die engere Auswahl zu kommen.

Ich rief noch einmal im Hotel Alsterblick an und auch noch einmal im Belle Epoque. Aber weder da noch dort hatte Alex eine Botschaft für mich hinterlassen. Vielleicht hatte er sich ja wieder in den nächstbesten Flieger gesetzt und spielte gerade in einer Bar in Kapstadt oder Buenos Aires oder wo auch immer. Er war weg. Es war, als wäre ich ihm nie begegnet.

Das Schlimme war: Ich vermisste ihn.

Am Nachmittag holte ich Isa von der Schule ab. Quietschfidel und in allerbester Laune stieg sie aus dem Bus, der die Klasse von ihrer Spessart-Reise zurückgebracht hatte.

»Mama, das war so cool!«, schrie sie mir schon von Weitem zu, und dann schlang sie die Arme um meinen Hals, wie sie es seit zwei Jahren nicht mehr getan hatte. »Da war ein Hochseilgarten, der war voll toll, wir sind da mindestens zwanzig Meter hoch gewesen, so richtig profimäßig gesichert mit Seilen und Karabinern. Erst hatten wir alle total Schiss, aber dann hat das echt Spaß gemacht, da oben in den Baumwipfeln rumzukraxeln. Und dann die Nachtwanderung, die war auch voll super. Warst du schon mal mitten in der Nacht im Wald? Das ist so krass! Wir haben sogar Fledermäuse gesehen und eine Eule und wahrscheinlich auch einen Fuchs, aber vielleicht war's auch nur eine Katze, man konnte es nicht so richtig erkennen. Aber die Augen von dem Tier, die haben voll geleuchtet, wenn man sie mit der Taschenlampe angestrahlt hat. Und dann war da noch eine andere Klasse aus München in der Jugendherberge, die waren total nett, vor allem die Jungs, aber die mussten leider schon früher zurückfahren, weil die auch schon länger da waren. Wir hatten so eine coole Mitternachtsparty mit denen, na ja, das weißt du ja schon, aber sooo schlimm war die Scholler-Borstig am Ende überhaupt nicht. Sie hat sogar gesagt, vielleicht fahren wir nächstes Jahr dann doch nach Berlin …« Sie plapperte noch, als der Wagen schon in unsere Einfahrt rollte. Wenn ich mir auch nicht jedes Detail ihrer Schilderung hatte merken können, klang es insgesamt sehr danach, als hätte sie sich mit dem Spessart ausgesöhnt.

Isa staunte nicht weniger als ich am Abend zuvor, als sie feststellte, dass sich ihr Bruder wieder zu Hause einquartiert hatte. Zur Feier des Tages – und um uns bei unseren Nachbarn für die Hundebetreuung zu bedanken – beschlossen wir, zusammen mit Tim und Struppi einen spontanen Grillabend zu veranstalten. In unserem Tiefkühlschrank lag noch ein gehöriger Vorrat an Grillwürsten, die von meiner Geburtstagsparty übrig geblieben waren.

Während ich Teller und Besteck auf dem Terrassentisch verteilte, widmeten sich Basti und Isa dem Kohlegrill.

»Der Grillanzünder funktioniert nicht«, beschwerte sich Basti nach ein paar Minuten. »Kann ich ein Stück Zeitung haben?«

»Klar, hol dir was, ich hab sie schon gelesen.« Gelesen bedeutete in meinem Fall, dass ich die meisten Überschriften und die wichtigsten Artikel auf den ersten beiden Seiten studiert hatte, um einen groben Überblick über das Weltgeschehen zu bekommen. Außerdem hatte ich den Lokalteil überflogen, um zu erfahren, ob demnächst in München womöglich umfangreiche Straßen- oder sonstige Baumaßnahmen anstanden, die mein Alltagsleben tangieren könnten, oder ob gerade irgendwelche marodierenden Einbrecherbanden im Viertel ihr Unwesen trieben, gegen die es sich zu wappnen galt. Das musste reichen. Für eine intensivere Lektüre hatte ich einfach keine Zeit.

Während sich Basti und Isa mithilfe der Zeitung weiter dem Entfachen einer anständigen Holzkohlenglut widmeten, brachte ich die Salatschüssel und die Getränke nach draußen.

»Schaut mal hier!«, rief Isa plötzlich und wedelte mit der Zeitung. »Da steht was über Papa drin!«

Triumphierend kam sie zu mir auf die Terrasse gerannt und breitete das Blatt quer über den Tellern aus. Es war ein Artikel auf der Wissenschaftsseite, die ich beim flüchtigen Durchblättern heute früh übersehen hatte.

»Wow«, sagte Basti, der hinter Isa herangekommen war und jetzt auch auf den Artikel starrte.

»Liebe unter Einzellern«, stand fett im Titel. Und darunter: »Münchner Zellbiologen präsentieren ihre Forschungen bei einem internationalen Symposium in Thessaloniki.«

»Cooles Foto«, meinte Isa. »Wer ist denn die Frau da?«

Auf dem Zeitungsbild waren drei Leute zu sehen, Daniel auf der einen, Professor Jaspers auf der anderen Seite und zwischen ihnen, stolz lächelnd, eine junge blondlockige Frau in rosa Bluse und grauem Hosenanzug. Vermutlich diese Ouzo-Bettina. Sie trug eine dunkle Hornbrille und sah sehr klug aus.

Ich las den Text: »Einzeller sind faszinierende Organismen, erklärt Professor Daniel Herold (auf dem Bild links) das Spezialgebiet der insgesamt 13 Wissenschaftler aus sieben Ländern, die sich drei Tage lang in Thessaloniki ausgetauscht haben.« Ich überflog den Artikel, bis es wieder interessant wurde: »Die 29-jährige Bettina Bayerle (Bild Mitte) hat soeben ihre Doktorarbeit über das Liebesleben der Amöben abgeschlossen. Die junge Wissenschaftlerin hat auf dem am Mittwoch zu Ende gegangenen Kongress ihren ersten Vortrag auf internationalem Podium gehalten …«

Weiter las ich nicht.

»Wieso kommt Papa denn erst am Samstagabend nach Hause, wenn der Kongress schon gestern zu Ende gegangen ist?«, sprach Isa staunend genau das aus, was ich gerade gedacht hatte. Ich spürte, wie mir das Blut aus dem Gesicht wich, und konnte meinen Blick nicht von dem Foto wenden, vor allem nicht von dem selbstzufriedenen Lächeln dieser Bettina. Dabei murmelte ich ganz mechanisch:

»Ach, wisst ihr, die haben bestimmt noch jede Menge zu besprechen. Das kann dann mal länger dauern, wenn sich Fachleute aus aller Welt über ihr Lieblingsforschungsgebiet austauschen …«

In diesem Moment bogen Tim und Struppi um die Hausecke.

»Die Party kann losgehen!«, rief Tim und schwenkte eine Flasche Wein in der Hand. »Wir müssen feiern, Franzi! Ich hab einen richtig großen Auftrag an Land gezogen. Da gibt es jede Menge für dich zu tun!«

Ich lächelte schwach.

»Toll«, sagte ich, aber ich hörte meine Stimme gar nicht richtig. In meinem Kopf war nur noch ein einziger Gedanke: Daniel und Bettina?!

Mir wurde schwindelig. Ich krallte mich an der Lehne eines Terrassenstuhls fest.

»Alles okay?«, fragte Struppi und sah mich besorgt an.

»Aber klar«, log ich. »Alles super.«

Am liebsten wäre ich weggerannt.

26.

»*Mach dich locker*«, raunte Helen tags darauf. »Ich bin mir sicher, es gibt einen ganz anderen Grund, weshalb Daniel länger bleiben muss.«

Sie lag bäuchlings neben mir auf ihrer lavendelfarbenen Gymnastikmatte, die Arme aufgestützt, den Oberkörper aufgerichtet wie eine angriffslustige Kobra. Und »Kobra« hieß diese Übung ja auch.

Wir hatten uns beim Yoga getroffen. Nach wochenlanger Pause war ich endlich mal wieder mitgegangen. Ständig war mir etwas Wichtiges dazwischengekommen. Ein toller Film im Fernsehen zum Beispiel. Oder eine dringende Fußnagellackauffrischung. Aber mit dem Argument »Yoga führt zu innerer Gelassenheit« hatte Helen mich schnell überzeugen können, sie zu begleiten. Allerdings hatte sich dieser Effekt bei mir noch nicht eingestellt. Ganz im Gegenteil. Durch die ungewohnte körperliche Betätigung taten mir sämtliche Knochen weh, und der beneidenswerte Anblick unserer geschmeidigen Vorturnerin – auch schon über fünfzig, aber mit der Eleganz einer Zwanzigjährigen gesegnet – war für mein seelisches Wohlbefinden nicht gerade förderlich. Ich fühlte mich alt und hässlich.

Ich hatte Helen soeben von meinem Verdacht berichtet, dass Daniel den Schwerpunkt seines biologischen Interesses möglicherweise weg von den Amöben hin zu seiner Doktorandin verlagert haben könnte.

»Weshalb sollte er sonst einfach einen Tag länger in Thessaloniki bleiben?«, flüsterte ich keuchend zurück, während ich, auf Händen und Füßen stehend, meinen Allerwertesten zum »Herabschauenden Hund« in die Höhe reckte. »Als ich vorschlug, ihn zu begleiten, hat er noch behauptet, keine Zeit für mich zu haben, weil die Konferenz so anstrengend wäre.«

»Scht! Scht!«, machte es empört um uns herum. Das waren die anderen Teilnehmerinnen des Yogakurses, die wir mit unserem Geraune in ihrer Versenkung störten.

»Lass uns nach dem Kurs weiterreden«, murmelte Helen und wechselte anmutig wie eine Katze in die gleichnamige Position.

Erschöpft ließ ich mich eine halbe Stunde später bei einem Glas Ingwerwasser im Vorraum des Yogaclubs nieder.

Helen wirkte erfrischt, als hätte sie gerade ein leichtes Nachmittagsnickerchen gemacht.

»Daniel betreibt neuerdings Sport am Wochenende«, gab ich zu bedenken und nippte an meinem lauwarmen Getränk. »Dabei hat er seit zwanzig Jahren keinen Sport mehr gemacht.«

In dem Moment wurde die Außentür aufgerissen, und Mona stürzte herein.

»Oh«, rief sie atemlos. »Habe ich die Yogastunde etwa schon verpasst? So ein Pech aber auch, wo ich mich heute endlich mal wieder dazu aufgerafft habe. Na, egal. Ich hab es einfach nicht früher geschafft. Dann geselle ich mich auf ein Gläschen Ingwerwasser zu euch.«

Schnaufend ließ sie ihre Sporttasche fallen. Sie zapfte sich ihr Getränk aus dem messingfarbenen Samowar, der auf einem Tisch neben dem Regal mit Yogamatten stand, und setzte sich neben uns auf die Bank.

»Ihr werdet nicht glauben, was passiert ist! Eine Katastrophe!«

»Schon wieder eine?«, fragte Helen mit hochgezogenen Brauen. Mona nickte. Da sie noch nichts von Daniels mysteriöser Verlängerung seines Griechenland-Aufenthaltes wusste, bezog sie Helens Frage offensichtlich auf ihre dramatische Trennung von Rolf.

»Ach«, sagte sie mit einer wegwerfenden Handbewegung. »Kaum habe ich den Kummer über den einen Kerl überwunden, macht mir der nächste Probleme. Bamir ist weg. Mein Koch. Hat vorhin angerufen und gesagt, dass er leider nicht mehr bei mir arbeiten kann, weil er zurück nach Albanien muss. Sofort. Er sei schon auf dem Weg zum Flughafen. Stellt euch das mal vor! Jetzt sitze ich da. Heute ist sowieso Ruhetag in der Strudelstube, ich habe Glück, aber morgen geht es weiter. Ich kann doch nicht gleichzeitig kochen, backen und die Leute bedienen. Was soll ich denn bloß machen?«

»Das scheint der neue Trend bei Männern zu sein«, murmelte ich und dachte an Alex. »Dass sie Knall auf Fall ihren Job kündigen.«

»Hat Bamir gesagt, was los ist?«, erkundigte sich Helen.

Mona zuckte mit den Schultern.

»Irgendwas mit der Ausländerbehörde. Ich hab's nicht genau verstanden.«

Helen runzelte die Stirn.

»Du hattest ihn doch angemeldet, oder? Ich meine, das war doch sicher legal, dass Bamir bei dir gearbeitet hat?«

»Legal, illegal, was weiß ich. Bin ich Juristin? Ich hab ihm jede Woche regelmäßig seinen Lohn in die Hand gedrückt. Ich finde, um den Rest muss er sich selbst kümmern, oder?«

Helen stöhnte.

»Vermutlich hat er überhaupt keine Erlaubnis gehabt, in Deutschland zu arbeiten, und jetzt schicken sie ihn zurück. Du kannst froh sein, dass die Behörden dir nicht genauer auf die Finger geschaut haben.«

»Vielleicht hast du ja recht. Aber das kann ich jetzt auch nicht mehr ändern. Ich brauche eine Hilfe. Sofort. Ich kann den Laden doch nicht alleine schmeißen«, jammerte Mona.

»Häng doch einen Zettel am Schwarzen Brett der Uni aus«, schlug Helen vor. »Studenten suchen immer einen Job.«

»Basti könnte bei dir aushelfen!«, rief ich. »Er hat sein Studium und seinen mönchischen Selbstversuch geschmissen und erzählt, dass er am liebsten eine Kneipe aufmachen würde. Wenn er bei dir in der Strudelstube ein bisschen praktische Erfahrung sammeln könnte, bevor er seine nächste Schnapsidee in die Tat umsetzt, wäre das nicht schlecht. Ich bin mir sicher, er macht das gern. Und bei ihm brauchst du keine Sorgen zu haben, dass er nach Albanien abgeschoben wird.«

»Hach, Franzi, du bist ein Schatz, das wäre fantastisch. Und er hat doch auch ein bisschen Ahnung von Betriebswirtschaft und dem ganzen Kram, nicht wahr?«

Ich nickte. »Eigentlich sogar eine ganze Menge. Bloß bei Mikroökonomie hapert es.«

Mona machte eine wegwerfende Handbewegung.

»Das macht nichts. Bei mir auch. Ich weiß nicht einmal genau, was das ist.«

»Dein Laden wird florieren, wenn sich endlich mal ein Fachmann drum kümmert«, spottete Helen.

»Jawohl.« Mona strahlte schon wieder. Sie war nun mal kein Kind von Traurigkeit. »Ich hoffe, das mit Basti klappt.

Bitte frag ihn gleich heute noch, Franzi. Ein bisschen Basiswissen in Unternehmensführung wäre wirklich nicht schlecht. Meine Güte, ihr glaubt nicht, wie erleichtert ich bin.« Sie nippte an ihrem Ingwerwasser, während sie uns beobachtete, dann sagte sie: »Aber was ist denn mit euch los? Ihr seht so unentspannt aus. Ist euch die Yogastunde nicht bekommen?«

»Ach, ich wünschte, es wäre nur eine Muskelzerrung.«

Ich erzählte Mona von dem Zeitungsartikel und Daniels kurzfristig verschobener Heimreise.

»Franzi macht sich verrückt«, behauptete Helen. »Es kann tausend Gründe geben, weshalb er länger in Thessaloniki bleiben muss. Außerdem wissen wir überhaupt nicht, ob diese Bettina auch bis Samstag bleibt.«

»Das lässt sich herausfinden.« Mona zog ihr Handy aus der Sporttasche. »Gib mir doch bitte die Nummer vom Biologischen Institut, Franzi! Ich werde mich mal unauffällig nach der Dame erkundigen. Bettina … Wie heißt sie sonst noch?«

»Bayerle«, antwortete ich. »Was hast du vor?«

»Ich interessiere mich für ihre beeindruckenden wissenschaftlichen Leistungen, von denen ich in der Zeitung gelesen habe.« Mona grinste mich schief an. »Ich gebe mich als Journalistin aus. Journalisten dürfen immer alles fragen. Hätte ich das schon getan, als ich wegen Rolfs ständiger Sonderdienste misstrauisch wurde, dann wäre ich ihm früher auf die Schliche gekommen. Dir soll das nicht passieren, Franzi. Nun verrat mir schon die Telefonnummer!«

Verwundert nannte ich Mona Daniels Büronummer, die sie sofort in ihr Handy tippte.

»Wenn er nicht da ist, stellt er sein Telefon immer auf die Zentrale um«, erklärte ich. »Da erreichst du alle Mitarbeiter des Instituts.«

Erwartungsvoll hielt sich Mona ihr Handy ans Ohr und verdrehte die Augen, während es ein paarmal klingelte.

»Hallo«, flötete sie endlich. »Mein Name ist Annabella von Krämer-Krawalski. Ich bin Redakteurin des Fachmagazins ›Wissenschaft für morgen‹ und würde gerne Ihre Doktorandin Bettina Bayerle sprechen. Ich habe erst kürzlich einen hochinteressanten Artikel über ihre Pantoffeltierchen-Forschung gelesen …«

Bei dem Wort Pantoffeltierchen wurde ich blass.

»Amöben!«, zischte ich Mona zu. »Sie forscht an Amöben, du Schaf, und nicht an Pantoffeltierchen!«

Aber Mona wedelte abwehrend mit der Hand. Offenbar erhielt sie gerade eine Antwort.

»Ah«, sagte sie. »Ich verstehe. Wie bedauerlich. Dann werde ich in der nächsten Woche noch einmal anrufen. Vielen Dank und auf Wiederhören.«

Sie ließ das Handy sinken.

»Und?«, riefen Helen und ich gleichzeitig.

»Bettina Bayerle ist bis zum Ende der Woche nicht im Institut. Sie ist krank.«

»Krank?«, schrie ich heiser.

Mona zuckte mit den Schultern.

»Vielleicht hat sie sich bloß krankgemeldet, damit niemand erfährt, dass sie ein paar Tage länger in Thessaloniki bleibt.«

Bei dem Wort »krank« malte Mona mit den Zeigefingern Gänsefüßchen in die Luft.

»Vielleicht geht es ihr aber auch wirklich schlecht«, meinte Helen. »Wir haben noch immer keinen Beweis.«

»Krank«, wiederholte ich wütend. »Sie hat höchstens einen Kater von dem vielen Ouzo, den sie sich in Griechenland reinkippt.« Ich starrte auf mein leeres Ingwerwasserglas.

»Was ist das eigentlich für ein Name: Annabella von Krämer-Krawalski?«, fragte Helen nach einer Weile.

Mona lächelte listig. »Keine Ahnung. Krawalski passt doch gut – oder? Den Namen hab ich mir gerade ausgedacht. Genauso wie das Magazin ›Wissenschaft für morgen‹. Was wäre denn das für eine Undercoverrecherche gewesen, wenn ich unter meiner wahren Identität im Institut angerufen hätte …«

27.

Ich unterbreitete meinem Sohn das Jobangebot noch am selben Tag.

»Mona hat gefragt, ob du Lust hättest, dir in der Strudelstube etwas Geld zu verdienen«, berichtete ich Basti, der am frühen Nachmittag noch im Bett lag und sich intensive Gedanken über seine langfristige berufliche Zukunft machte. Oder über seine kurzfristige private Zukunft. Zum Beispiel, was er sich nachher im Fernsehen anschauen sollte. Oder ob es schlau wäre, doch noch mal eine Nachricht an Anne zu schicken. Jedenfalls nahm ich an, dass er an solche Sachen dachte.

Ich zog die Fenstervorhänge in seinem Zimmer auseinander, was ihn veranlasste, sich auf die andere Seite zu drehen und mit einem unverständlichen Gebrummel die Bettdecke über den Kopf zu ziehen. Wahrscheinlich störte ihn das Sonnenlicht beim Nachdenken.

Ich stellte ihm einen Teller mit Salamibroten auf den Nachttisch, damit er gleich frühstücken konnte, wenn er richtig wach war. Schließlich war Liebeskummer auch eine Art Krankheit. Ich fand es in Ordnung, ihn ein bisschen zu verwöhnen, bis er über den Verlust seiner Freundin hinweggekommen war.

»Das könnte sogar Spaß machen, und du kommst mal auf andere Gedanken«, fügte ich hinzu. »Außerdem kriegst du eine kleine Vorstellung davon, wie es wäre, eine eigene Kneipe zu haben.«

Basti nahm meinen Vorschlag mit gemischten Gefühlen entgegen. Der Job hatte den großen Nachteil, dass er künftig deutlich vor 14 Uhr würde aufstehen müssen (nämlich spätestens um halb sieben – also für studentische Verhältnisse mitten in der Nacht), um rechtzeitig im Café zu sein und bis zur Ladenöffnung alles vorbereitet zu haben, gleichzeitig aber den Vorteil, dass er dabei Geld verdienen würde. Und zwar einen anständigen Stundenlohn, so richtig mit Sozialabgaben und allem Drum und Dran. Mona hatte versprochen, diesmal alles korrekt zu machen. Diese Bedingung hatte ich gestellt, bevor ich Basti fragte. Ich wollte auf keinen Fall, dass er irgendwelchen Ärger mit den Behörden bekäme.

»Und was soll ich da den ganzen Tag lang machen?«, fragte mein Sohn. »Geschirr spülen?«

»Auch das vermutlich. Und Salat schnippeln vielleicht. Wenn du dich gut anstellst, wärst du nicht der Erste, dem die Karriere vom Tellerwäscher zum Millionär gelänge …«

Das mit dem Millionär hielt Basti zwar für sehr übertrieben. Aber er trat den Job trotzdem an. Vermutlich war es ihm auf Dauer zu langweilig, den größten Teil des Tages im Bett zu verbringen und Anne nachzutrauern.

Während Basti zu seinem ersten Küchendienst in der Strudelstube anrückte, klingelte ich nebenan bei Tim, um ihm wie versprochen beim Brainstorming für seinen neuen Auftrag zu helfen.

Er empfing mich an der Tür im Trainingsanzug.

»Entschuldige mein Outfit«, sagte er. »Aber wir sind gerade dabei, unsere neue Rudermaschine aufzustellen.«

»Ja«, sagte Struppi, der schwer atmend mit einer Flasche Mineralwasser in der Hand dazukam. »Und sie sieht fantastisch aus!«

Offenbar hatte er die Maschine gerade eingeweiht. Er hatte hochrote Wangen und trug ebenfalls Sportklamotten, eine kurze Hose und ein Funktionsshirt, was ein recht ungewohnter Anblick war. Bislang kannte ich ihn fast nur in ausgebeulten Jeans und Kapuzenpullis.

»Es gibt erst wieder Schweinshaxe mit Knödeln, wenn ich fünf Kilo abgenommen habe«, fuhr Struppi fort. »Das habe ich Tim versprochen.«

»Dann hat er die fünf Kilo zwar gleich wieder drauf, aber der gute Wille zählt.« Tim grinste. »Und ich spiele ab sofort jedes Wochenende mit ihm eine Stunde lang Grand Theft Auto an der X-Box, obwohl ich so was ja eigentlich für komplette Zeitverschwendung halte. Aber das ist der Deal.«

»Wir wollen uns ja nicht mehr streiten …«

Die beiden sahen einander sehr glücklich an.

»Ach, ihr zwei. Wie schön, dass ihr wieder zusammen seid.«

Ich freute mich wirklich für die beiden. Und ich fragte mich, warum das mit Daniel und mir nicht auch so einfach funktionierte. Mit einer Rudermaschine im Keller und einer X-Box allein war es bei uns vermutlich nicht getan.

»Ich geh dann mal wieder trainieren«, sagte Struppi. »Laut Display habe ich bereits sieben Kalorien verbraucht. Wenn ich mich anstrenge, klappt es ja vielleicht schon am nächsten Sonntag mit der Schweinshaxe …«

Er trabte die Treppe hinunter. Tim hielt mir die Tür zu seinem Büro auf.

Während die Zimmer der beiden größtenteils im Stil eines behaglichen englischen Landhauses eingerichtet waren, inklusive offenem Kamin, tiefen Polstersesseln und dunkelroten Tapeten, war Tims Büro von überraschender Nüchternheit: Ein großer gläserner Schreibtisch befand sich in der Mitte des Raumes, rechts und links davon standen deckenhohe Chromregale, in denen sich Aktenordner und Mappen farblich sortiert nebeneinanderreihten. An der einen Wand hing ein großes gerahmtes Plakat aus Tims bislang erfolgreichster Werbekampagne: »Warum träumen, wenn man mit dieser fruchtigen Komposition den Himmel auf Erden genießen kann?«, stand darauf, darunter ein glänzendes Glas Erdbeermarmelade. Das Plakat hatte vor drei Jahren praktisch an jeder Litfaßsäule im Land geklebt.

»Worum geht es denn bei deinem Auftrag?«, fragte ich.

»Kennst du die neue Fluggesellschaft Sunshine Air?«

Ich nickte. »Das ist die Airline mit den quietschgelben Buchstaben im Logo – oder?«

»Genau. Sie wollen jetzt ganz kurz vor den Sommerferien noch eine Marketingkampagne starten. Und dafür haben sie ausgerechnet mich ausgesucht.«

»Wow. Toll. Ich gratuliere dir.«

Tim grinste. »Wahrscheinlich bin ich die einzige Werbeagentur in Deutschland, die verrückt genug ist, sich so kurzfristig noch darauf einzulassen. Die Plakate sollen schon nächste Woche aufgehängt werden.«

»Oha.«

»Genau. Wir müssen schnell sein. Schnell und witzig. Das ist das Konzept. Sie wollen ihren aktuellen Sommerflugplan bewerben. Es geht darum, die Leute dazu zu bringen, spontan einen Urlaubsflug bei Sunshine Air zu buchen. Das Ganze soll klar und knackig rüberkommen, nichts zum Nachdenken, eher was fürs Gefühl.«

»Also, ich würde sofort schwach werden beim Anblick einer Hängematte unter einem alten Olivenbaum.«

Ich stockte, weil mir gerade einfiel, dass Daniel sich möglicherweise mit Bettina unter einem alten Olivenbaum vergnügte. »Oder beim Anblick einer Palme«, fügte ich deshalb hinzu.

»Hm«, machte Tim. »Aber was ist mit den Leuten, die keine Lust auf einen Strandurlaub haben? Die eine Städtetour lieber mögen. Oder eine Bergwanderung. Sie sollen ja mit der Kampagne auch angesprochen werden.«

»Es müsste verschiedene Plakate geben. Eines mit Palmen, eines mit der Skyline von New York, eines mit Bergen und Schnee …«

»Nein, das würde den Kostenrahmen sprengen. Es ist nur ein einziges Motiv geplant. Eines, das alle potenziellen Kunden anspricht. Was würdest du sagen: Was mag jeder?«

»Schönes Wetter«, fiel mir sofort ein. »Vermutlich freuen sich die wenigsten Menschen, die in Urlaub fahren, auf Regenwetter. Aber wie bildet man schönes Wetter ab, ohne sich auf das Reiseziel festzulegen?«

Tim überlegte. »Man fotografiert den Himmel. Einen blauen Himmel mit ein paar netten weißen Wolken. Das mag jeder.«

»Genau. Und groß im Bild davor eine Maschine von Sunshine-Air, die in der Sonne glänzt.«

»Okay, das könnte gehen. Wir kommen voran.«

Wir diskutierten noch eine Weile über verschiedene andere Darstellungsmöglichkeiten, damit Tim den Leuten von Sunshine Air mehrere Motive zur Auswahl vorschlagen konnte. Er machte zu jeder Idee gleich einige Skizzen.

»Jetzt fehlt nur noch der Slogan, mit dem wir die Leute dazu bringen, sofort einen Flug zu buchen«, meinte er.

Ich dachte nach. Einen Flug buchen … Wieder musste

ich an Daniel und Bettina denken, die vielleicht in diesem Moment irgendwo unter griechischer Sonne turtelten. Ich stellte mir vor, wie sie sich während des Kongresses verliebte Blicke zugeworfen hatten. Wie Daniel ihr irgendwann zugeraunt hatte, wie schön es doch wäre, noch ein paar Tage miteinander auf einer kleinen Insel zu verbringen. Ganz heimlich, nur sie beide. Vielleicht hatte ihr Daniel während eines Vortrags von Professor Jaspers oder sonst jemandem ins Ohr geflüstert: »Den Rest dieser öden Tagung sparen wir uns. Lass uns doch …«

»*Einfach mal abhauen!*«, rief ich. »Das gefällt mir. Damit kann sich jeder identifizieren. Jeder, dem das Regenwetter zu Hause auf die Nerven geht. Jeder, der mal dem ganzen Ärger im Büro entkommen will. Jeder, der gerade Stress in der Beziehung hat. Jeder, der …«

»Perfekt, Franzi!« Tim reckte einen Daumen in die Höhe. »Das ist ein großartiger Slogan für Sunshine Air. Genau das haben sie gesucht: Einfach mal abhauen. Da ist alles drin: Mal was Neues ausprobieren, was Verrücktes wagen. Mal ganz spontan sein. Aufbrechen und irgendwo ankommen, wo man noch nie war, den Alltag hinter sich lassen. Und zwar sofort. Einfach mal abhauen. Jepp!«

Nach den unerfreulichen Erlebnissen der vergangenen Tage tat es mir gut, dass Tim so begeistert von meiner Idee war. Endlich war ich auch mal an einer richtigen Werbeaktion beteiligt und hatte gezeigt, dass ich noch mehr konnte, als mir Sprüche für Bäckereitüten und zweitklassige Friseursalons auszudenken. Mit Optimismus sah ich meiner Zukunft in der Werbebranche entgegen.

Tim machte noch ein paar Vorschläge, damit die Firma etwas zum Aussuchen hatte. »Die richtige Zeit für Veränderung« zum Beispiel, und »It's time so say: Good fly« und solche Sachen, aber mein Spruch gefiel mir am besten.

»So, meine Liebe«, sagte Tim, als uns beim besten Willen nichts mehr einfiel und mein Magen vor Hunger knurrte. »Da haben wir doch schon einige großartige Ideen. Ich mach mich dann mal an die Arbeit. Ich gebe dir Bescheid, wenn das Okay von Sunshine Air kommt und die Kampagne steht.«

28.

Diesmal war Daniels Flugzeug pünktlich. Mit dem breitesten Lächeln im Gesicht kam er am Samstagabend in der Ankunftshalle auf mich zu.

»Hallo Schatz!« Er gab mir einen Kuss. »Das war vielleicht ein Stress in Griechenland. Gut, dass ich endlich wieder zu Hause bin.«

Wenn ich den Zeitungsartikel nicht gelesen hätte, hätte ich ihm sofort geglaubt.

Ich sah mich suchend um. »Wo sind die beiden anderen?«

»Welche anderen?«

»Professor Jaspers und diese … diese Bettina. Es war ein Foto von euch in der Zeitung.«

»Tatsächlich? Haben sie über den Kongress berichtet? Das ist ja super. Was haben sie geschrieben?«

»Zum Beispiel, dass die Konferenz schon am Mittwoch zu Ende gegangen ist.« Ich konnte es einfach nicht für mich behalten.

»Ach«, sagte Daniel nur.

»Was hast du denn in den letzten drei Tagen so Wichtiges zu tun gehabt in Griechenland?«

»Na ja, du weißt doch.« Daniel schien meinem Blick auszuweichen und hob seinen Koffer hoch. »Da gibt es anschließend immer noch eine Menge zu besprechen.«

Ich fand, das klang nicht besonders überzeugend.

»Was denn?«, forschte ich nach. Den Namen Bettina in den Mund zu nehmen brachte ich nicht fertig.

»Ach, Franzi. So dies und das und allerlei. Zum Beispiel habe ich mich mit Jaspers noch über das neue Mikroskop unterhalten, das ich für unser Institut bestellt habe.«

»Drei Tage lang? In Thessaloniki? Darüber könnt ihr doch auch hier an der Uni reden.«

»Hey, was ist denn los, Franzi? Du interessierst dich doch sonst auch nicht so für meine Arbeit. Wir hatten in Thessaloniki endlich mal Zeit, um in Ruhe über alles zu reden. Und das haben wir ausgenutzt. Mehr nicht. Jetzt lass uns nach Hause fahren und eine Flasche Wein aufmachen. Freust du dich nicht, dass ich gesund und munter wieder da bin?«

War das etwa ein Hinweis darauf, dass Bettina tatsächlich krank geworden war? Ich konnte ja schlecht nachfragen.

Daniel strahlte mich an und legte seinen Arm um meine Schultern. Dann küsste er mich – flüchtig, wie ich fand – auf den Mund. Für ihn war die Sache damit offenbar erledigt.

»Auf geht's. Wo hast du geparkt?«

Als wir losgingen, drehte ich mich unauffällig um und ließ meine Blicke durch die Halle schweifen. Aber ich konnte diese Bettina nirgendwo unter den ankommenden Reisenden entdecken. Vielleicht war sie ja tatsächlich schon am Mittwoch gleich nach dem Kongress zurückgeflogen und lag jetzt mit einer Grippe im Bett, und ich machte mir völlig unnötige Sorgen. Im Übrigen roch Daniel weder nach einem fremden Parfum, noch hatte er verdächtige Make-up- oder Lippenstiftflecken am Hemd. Eigentlich wirkte er so wie immer. Wahrscheinlich war ich ein bisschen paranoid, weil ich in Hamburg ja selbst leicht auf Abwege geraten war und deshalb ein schlechtes Gewissen hatte.

Während wir schweigend in Richtung Parkhaus gingen, war ich in Gedanken wieder bei Alex. Was wäre eigentlich gewesen, wenn dieser eine Abend anders verlaufen wäre?, überlegte ich. Wenn ich in der Bar noch ein Glas Champagner mehr getrunken hätte und Alex tatsächlich mit hinauf in mein Pfauenfedernzimmer gekommen wäre. Hätte ich Daniel dann heute in die Augen sehen können? Ob er eine Veränderung an mir bemerken und misstrauisch werden würde? Würde er den Mut haben, seinen Verdacht auszusprechen? Und ich? Würde ich beichten? Gäbe es dann heute Abend ein dramatisches Krisengespräch mit Geschrei, Tränen und gegen die Wände krachendem Geschirr? Von Mona wusste ich, dass eine ihrer Ehen auf diese Weise auseinandergegangen war. Sie hatte anschließend die ganze Küche renovieren müssen.

Ich kam mir schäbig vor, in Daniels Gegenwart über solche Dinge nachzugrübeln. Schließlich war nicht wirklich was geschehen in Hamburg, es gab keinen Grund für einen Krach. Andererseits: Wer wusste schon, was zwischen ihm und Bettina neulich im Ouzo-Rausch passiert war? Sein Hotelzimmer hatte bestimmt keine Glaswand zum Klo hin gehabt … Mir wurde ein bisschen schwindelig. Ich wollte lieber nicht länger nachdenken. Weder über das eine noch über das andere.

29.

Es war der Tag, an dem ich Kirschmarmelade kochen wollte. Struppi war am Abend zuvor mit zwei Eimern voller Kirschen und einer Flasche selbst gemachtem Kirschlikör bei uns aufgetaucht: »Unsere Schattenmorellen tragen in diesem Jahr wie verrückt – könnt ihr ein paar gebrauchen? Wir haben im vorigen Jahr übrigens vorzüglichen Likör daraus gemacht, probiert mal.«

Nachdem wir pfundweise Kirschen gegessen hatten und von dem vielen frischen Obst allmählich Magenschmerzen bekamen, beschloss ich tatsächlich, die Kirschen anderweitig zu verarbeiten.

Im Internet forschte ich nach einem realisierbaren Rezept. »Tolle Kirschkonfitüre mit Schuss« klang köstlich und einfach nachzukochen und hatte außerdem eine Bewertung von viereinhalb Sternen. Noch besser, nämlich mit glatten fünf von fünf Sternen bewertet war »Babettes Kirschlikör nach Fränkischer Art«, da gab es den Schuss praktisch ganz ohne Marmelade. Und was Fränkisches fand ich natürlich immer gut.

Da ich mich nicht entscheiden konnte, beschloss ich beides zu machen: sowohl Kirschkonfitüre als auch Likör. Kirschen hatte ich ja genug. Im Keller standen ohnehin noch etliche leere Flaschen im Weg herum, die seit meinem Geburtstag darauf warteten, zum Altglascontainer gebracht zu werden. Zumindest einige davon würde ich zum Abfüllen des Likörs verwenden können.

Nachdem ich Flaschen gespült und sämtliche Zutaten gekauft hatte – Gelierzucker und Zitrone für die Konfitüre sowie Kandiszucker und eine Flasche Wodka für den Likör –, ging ich noch mal in den Keller. Ich kramte in den alten Kisten, die Großtante Irmi uns zusammen mit dem Haus vererbt hatte, bis ich fand, was ich gesucht hatte: einen Kirschentkerner, etwa Jahrgang 1960. Es war ein handliches, aber robust wirkendes Teil, das entfernt an ein Foltergerät erinnerte: eine Art Metallzange mit einer gelochten Mulde für die Kirsche und einem gezackten Stift, der den Kern aus der Frucht drückte.

In der Küche probierte ich das Ganze sofort aus – mit dem Effekt, dass die erste Kirsche zwar brav entkernt in die vorgesehene Schüssel plumpste, allerdings nicht ohne mein hellblaues Poloshirt dabei mit einer Salve rotem Saft zu besprenkeln. Nun, von heute an würde es ein hellblaues Poloshirt mit roten Tupfen sein. Ich ärgerte mich nicht lange darüber. Das Shirt war sowieso schon einige Jahre alt, und unter der linken Achsel platzte die Naht ein klitzekleines bisschen auf.

Ich widmete mich der Kirschentkernung und hatte nach ein paar Minuten den richtigen Dreh heraus. Je flotter ich arbeitete, desto munterer spritzte der Kirschsaft herum. Mit dem Berg von entkernten Kirschen, der sich in meiner großen Salatschüssel türmte, wuchs auch der Rotanteil auf meinem Shirt, und meine Hände waren bald verfärbt bis unter die Fingernägel. So in etwa stellte ich mir eine Metzgerin bei ihrem ersten Schlachttag vor.

Nach einer halben Stunde war die Schüssel voll. Ich wusch mir die Hände, um ein neues Gefäß aus dem Schrank zu holen. Dabei fiel mein Blick durch das Küchenfenster hinaus in unseren Vorgarten, und ich zuckte vor Schreck zusammen.

Direkt vor unserer Einfahrt hielt gerade ein Auto: ein karamellfarbener SUV mit getönten Scheiben. Diesen Wagen kannte ich doch! Verdammt, was wollte denn Marco Caspari von mir? Und woher – bei diesem Gedanken wurde ich blass – wusste er überhaupt, wo ich wohnte?

Wahrscheinlich war es wegen Spocks kleinem Malheur neulich. Das Hundepipi hatte wohl einen Korrosionsschaden an den edlen Felgen seines Autos verursacht. Ein klarer Fall für die Versicherung! Marco Caspari hatte vermutlich beobachtet, wie ich zu meinem Wagen gegangen war, hatte sich das Nummernschild gemerkt und darüber unsere Adresse herausgefunden. Mir schlug das Herz bis zum Hals. Ob unsere Hundehaftpflicht für den Schaden aufkommen würde?!

Diesem Gedanken konnte ich nicht weiter nachgehen, denn jetzt wurde die Autotür geöffnet, und heraus stieg – eine Frau. Ein zierliches Wesen mit langen schlanken Beinen, gekleidet in ein dunkelblaues Kleid mit weißen Tupfen und hochhackigen Pumps, als wäre sie auf dem Weg zu einer illustren Gartenparty. Es hätte mich nicht gewundert, wenn sie dazu noch einen ausladenden weißen Sonnenhut getragen hätte. Die Frau hatte entfernt Ähnlichkeit mit Nicole Kidman, ein schönes blasses Gesicht, um das sich rötliche Locken ringelten wie Kupferdraht in der Sonne. Mein Gott, das musste Laura Caspari sein. Alex' Beschreibung passte perfekt. Sie sah hinreißend aus.

Zwei Fragen schossen mir gleichzeitig durch den Kopf: Erstens: Wie konnte man in ihrem Alter noch so beneidenswert sexy aussehen? Und zweitens: Wieso schickte Marco Caspari seine Frau her, um den Schadensfall zu regulieren?! Meinte er etwa, so von Frau zu Frau würde das reibungsloser vonstattengehen?

Mit angehaltenem Atem beobachtete ich, wie Laura Caspari die Autotür hinter sich schwungvoll zuwarf und mit forschen Schritten auf unser Haus zukam, die letzte verbliebene und inzwischen verdorrte Blüte an meinem Pfingstrosenstrauch mit einem missbilligenden Blick streifend. Selbst das Bimbam der Türglocke klang energischer als sonst, wenn Laura Caspari auf den Klingelknopf drückte.

Den Bruchteil einer Sekunde lang erwog ich, so zu tun, als wäre niemand zu Hause. Aber wenn ich ihr nicht öffnete, würde sie ein anderes Mal wiederkommen, womöglich wenn Daniel und die Kinder daheim wären, und das würde die Sache nicht einfacher machen.

Ich stellte die Salatschüssel, die ich immer noch in der Hand hielt, neben das Kirschkerngemetzel auf den Tisch und ging zur Haustür.

Ich holte noch einmal tief Luft, dann machte ich auf.

Da stand sie. Laura Caspari. Leibhaftig.

Eine Sekunde lang verharrten wir Auge in Auge. Dann fiel ihr Blick erschrocken auf mein rot besprenkeltes Shirt.

»Oh, Gott! Sind Sie verletzt?« Sie wich einen Schritt zurück und starrte mich an, als stünde der Kettensägenmörder persönlich vor ihr.

»Ah, nein, keine Sorge.« Ich kicherte nervös und hielt meine immer noch rötlich verfärbten Hände hoch, um zu zeigen, dass ich keine blutverschmierte Waffe bei mir trug. »Es ist niemand gestorben. Das ist Kirschsaft. Mein Kirschentkerner spritzt wie die Hölle. Ich bin gerade dabei Marmelade zu machen, wissen Sie …«

»Ah, dann ist ja gut.«

Laura Caspari lächelte für eine Sekunde erleichtert,

dann verfiel sie wieder in einen beinahe geschäftsmäßigen Tonfall.

»Entschuldigen Sie die Störung«, sagte sie, und ihr Blick glitt noch einmal kurz über unser Klingelschild. »Sind Sie Franziska Herold persönlich oder die Haushaltshilfe?«

»Äh, ich bin's persönlich.«

Es beunruhigte mich, dass sie sogar meinen Vornamen kannte, wo unser Auto doch auf Daniel angemeldet war.

»Tut mir leid, dass ich Sie ohne Vorwarnung überfalle. Ich bin Laura Caspari.«

»Ich weiß«, murmelte ich. Leider konnte ich nicht aufhören, sie anzustarren. Auch aus der Nähe betrachtet, war sie noch immer verdammt schön. Kein graues Haar, so weit ich blicken konnte, und sogar die kleinen Fältchen in ihren Augenwinkeln sahen richtig hübsch aus. Ansonsten war ihre Haut zart und makellos wie in einem Webespot für *Revitalizing Supreme Globale Anti-Aging Creme Q10 plus* und *Serum Idealist Pore Minimizing Skin Refinisher* gleichzeitig. Wahrscheinlich benutzte sie das Zeug schon seit ihrer Geburt. Und immer in der richtigen Reihenfolge.

Wie umwerfend sie mit Anfang zwanzig ausgesehen haben mochte, wollte ich gar nicht wissen. Kein Wunder, dass sich Alex so wahnsinnig in sie verliebt hatte, dass er keine andere Frau mehr ansehen wollte.

»Wahrscheinlich können Sie sich schon denken, weshalb ich hergekommen bin«, fuhr Laura fort.

Ich nickte und versuchte, zerknirscht auszusehen.

»Es tut mir leid, das war ein Missgeschick.«

Dabei tat es mir eigentlich gar nicht wirklich leid. Ihr unfreundlicher Ehemann war selbst schuld gewesen, dass Spock vor Aufregung sein Auto angepinkelt hatte.

»So etwas kann ja mal vorkommen«, meinte Laura generös.

»Er ist halt nicht mehr der Jüngste«, versuchte ich meinen Hund zu entschuldigen. »Aber vielleicht sollten wir das besser drinnen klären. Wollen Sie nicht hereinkommen?«

Ich konnte sie ja schlecht an der Tür abfertigen wie einen unerwünschten Hausierer. Laura trat ein, und ich führte sie ins Wohnzimmer, wo sie sich graziös auf einem Sessel niederließ, während ihre Blicke durch die offene Terrassentür durch den Garten wanderten. Wahrscheinlich bewunderte sie unseren sensationell kurz geschorenen Golfrasen. Darth Vader Deluxe sei Dank.

»Wir sind alle zwischendurch mal etwas unkonzentriert«, nahm Laura das Gespräch wieder auf. Wie sie da so kerzengerade auf unserem Sessel saß mit ihrem hübsch gepunkteten Kleid, den hohen Schuhen und der schicken Handtasche auf dem Schoß, sah es ein bisschen so aus, als wäre eine entfernte ältere Cousine von Prinz Harry bei uns zu Besuch. Als hätte Lady Hesketh-Fortescue von North Cothestone Hall oder sonst eine edle Adlige auf dem Weg zum Pferderennen von Ascot einen kleinen Zwischenstopp am Akazienweg eingelegt. Nur der spektakuläre Hut fehlte.

Ich seufzte: »Vermutlich war der Gute etwas nervös.«

Sie lachte kurz auf. »Ja, das könnte sein. Es dürfte ihn eine große Überwindung gekostet haben.«

»Ach, ehrlich gesagt, das glaube ich nicht. Für ihn macht es keinen Unterschied, ob er gegen einen Laternenmast pinkelt oder gegen eine Alufelge, aber ich hätte natürlich besser …«

»Hä?«, fiel Laura Caspari mir ganz unadelig und mit gerunzelter Stirn ins Wort. »Welcher Laternenmast, welche Alufelge? Wovon sprechen Sie?«

»Na ja …« Ich war verwirrt, weil sie so komisch reagierte. »Für unsere Versicherung wird es kein Problem sein …«

»Wieso Versicherung!?«

Laura Caspari starrte mich entgeistert an. Ich starrte wahrscheinlich ähnlich entgeistert zurück. Mit einem Mal dämmerte mir, dass sie nicht hergekommen war, um mit mir über einen Hundepipischaden zu sprechen. Aber weshalb dann – um Himmels willen?!

Als sie antwortete, spürte ich, wie meine Knie weich wurden.

»Ich weiß nicht, wen und was Sie gerade erwartet haben, Frau Herold, aber ich bin wegen der Briefe hier. Wegen Alex' Briefe. Da fehlt einer.«

»Alex' Briefe? Was wissen Sie von …«

Laura ließ mich nicht ausreden. »Alex hat mir alles erzählt. Er hat mir die Briefe gegeben. Ich weiß, dass sie versehentlich bei Ihnen gelandet sind, weil die falsche Adresse darauf stand.«

Natürlich! Es ging um seine Briefe. Ich wunderte mich, dass ich nicht selbst darauf gekommen war.

»Ich habe die Briefe inzwischen gelesen«, fuhr Laura fort, »und dabei habe ich festgestellt, dass einer fehlen muss. Ein Brief, den er wohl etwas … sagen wir mal: beschwipst geschrieben hat und in dem er wohl … ein wenig … direkt geworden ist. Kann es sein, dass Sie noch einen der Briefe behalten haben?«

Ich hatte zum Schluss gar nicht mehr richtig zugehört.

»Alex hat Ihnen die Briefe gegeben?« fragte ich langsam. »Wie das denn? Waren Sie etwa auch in Hamburg?«

Vielleicht war das der Grund gewesen, weshalb Alex mich an der Alsterbank versetzt hatte: weil Laura inzwischen in Hamburg aufgekreuzt war und er lieber sie hatte sehen wollen statt mich. Aber – wie war das möglich? Laura hatte doch gar nichts von seiner Rückkehr aus Hongkong gewusst! Oder doch?

»Nein«, antwortete Laura. »Ich war nicht in Hamburg. Ich habe mich mit Alex hier in München getroffen.«

»Tatsächlich? In München? Alex ist in München?«

»Jedenfalls war er gestern hier. Er hat mich angerufen, und wir haben uns im Café Luitpold getroffen und sehr lange miteinander geredet. Nun, Sie kennen unsere Geschichte ja.« Sie lächelte fast ein bisschen verlegen. »Ich war sehr verblüfft, dass er sich nach all den Jahren auf einmal wieder gemeldet hat. Welch ein Glück für ihn, dass wir immer noch dieselbe Telefonnummer haben. Sie können sich sicher vorstellen, dass es eine Menge zu erzählen gab. Dann hat er mir die Briefe gegeben. Ich hatte gar nicht gewusst, wie sehr er … na ja, wie viel ich ihm noch immer bedeute. Es ist doch alles schon so lange her. Aber wie dem auch sei. Beim Lesen der Briefe habe ich festgestellt, dass einer fehlt. Alex meinte, wahrscheinlich haben Sie vergessen, ihn zurückzugeben.«

Ich konnte nicht anders, ich musste nicken.

»Das stimmt. Der betrunkene Brief ist mir irgendwie durchgerutscht. Den – den habe ich noch.«

»Also, wenn Sie ihn mir dann bitte geben könnten …«

»Ja, klar. Selbstverständlich.«

Durch die geöffnete Terrassentür kam Mr. Spock herein. Beim Anblick des Hundes saß Laura plötzlich kerzengerade im Sessel, und ihre Augen weiteten sich erschrocken. Ah, ja, die Hundephobie. Wie es aussah, hatte sie das Problem keineswegs überwunden.

»Der tut nichts«, sagte ich mechanisch.

Spock warf Laura nur einen kurzen Blick zu und trottete dann in die Küche. Ich hörte, wie er sich geräuschvoll am Wassernapf zu schaffen machte.

Ich lief die Treppe hinauf ins Schlafzimmer, kramte in der Nachttischschublade und zog den Brief heraus. Wehmütig betrachtete ich die grünen Buchstaben. Es war wie ein Abschied. Wie der endgültige Abschied von Alex. Es war geradezu schmerzhaft.

Ich schreckte auf, weil von unten ein ohrenbetäubendes Scheppern heraufklang. Ich hörte, wie Laura quiekte und »Huch!« rief.

Ich raste die Treppe hinunter.

Die Küche sah aus wie ein blutiges Schlachtfeld. Nicht nur so, als hätte ich jemanden umgebracht, sondern so, als hätte ich die Leiche auch noch ausgeweidet und in Einzelteile zersägt. Mr. Spock musste aus irgendwelchen mir unerklärlichen Gründen auf den Tisch gesprungen sein und dabei die Schüssel mit den entkernten Kirschen auf den Boden gefegt haben. Jedenfalls hatte sich die Matsche in der ganzen Küche verteilt. Eine gewaltige rote Lache bedeckte den weißen Fliesenboden, die Stühle und sämtliche Fronten der Küchenschränke waren bekleckst mit Kirschsaftpampe. Dazu roch es durchdringend nach Schnaps. Denn zu allem Überfluss hatte Mr. Spock auch die Wodkaflasche vom Tisch gerissen, die auf dem Boden zersprungen war. Zusammen mit den Glassplittern wirkte das Ensemble wie ein besonders dramatischer Tatort.

»Spock!«, schrie ich. Aber der Hund hatte schon Reißaus genommen und war zurück in den Garten gerannt, ein paar blutrote Pfotenabdrücke auf dem Parkett hinterlassend. Erst da entdeckte ich die Salamipackung. Offenbar hatte Basti vergessen, sie zurück in den Kühlschrank zu legen, als er nach dem Frühstück etwas überstürzt in Richtung Strudelstube aufgebrochen war. Und ich hatte sie auch übersehen. Jetzt lag die Packung unter dem Tisch und war bis auf das letzte Fetzchen leer. Vielleicht waren wir mit Mr. Spocks Diät zuletzt doch etwas zu streng gewesen.

»Na, hier sieht's ja aus …«, entfuhr es Laura, die aus dem Wohnzimmer gekommen war und hinter mir stand, um sich das Chaos in der Küche anzusehen.

»Ach, Gott!« Ich stöhnte. »Hätte der Hund nicht wenigstens den Eimer mit den Kirschen herunterreißen können, die ich noch *nicht* entkernt hatte?«

»Es gibt Momente«, erklärte Laura mit spitzer Stimme, »da bin ich besonders froh, dass wir keine Haustiere haben.«

»Es gibt Momente«, sagte ich, »da brauche ich einen Schnaps.«

Zum Glück war Struppis Kirschlikörflasche noch heil geblieben.

»Für Sie auch einen?«

Laura blickte mich zögernd an.

»Ich weiß nicht. Na ja, vielleicht ein winziges Schlückchen. Ich bin mit dem Auto da.«

Ich angelte die Flasche vom Tisch, ohne in die rote Matsche zu treten, und ging mit Laura zurück ins Wohnzimmer. Dort holte ich zwei Gläschen aus dem Schrank und goss uns ein. Eine Kirschlikörpfütze für Laura und ein ganzes Stamperl für mich.

»Prost«, sagte ich. »Auf Alex!«

Sie nippte nur, ich kippte meinen Likör in einem Schluck hinunter. Sofort pumpte er angenehm warm durch meine Adern. Ich schob Laura den Brief zu.

»Tut mir leid, dass ich alles gelesen habe. Aber es waren tolle Briefe. Sie können sich was drauf einbilden, solche Liebesbriefe zu bekommen.«

»Alex war immer schon ein hoffnungsloser Romantiker.«

Ich dachte kurz an unseren E-Mail-Flirt und an unser Herumgeknutsche unter dem Sternenhimmel an der nächtlichen Alster und hoffte, dass Alex Laura gegenüber nicht allzu viel von unserer kleinen Romanze ausgeplaudert hatte.

»Aber er war trotzdem nicht der richtige Mann für mich«, fuhr Laura fort, als müsste sie sich mir gegenüber für irgendetwas rechtfertigen. »Es wäre absolut unvernünftig gewesen, mit ihm zusammenzubleiben. Was für ein Leben wäre das geworden …«

»Ein lustiges, verrücktes, abenteuerliches Leben mit viel Musik und Rausch und Leidenschaft.«

»Pf«, machte Laura. »Davon wird keiner satt. Romantik ist ja schön und gut, aber langfristig sind andere Dinge wichtiger. Von Luft und Liebe kann man vielleicht einen Sommer lang leben. Länger nicht. Schon gar nicht, wenn man Verantwortung für ein Kind hat. Da muss man manchmal rational entscheiden.«

Wir schwiegen einen Moment.

»Noch einen Likör?«, fragte ich und goss mir ein.

»Aber nur ein winziges Schlückchen«, sagte Laura. »Ich bin mit dem Auto da.«

Das hatte ich schon mal gehört.

Wir prosteten einander aufs Neue zu.

»Auf die Romantik«, sagte ich.

»Auf die Vernunft«, sagte Laura.

Dann tranken wir.

»Haben Sie ihn manchmal vermisst, den Alex?«

Der Kirschlikör legte mir Sätze in den Mund, die ich Laura normalerweise sicher nicht so schnell gefragt hätte.

»Wie kommen Sie denn darauf? Wieso sollte ich Alex vermisst haben? So ein Unsinn! Das war eine verrückte Sommerliebe. Ein paar Wochen lang, als ich jung war. Ich bin seit fünfundzwanzig Jahren glücklich verheiratet. Ich bin die Gattin eines international erfolgreichen Geschäftsmannes, ich habe eine anständig geratene Familie, wir wohnen in einem ordentlichen Haus in einer ordentlichen Gegend, wir sind gut situiert und führen ein überaus bequemes Leben. Was bitte sollte ich vermissen?«

»Ich weiß nicht. Vielleicht … Vielleicht ein paar Loopings im Leben.«

Ich schenkte uns nach.

»Loopings? Wieso Loopings?«

Diesmal trank sie ihr Gläschen leer, ohne das Auto zu erwähnen. Notfalls konnte sie ja mit dem Taxi nach Hause fahren.

»Na ja«, meinte ich. »Es ist doch schön, wenn manchmal etwas Unvorhergesehenes passiert. Etwas Aufregendes, etwas, das unser Herz noch mal so richtig zum Klopfen bringt.«

Ich dachte an die Nacht mit Alex in Hamburg und seufzte.

»Ehrlich gesagt, ich bin froh darüber, dass mein Blutdruck normal ist und mein Leben in geordneten Bahnen läuft«, entgegnete Laura. »Ich begleite meinen Mann gelegentlich auf seinen Geschäftsreisen in alle Welt, das ist aufregend genug.«

Dieser Satz versetzte mir einen kleinen Stich ins Herz, weil ich auch gerne mit Daniel nach Griechenland gereist wäre.

»Eine Frage habe ich noch«, sagte ich. »Wo lebt Alex denn jetzt? Haben Sie eine Adresse von ihm oder eine Telefonnummer?«

Laura schüttelte den Kopf.

»Nein, ich weiß nur, dass er sich wieder in München niederlassen will. Er hat gesagt, dass er hier als Klavierlehrer arbeiten möchte. Er sucht gerade eine Stelle. Ich habe nicht näher nachgefragt, wissen Sie. Das mit Alex, das ist einfach vorbei. Das war eine Jugendliebe. Eine andere Zeit. Es war schön, ihn noch einmal zu treffen, zu hören, was er alles erlebt hat in den vergangenen Jahren. Aber das war es dann auch schon. Er passt nicht in mein Leben. Er hat schon damals nicht zu mir gepasst. Aus und vorbei und abgehakt.«

Ihre Stimme klang streng. Ich schaute sie an, doch sie wich meinem Blick aus.

»Aber ganz egal kann Ihnen Alex nicht sein, sonst wären Sie nicht wegen des Briefes hergekommen.«

Ich sah, wie in Lauras blassem Gesicht eine feine Röte aufstieg.

»Ich bin ein korrekter Mensch«, behauptete sie. »Ich möchte nicht, dass einer von Alex Briefen an mich irgendwo herumschwirrt, wo er nicht hingehört. Aber Sie scheinen sich ja sehr für ihn zu interessieren«, fuhr sie ein kleines bisschen schnippisch fort. »Sonst wären Sie Alex sicher nicht nach Hamburg hinterhergereist …«

»Seine Briefe haben mich neugierig gemacht«, gab ich zu. Diesmal war es an mir zu erröten. Ich war froh, dass sie nicht die gefakten E-Mails erwähnte. »Ich wollte bloß wissen, was das für ein Mann ist, der so leidenschaftliche Liebesbriefe schreibt. Und außerdem …« Es lag definitiv am Likör, dass ich weiterredete: »Außerdem gibt es in meiner Familie gerade ein wenig Stress, da hatte ich Lust auf einen kleinen Spontanurlaub.«

»Tja, so was kommt vor«, sagte Laura. Zu meiner großen Überraschung klang es verständnisvoll. Sie setzte ihr Likörgläschen noch einmal an, um festzustellen, dass es schon leer war.

»Meine Tochter macht gerade Probleme in der Schule«, fuhr ich fort. »Mein Sohn hat sein Studium geschmissen und es zwischendurch mal als Aushilfsmönch im Kloster versucht, und mein Mann …«

Ich brach ab. Ja, was redete ich da eigentlich? Das ging Laura überhaupt nichts an. Ich kannte sie doch gar nicht.

»Aushilfsmönch im Kloster?« Laura kicherte leise. Offenbar wirkte der Alkohol auch bei ihr allmählich. »Wie kommt man denn auf so was?«

»Ich weiß es nicht so genau. Er brauchte eine Auszeit zum Nachdenken, nachdem seine Freundin ihn verlassen hatte.«

»Ich sage es ja«, meinte Laura und hielt mir mit auffordernden Nicken ihr Glas hin. »Liebe ist ungesund.«

»Auf die Liebe«, sagte ich, nachdem ich unsere Gläser noch einmal nachgefüllt hatte. »Auf die glückliche Liebe!«

In dem Moment flog die Tür auf, und Isabel trat ins Wohnzimmer, gefolgt von einem schlaksigen jungen Mann, um dessen sommersprossiges Gesicht sich knallrote Locken kringelten. Er sah ein bisschen aus wie Pumuckl. Er trug sogar ein gelbes T-Shirt zur Jeans.

»Hey, Mama!«, rief Isa. »Du glaubst nicht, wen ich draußen getroffen habe!«

Noch bevor ich »den Pumuckl?« entgegnen konnte, sagte Laura, während sie ihr Likörglas sinken ließ: »Aber Fabian, was machst du denn hier?«

»Mensch, Mama!« Fabian-Pumuckl blickte Laura vorwurfsvoll an. »Du hast gemeint, du gehst nur kurz rein, um was abzuholen. Ist das jetzt hier eine Party oder was?«

Ich war – gelinde gesagt – irritiert.

»Darf ich vorstellen: Fabian«, erklärte Isa noch immer breit grinsend. »Der Grund für meinen Beinahe-Rauswurf bei der Klassenfahrt. Ist das nicht ein krasser Zufall? Wir haben uns in der Jugendherberge im Spessart kennengelernt, er war da auch auf Klassenfahrt, und wir haben super gefeiert. Aber noch bevor wir unsere Handynummern austauschen konnten, hat die olle Scholle Stress gemacht.

Und jetzt treffe ich ihn hier im Auto vor unserem Haus wieder. Ist doch irre, oder?«

Das war so irre, dass ich am liebsten einen weiteren Kirschlikör getrunken hätte, aber ich ließ es lieber bleiben. Ich wollte vor Isas neuer Bekanntschaft keinen noch schlechteren Eindruck machen. Das blutrote Chaos in der Küche zusammen mit dem das ganze Haus durchdringenden Wodkageruch aus der zerschmetterten Flasche und den beiden schon am helllichten Nachmittag leicht betüterten Müttern im Wohnzimmer legte ohnehin den Verdacht nahe, dass bei uns einiges aus dem Lot geraten war.

»Das ist mein Sohn«, klärte Laura jetzt auch mein letztes Fragezeichen auf. »Wir sind auf dem Weg von der Kieferorthopädin nur kurz vorbeigekommen. Ich hatte ganz vergessen, dass er im Auto gewartet hat …«

»Fabian spielt Schlagzeug, Mama«, fuhr Isa fort. »Und stell dir vor, er hatte trotzdem in Latein eine Eins im Zeugnis!«

Pumuckl wurde mir schlagartig sympathisch.

»Und in Mathe und Französisch hatte er auch Einser«, fügte Laura mit unüberhörbarem Stolz und mit vom Kirschlikör leicht schwerer Zunge hinzu.

Ihr Sohn grinste verlegen.

»Wow! Du bist ja ein Streber!« Isa knuffte ihn kichernd in die Seite. »Aber jetzt gehen wir erst mal rauf in mein Zimmer, und dann zeigst du mir im Internet das YouTube-Video mit deinem Schlagzeugsolo. Wir wollen mit unserer Band auch ein Video aufnehmen. Aber uns fehlt noch ein Schlagzeuger …«

Die beiden stürmten die Treppe hinauf, bevor Laura oder ich etwas entgegnen konnten. Kurze Zeit darauf dröhnten rhythmische Trommelwirbelgeräusche durch das Haus.

»So geht das bei uns von morgens bis abends«, flüsterte Laura. »Ich frage mich, weshalb er nicht mit seiner Blockflöte zufrieden sein konnte.« Sie seufzte. »Dürfte ich bitte noch einen Likör haben?«

»Klar«, antwortete ich. »Wir rufen dir nachher ein Taxi.«

»Das ist gut. Danke. Du darfst übrigens Laura zu mir sagen!«

»Gern. Ich bin Franziska. – Auf Alex!«

Etwas Besseres fiel mir nicht ein.

30.

In der nächsten Zeit kam Pumuckl öfter zu Besuch. Er war schon sechzehn und besaß einen Roller, mit dem er fast jeden Tag von der Akazienallee zum Akazienweg und wieder zurück fuhr. Seine Anwesenheit in unserem Haus war an mindestens zwei Dingen immer gleich zu erkennen: erstens an seinem blauen Helm, den großen ausgelatschten Turnschuhen und der abgewetzten schwarzen Lederjacke, die im Flur neben dem Treppenaufgang auf dem Boden lagen, und zweitens an dem durchdringenden Schlagzeuggehämmer, das aus Isas Zimmer dröhnte, weil sie zusammen meistens irgendwelche YouTube-Videos ansahen. Jedenfalls hoffte ich, dass sie sich die Musikclips ansahen und keinen Unsinn machten. Überprüfen konnte ich das nicht so einfach, denn Isas Zimmertür war während Pumuckls Besuch meist geschlossen. Seltsamerweise war sie anscheinend trotz des Lärms in der Lage, sich ein paar lateinische Grundkenntnisse anzueignen, denn in ihrem nächsten Lateintest schrieb sie eine Zwei minus. Wir alle – Frau Scholler-Borstig eingeschlossen – waren positiv überrascht.

Im Übrigen verwahrte sich Isa dagegen, dass ich ihren neuen Freund derart respektlos als Pumuckl bezeichnete. Sie hatte ja recht. Aber ich brauchte ein paar Tage, bis ich mich darauf eingestellt hatte, zumindest in ihrer Gegenwart nur noch von Fabian zu sprechen.

Von Laura sah und hörte ich nichts mehr. Vielleicht brauchte sie eine Weile, um ihren Kirschlikör-Kater auszukurieren. Oder sie bereute, dass sie sich beinahe mit mir angefreundet hätte.

Auch Marco Caspari meldete sich nicht. Mr. Spocks Pipi hatte wohl doch keine Korrosion an der Felge ausgelöst. Und wenn, dann wusste er vermutlich nicht, wie er die Übeltäterin ausfindig machen sollte.

Als Isabel zum ersten Mal Fabian zu Hause besuchte, kam sie am Abend hellauf begeistert zurück. »Die haben so ein cooles Haus, die Casparis«, schwärmte sie. »Die haben sogar einen Pool im Garten. Aber Fabians Vater ist voll der Spießer.«

Ich hätte ihr gern beigepflichtet, doch ich schwieg taktvoll.

Leider hörte ich auch nichts mehr von Alex. Er war wie vom Erdboden verschluckt. Ich googelte ihn ab und zu, aber das letzte Lebenszeichen, das ich von ihm im Internet fand, war ein Hinweis, dass er der neue Barmusiker im Hotel Alsterblick in Hamburg sei. Doch das stimmte ja längst nicht mehr, wie mir die Rezeption des Hotels bei einem anonymen Rechercheanruf bestätigte.

Ich ging jetzt wieder öfter zum Yoga. Da Daniel seine sportlichen Aktivitäten inzwischen auf mindestens vier Einheiten pro Woche ausgeweitet – und nach eigenen Angaben schon drei Kilo abgenommen – hatte, wollte ich auf keinen Fall Abend für Abend faul zu Hause herumsitzen und über den Sinn des Lebens nachdenken beziehungsweise darüber, was Daniel zwischen Mittwochabend und Samstagnachmittag in Thessaloniki gemacht haben könnte. Seit dem Kongress hatte er übrigens auffallend gute Laune. Einmal hörte ich, wie er morgens unter der Dusche »Oh La Paloma Blanca« sang. Ich traute meinen

Ohren nicht. Daniel hatte seit Jahren nicht mehr unter der Dusche gesungen. Und »La Paloma« schon gar nicht.

»Warum sollte ich denn nicht singen? Mir geht es doch gut!«, sagte er, als ich ihn darauf ansprach, und grinste von einem Ohrläppchen zum anderen. »Meine Forschungsreihe an der Uni läuft großartig. Und Bettina ist wirklich eine Perle. Wenn sie so weitermacht, bekommt sie bald noch den Leibniz-Preis …«

Als er ihren Namen nannte, erschrak ich. Dann aber beruhigte ich mich, weil ich dachte: Wenn er so ungeniert von ihr spricht, dann wird er wohl kaum etwas zu verheimlichen haben.

Ein bisschen hektisch kramte ich am folgenden Abend meine Yoga-Sachen zusammen. Ich war spät dran und hatte Daniel nur ein schnelles »Ich-bin-dann-mal-los« zugeworfen, weil er sich nach der Heimkehr aus dem Institut gleich wieder in seinem Arbeitszimmer verkrochen hatte. Als ich meine Schuhe anziehen wollte, fiel mir ein, dass ich die Yoga-Matte im Schlafzimmer vergessen hatte. Ich huschte auf Socken die Treppe hinauf. Die Tür zu Daniels Arbeitszimmer war nur angelehnt, und ich hörte im Vorbeigehen, dass er telefonierte.

»Wie toll ist das denn?«, sagte er gerade. »Das ist ja – fantastisch!«

Ich pflegte normalerweise nicht an seiner Tür zu lauschen, wenn er telefonierte. Aber in seiner Stimme lag etwas, das mich aufhorchen ließ.

Daniel klang nämlich überglücklich. Er jubelte geradezu.

»Wirklich? Ach, ich kann es einfach nicht fassen. Du machst mich zum glücklichsten Mann der Welt.«

Ich hielt den Atem an. Ich konnte mich nicht daran erinnern, dass irgendein Forschungsergebnis an der Uni ihn jemals so begeistert hätte. Hatte er am Ende gerade erfahren, dass er den Nobelpreis bekommen würde? Aber es war Anfang Juli und soweit ich wusste, wurden die Preisträger immer erst im Herbst bekannt gegeben. Wobei mir einfiel, dass es überhaupt gar keinen Nobelpreis für Biologie gab. Es musste eine andere Auszeichnung sein. Vielleicht dieser Leibniz-Preis, von dem Daniel neulich gesprochen hatte.

Fast wäre ich in sein Zimmer gestürzt, um zu fragen, was es denn so Sensationelles zu feiern gab. Doch dann sprach Daniel mit gesenkter Stimme weiter, und ich blieb wie angewurzelt stehen.

»Sechs Wochen? Und wann …? Ah, so lange noch … Ja, ich weiß … Ich kann es auch kaum mehr erwarten. Es ist so toll … Nein, nein. Noch nicht. Auf keinen Fall! Wir wollen nichts überstürzen. Franziska darf noch nichts davon erfahren. Erst wenn wir uns ganz sicher sind, dass wirklich nichts mehr schiefgeht … Natürlich, ich glaube es ja auch nicht … Aber es besteht kein Anlass, jetzt schon … Doch, doch, natürlich werde ich es ihr dann erzählen.« An dieser Stelle seufzte Daniel leise. »Ich habe keine Ahnung, wie sie reagieren wird … Ja, eben. Sie ist sowieso schon ein bisschen misstrauisch. Sie hat herausgefunden, dass der Kongress bereits am Mittwoch zu Ende war … Nein, ich konnte sie wieder beruhigen. Gott sei Dank … Nein, nein. Sie ahnt nichts. Gar nichts. – Oh, ich muss aufhören. Da ist ein Anruf in der Leitung, den muss ich unbedingt annehmen. Lass uns später noch mal telefonieren. Mach's gut. Ach, ich bin so glücklich! – Ja, hallo. Guten Abend, Professor Jaspers …«

Mit jedem Satz, den Daniel gesagt hatte, waren meine Knie weicher und das Rauschen in meinem Kopf lauter geworden. Als sein Telefonat mit Jaspers begann und sich das Gespräch wieder eindeutig um wissenschaftliche

Dinge drehte, schlich ich mich die Treppe hinunter. Ich zog meine Schuhe an, ließ die Sporttasche neben der Tür stehen und verließ das Haus.

Nach Yoga war mir ganz und gar nicht mehr.

Mir war schwindelig. In meinem Kopf tanzten alle Sätze, die ich mitgehört hatte, Lambada, während ich mich ganz langsam den Akazienweg hinunterschleppte und am Nymphenburger Kanal auf eine Bank fallen ließ.

Es war alles aus. Mein Leben lag in Scherben. Daniel hatte eine Geliebte.

Ein paar Enten zogen gemächlich über die grünliche Wasseroberfläche. Ab und zu steckte einer der dicken Karpfen sein Maul heraus. Aber ich hatte heute keinen Blick dafür. Ich zog mein Handy aus der Hosentasche und tippte mit zitternden Fingern Monas Nummer ein.

»Hallo, Süße«, meldete sie sich, und schon brach es aus mir heraus:

»Daniel betrügt mich. Das ist jetzt ganz sicher. Mit dieser Bettina aus der Uni. Er hat sich mit ihr ein paar schöne Tage in Griechenland gemacht. Deshalb wollte er mich nicht dabeihaben. Und nicht nur das …« An dieser Stelle begann ich zu schluchzen. »Sie ist schon in der sechsten Woche schwanger, und Daniel freut sich wie ein Schneekönig darüber, dass er noch mal Vater wird. Aber mir will er noch nichts davon sagen, bevor die erste kritische Zeit der Schwangerschaft vorbei ist. Ach, Mona. Ich weiß nicht was ich tun soll.«

Eine ganze Serie von Schluchzern schüttelte mich.

In meinem Telefon blieb es so lange still, dass ich schon dachte, die Leitung wäre zusammengebrochen.

»Mensch, Franzi«, stammelte Mona schließlich. »Du Arme! Ich – ich kann es nicht glauben. Daniel hat wirklich was mit dieser Bettina? Das hat er dir alles gebeichtet?«

»Nicht direkt«, schniefte ich. »Ich habe zufällig gehört, wie er telefoniert hat. Da hat er das alles gesagt.«

»Ach, Liebchen, ich möchte dich jetzt so gern in die Arme nehmen. Das ist ja furchtbar. So ein Schuft. Wieso tut er das? Du bist eine wunderbare Frau!«

»Aber ich bin nicht mehr neunundzwanzig!«, heulte ich.

»Daniel auch nicht.« Mona schwieg einen Moment lang ratlos. Dann sagte sie: »Ich kann gerade nicht aus der Strudelstube weg. Komm her. Ich hab frische Schokomuffins gebacken. Und dann übernachtest du bei mir, und wir schmieden Mordpläne.«

»Ach, Mona, ich weiß nicht. Ich bin so durcheinander. Vielleicht sollte ich erst mal mit Daniel reden. Nachdem ich das alles mit angehört hatte, bin ich einfach aus dem Haus gelaufen. Er weiß noch gar nicht, dass ich es weiß.«

»Ja, Franzi. Sprich mit Daniel. Sag ihm, dass er ein Vollidiot ist! Hau ihm ein Nudelholz über den Kopf, wenn es sein muss. So einfach darf er uns nicht davonkommen. Kein Mann betrügt meine Freundin ungestraft.«

Obwohl mir noch immer die Tränen aus den Augen liefen, musste ich lächeln bei Monas Worten. Ihr Zornesausbruch hatte etwas sehr Tröstliches.

»Danke, Mona. Du bist ein Schatz. Ich ruf dich nachher wieder an.«

»Mach das! Und denk dran: Du kannst jederzeit bei mir übernachten.«

Nachdem ich auf den roten Knopf gedrückt hatte, schaute ich mein Handy noch eine Weile ratlos an, als würden auf dem Display gleich die Antworten auf all meine Fragen auftauchen.

Wie funktionierte eigentlich eine Scheidung? Was würde aus unserer Familie werden? Würde ich mit den Kindern in der Zwiebelturmvilla wohnen bleiben? Oder würde ich mir eine neue Bleibe suchen müssen, weil Daniel in unserem Haus künftig mit seiner neuen Familie leben wollte? Ob Isa und Basti mit mir kommen würden? Oder würden sie zu ihrem Vater halten und mich auch allein lassen? Wahrscheinlich würden sie mit ihrem neuen Geschwisterchen zusammenleben wollen.

Noch ein Schluchzer. Ich wischte mir mit dem Handrücken über die Nase, weil ich kein Taschentuch dabeihatte. Eine vorbeitrabende Joggerin sah mich und mein verheultes Gesicht mitleidig an. Aber das war mir gerade völlig egal. Ich litt, und es war mir gleichgültig, ob mir jemand dabei zusah oder nicht.

Nie hätte ich es für möglich gehalten, dass Daniel mich dermaßen hintergehen würde. Klar war unsere Ehe nicht mehr so aufregend wie früher. Aber deshalb musste man doch nicht gleich alles hinwerfen. Waren Männer immer so? War das seine Art, mit der Midlife-Crisis umzugehen? Und dann noch eine Neunundzwanzigjährige! Alex hätte seine Laura nie verlassen, da war ich mir ganz sicher. Ach, Alex. Warum hatte ich an jenem Abend in Hamburg eigentlich so ein schlechtes Gewissen gehabt? Nur weil ich ein bisschen mit ihm herumgeknutscht hatte. Dabei hatte Daniel seine Geliebte längst geschwängert … Noch eine Schluchzattacke. Ich würde keine Nacht mehr in der Zwiebelturmvilla schlafen wollen. Wenn ich nur wüsste, wo Alex war. Ich war völlig konfus.

Mein Handy schnurrte. Helen.

»Ich habe es gerade von Mona gehört«, schimpfte sie ins Telefon, kaum dass ich den Anruf angenommen hatte. »Daniel ist ja wohl von allen guten Geistern verlassen. Und schwanger ist diese Bettina auch schon? Ich fass es nicht. Ich lasse den Yoga-Kurs heute sausen. Komm, wir treffen uns in zwanzig Minuten in der Strudelstube. Dann beraten wir, wie es weitergehen soll.«

Helens energische Art tat mir gut.

Ich beschloss, die Aussprache mit Daniel auf später zu verschieben und mir erst einmal moralische Unterstützung von meinen Freundinnen zu holen.

Kurz darauf saßen wir wieder unter dem kleinen Kronleuchter an Monas Theke zusammen. Mona hatte die wenigen Gäste, die noch im Lokal saßen, mit dem Hinweis, es gebe einen Trauerfall in der Familie, hinauskomplimentiert und dann das Schild »Geschlossene Gesellschaft« außen an die Ladentür gehängt. Basti war schon gegangen, weil er mit ein paar Freunden aus der Schule verabredet war.

Unsere Stimmung war trübselig. Kein Vergleich zu der spontanen Party neulich, mit der wir hier Helens Wohnungsdeal mit dem millionenschweren Russen gefeiert hatten.

»So geht das nicht weiter«, sagte Mona schließlich in das Schweigen hinein und holte eine Flasche aus dem Kühlschrank. »Jetzt trinken wir erst mal einen Prosecco!«

»Wieso Prosecco?«, schniefte ich. »Mir ist wirklich nicht nach einer Sause zumute.«

»Aber klar doch!« Mona stellte drei Gläser auf die Theke und schenkte uns ein. »Wir feiern den Beginn deines neuen Lebens. Das goldene Zeitalter nach Daniel. Und außerdem ist die Flasche sowieso schon angebrochen.«

Das stimmte. Es war kaum mehr als ein halbes Glas für jede von uns drin.

»Prost!«, erklärte Mona und hielt ihr Glas in die Höhe. »Ein Hoch auf Franzi! Ab jetzt geht es in deinem Leben steil bergauf.«

Noch bevor ich einen Schluck trank, tropfte eine Träne in mein Prosecco-Glas. Ich hatte eher das Gefühl, in ein tiefes schwarzes Loch hinabzustürzen. Es war wie in einem dieser grauenhaften Albträume, bei dem man nicht aufhört zu fallen. Aber ich wusste, dass ich aus dem hier nicht aufwachen würde.

»Lass uns das Ganze sachlich angehen«, schlug Helen vor und zog ein kleines in rotes Leder gebundenes Notizbuch nebst Kugelschreiber aus ihrer Handtasche. »Wie ist die Faktenlage, und welche Konsequenzen ziehen wir daraus?«

»Daniel hat eine andere, und Franzi wird sich von ihm trennen!«

Monas Stimme schallte laut und deutlich durch die Strudelstube.

Ich biss die Zähne zusammen und hoffte, dass das hier vielleicht doch gerade ein Albtraum war, aus dem ich gleich erschrocken (und glücklich in Daniels Armen liegend) erwachen würde.

»Langsam«, meinte Helen. »Vielleicht besinnt sich Daniel noch eines Besseren und verlässt seine jugendliche Gespielin wieder, wenn du die Scheidung androhst, Franzi. Würdest du ihm verzeihen, wenn er auf die Knie sinkt und dich darum bittet, ihm noch eine zweite Chance zu geben?«

»Niemals!«, rief Mona.

»Ich weiß nicht«, murmelte ich. »Vielleicht …«

In diesem Moment wusste ich es wirklich nicht. Liebte ich Daniel eigentlich noch? Oder war es nur reine Gewohnheit, mit ihm zusammen zu sein? Vielleicht war ich ja nur aus gekränkter Eitelkeit so sauer auf Daniel und litt überhaupt nicht an einem gebrochenen Herzen. Doch was immer es war, es tat verdammt weh.

»Ich hatte neulich einen Kunden, dessen Frau ihn wegen eines jüngeren Mannes verlassen hatte«, fuhr Helen fort. »Der war Kenianer. Sie hatte ihn während eines Urlaubs kennengelernt. Sie trennte sich von ihrem Mann und zog zu dem Neuen nach Kenia. Nach einem halben Jahr war sie zurück. Die Affäre war wohl doch nichts für die Ewigkeit. ›Ich hab es mir anders überlegt‹, sagte sie zu ihm. ›Darf ich wieder bei dir einziehen?‹ Sie durfte, und seitdem sind die beiden wieder zusammen, als wäre nie etwas vorgefallen. ›Ich liebe sie eben‹, hat mein Kunde mir erklärt. ›Und Liebe verzeiht alles.‹ Ich habe den beiden vorgeschlagen, eine Paartherapie zu machen. Für alle Fälle. Damit es beim nächsten Afrika-Urlaub nicht von vorne losgeht. Wäre das vielleicht auch eine Möglichkeit für dich und Daniel?«

»Eine Paartherapie? Oder eine Affäre mit einem Kenianer?«

»Unsinn«, krähte Mona dazwischen. »So ein Mann versteht nur die Sprache des Nudelholzes!«

»Mona, bitte!« Helen schüttelte den Kopf. »Gewalt ist keine Lösung.«

»O doch«, beharrte Mona mit grimmigem Gesichtsausdruck. »Paartherapie, so ein Quatsch! Daniel kann froh sein, wenn Franzi ihm nicht eine ordentliche Portion Arsen ins Abendessen rührt. Oder ihm gleich das Brotmesser in die Rippen rammt. Ich sage euch, wenn Rolf nicht mit so vielen Kollegen aus der Mordkommission befreundet wäre, dann hätte ich auf seine Affäre ganz anders reagiert ...«

»Lass uns doch bitte vernünftig bleiben.« Helen klappte seufzend ihr Notizbuch zu. »Vielleicht solltest du wirklich erst einmal mit Daniel reden, Franzi. Du weißt ja noch gar nicht genau, was passiert ist. Könnte es nicht sein, dass du dich verhört hast, als er telefonierte?«

Ich schüttelte den Kopf. »Auf keinen Fall. Das war eindeutig. Bettina ist in der sechsten Woche schwanger, und er will noch nicht, dass ich etwas davon weiß. Er klang so unglaublich glücklich, während er mit ihr sprach. Mir gegenüber ist er immer so gestresst in letzter Zeit, und bei Bettina hat er gegurrt wie ein verliebter Truthahn …«

Bei der Erinnerung an Daniels überglückliche Stimme während des belauschten Gesprächs brach ich schon wieder in Tränen aus. Ich war selbst erstaunt, dass ich nach meinem ganzen Geheule überhaupt noch welche hatte.

»So sind sie, die Männer«, knurrte Mona. »Kaum ist der Kerl über fünfzig, bekommt eine Wampe und graue Haare, da will er noch einmal wissen …«

»Daniel hat keine …« Ich beendete den Satz mittendrin, weil mir einfiel, dass es ziemlich dumm wäre, meinen zukünftigen Exmann jetzt noch gegen Kritik zu verteidigen.

»Der Schwager der Schwester von einer aus meinem Frauennetzwerk soll ein begnadeter Anwalt sein«, erklärte Helen ernst. »Spezialgebiet Scheidungen und Unterhaltsrecht. Ich könnte da einen Kontakt herstellen, wenn es denn nötig sein sollte.«

Ich nickte wie betäubt. Mona sah aus, als fände sie es angemessener, wenn Helen Kontakt zu einem Auftragskiller herstellen würde. Offensichtlich ging ihr die Trennung von Rolf noch immer sehr nahe, und die Sache mit Daniel riss jetzt alte Wunden wieder auf. Vermutlich bereute sie es, dass sie ihn ohne eine gebührende Racheaktion mit seiner Polizeianwärter-Barbie hatte ziehen lassen. Jetzt bekam eben Daniel ihren gesamten Zorn ab.

»Du solltest es Daniel mit gleicher Münze heimzahlen«, schlug sie vor. »Auge um Auge, Bett um Bett. Ein attraktiver Liebhaber ist das beste Medikament gegen ein gebrochenes Herz. Glaubt mir, ich habe Erfahrung damit. Wenn mich dieser sympathische kroatische Kellner mit den schönen schwarzen Augen damals nach meiner zweiten Scheidung nicht getröstet hätte – wer weiß, was dann aus mir geworden wäre …«

»Wir werden es wohl nie erfahren!«, stoppte Helen ihr Mitteilungsbedürfnis.

»Apropos schöne Augen«, fuhr Mona ungerührt fort. »Wo ist denn eigentlich dieser Alex geblieben?«

Ich zuckte mit den Schultern. Ich hatte Mona und Helen natürlich detailreich von meiner Begegnung mit Laura erzählt und dass Alex angeblich wieder irgendwo in München lebte.

»Wir müssen ihn finden«, beschloss Mona. »Nach dem, was Daniel dir angetan hat, hast du ein Recht auf angemessene Zerstreuung. Und sei es nur für eine Nacht, um dein Selbstbewusstsein wieder aufzurichten.«

»Äh …«, machte ich, ohne zu wissen, was ich dazu sagen sollte.

»Ich finde, wir sollten nichts überstürzen«, gab Helen zu bedenken. »Franzi sollte jetzt keinen Fehler machen. Vielleicht könnte eine Paartherapie wirklich etwas ausrichten. Daniel war doch eigentlich immer ein so ehrlicher, aufmerksamer und liebenswürdiger Mann. Abgesehen von der Sache mit dem Rasenmäher vielleicht.«

»Als er mir den doofen Robomax geschenkt hat, wusste ich, dass etwas nicht stimmt. Ich wette, er hatte da schon längst seine Flitterwochen mit dieser doofen Bettina auf irgendeiner verwunschenen Insel geplant …«

Mir fiel mein Geburtstagsvorabend wieder ein, an dem ich mich irrtümlicherweise für eine glücklich liierte Frau gehalten hatte. Was für eine kapitale Fehleinschätzung!

»Bitte nicht wieder weinen, Franzi.« Mona legte ihre

Hand auf meinen Arm. »Alles wird gut. Daniel wird die Sache mit dieser Bettina noch leidtun. Wir werden uns ganz fürchterlich rächen.«

Dass meine Freundinnen »wir« und »uns« sagten, fand ich nett. Irgendwie erinnerte mich das Ganze an den Film »Der Club der Teufelinnen«, und da waren die verlassenen Frauen am Ende ja ziemlich fidel gewesen.

»Danke, dass es euch gibt! Ich liebe euch beide!«

Das klang genauso theatralisch, wie ich mich fühlte. Ich hatte plötzlich die winzige Hoffnung, dass ich irgendwann in meinem Leben vielleicht sogar wieder glücklich werden könnte.

»Wenn wir nur wüssten, wo dieser Alex ist«, überlegte Mona. »Wirklich schade, dass meine Kontakte zur örtlichen Polizei neuerdings etwas abgekühlt sind. Sonst hätte ich mal wieder eine kleine unauffällige Recherche in Auftrag gegeben … Ha!« Mit einem triumphierenden Aufschrei unterbrach sie ihre eigenen Überlegungen. »Das ist es! Ich weiß jetzt, wie wir Alex finden können. Sagte Laura nicht, er wolle sich als Musiklehrer versuchen?«

Ich nickte. Monas listiges Lächeln nahm ich nur durch einen Tränenschleier wahr.

»Welch ein Glück, dass ich immer schon Klavierspielen lernen wollte. Und ich habe auch eine Idee, wen ich mir als Lehrer suche … Rück mal dein schickes iPad raus, Helen. Und wenn's geht, auch gleich deine Kreditkarte. Ich möchte eine Zeitungsanzeige aufgeben. Und zwar online. Sofort. Wir haben keine Zeit zu verschenken.«

Helen zog ihren Tabletcomputer aus der Handtasche und legte ihn vor Mona auf den Tresen.

»Komme ich damit ins Internet?«, fragte sie. Helen nickte.

Verwundert beobachtete ich, wie Monas Finger über

den Bildschirm wischten und tippten, bis sie fand, was sie gesucht hatte.

»Na, also. Hier ist es ja schon. *Süddeutsche Zeitung*, Anzeigenannahme online, Rubrik ›Verschiedenes‹. Ich kann meinen Text hier gleich eintippen, dann erscheint das Inserat spätestens übermorgen in der Zeitung. Was haltet ihr davon: ›Junge Frau sucht engagierten Klavierlehrer für Privatunterricht. Stilrichtung Swing und Jazz, Lieblingsmusiker Sinatra‹?«

»*Junge* Frau?«, fragte Helen uncharmant und zog die Kreditkarte aus ihrer Geldbörse. »Sprichst du von dir?«

»Na gut. Dann schreibe ich eben ›musikalisch begabte Frau‹. Was nicht weniger gelogen ist. Aber das ist jetzt egal. Es geht doch nur darum, dass Alex diese Anzeige liest und sich bei mir meldet, weil er hofft, einen Job als Klavierlehrer zu bekommen. Und dann haben wir ihn an der Angel.«

»Du bist frech«, sagte Helen zu Mona, was ja nun wirklich nichts Neues war. Aber es schwang Bewunderung in ihrer Stimme mit. »Es könnte funktionieren. Jedenfalls wenn er tatsächlich in München wohnt.«

»Und wenn er tatsächlich Klavierschüler sucht«, gab ich zu bedenken. »Und wenn er diese Zeitung liest und keine andere, und das auch noch an dem Tag, an dem die Anzeige erscheint …«

Mona blickte auf.

»Stimmt. Wir müssen die Anzeige breiter streuen. Tut mir leid, Helen, es wird doch etwas teurer.«

Helen und ich sahen zu, wie Mona weiter den Tabletcomputer bearbeitete. Sie summte dabei lächelnd die Arie von Carmen (»Auf in den Kampf, Torero …«). Wie es aussah, machte ihr das Ganze großes Vergnügen. Nach einer Viertelstunde war sie fertig.

»So, jetzt habe ich mein Sprüchlein in sämtlichen Tageszeitungen Münchens inseriert und in allen Werbeblättchen, die ich hier kenne. Ich habe sogar eine Mail an die städtische Musikschule geschrieben. Wenn sich Alex jetzt nicht meldet, dann hat er dich nicht verdient, Franzi.«

Bevor ich etwas erwidern konnte, klingelte mein Handy. Für eine Sekunde dachte ich, es wäre Alex. Aber sofort war mir klar, dass das unmöglich war. Die beste Gedankenübertragung nützt nichts, wenn man vorher keine Telefonnummern ausgetauscht hat.

Eine leichte Panik überkam mich, als ich auf dem Display sah, dass Daniel anrief.

»Was soll ich tun?«, flüsterte ich Mona und Helen zu.

»Na, geh dran und mach ihm die Hölle heiß«, empfahl Mona.

»Bleib ganz ruhig«, meinte Helen. »Für die entscheidende Aussprache ist das Telefon nicht geeignet. Wir müssen uns erst eine vernünftige Strategie überlegen.«

Ich holte Luft und nahm den Anruf entgegen.

»Hallo, Daniel«, sagte ich in der Hoffnung, dass es unverfänglich klang.

»Wo bist du?«, fragte er. »Ich dachte, du wolltest zum Yoga gehen. Aber deine Sportsachen liegen noch hier.«

Er klang besorgt. Beziehungsweise er klang so, als wolle er mich glauben machen, dass er besorgt wäre. Ha! Mir konnte Daniel nichts mehr vormachen! Das halbe Glas Prosecco hatte mir ein Quäntchen Selbstachtung zurückgegeben.

»Yoga ist ausgefallen. Ich bin mit Helen bei Mona in der Strudelstube. Das kann noch ein bisschen dauern.«

»Ah, dann ist ja gut. Lass dir Zeit, ich habe heute Abend sowieso noch eine Menge Mails abzuarbeiten. Viel Spaß euch und schöne Grüße an die Mädels. Bis später!«

»Schöne Grüße von Daniel!«, sagte ich finster, nachdem ich mein Handy wieder eingesteckt hatte. Was er mit »Mails abarbeiten« meinte, konnte ich mir schon denken: stundenlanges Geturtel mit der Mutter seines zukünftigen Kindes am Telefon. Mir wurde schlecht, wenn ich daran dachte. Ich stellte mir vor, wie er jetzt, in diesem Moment, Bettinas Telefonnummer eintippte und ihr freudig erzählte: »Stell dir vor, Liebes, wir können noch stundenlang weiter telefonieren, meine Frau kommt heute erst später nach Hause.« Vielleicht skypten sie auch. Womöglich legte diese Bettina gerade einen formidablen Strip vor ihrer Webcam hin, den Daniel mit größtem Vergnügen betrachtete. Vielleicht sogar mit so großem Vergnügen, dass er sogleich in sein Auto stieg, um noch auf ein schnelles Schäferstündchen zu ihr zu fahren …

Bei diesem Gedanken drohte mein Magen zu rebellieren. Ich versuchte, an Alex zu denken. An seine schönen Augen, die schönen Hände, das schöne Klavierspiel, die wunderschönen, aufregenden Alsterbankküsse. Das beruhigte mich etwas. Eine Liebe ist heutzutage eben nicht mehr für die Ewigkeit, sagte ich mir. Wir leben nicht mehr im neunzehnten Jahrhundert. Ich stellte fest, dass ich mich trotz meines Kummers über Daniel ein kleines bisschen darauf freute, Alex hoffentlich bald wiederzusehen. Vielleicht sogar ein mittleres bisschen.

Was für ein verwirrendes Gefühlschaos! Der Begriff Wechseljahre bekam auf einmal eine ganz neue Bedeutung.

»So, meine Lieben!« Mona reichte Helen die Kreditkarte zurück. »Jetzt heißt es Daumen drücken. Wenn wir Glück haben, kann ich demnächst so gut Klavierspielen wie Vladimir Horowitz und Sergej Rachmaninow zusammen.«

Sie strahlte vor Begeisterung und Abenteuerlust. Ich war beeindruckt, dass sie sogar die Vornamen dieser beiden berühmten Pianisten kannte.

»Dreiundsechzig Euro fünfundneunzig für einen guten Zweck«, fuhr Mona fort. »Ich nehme an, das stürzt dein Konto nicht in Turbulenzen, liebe Helen. Vielleicht kannst du das Geld ja sogar als mildtätige Spende von der Steuer absetzen: Beistand in einem schweren Fall von Liebeskummer! Man sollte mal das Finanzamt fragen. Wie auch immer, wenn Alex wirklich in München wohnt und sein Geld als Klavierlehrer verdienen will, müsste er sich bei mir melden. Ich hoffe, ihr seid stolz auf mich, Mädels.«

»Falls deine Strudelstube trotz Bastis Hilfe nicht mehr laufen sollte, kannst du eine Karriere bei der Kriminalpolizei starten«, sagte Helen anerkennend. »Du hat wirklich was gelernt von Rolf.«

»Dann hatte meine Zeit mit ihm wenigstens doch etwas Gutes.« Mona sah sich unternehmungslustig in ihrem Lokal um.

»Ob hier wohl noch ein Klavier reinpasst? Ich könnte gelegentlich Konzerte geben. Hilfst du mir dabei, die Werbeanzeigen zu machen, Franzi? ›Erleben Sie Muffins und Mozart. Bach und Buttercremetorte. Strawinski in der Strudelstube.‹ Hach, die Leute werden mir die Bude einrennen …«

Als ich um halb zwölf endlich nach Hause kam, saß Daniel vor dem flimmernden Fernseher im Wohnzimmersessel, allerdings ohne das Programm eines Blickes zu würdigen, und beschäftigte sich hochkonzentriert mit dem Laptop, der vor ihm auf dem Couchtisch stand. Er klappte den Computer sofort zu, als er mich bemerkte. Wahrscheinlich hatte ich ihn beim Skypen mit Bettina gestört.

»Ist aber spät geworden!«, sagte er. »Was hattet ihr denn so lang zu bequatschen?«

»Ach, alles Mögliche. Mona möchte Klavierunterricht nehmen.«

»Mona? Ich wusste gar nicht, dass sie so musikalisch ist.«

»Man weiß so manches nicht von Menschen, die man glaubt, gut zu kennen …«

Das klang philosophischer als beabsichtigt.

Daniel schaute mich schräg an.

»He, was ist los mit dir? Ist was passiert? Du warst vorhin am Telefon schon so komisch.« Das ließ sich nach einem Vierteljahrhundert des Zusammenlebens leider nicht vermeiden: Daniel erspürte auch die feinsten Schwingungen meiner Stimmung. Er kannte mich verdammt gut. Und ich? Ich hatte wochen- oder monatelang nicht bemerkt, dass er sich in eine andere Frau verliebt hatte und fremdging!

»Alles in Ordnung?«, bohrte Daniel weiter.

Statt eine Antwort zu geben, beschloss ich, in die Offensive zu gehen.

»Was machst du denn da so Geheimnisvolles auf deinem Laptop, dass ich es nicht sehen darf?«

»Ich? Auf meinem Laptop? Gar nichts. Wieso?«

Daniel verzog das Gesicht zu einem schiefen Lächeln. Es erinnerte mich ein bisschen an Basti, als der noch ein kleiner Junge gewesen war und ich ihn kurz vor Weihnachten einmal beim Vanillekipferlklauen erwischt hatte. Damals hatte er mit vollen Backen bestritten, für das fehlende Dutzend Plätzchen auf dem Blech verantwortlich zu sein, obwohl sein ganzes Gesicht mit Krümeln und Puderzucker verklebt war. Daniel hatte zwar keinen Zucker im Gesicht, aber sein Grinsen sah genauso fehl am Platz aus wie Bastis damals.

»Ich habe irgendwie das Gefühl, dass du mir etwas verheimlichst.«

Jetzt war es raus.

Ich sah Daniel direkt in die Augen, während ich das sagte, und hielt dann unwillkürlich die Luft an. Helen hatte behauptet, ich müsste erst mal mit meinem Mann über die Sache mit Bettina reden, bevor ich alexmäßig zum Gegenschlag ausholte. Vielleicht, dachte ich, hatte ich mich ja wirklich verhört und tat Daniel unrecht. Wobei mir der Satz »Franzi darf noch nichts davon erfahren« noch klar und deutlich in den Ohren klang. Und »Sie ist sowieso schon ein bisschen misstrauisch« auch. Eigentlich alle Sätze seines Telefongesprächs.

»Was … was sollte ich denn vor dir geheim halten?« Daniel war tatsächlich ins Stottern geraten.

»Ich habe da so ein Gefühl«, behauptete ich.

»Was für ein Gefühl denn?« Er runzelte die Stirn. Auf einmal lachte er laut und – wie ich fand – betont fröhlich, fasste meine Hand und zog mich zu sich hinunter, sodass ich auf seinen Schoß plumpste.

»Ach, Franzi. Ich hab da auch so ein Gefühl, weißt du …« Er schlang die Arme um mich und gab mir zu meiner großen Verblüffung einen Kuss. Ich wand mich aus seiner Umarmung.

»Warum hast du den Laptop so schnell zugeklappt, als ich hereingekommen bin?«

»Ach, Schatz, möchtest du wirklich, dass ich dir etwas über unsere neueste Forschungsreihe zum Sozialverhalten von Amöben erläutere?« Daniel strich mit der Rückseite seiner Finger sanft über meine Wange und lächelte jetzt wieder etwas entspannter. »Komm. Es ist schon ziemlich spät, lass uns schlafen gehen.«

Er gab mir einen flüchtigen Kuss auf die Lippen, worauf ich augenblicklich Kopfschmerzen bekam.

»Gibt es sonst nichts, das du mir sagen müsstest?«

Daniel zögerte eine Sekunde lang. Oder zwei. Lang genug, dass ich währenddessen denken konnte: Bitte sag es mir. Bitte erzähl mir die ganze Geschichte von dir und Bettina, auch wenn es das Schlimmste sein wird, was ich je gehört haben werde, aber lüg mich nicht länger an!

Ich versuchte aus seinem Blick schlau zu werden. Er lächelte zwar noch immer, aber mir schien, dass etwas Unausgesprochenes darin lag, etwas Verzweifeltes, etwas Trauriges. Vielleicht ging ihm in diesem Moment durch den Kopf, was er im Begriff war zu zertrümmern.

Doch das Einzige, was er sagte, war: »Ich weiß nicht, was du meinst, Franzi, und jetzt los zum Zähneputzen. Ich muss morgen wieder früh raus.«

Damit schob er mich von seinem Schoß.

Als er eine Viertelstunde später neben mir lag, so vertraut vor sich hin schnarchend wie eh und je, war ich so traurig, dass ich nicht einmal mehr heulen konnte. Drei Fragen gingen mir im Kopf herum: Wie hatte ich mich dermaßen in Daniel täuschen können? Warum hatte dieser Mann, der bis vor Kurzem noch meine große Liebe gewesen war, nicht das Rückgrat, mir zu beichten, dass es mit uns zu Ende ging? Und vor allem: Wie konnte er bei dem ganzen Schlamassel so schnell und problemlos einschlafen?

31.

»Ich befürchte«, sagte Helen, als ich sie am nächsten Morgen anrief und alles berichtete, »mit Ehen ist das wie mit Telefonen. Früher hatte man eines ein Leben lang – und jetzt ist es ganz normal, dass man sich jedes Jahr ein neues Handy besorgt. Natürlich das schickste, das es auf dem Markt gibt. Nach der Devise: Immer besser, immer schneller. Das ist eben der Lauf der Dinge. Im wirtschaftlichen und auch im zwischenmenschlichen Bereich. Hier heißt es dann: Immer jünger, immer schöner. Besonders Männer ab fünfzig sind anfällig für so was.«

Sie musste es ja wissen. Immerhin war sie schon zum zweiten Mal verheiratet. Trotzdem war ich erstaunt über ihre radikale Ansicht, was Beziehungen anging. Vielleicht hatte sie auch gerade Ärger mit ihrem Arno.

»Allerdings …« Helen seufzte in ihr Autotelefon. »Dass er dich küsst, nur damit du denkst, es wäre alles noch in Ordnung mit euch beiden, anstatt das offene Gespräch mit dir zu suchen – das hätte ich nie von ihm erwartet.«

Ich tat alles, damit Isa und Basti nicht merkten, welch eine Katastrophe sich gerade über unserer Familie zusammenbraute. Aber eigentlich hätte ich mir gar keine Sorgen zu machen brauchen, denn die beiden waren viel zu sehr mit ihren eigenen Beziehungsangelegenheiten beschäftigt. Im Grunde nahmen sie ihre Eltern überhaupt nicht mehr wahr.

In Isas Fall hieß die Hauptbeschäftigung: Fabian. Nach wie vor kam er fast täglich zu uns zu Besuch, und unverändert lärmte währenddessen Musik aus Isas Zimmer.

An diesem Nachmittag – Mona hatte gerade angerufen und erzählt, dass Alex noch immer nicht auf ihre Anzeige reagiert hatte – ging ich an Isas Zimmer vorbei, und es war still. Das war sehr ungewöhnlich. Kein Krach. Kein Schlagzeug. Nichts.

Vor ihrer Tür zögerte ich kurz. Nicht, weil ich wirklich lauschen wollte, was Isa und Fabian gerade machten, denn das gehörte sich ja schließlich nicht, sondern weil ich … Verdammt. Weil ich natürlich sehr wohl und ganz genau wissen wollte, was die beiden da gerade machten! Isa war doch erst fünfzehn!

Mühsam hielt ich den Atem an. Wie ich feststellte, klang jetzt doch sehr leise Musik heraus, allerdings eine andere als sonst. Weniger Schlagzeuggewummer, mehr Geigenartiges. Ich hörte ein leises Gemurmel, ein Kichern, dann ein ersticktes Quieken – und außerdem roch es durch die Türritzen eindeutig nach Duftkerze. Nach Isas Orangenblütenduftkerze, die Vicky ihr zu Weihnachten geschenkt hatte und die bis heute immer viel zu kostbar gewesen war, um sie anzuzünden.

Oh, bitte nicht, dachte ich. Die beiden werden doch hoffentlich nicht …

Ich erinnerte mich daran, wie Daniel davon gesprochen hatte, dass erst eine Teenagerschwangerschaft ein echtes Problem sei, damals, als ich mich über etwas so Lächerliches wie ein paar abgerupfte Pfingstrosen geärgert hatte.

Ich fühlte mich immer unbehaglicher. Natürlich war Isa aufgeklärt und wusste, wie man sich vor einer Schwangerschaft schützen konnte. Und Fabian schien mir auch ein ganz vernünftiger Junge zu sein. Aber was, wenn die beiden im Überschwang der Gefühle nicht daran dachten? So was kam vor. Fabians Mutter war es damals auch passiert ... Andererseits: Ich konnte nichts tun. Ich konnte auf keinen Fall in Isas Zimmer platzen und ...

»MAMA?«

Ich fuhr zusammen, als ich klar und deutlich Isas Stimme hörte.

»Du stehst jetzt nicht wirklich vor meiner Tür und lauschst – oder?!«

»Aber nein«, entgegnete ich und versuchte, recht beschäftigt zu klingen. »Wie kommst du denn auf die Idee, dass ich lauschen würde?«

»Wir sehen deinen Schatten durch die Milchglasscheibe!«

»Oh. Äh. Nein. Also ... ich habe hier nur ... äh ... kurz über was nachgedacht. Alles in Ordnung bei euch?«

»Ja. Komm mal rein!«

Nur zu gern folgte ich ihrer großmütigen Aufforderung und öffnete die Tür.

Isa und Fabian lagen bäuchlings nebeneinander auf dem Flickenteppich vor dem Bett und waren zu meiner großen Erleichterung komplett bekleidet. Vor ihnen auf dem Boden stand die brennende Duftkerze, daneben lagen Isas aufgeschlagenes Mathebuch und ein paar Hefte.

»Du hast gedacht, wir machen was anderes, oder?« Isa kicherte. »Dabei bringt Fabian mir gerade Polynomdivision bei.«

Sie sprach das Wort aus, als wäre es eine chinesische Vokabel.

»Das sind so komplizierte Aufgaben mit vielen X und Ypsilon und Klammern«, erläuterte Fabian dankenswerterweise. Ich erinnerte mich dunkel an meine Schulzeit.

»Dann ist ja alles gut«, murmelte ich.

Isa stand auf und ging zum Schreibtisch.

»Aber wo du gerade schon störst, Mama …« Sie hantierte auf der Tastatur ihres Laptops herum, und die Kuschelmusik verstummte. »Guck mal! Luisa hat das Video unserer *Stitching-Bitches*-Generalprobe geschickt. Es ist echt klasse geworden.« Sie tippte auf »Play«.

Ich erkannte auf dem Bildschirm drei Mädchen in roten Fools-of-Fashion-Shirts, die zwischen einem Billy-Bücherregal und einem mit einer rosa geblümten Decke bezogenen weißen Metallbett unkoordiniert herumhopsten. Zwei von ihnen (Vicky und Luisa) hielten E-Gitarren in den Händen, in der Mitte stand Isa, die, begleitet von großräumigen Armbewegungen, zu singen schien. Von ihrer Stimme war allerdings wenig zu hören, was vielleicht daran lag, dass sie kein Mikrofon hatte. Ich nahm Fetzen von Helene Fischers »Atemlos durch die Nacht« wahr. Das Scheppern des Schlagzeugs, auf das Fabian im Hintergrund vor einem Kiefernholzkleiderschrank mit Inbrunst und in einer aberwitzigen Geschwindigkeit eindrosch, übertönte alles andere.

»Wow«, machte ich.

»An der Aussteuerung müssen wir noch ein bisschen arbeiten«, sagte Isa. »Mit der Laptopkamera ging es nicht anders, und die Akustik in Vickys Zimmer war total bescheuert. Aber für das richtige YouTube-Video gehen wir sowieso auf die Schlosskanalbrücke.«

Ich hoffte sehr, dass dort nicht nur die Akustik, sondern auch die Optik und überhaupt alles besser sein würde. Aber so deutlich wollte ich es den beiden nicht sagen.

»Wir machen jetzt übrigens doch keinen Punk«, erklärte Isa beiläufig, während sie sich wieder zwischen Fabian und dem Mathebuch auf dem Teppich niederließ. »Mit Schlagern verdient man in Deutschland einfach mehr Kohle.«

»Okay.« Ich nickte rundum beeindruckt.

Während Isa ihre Karriere als künftiger Stern am deutschen Schlagerhimmel vorantrieb (und auch ein bisschen ihre Kenntnisse in der Polynomdivision), bereitete sich Basti in der Strudelstube auf sein Leben als Gastronom vor.

»Mona meint, ich habe Talent«, sagte er, als er am Abend mit einer Literflasche Spezi in der Hand erschöpft auf dem Sofa lag und im Fernsehen auf einem mir bis dahin unbekannten Spartenkanal eine schlecht synchronisierte Dokumentation über ungeklärte Mordfälle in den USA schaute. Allerdings sah er nicht so aus, als würde er sich besonders für das Programm interessieren. Genauso gut hätte es eine Sendung über das Brutverhalten von sibirischen Wanderfalken sein können. Oder eine Verkaufsschau für Stützstrümpfe. Hauptsache, da flimmerte was und machte Geräusche, während er sich mit seinem Smartphone beschäftigte.

Ich saß neben ihm, sortierte Wäsche, die ich gerade aus dem Trockner geholt hatte, und fragte mich, wie oft ich Daniels Unterhosen wohl noch glatt streichen und zusammenfalten oder ob Bettina das demnächst übernehmen würde. Ich verdrängte diesen Gedanken so gut es ging, denn er machte mir Bauchschmerzen. Die entscheidende Aussprache mit Daniel stand noch aus. Er hatte sich zur Lektüre einiger Fachzeitschriften in sein Arbeitszimmer zurückgezogen, und Isa lag oben in ihrem Bett (allein übrigens), hörte Musik, chattete mit Fabian oder lernte Mathe. Vermutlich aber machte sie alles gleichzeitig.

Ich hatte Basti gerade gefragt, ob ihm der Job in Monas Küche Spaß machte. »Und«, fuhr ich fort. »Hast du immer noch Lust, eine eigene Kneipe aufzumachen?«

Basti machte eine unbestimmte Armbewegung, trank einen Schluck Spezi und betrachtete sein Handy. Im

Grunde wollte er nur in einem Zustand zwischen innerer Einkehr und einer Art Wachkoma herumliegen und in Ruhe gelassen werden.

Aber ich ließ ihn nicht in Ruhe. Am Ende rutschte er noch in eine Depression. Ich hatte Verantwortung für ihn. Also versuchte ich, ihn mit weiteren Fragen in ein Gespräch zu verwickeln, aber Bastis Antworten waren nicht besonders erhellend. Er sagte ein paarmal »keine Ahnung« und »geht schon« und »weiß ich noch nicht« und dann den einzig informativen Satz: »Ach, Mama, ich bin echt müde. Sorry, aber ich hab überhaupt keine Lust zu reden.«

Daraufhin schwieg auch ich und faltete die warme Wäsche. Plötzlich sprang Basti auf, als hätte ihn was gestochen.

Ich erschrak, weil ich dachte, ihm wäre vielleicht eine Wespe in das Spezi geraten, da sah ich, dass er einen Anruf auf seinem Handy bekommen hatte. Ein paar Sekunden lang starrte Basti auf das Display seines schnurrenden Telefons, dann presste er es an sein Ohr, sagte mit erstaunlich wacher Stimme: »Hey, Anne«, und rannte aus dem Zimmer, die Treppe hoch.

Erst sehr viel später am Abend kam Basti ins Wohnzimmer zurück – und war kaum mehr wiederzuerkennen. Sein Gesicht war ein einziges seliges Leuchten. Er sah nicht im Geringsten müde oder erschöpft aus.

»Weißt du was, Mama!« Er klang ungefähr so glücklich wie an seinem zehnten Geburtstag, nachdem er damals seinen heiß-ersehnten ferngesteuerten Monstertruck mit lila-gelben Flammenaufklebern ausgepackt hatte. »Anne hat angerufen. Sie kommt mich morgen in der Strudelstube besuchen. Sie ist gerade zur Goldenen Hochzeit ihrer Großeltern in Nürnberg, und da meinte sie, sie könne ja mal kurz hier in München vorbeikommen, damit wir noch mal über alles reden.«

»Oh«, sagte ich. »Klingt gut.«

»Ziemlich gut.«

»Habt ihr euch wieder … Ich meine, seid ihr wieder zusammen?«

»Mal sehen.« Basti strich sich eine nicht vorhandene Haarsträhne aus der Stirn, das Grinsen in seinem Gesicht wurde noch breiter.

»Ich hab neulich ein paar Bilder auf Facebook gepostet. Mona hat mich beim Arbeiten in der Strudelstube fotografiert. Ich hab dazugeschrieben: ›Hier kann ich mein wirtschaftliches Fachwissen endlich mal sinnvoll anwenden. Meine Kneipe in München.‹ Haha. Das scheint Anne wirklich beeindruckt zu haben!«

»*Deine* Kneipe? Ist das nicht ein bisschen zu hochgegriffen? Erzähle Mona besser nicht, dass du solche Sachen postest.«

Basti lachte. »Sie hat den Text doch selbst vorgeschlagen!«

Typisch Mona!

Er inspizierte den Inhalt des Wäschekorbs. »Ist mein neues weißes Hemd schon gewaschen? Ich will das morgen anziehen.«

Ich nickte. »Gewaschen ist es schon, aber noch nicht gebügelt.«

»Gut. Kannst du mir zeigen, wie das geht?«

Natürlich konnte ich das. Und so erlernte mein Sohn plötzlich und unerwartet das Bügeln.

Es dauerte zwar geschlagene zweieinhalb Stunden, bis Bastis Hemd so gatt und faltenfrei war, wie wir uns das vorstellten. Aber anschließend waren wir beide sehr stolz über das Ergebnis. (Wobei ihm das Bügeln insgesamt sicher schneller von der Hand gegangen wäre, wenn er nicht zwischendurch fünfmal mit Anne telefoniert hätte.)

Am nächsten Abend änderte er seinen Status bei Facebook. Jetzt stand da nicht mehr »Single«, sondern wieder »In einer Beziehung«, und auf dem neuen Profilfoto saß er mit Anne an der Theke der Strudelstube, und die beiden grinsten über beide Backen.

Ich freute mich, dass wenigstens bei meinen Kindern beziehungsmäßig alles im Lot war.

32.

»*Sechsundneunzig – fünfundsechzig – achtundachtzig* – siebenunddreißig.«

Ich spazierte gerade mit Mr. Spock am Nymphenburger Kanal entlang, als Mona mich auf dem Handy anrief und mir diese Ziffernkombination durchgab.

»Was ist das?«, fragte ich. »Deine Glückszahlen? Hast du bei einer Lotterie gewonnen?«

»Nein. Und bedauerlicherweise handelt es sich auch nicht um meine Körpermaße plus Schuhgröße.« Sie kicherte. »Das ist Alex' Telefonnummer.«

»Waas?« Ich schrie so laut, dass Spock erschrocken aufsah. Dann fuhr ich mit gesenkter Stimme fort: »Ist das dein Ernst? Hat er sich tatsächlich gemeldet? Ist er in München?«

»Ja, ja und ja. Es hat geklappt!«

Ich sank auf die nächste Bank, die am Weg stand. Zu spät bemerkte ich, dass sie bevölkert war von Ameisen, die mich augenblicklich bekrabbelten. Aber ich hatte keine Zeit, die Bank zu wechseln. Ich musste sofort hören, was Mona herausgefunden hatte, und dabei musste ich sitzen. Ich schnippte die Viecher mit den Fingern der linken Hand von meinen Hosenbeinen, während ich mit der anderen das Handy ans Ohr presste.

»Erzähl!«, flüsterte ich, als dürfe nicht einmal der Hund

etwas von unserer geheimen Kampagne erfahren. »Hast du schon mit ihm gesprochen? Was hat er gesagt? Hast du ihm alles erzählt?«

»Piano, piano«, antwortete Mona. Ich hörte das Grinsen in ihrer Stimme. »Stell dir vor, es haben sich sieben Klavierlehrer gemeldet, die mich unterrichten wollen! Aber das Wichtigste ist: Alex war auch dabei! Er hat mir eine Mail geschrieben, in der er sagt, dass er sich über mein Interesse an der Klaviermusik freut und mich gerne unterrichten würde. Außerdem hat er sich erkundigt, ob ich ein solches Instrument besitze oder ob ich den Unterricht in seiner Wohnung an seinem Klavier nehmen möchte. Nach jahrelangen Engagements in aller Welt sei er vor Kurzem wieder in München sesshaft geworden, und ich möge ihn bei Interesse unter folgender Telefonnummer kontaktieren, damit wir die Konditionen im Detail besprechen könnten. Bingo!«

»O Gott, wie aufregend! Und jetzt?«

»Jetzt wird's ernst.«

Wir überlegten eine Weile hin und her, wie sich ein Treffen am besten arrangieren ließe. Mona schlug vor, ihn anzurufen, ein Date auszumachen – und mich dann hinzuschicken, um ihn zu überrumpeln. Das kam mir aber unehrlich und hinterlistig vor, und von allem, was irgendwie nach Betrug klang, hatte ich gerade wirklich genug. Allerdings hatte ich auch Angst davor, mich direkt bei Alex zu melden. Womöglich würde er mir am Telefon klipp und klar sagen, dass er mich nicht mehr sehen wollte, aus welchem Grund auch immer. Schließlich hatte er ja auch unsere Verabredung in Hamburg platzen lassen. Auf noch so eine Pleite hatte ich wirklich keine Lust. Ich wollte ihn unbedingt sehen und mit ihm reden und … Keine Ahnung, was ich sonst noch von ihm wollte.

Schließlich fanden wir einen Kompromiss. Mona würde Alex anrufen und sich mit ihm verabreden – und ich würde dann einfach und wie zufällig dazukommen. So blieben wir halbwegs ehrlich, aber Alex hatte keine Chance, mir aus dem Weg zu gehen.

»Okay, ich rufe ihn an«, meinte Mona und legte auf.

Ich wartete. Ganz mechanisch begann ich mit der freien Hand Mr. Spocks Nackenfell zu kraulen, während ich auf das Handy in der anderen Hand starrte. Ich kraulte und kraulte. Der Hund wusste vermutlich gar nicht, wie ihm geschah. So viel ungewohnte Zärtlichkeit! Es dauerte. Ich fragte mich, was Mona da so lange zu besprechen hatte, wo es doch bloß darum ging, einen Termin zu vereinbaren.

Als das Telefon endlich schnurrte, fiel es mir fast aus der Hand.

»Er hat eine sehr sympathische Stimme«, erklärte Mona.

»Ich weiß, ich weiß. Und?«

»Wir treffen uns im Englischen Garten, im Biergarten am Chinesischen Turm. Morgen Nachmittag um halb fünf in der Nähe des Ausschanks. Als Erkennungszeichen für Alex werde ich einen Strohhut tragen. Ich schätze, wir brauchen etwa zwanzig Minuten, um in Ruhe alle Details meiner künftigen Klavierkarriere zu besprechen, und dann trittst du auf.«

»Ja, meinst du das denn wirklich ernst mit dem Klavierunterricht?«

»Aber selbstverständlich, Herzchen. Was denkst denn du? Ich mache schon täglich Fingergymnastik aus lauter Vorfreude.«

Kichernd klickte sie sich weg.

33.

Das mit dem Hut war eine gute Idee gewesen. Es war ein Münchner Sommertag wie im Bilderbuch, und im Biergarten am Chinesischen Turm waren fast alle Tische besetzt, als ich ankam. Ich ließ den Blick über die Köpfe der vielen Besucher schweifen und befürchtete schon, die beiden verpasst zu haben, als ich Mona endlich entdeckte. Sie hatte einen riesigen luftigen Strohhut mit breiter Krempe auf, unter der ihre schwarzen Locken hervorkringelten. Dazu trug sie ein Kleid, das ich noch nicht kannte. Es war knallrot und auf eine Weise dekolletiert, die wenig Spielraum für Spekulationen ließ. Mit einem Wort, sie sah umwerfend aus. Nicht gerade dezent, aber ein absoluter Hingucker!

Vor ihr auf dem Tisch standen zwei halb leer getrunkene Biergläser, und ihr gegenüber saß – Alex. Es musste Alex sein, auch wenn ich aus meiner Perspektive nur seine Rückansicht sehen konnte. Die Haarfarbe stimmte. Dass er – wie ich beim Näherkommen feststellte – eine kleine schüttere Stelle am Hinterkopf hatte, war mir bislang noch gar nicht aufgefallen.

Ich schlängelte mich durch die Tischreihen. Alex war von Monas Anblick oder vielleicht auch von der Tatsache, dass ihm eine steile Karriere als Klavierlehrer bevorstand, so abgelenkt, dass er erst auf mich aufmerksam wurde, als ich direkt am Tisch stand. Er war heute sehr lässig gekleidet, trug eine ausgewaschene Jeansjacke über einem weißen T-Shirt, was ihm allerdings nicht weniger gut stand als der schicke Anzug neulich in der Bar des Alsterblick-Hotels. Dass er an diesem Morgen offensichtlich nicht dazu gekommen war, sich anständig zu rasieren, machte ihn umso attraktiver. Augenblicklich bekam ich wackelige Knie.

»Franziska!«, rief er, und sein Blick flog verwirrt von mir zu Mona und wieder zurück. »Was ... was machst du denn hier? Ist das jetzt ein Zufall oder ...«

Ich stammelte mühsam »Na sowas«, in der Hoffnung, dass es sich spontan und überrascht anhörte. Aber Mona gab sich keine Mühe, das breite Grinsen in ihrem Gesicht zu verbergen.

»Ich glaube, du kennst meine Freundin Franzi schon?«, sagte sie an Alex gewandt, hörbar vergnügt darüber, dass ihr gerade ein großartiger Coup gelungen war.

»Das war jetzt ein Trick – oder?«

Alex' Lächeln sah etwas gequält aus. »Du willst gar nicht Klavierspielen lernen, nicht wahr?«

»Aber doch«, protestierte Mona. »Mir ist es absolut ernst mit dem Unterricht. Franzi hat mir von dir erzählt, und da ich schon seit meiner Kindheit gerne Klavier lernen wollte, dachten wir: Schlagen wir doch zwei Fliegen mit einer Klappe. Ich bekomme endlich Unterricht und Franzi eine Antwort auf die Frage, weshalb du sie in Hamburg versetzt hast.«

So wie Mona das sagte, klang es unkompliziert und charmant. Ich war froh, dass sie mir diesen Teil des Gesprächs abgenommen hatte.

»Soso«, sagte Alex und schaute mich lange an. Jetzt hatte ich nicht nur weiche Knie, sondern auch weiche Knöchel. Ich hatte vergessen, wie gut er aussah mit seinen goldbraunen Augen und diesem kantigen Kinn. Ich dachte daran, wie komisch es doch war, dass ich diesen Mund schon mal ausgiebig geküsst hatte und dass der Mann mir jetzt trotzdem ein bisschen fremd war, wie er da so vor mir auf der Bank saß und sein Bierglas auf der Tischplatte hin und her drehte.

»Laura hat mich besucht«, erklärte ich. »Sie hat den Brief abgeholt, den ich übersehen hatte. Von ihr wusste ich, dass du wieder in München bist und als Musiklehrer arbeiten willst.«

»Ah«, machte Alex. Leider konnte ich daraus nicht schließen, ob er sich freute, mich wiederzusehen – oder ob er mich gerade am liebsten auf den Mond schießen würde.

In diesem Moment stand Mona auf und strich ihr Kleid glatt.

»So«, sagte sie resolut. »Ich glaube, wir zwei haben alles besprochen, Alex. Ich freu mich schon auf meine erste Klavierstunde, ich werde pünktlich kommen. Aber jetzt lasse ich euch mal allein, damit ihr eure Angelegenheiten klären könnt.«

Sie hauchte mir ein Küsschen auf die Wange und flüsterte mir »Auf geht's« ins Ohr, wobei ihr fast der Strohhut vom Kopf rutschte. Dann winkte sie Alex noch einmal kurz zu und spazierte mit wippendem Rocksaum durch den Biergarten, die Blicke sämtlicher Besucher auf sich ziehend, einschließlich den von Alex. Am liebsten wäre ich hinterhergelaufen.

Als sie weg war, sah ich Alex unschlüssig an. Auf einmal wusste ich gar nicht mehr, was genau ich ihm eigentlich hatte sagen wollen.

»Möchtest du etwas trinken, oder wollen wir lieber ein bisschen durch den Englischen Garten spazieren gehen?«, nahm Alex mir die Entscheidung ab.

»Spazieren gehen klingt gut.«

Immerhin hatte ich schon Erfahrung darin, mit Alex spazieren zu gehen. Den nächtlichen Weg an der Alster entlang hatte ich in guter Erinnerung. Ich folgte ihm zwischen den Bänken hindurch, hinaus aus dem Biergarten. Das Sonnenlicht fiel in hellen Flecken auf den Boden, als wir den Weg unter den hohen Bäumen entlanggingen.

»Tut mir leid, dass ich mir das mit unserer Verabredung in Hamburg noch mal anders überlegt hatte«, sagte Alex endlich. »Das war vermutlich nicht gerade die feine englische Art.«

Ich nickte. »Ich hab stundenlang auf der Bank gesessen und auf dich gewartet. Ich hab mich sogar an der Rezeption des Alsterblicks nach dir erkundigt, denn ich hab mir Sorgen gemacht. Da habe ich erfahren, dass du dich wieder mal klammheimlich abgesetzt hast. Die Leute vom Hotel waren auch ziemlich sauer auf dich. Machst du das immer so, plötzlich wortlos zu verschwinden?«

»Wieso? Ich bin nicht wortlos verschwunden. Hast du denn meinen Brief nicht bekommen?«

»Nein! Welchen Brief?«

»Na ja, Brief ist vielleicht etwas zu viel gesagt. Es war eher ein Bierdeckel. Ich hatte ja kein Papier zur Hand. Gleich nachdem wir uns in jener Nacht getrennt hatten, war mir klar, dass das mit unserem Treffen vielleicht keine so gute Idee wäre. Aber ich konnte dich nicht mehr erreichen, das Hotel war zu, und es gab keinen Nachtportier. Also bin ich in die nächste Kneipe gegangen, die noch geöffnet war, und hab mir da etwas zum Schreiben besorgt. Leider konnte ich nur einen fleckigen Bierdeckel bekommen. Weil ich weder deinen Nachnamen noch deine Zimmernummer wusste, habe ich ›An Franziska‹ draufgeschrieben und ihn in den Briefkasten des Hotels geworfen.«

»Den habe ich nie zu Gesicht bekommen«, stöhnte ich. »Vermutlich haben die Leute vom Hotel den Bierdeckel für das Werk eines Betrunkenen gehalten, und er ist ohne nähere Betrachtung im Abfall gelandet. Was hattest du denn geschrieben?«

Alex sah mich an. »Dass du eine wunderbare, liebenswerte Frau bist, Franziska. Dass es sehr verlockend wäre, eine Affäre mit dir zu beginnen. Dass wir sicher eine fantastische Zeit miteinander gehabt hätten …«

Ich errötete, weil er die Dinge, an die ich bislang noch gar nicht richtig zu denken gewagt hatte, so direkt aussprach.

»Aber …?«, fragte ich leise. »Warum wolltest du mich dann doch lieber nicht sehen?«

Alex schüttelte ganz langsam den Kopf, während er weitersprach: »Weil du verheiratet bist, Franziska! Weil ich mich nicht schon wieder in eine Frau verlieben wollte, deren Herz einem anderen Mann gehört!«

»Das – das stand alles auf dem Bierdeckel?«

»Ja. So ähnlich. Ich hatte sogar meine Handynummer draufgeschrieben, damit du mich anrufen kannst und wir noch mal über alles reden können. Es tut mir so leid, dass du meine Zeilen nicht bekommen hast. Du musst mich ja für einen totalen Blödmann gehalten haben, als ich bei unserer Verabredung an der Alster nicht erschienen bin.«

»So ähnlich. Erst habe ich mir Sorgen um dich gemacht, und dann war ich vor allem enttäuscht.«

Alex blieb stehen und legte seine Hände auf meine Schultern.

»Glaub mir, es ist mir nicht leichtgefallen. Wir hätten uns natürlich ein paar zauberhafte Tage in Hamburg machen können, nicht wahr? Ich habe schon mitbekommen, dass du gerade nicht besonders gut auf deinen Mann zu sprechen bist. Es wäre so einfach gewesen. Wir hätten uns für eine Weile miteinander über gewisse Enttäuschungen hinwegtrösten können. Aber … na ja, ich will nicht behaupten, dass ich ein besonders moralischer Mensch bin, aber ich halte wenig davon, ein Verhältnis mit einer verheirateten Frau anzufangen. Für mindestens einen von beiden endet so etwas meist in einer Katastrophe.«

Ich seufzte. »Bei mir ist es schon in einer Katastrophe geendet, ohne dass wir eine Affäre hatten,« sagte ich düster.

»Wieso? Was ist passiert?«

»Mein Mann hat eine Geliebte. Das habe ich neulich herausgefunden. In Hamburg wusste ich das noch gar nicht. Ich hätte das nie für möglich gehalten, weißt du. Wir werden uns …« Ich stockte, dann fuhr ich fort: »Wir werden uns wohl trennen, mein Mann und ich.«

»Oh«, machte Alex.

Schweigend gingen wir ein paar Schritte weiter. Ich fragte mich, weshalb er mich nicht sofort in die Arme nahm und mich küsste, wo er doch jetzt wusste, dass er wegen Daniel kein schlechtes Gewissen mehr zu haben brauchte.

»Wie geht es dir?«, fragte er stattdessen. »Liebst du ihn noch?«

Welch eine merkwürdige Frage.

Erstaunlicherweise brachte ich es nicht übers Herz, »Nein« zu sagen und Alex um den Hals zu fallen, obwohl ich ja wirklich tief verletzt und stinksauer auf Daniel war.

»Ich muss mich noch ein bisschen daran gewöhnen, dass er bald nicht mehr mein Mann ist. Er hat so lange zu meinem Leben dazugehört. Es war alles so selbstverständlich, und auf einmal kommt es mir so vor, als hätte mir jemand den Boden unter den Füßen weggezogen.«

»Das ist das Problem. Wenn du anfängst, etwas für selbstverständlich zu halten, bist du schon dabei, es zu verlieren«, sagte Alex.

Es ärgerte mich, dass er mich sogar noch kritisierte, obwohl ich doch diejenige war, die verlassen wurde und eher tröstende Worte gebraucht hätte.

»Bist du jetzt Musiker oder Therapeut?«, knurrte ich.

Alex lachte leise. »Ich hatte in den vergangenen Jahren viel Zeit, über die Liebe nachzudenken.«

»Ach, was. Die Liebe wird völlig überbewertet«, behauptete ich tapfer. Ich wollte Alex gegenüber kein Bild des Jammers abgeben. Ich wollte cool wirken. »Scheidungen passieren, das ist der Lauf der Dinge. Ich fand ja auch, dass es in unserer Ehe nicht mehr so toll lief wie früher. Alles so normal. Keine Loopings, kein Kribbeln mehr. Wir hatten uns aneinander gewöhnt, Daniel und ich, und irgendwann hört das eben ganz auf. Dann ist das Feuer aus, Schluss mit der Liebe, und jeder sucht sich jemand Neues.«

Ich klang erheblich souveräner, als ich mich tatsächlich fühlte. Vor meinem inneren Auge tauchte Daniel auf, sein vertrautes Gesicht, seine vertraute Stimme. Ich fragte mich, weshalb ich ausgerechnet jetzt daran denken musste, wie Daniel und ich uns damals zum ersten Mal am Schwarzen Brett der Uni begegnet waren. Und an den Tag, an dem ich in seine WG eingezogen war. An den Tag, an dem ich ihm erzählt hatte, dass ich schwanger war, und wie wir beide geheult hatten vor Freude und Aufregung. Ich erinnerte mich an alle Momente, in denen Daniel und ich miteinander so glücklich gewesen waren, dass wir beinahe meinten, platzen zu müssen. Und jetzt fühlte er das Gleiche, wenn er an Bettina dachte! Ich bekam schon wieder Magenschmerzen.

»Man muss gelegentlich ein paar Scheite nachlegen«, sagte Alex.

»Wie – Scheite nachlegen?« Offenbar war ich zwischendurch so in Gedanken versunken gewesen, dass ich einen Teil unseres Gesprächs verpasst hatte.

»Für das Feuer. Wenn du kein Holz nachlegst, geht das Feuer aus. Klingt vielleicht kitschig, aber genauso ist das mit der Liebe. Sie verschwindet, wenn man nichts dafür tut.«

»Aber ich habe immer etwas für unsere Liebe getan!«, protestierte ich. »Ich war immer treu und ehrlich, habe ihn unterstützt. Ich habe mich um die Kinder, um Haus und Garten gekümmert, damit er an der Uni Karriere machen konnte. Und wenn ich nicht jeden Tag dreimal mit dem Hund …« Ich unterbrach mich, als ich Alex' Blick bemerkte. »Du meinst was anderes, oder? Nicht diesen Alltagskram.«

Er nickte.

In gewisser Weise hatte er wohl recht. Sicherlich war es nicht besonders sexy, den Anzug des Ehemanns von der Reinigung abzuholen oder die Basilikumbüsche von der Küchenfensterbank in den Garten umzupflanzen, geschweige denn, mit Isa Lateinvokabeln zu lernen. Aber das gehörte doch dazu. Dass Männer die vielfältige und arbeitsintensive Tätigkeit einer Mutter und Achtzig-Prozent-Hausfrau immer so geringschätzen mussten! Offenbar erwarteten sie allen Ernstes regelmäßig noch ein Spezialprogramm, um bei Laune gehalten zu werden. Himmel, ich war schon froh, wenn ich noch ab und zu genug Energie übrig hatte, um mir die Beine zu rasieren!

»Ich bin mir nicht sicher, ob Daniel bei mir geblieben wäre, wenn ich öfter mal einen kleinen Reizwäschestrip auf dem Küchentisch hingelegt hätte«, erklärte ich deshalb etwas patziger als beabsichtigt.

»Schöne Vorstellung immerhin.« Alex lächelte.

Leider küsste er mich immer noch nicht.

»Ich nehme an, diese Bettina bietet ihm reichlich Vorstellungen dieser Art«, murmelte ich.

Dabei hatte sie mit ihrer strengen Brille und dem spießigen Hosenanzug zumindest auf dem Zeitungsfoto nicht gerade wie eine heißblütige Sexbombe gewirkt. Aber woher sollte ich wissen, wozu Bettina in der Lage war, wenn sie nicht gerade einen wissenschaftlichen Vortrag über Amöben hielt? Ich wusste ja auch, wozu Daniel in der Lage war, wenn er nicht gerade einen wissenschaftlichen Vortrag über Amöben hielt …

Ich biss die Zähne zusammen. Dass ich diese Erinnerungen einfach nicht aus meinem Kopf verbannen konnte!

»Im Übrigen gilt das genauso für deinen Mann«, fuhr Alex fort. »Der hätte sich auch ruhig mal ein bisschen mehr anstrengen können, schätze ich.«

Ich überlegte gerade, wie es mir gefallen würde, wenn Daniel auf dem Küchentisch einen Striptease hinlegen würde – oder ob Alex womöglich etwas anderes gemeint haben könnte, als er stehen blieb.

»Sieh mal«, sagte er.

An einer Wegkreuzung uns gegenüber stand ein Mann mit roter Clownsnase, bunt kariertem Jackett und riesigen schwarzen Schuhen vor einer Traube Kinder. Er verkaufte Luftballons und Seifenblasen aus einer flachen Holzkiste, die er sich vor den Bauch geschnallt hatte. Ein junges Pärchen, das einen Kinderwagen spazieren schob, hatte ihm gerade einen rosaroten Ballon abgekauft und am Griff des Kinderwagens befestigt. Offenbar verstand das Baby den Sinn des Ganzen nicht, jedenfalls fing es umgehend an zu schreien, als der rosa Ballon über dem Kinderwagen in der Luft zappelte.

»Komm, wir kaufen uns Seifenblasen!«

Alex zog ein paar Münzen aus seiner Hosentasche und gab sie dem Verkäufer, worauf der ihm ein Röhrchen Pustefix aushändigte.

»Hier!« Alex reichte es mir. »Wir haben genug Trübsal geblasen, höchste Zeit für das Alternativprogramm.«

Ich drehte den Deckel auf, zog den Plastikring heraus und pustete eine Serie bunt schillernder Seifenblasen in die Luft. Wir sahen ihnen nach, wie sie den Weg entlang und hinauf zu den Baumkronen schwebten, wo sie zerplatzten. Dann pustete ich noch einmal, und zwar langsamer, damit die Blasen größer wurden, und wir schauten wieder hinterher. Es war albern, aber es machte Spaß.

Seifenblasen verbreitend, schlenderten wir weiter, bis wir den Monopteros erreichten. Alex blickte hinauf.

»Wollen wir hochgehen?«, fragte ich. »Oder ist das ein zu traumatischer Ort für dich?«

»Und wenn schon. Es wird Zeit, das Trauma abzulegen. Komm!«

Wir stiegen den kleinen Hügel hinauf und setzten uns neben eine der Säulen des Tempelchens auf die Stufe. Vor uns breitete sich die große Wiese des Englischen Gartens aus. Sie war bevölkert von Menschen, die herumspazierten, Fußball oder Frisbee spielten, im Eisbach herumtobten oder auf einer Decke lagen und dösten. Im Hintergrund leuchteten die Kirchtürme in der Sonne. Es war der Inbegriff eines Münchner Sommertags, ein Anblick, wie er auf Touristenpostkarten jedes Jahr Tausende Male in alle Welt geschickt wird. Ich liebte diese Aussicht.

»Hier war ich lange nicht mehr«, sagte Alex. »Seit der Sache mit Laura. Fünfundzwanzig Jahre ist das her, und es sieht genauso aus wie damals.«

Ich pustete eine Salve Seifenblasen in die Landschaft, und wir schauten zu, wie sie durch die Luft flogen, dem weiß-blauen Himmel entgegen. Aber schließlich zerplatzten sie doch.

»Warum hast du eigentlich dein Engagement im Hotel Alsterblick so plötzlich wieder aufgegeben?«

»Tja, mein Weggang kam da nicht wirklich gut an, ich gebe es zu. Ich fürchte, dass ich dort nie wieder spielen werde. Aber mir war auf einmal klar, dass ich Laura wiedersehen musste. Und zwar sofort, ehe mich der Mut wieder verließ. Deshalb bin ich noch am selben Tag aufgebrochen.«

»Ach, und wie kam es zu deinem Sinneswandel?«

»Ich hatte über das nachgedacht, was du mir in der Hotelbar gesagt hattest. Dass Laura in meiner Erinnerung immer großartiger wird, je mehr Zeit vergeht. Dass sie für mich zu einer unfehlbaren Göttin geworden ist. Ich wollte wissen, ob sie noch immer eine solche Wirkung auf mich hat oder ob ich mir das alles nur eingebildet habe.«

»Und?«

Alex dachte einen Moment lang nach.

»Sie war …« Er machte eine Pause und blickte zu Boden. »Sie war so anders.«

»Anders? Wie anders?«

»Du hattest recht, Franziska. Sie ist es nicht mehr. Sie ist einfach nicht mehr die Frau, in die ich mich damals verliebt habe. Sie war sehr kühl, sehr verschlossen. Sie schien sich nicht besonders für mich zu interessieren. Ihr ganzer Esprit von damals, ihr Charme, ihr Witz, ihre Schlagfertigkeit … einfach weg. Sie hatte gar nichts zu erzählen. Ich habe sie gefragt, wie es ihr damals mit dem Kind gegangen ist und ob sie noch mehr Kinder bekommen hat, aber sie sagte nur, sie wolle mit mir nicht über ihre Familie sprechen. Sie war sehr kurz angebunden. Am meisten habe ich erzählt. Sie hat eigentlich nur ein bisschen über Marcos

Firma geredet und darüber, was sie in Hongkong gemacht haben. Und über das Wetter.« Alex schüttelte seufzend den Kopf. »Es ist erschreckend, aber ich fand sie – fast langweilig.«

»Na ja«, meinte ich. »Nicht jeder hat so ein abenteuerliches Leben geführt wie du!«

»Weißt du, Franziska, man muss nicht jahrelang um die Welt reisen, um ein interessanter Mensch zu sein. Es sind doch die ganz kleinen verrückten Dinge, die einen Menschen liebenswert machen. Laura hätte niemals einem fremden Mann Mails geschickt oder seine Briefe in ihre Handtasche gepackt und wäre nach Hamburg gefahren, um ihn kennenzulernen …«

Ich dachte, dass ich das vermutlich auch nicht getan hätte, wenn ich mit Daniel etwas glücklicher gewesen wäre, aber ich schwieg lieber und genoss es, dass Alex mir ein so schönes Kompliment gemacht hatte.

»Jedenfalls nicht die Laura von heute«, fuhr Alex fort. »Und vielleicht auch nicht einmal die Laura von damals. Keine Ahnung, was ich alles in ihr gesehen habe. Vielleicht kannte ich sie gar nicht richtig. Ehe wir uns wirklich aneinander gewöhnt hatten, war es schon wieder vorbei und Laura nur noch eine Erinnerung. Die Erinnerung an ein Ideal. Alle Wünsche, alle Hoffnungen, die man in eine Frau setzen kann, habe ich auf Laura projiziert. Und dann: Peng! Einmal die Realität gecheckt, und das war's mit der Traumfrau. Aus der Traum. Zerplatzt wie eine Seifenblase. Ob sie sich so verändert hat? Oder ob ich damals einfach nur blind war vor lauter Verknalltsein? Wer weiß! Ich wünschte, ich hätte schon viel früher den Mut gehabt, sie zu treffen. Dann hätte ich nicht jahrelang der falschen Frau nachgetrauert. Vielleicht hätte dann auch meine Ehe funktioniert.«

»Bist du sehr enttäuscht?«

»Dass Laura nicht die Frau ist, für die ich sie gehalten habe? Ein bisschen. Ja. Aber andererseits habe ich zum ersten Mal seit vielen Jahren wieder das Gefühl, frei durchatmen zu können. Ach, Franziska, ich denke, es ist nie zu spät, ein neues Leben anzufangen.«

Alex nahm mir das Pustefix ab und blies ganz langsam eine einzige riesige Seifenblase in die Luft. Sie eierte ein bisschen herum, ein kleiner Windhauch trieb sie zur Seite, wehte sie hoch über die Wiese, und in dem Moment, in dem sie zerplatzte, entdeckte ich etwas, das meinen Herzschlag aussetzen ließ.

»Alex!«, schrie, nein flüsterte ich und krallte mich mit der linken Hand am Ärmel seiner Jacke fest. Mit dem Zeigefinger der Rechten deutete ich nach unten. »Da ist … – das gibt's doch nicht. Das kann er doch nicht …«

»Was ist denn los, Franziska?«

»Da, Daniel«, stotterte ich. »Er sitzt da auf der Wiese. Mit Bettina. Siehst du die beiden da hinten auf der roten Decke?«

Dabei saßen sie gar nicht. Sie lagen. Eng aneinandergeschmiegt. Mitten im Englischen Garten, keine dreißig Meter von mir entfernt. Wild herumknutschend ohne Rücksicht auf irgendwelche Zuschauer. Dabei hatte Daniel doch jetzt eigentlich seine Genetik-Vorlesung!

Ich sprang auf. Das Adrenalin durchflutete mich, als stünde ein ausgewachsener tollwütiger Gorilla vor mir, den ich mit bloßen Händen erwürgen müsste.

»Das wird sie mir büßen, dieses verdammte Miststück!«, schrie ich halb Alex, halb mir selbst zu und rannte, stolperte beinahe den Hügel hinunter und quer über die Wiese auf die beiden zu.

Daniels hellblaues Hemd, das ich neulich noch sorgfältig gebügelt hatte, war zerknittert und hing halb aus der Jeans, sein dunkelblaues Sakko lag achtlos zusammengeknüllt auf der Seite. Bettina trug diesmal keinen öden Hosenanzug, sondern ein Kleidchen in Lila. Ein verdammt kurzes Kleidchen. Es reichte ihr kaum bis zum Oberschenkel. Daniel hatte seine Hand unter das Kleid geschoben und streichelte ganz ungeniert die Rundungen ihres erstaunlich prallen Apfelpopos. Direkt vor meinen Augen!

Na warte, du Früchtchen, dachte ich, während ich atemlos näher kam. In ein paar Jahren wird sich dein hübscher Po auch zum Birnenförmigen hin entwickeln, und dann wollen wir mal sehen, ob sich Daniel deinem Allerwertesten noch immer so hingebungsvoll widmet wie heute …

Es waren erst ein paar Sekunden vergangen, seit ich vom Monopteros gestürzt war, aber es kam mir wie eine Ewigkeit vor.

Die beiden nahmen mich überhaupt nicht wahr, so sehr waren sie miteinander beschäftigt. Ein ineinander verschlungenes Knäuel von liebkosenden Armen, Beinen und Zungen.

Ich wurde fast ohnmächtig vor Wut.

»Daniel!«, brüllte ich, als ich nur noch wenige Meter von ihm entfernt war, und blieb zitternd stehen.

Irritiert nahm er die Zunge aus dem Hals seiner Freundin und sah auf, die Hand unverändert auf ihrem Po. Er starrte mich an, als schwanke er noch, ob er »Was soll der Scheiß« oder »Verpiss dich« sagen sollte …

… und er war überhaupt nicht Daniel. Er war ein junger Mann, ein Student vielleicht, der zufälligerweise etwa Daniels Statur und seine Frisur hatte, ansonsten aber keinerlei Ähnlichkeit mit ihm. Sein Hemd war bei näherer Betrachtung auch nicht hellblau, sondern hellblau-weiß kariert, und bei dem blauen Sakko, das auf der Decke lag, handelte es sich um eine Jeansjacke. Auch die Frau war keinesfalls Bettina, sondern ein Mädchen, kaum zwanzig. Sie hatte sogar noch ein paar Pickel im Gesicht, die blonden Haare fielen ihr strähnig über die Augen, und während sie mich mit größter Verachtung ansah, sagte sie: »Ey, was soll das jetzt! Sind Sie von der Sitte, oder was?«

Ich fühlte mich, als hätte mir der tollwütige Gorilla einen Kinnhaken versetzt.

»'tschuldigung«, flüsterte ich endlich wie gelähmt. »Das … war eine Verwechslung. Sorry.«

Aber da knutschten die beiden schon wieder weiter, als wäre ich überhaupt nicht anwesend.

Mit bebenden Knien schlich ich zurück über die Wiese und meinte, die Blicke Hunderter Menschen im Rücken zu spüren. Oben auf dem Monopteros ließ ich mich neben Alex nieder. Ich schlang die Arme um meine Beine, legte die Stirn auf meine Knie und wünschte, ein Meteorit würde jetzt vom Himmel fallen und mich mit einem ordentlichen Wumms erschlagen.

Aber natürlich fiel kein Meteorit vom Himmel.

»Hey«, sagte Alex leise und legte endlich einen Arm um mich. »Was war denn da los?«

»Es war überhaupt nicht Daniel«, flüsterte ich. »Das waren irgendwelche wildfremden Leute, die ich beim Knutschen gestört habe. Ich glaube, ich habe schon Wahnvorstellungen.«

Ich spürte, wie Alex lautlos lachte.

»Die habe ich jahrelang gehabt«, sagte er leise. »In jeder rothaarigen Frau, der ich begegnet bin, habe ich Laura gesehen. In Hongkong, in Kapstadt, in Sydney … Wo immer ich war. Überall. Das ist so, wenn man jemanden liebt.«

Seine letzten Worte hallten wie ein Echo durch meinen Kopf.

»Meinst du etwa, ich liebe Daniel noch?«

Es war komisch, das jemanden zu fragen, mit dem ich neulich beinahe noch eine Affäre eingegangen wäre.

»Wenn ich daran denke, wie fuchsteufelswild du gerade auf die beiden losgestürmt bist, dann denke ich, ja. Eifersucht soll schließlich ein ganz guter Indikator sein.«

»Aber es ist zu spät! Er liebt mich nicht mehr. Er liebt diese Bettina. Sie erwarten ein Kind! Er weiß noch gar nicht, dass ich das alles weiß!«

Mit einem Mal brach der ganze Kummer wieder durch, den ich so lange versucht hatte zu ignorieren, und ich heulte Rotz und Wasser in Alex' T-Shirt.

»Ich will, dass das alles nicht wahr ist!«, jaulte ich. »Ich will, dass wieder alles so ist wie früher! Ich will, dass er mich liebt und nicht diese doofe Bettina!«

Alex zog mich fester an sich und strich mir mit der freien Hand über die Haare. Es fühlte sich gut an. Aber ich hatte nicht mehr das geringste Bedürfnis, ihn zu küssen.

»Siehst du«, sagte er leise. »Deshalb wollte ich in Hamburg nichts mit dir anfangen. Ich hätte dir nicht wirklich etwas bedeutet. Ich wäre der Ersatzmann gewesen, derjenige, mit dem du dich für ein oder zwei Nächte über den Kummer mit deinem Mann hinweggetröstest hättest – und irgendwann wäre ich dir egal gewesen. Glaub mir, ich weiß, wie es ist, wenn man versucht, sich mit einem anderen über eine verunglückte Liebe hinwegzutrösten. So was geht selten gut. Im Übrigen mag ich dich viel zu gern, um mit dir eine belanglose Affäre einzugehen.«

Ich bemühte mich, den Kloß hinunterzuschlucken, der mir im Hals zu klemmen schien.

»Jetzt sag aber bitte nicht: ›Lass uns Freunde bleiben‹«, schniefte ich.

»Doch«, antwortete Alex mit einem feinen Lächeln in der Stimme. »Darum wollte ich dich gerade bitten.«

Ich heulte weiter, aber irgendwie musste ich gleichzeitig auch lachen. Es war absurd. Alex zog ein Taschentuch aus seiner Hose und reichte es mir.

»Okay, Kumpel«, sagte ich, nachdem ich mir die Nase geputzt hatte. »Dann verrat mir, was ich jetzt tun soll.«

»Du musst wissen, was du willst, Franziska. Mach nicht den gleichen Fehler, den ich damals bei Laura gemacht habe. Beleidigt und gekränkt davonzulaufen löst kein Problem. Stell Daniel zur Rede. Vielleicht ist es noch nicht zu spät. Selbst die Sache mit dem Kind … so was kommt vor. Leider. Vielleicht hätten Laura und ich damals auch eine Chance gehabt, wenn ich alles versucht hätte. Für uns ist es jetzt zu spät. Wir haben fünfundzwanzig Jahre lang so völlig verschiedene Leben geführt, da passt überhaupt nichts mehr. Aber du und Daniel? Ist da noch ein Fünkchen übrig? Versuch dich zu erinnern. Warum hast du dich damals in ihn verliebt? Weshalb hat er sich in dich verliebt? Was habt ihr miteinander gemacht? Worüber habt ihr gelacht? Denk dir was aus. Es muss ja nicht gerade ein Küchentisch-Striptease sein. Sonst bekommt Daniel am Ende noch einen Herzschlag vor Begeisterung!«

34.

Okay. Ich hatte also keine Affäre, sondern einen neuen guten Freund.

Mona lachte, als ich ihr später am Telefon berichtete, wie mein Treffen mit Alex verlaufen war.

»Guter Typ«, sagte sie nur, und dann besprachen wir meine Strategie.

Am folgenden Tag machte ich drei Dinge: Ich ließ mich von einer Kosmetikerin (»Desiree's kleiner Wellnesstempel«) optisch generalüberholen. Helen hatte mir die Fachfrau für Gesichtsentfaltung empfohlen, und trotz des albernen Apostrophs in ihrem Namen leistete sie beeindruckende Arbeit. Nachdem sie zwei Stunden an mir herumgepeelt, geknetet, getupft und gezupft hatte, sah ich zwar leider immer noch nicht aus wie neunundzwanzig, aber ich fühlte mich mindestens drei Monate jünger als vorher, und das war ja immerhin schon ein Anfang. Desiree schlug mir auch eine leichte Botox-Behandlung vor, um »diese unschöne Sorgenfalte im Stirnbereich« zu glätten. Aber das lehnte ich dann doch ab.

»Ich bin über fünfzig«, sagte ich in einem Anfall von Selbstbewusstsein. »Da werde ich ja wohl mal eine Falte auf der Stirn haben dürfen.«

Daraufhin zuckte sie mit den Schultern und meinte, ich könne gerne später noch mal vorbeikommen, wenn ich es mir anders überlegt hätte. Ich überlegte es mir aber nicht anders. Wenn Daniel sich nur wegen dieser Falte (an deren Entstehung er zumindest für den Bruchteil eines Millimeters mitverantwortlich war) weigern sollte, mit mir zusammenzubleiben – dann wollte ich das auch nicht mehr.

Nach dem Besuch bei Desiree ging ich gewissenhaft den Inhalt meiner Unterwäscheschublade durch. Ich stellte fest, dass sich der Schwerpunkt meiner Dessous im Lauf der Jahre von sündig-seidig eher zu praktisch-bequem entwickelt hatte. Weil sich keines der Wäschestücke für einen Küchentisch-Striptease eignete – falls es je dazu kommen sollte, wollte ich wenigstens gewappnet sein, und die drei übrig gebliebenen Modelle aus der Abteilung »sündig« kamen dafür nicht infrage: Sie waren schon so alt und unpassend, dass sie die entscheidenden Körperteile unerfreulich einquetschten –, beschloss ich, BH- und höschenmäßig etwas aufzurüsten. Einer Zeitungsbeilage entnahm ich, dass es beim Oberpollinger am Stachus gerade reichlich Sonderangebote in der Wäscheabteilung gab. Ich fuhr hin und erwarb nach ausgiebiger Anprobe ein Ensemble in schimmerndem Nachtblau, und zwar von der Sorte, die kostbar und verführerisch aussah, aber nicht übertrieben sexy und peinlich. Hätte ich ein Moulin-Rouge-ähnliches Modell aus roter oder schwarzer Spitze und Strapsen gewählt, bestünde die große Gefahr, dass Daniel vor Lachen in Ohnmacht fiele, wenn er mich darin sah. Soweit ich mich erinnerte, war er nicht so sehr der Strapsentyp. (Und ich hoffte sehr, dass sich das während dieser Sache mit Bettina nicht geändert hatte.)

Außerdem ließ ich mir von Mona – unter Zusicherung strengster Geheimhaltung – ihr Rezept für das ominöse Safran-Litschi-Gericht geben. Ich fuhr sogar extra zum Viktualienmarkt, um die nötigen Zutaten einzukaufen, auf dass Daniel beim Verzehr dieses Aphrodisiakums Hören und Sehen vergehen mochten. Dann legte ich Tims Geburtstagschampagner in den Kühlschrank. Falls Daniel sich bekehren lassen und mich auf Knien um Vergebung bitten würde, hätten wir gleich etwas zum Feiern. Und falls nicht, könnte ich ihm mit der Flasche eins über die Rübe geben. (Letzteres war jedenfalls Monas Empfehlung. Ich fand ja, um sie als Waffe zu benutzen, sollte ich lieber eine billigere Marke nehmen.)

Isabel war am Abend mit den anderen *Stitching Bitches* verabredet. Sie wollten sich auf der Schlosskanalbrücke treffen und vor der prächtigen Kulisse des abendlich beleuchteten Schlosses für ihr YouTube-Video proben. Und sich vielleicht auch schon dabei filmen. Jedenfalls konnte ich sicher sein, dass die Aktion länger dauern würde, weil sie sicherlich mehrere Durchläufe brauchten.

Basti war in der Strudelstubenküche beschäftigt. Monas Café war heute ausnahmsweise auch am Abend geöffnet, und zwar für eine geschlossene Gesellschaft. Eine Familie hatte den Laden gebucht, um den fünfundsiebzigsten Geburtstag einer Verwandten zu feiern, und Basti sollte das Büfett für alle organisieren. Ich hatte also freie Bahn für meine Aussprache mit Daniel.

Am Nachmittag lief ich wie ein nervöses Huhn durch die Gegend. Ich hatte abwechselnd Magen-, Kopf- und diffuse sonstige Schmerzen, weil ich wusste, dass ich an diesem Abend die entscheidende Weiche für mein ganzes weiteres Leben stellen würde.

Jedenfalls dachte ich das.

Gerade als ich um kurz vor sechs splitterfasernackt vor dem Schlafzimmerspiegel stand und überlegte, ob ich zuerst den BH oder das Höschen meiner funkelnagelneuen Verführungsunterwäsche anziehen sollte und in welcher

Reihenfolge Daniel mir die Sachen nachher wohl wieder ausziehen würde, klingelte das Telefon. Es war Daniel, und er sagte jenen Satz, den ich in den vergangenen zehn Jahren vermutlich am häufigsten von ihm gehört hatte – und den ich von diesem Moment an am meisten hasste:

»Schatz, warte nicht mit dem Abendessen auf mich. Das wird später heute.«

»Äh …«

»Ja, sorry. Wir haben nachher eine wichtige Besprechung, es gibt noch ein paar Fragen bei der Finanzierung unserer neuen Mikroskope. Ist doch kein Problem, oder?«

Nö, überhaupt nicht.

Nachdem ich aufgelegt hatte, schleuderte ich die nachtblaue Seidenherrlichkeit in blindem Zorn auf den Boden und trampelte kreischend darauf herum wie ein ungezogenes Kind.

Als ich mich wieder beruhigt hatte, zog ich die neue Wäsche trotzdem an, darüber ein altes Sweatshirt und eine ausgeleierte Jogginghose.

»Gelegentlich muss man sich selbst etwas Gutes tun«, hatte Desiree heute Morgen noch gesagt, während sie mir lauwarme, duftende Wattepads auf die Augen gelegt hatte. Mochte sie auch etwas zu großzügig im Umgang mit Apostrophen sein – diesem Satz stimmte ich voll und ganz zu.

Ich ging in die Küche, holte den Champagner aus dem Kühlschrank und ließ den Korken ploppen. Wer hatte eigentlich gesagt, dass man hochpreisige Getränke nur in Gegenwart eines Mannes trinken darf?

Während ich aus einem der schweren Kristallkelche, die von Großtante Irmi übrig geblieben waren, meinen Champagner schlürfte, ließ ich den Blick durch die Küche wandern. Auf einem der Oberschränke lagen noch die

Spielkartons, die Basti am Abend vor meinem Geburtstag von der Dachkammer geholt hatte. War ja klar gewesen, die hatte natürlich wieder mal keiner zurückgebracht. Als wenn die Dinger nach Gebrauch Flügel kriegen und von allein an ihren Platz verschwinden würden. Und wenn nicht? Dann würde die Mama schon aufräumen. Das tat sie doch immer.

Nun, diesmal nicht. Sollten die Dinger da oben liegen bleiben, bis sie verschimmelten …

Schlecht gelaunt trank ich noch einen Schluck Champagner. Irgendwie schmeckte er mir nicht mehr. Wahrscheinlich war es doch so, dass gewisse Getränke nur gut waren, wenn man sie in guter Gesellschaft trank. Ich blickte auf die Küchenuhr: 18:24. Was Daniel wohl gerade machte? Ob es bei ihm heute tatsächlich um die Finanzierung der Mikroskope ging? Oder vielleicht eher um die Finanzierung unserer Scheidung?

Ich nahm mein Handy und rief Alex an. Aber er ging nicht ans Telefon. Auch Helen nicht. Bei Mona versuchte ich es erst gar nicht, weil ich ja wusste, dass sie wegen der Geburtstagsfeierlichkeiten in der Strudelstube viel zu beschäftigt war, um zu telefonieren.

Ich kippte den Rest des Champagners ins Spülbecken, holte die Spielkartons vom Schrank und brachte sie hinauf in unsere Zwiebelturmdachkammer.

Dort schob ich die Kartons in eines der Regale und betrachtete den zugestopften kleinen Raum, als sähe ich ihn heute zum ersten Mal. Die Rollos an den schmalen Fenstern waren halb hinuntergerollt, das Licht der Abendsonne fiel in Streifen gegen die Wand. Eines der Rollos war schon seit ein paar Monaten kaputt und hing schief hinter der Scheibe. Wir hatten es nie reparieren lassen. Wir waren so selten hier oben, dass es uns nie gestört hatte.

Ich dachte daran, wie Daniel und ich hier vor vielen Jahren zum ersten Mal gesessen hatten. Es war kurz nach Großtante Irmis Beerdigung gewesen, der Tag, an dem wir beschlossen hatten, in die Villa einzuziehen. Damals war der kleine Raum ganz leer gewesen. Wir hatten zwei wackelige alte Klappstühle aus der Küche mit heraufgebracht und sie nacheinander vor allen acht Fenstern aufgestellt und in alle Himmelsrichtungen hinuntergeschaut. Dabei hatten wir uns ausgemalt, wie unser Leben in zehn oder zwanzig Jahren aussehen würde, wenn die Kinder groß wären. Ob wir dann immer noch hier leben würden, hatten wir uns gefragt, oder ob Daniel dann vielleicht einen Job an einer amerikanischen Uni haben würde. Ach, wir hatten herrlich herumgesponnen. Wie glücklich und verliebt wir damals gewesen waren. Es war ein ganz besonderes Wochenende gewesen. Das erste Wochenende, an dem die Kinder nicht bei uns gewesen waren. Britta hatte sie für ein paar Tage zu sich genommen, damit wir den Behördenkram mit Tante Irmis Erbe in Ruhe erledigen konnten. Und – wie Britta es ausgedrückt hatte: »Damit ihr einfach mal wieder ein bisschen Zeit für euch habt.«

Und wie wir Zeit gehabt hatten! Später am Abend, als es dunkel geworden war, hatte Daniel eine Steppdecke und ein paar Kissen heraufgeholt. Wir hatten in den Sternenhimmel geschaut und uns auf dem knarzenden Holzboden geliebt.

»Das hier oben soll immer unser kleines geheimes Liebesnest sein«, hatte Daniel geflüstert, und ich hatte wirklich daran geglaubt.

Aber drei Monate nachdem wir eingezogen waren, hatte Daniel seinen ausgemusterten Computer hier oben abgestellt (»Nur für ein paar Tage«, hatte er gesagt), später den alten Fernseher und einige Kartons mit Unterlagen von der Uni, die er demnächst sortieren wollte. Im Keller wollte er das Zeug nicht lagern, denn da roch es alt und muffig.

Irgendwann, als Basti und Isa größer wurden, landeten auch die auseinandergenommenen Kinderbetten hier oben, ausrangiertes Spielzeug und nach und nach weiterer Krempel aus unserem Haushalt, den wir eigentlich nicht mehr brauchten, von dem wir uns jedoch aus unerklärlichen Gründen nicht trennen wollten. Und nach einigen Jahren war aus unserem romantischen Liebesnest unter dem Dach eine ganz gewöhnliche Rumpelkammer geworden, in der sich Sperrmüll und alte Erinnerungen in groben Holzregalen stapelten. Die Steppdecke lag irgendwo zusammengerollt und vermutlich von Motten zerfressen in einer Ecke.

Und so ähnlich war es dann auch mit unserer Ehe gelaufen: zugemüllt mit Alltagskram. Der Zauber war weg. Alles kaputt.

Etwas, das Alex mich gefragt hatte, ging mir nicht aus dem Sinn: Warum hatte ich mich damals in Daniel verliebt? Warum war ich so glücklich gewesen mit ihm? Was hatte sich denn geändert?

Ich sah mich um. Wenn mich nicht alles täuschte, müsste ich hier oben irgendwo die Antwort finden. Ich zog ein paar Kartons hervor und klappte sie auf. Die meisten enthielten verstaubte Aktenordner und vergilbte Schnellhefter, und ich schob sie schnell wieder zurück, aber dann entdeckte ich doch, was ich gesucht hatte: eine alte Schuhschachtel, in der ich all die Briefe und Postkarten aufbewahrt hatte, die Daniel mir in unserer Anfangszeit geschrieben hatte … damals, als es noch keine SMS-Botschaften, keine WhatsApp-Nachrichten und keine Handy-Mailboxen gab. Unfassbar, dass Daniel mir einmal

Briefe geschickt hatte. So richtig auf Papier. Wie lange war das her? Fünfundzwanzig Jahre? Ich hob den Deckel hoch.

Ganz oben in der Schachtel lag ein Briefumschlag. In seinen zackigen blauen Kugelschreiberbuchstaben hatte Daniel meinen Namen und die Anschrift unserer damaligen WG darauf geschrieben. Der Brief sah aus wie aus der Zeit gefallen: Damals gab es noch vierstellige Postleitzahlen. Es war sein erster Brief an mich. Er hatte ihn ein oder zwei Wochen, nachdem wir uns kennengelernt hatten, geschrieben. Ich war gerade in seine WG gezogen.

Vorsichtig holte ich ihn aus dem Kuvert. Eigentlich war es gar kein richtiger Brief. Jedenfalls keiner auf Briefpapier. Es war eine Tischkarte, sein Namensschildchen auf dem ersten Biologenkongress, an dem er teilgenommen hatte. An den Rand hatte er Folgendes geschrieben:

Geliebte, wunderbare Frau, von der ich den ganzen Tag lang träume!
Hier sitze ich, zwischen lauter ziemlich klugen Menschen, die hochinteressante Vorträge halten. Aber ich kann gar nicht zuhören. Ich muss immerzu an Dich denken, Du Süße, Du Liebe, Du Allerliebste, und an gestern Nacht. Wenn die anderen wüssten, woran ich denke, während sie hier all die schlauen Sachen erzählen. Ich küsse Dich in Gedanken und freu mich auf Freitag. Holst Du mich vom Bahnhof ab? Ich kann es kaum erwarten, Dich wiederzusehen …

Ich erinnerte mich daran, wie ich diesen Brief damals aus dem Briefkasten geholt hatte. Wie ich den Rest des Tages verliebt durch mein WG-Zimmer getanzt und geglaubt hatte, explodieren zu müssen vor lauter Glück.

Ich öffnete den nächsten Brief. Wieder ein Namenskärtchen. Die nächste Tagung, ein Semester später. Rund um seinen gedruckten Namen hatte Daniel ein Dutzend Mal »Ich liebe Dich« geschrieben und ein paar Herzen gemalt.

Im nächsten Umschlag fand ich die Tagesordnung eines wissenschaftlichen Symposions in Bologna. Daneben in Daniels vertrauter Handschrift:

Ich weiß ja, worauf Du wartest, mein Schatz. Und, ja: Ich denke an Dich. Die ganze Zeit. Ich liebe Dich und freu mich auf Dich.

So ging es weiter. Ich fand zwölf Briefe. Jahrelang hatte Daniel mir von jedem Kongress, an dem er teilgenommen hatte, sein Namensschildchen oder die Tagesordnung geschickt, verwandelt in einen Liebesbrief.

Wann hatte das eigentlich aufgehört?

Und vor allem: warum?

Und weshalb hatte ich ihm eigentlich nie geschrieben? Jedenfalls nicht oft. Zumindest keinen verrückten Liebesbrief, an den er sich bis zum Ende seines Lebens erinnern würde. Warum hätte ich das auch tun sollen? Wir hatten von Anfang an mehr oder weniger zusammengewohnt. In den Urlaub waren wir immer zusammen gefahren, und ansonsten war ich – abgesehen von kleinen Wochenendausflügen zu meiner fränkischen Verwandtschaft – meistens zu Hause gewesen, entweder mit meinem Studium oder mit den Kindern beschäftigt. Es gab keinen Anlass für Liebesbriefe. Irgendwann hatte Daniel einfach zu meinem Leben dazugehört. So wie unser VW Sharan in der Einfahrt, der Schnellkochtopf im Küchenschrank und die Goldfische im Gartenteich.

War es so, wie Alex gesagt hatte? Hatte ich Daniel verloren, weil ich ihn wie ein selbstverständliches Zubehör meines Alltags betrachtet hatte? Waren wir einander langweilig geworden?

Ich betrachtete Daniels zackige Handschrift. Sie sah damals schon genauso aus wie heute, wenn er mir kleine Post-it-Botschaften hinterließ. Aber er hatte schon lange kein Herzchen mehr dazugemalt.

Ich wollte Daniel nicht verlieren. Ich wollte ihn zurückhaben. Ich wollte, dass alles wieder so wunderschön war wie am Anfang. Vielleicht nicht ganz so schön, denn die Sache mit Bettina ließ sich schließlich nicht ungeschehen machen. Aber Daniel und ich – wir waren mal ein Traumpaar gewesen. Wir hatten eine zweite Chance verdient. Vielleicht war es ja noch nicht zu spät. Jedenfalls würde ich meinen Mann nicht kampflos einer anderen überlassen.

Ich würde Daniel einen Brief schreiben. Einen ersten richtigen Liebesbrief. Nach fünfundzwanzig Jahren war das mehr als überfällig. Wie absurd, dass ich Alex zärtliche E-Mails geschickt hatte – und nicht dem Mann, der mir wirklich wichtig war.

Daniel würde meinen Brief morgen beim Zubettgehen auf seinem Kopfkissen entdecken. Er würde ihn lesen, bittere Tränen der Reue weinen, und wir würden endlich einmal wieder sehr lange miteinander reden. Es würde schmerzhaft für uns beide werden, aber schließlich würde ihm klar werden, was er mit seiner Affäre aufs Spiel setzte. Nicht weniger als die große Liebe seines Lebens. Er würde Bettina in die Wüste schicken und zu mir zurückkehren … und alles würde wieder gut werden. Und das mit dem Baby? Nun ja, vielleicht würde ich es schaffen, mit dem Produkt von Daniels Seitensprung klarzukommen. Wer liebt, verzeiht, hatte Helen gesagt. Ich würde es jedenfalls versuchen, wenn ich sicher sein konnte, dass Daniel mir so etwas nie wieder antun würde.

Auf einmal durchflutete mich ein warmes Gefühl von Glück und Zuversicht. Ich würde es schaffen! Schließlich war das Schreiben meine Profession. Ich war Werbetexterin. Mit meinen Worten brachte ich Menschen dazu, Dinge zu kaufen, von denen sie bislang gar nicht gewusst hatten, wie sehr sie sich die wünschten. Einen neuen Haarschnitt bei »Cut and Go« zum Beispiel oder einen spontanen Urlaubsflug mit Sunshine Air. Da würde es mir ja wohl noch gelingen, einen Mann, der mich einmal sehr geliebt hatte, zurückzugewinnen.

Morgen würde mein neues Leben beginnen. Morgen würde ich Daniel den entscheidenden Brief schreiben.

Mit diesen Gedanken ging ich zu Bett und schlief schnell und zuversichtlich ein. Ich nahm kaum mehr wahr, als Daniel irgendwann spätabends nach Hause kam.

35.

Verdammt, wo war nur Tante Irmis Blümchen-Briefpapier?

Am nächsten Vormittag durchforstete ich sämtliche Fächer und Schubladen meines Nachttisches, in dem ich meine Schreibutensilien aufbewahrte. Großtante Irmi hatte mir zum Geburtstag einmal sehr romantisches Briefpapier geschenkt, zartlila Briefbögen mit Rosenranken drum herum und passenden Umschlägen. Zugegeben, das war schon sehr lange her. Es war ein paar Jahre vor ihrem Tod gewesen, also ungefähr vor zehn, zwölf Jahren. Weil ich das Papier damals grässlich kitschig fand, hatte ich es allerdings nie zum Briefeschreiben benutzt, sondern für florale Bastelarbeiten mit den Kindern missbraucht. Vor allem Isa hatte es als kleines Mädchen geliebt, die hübschen Röschen auszuschneiden und andernorts zu opulenten Blumenmustern wieder aufzukleben. Offenbar war damals das komplette Briefpapier draufgegangen, denn so sehr ich auch kramte, ich fand keinen einzigen dieser Briefbögen mehr und auch keines der Kuverts.

Aber ich entdeckte etwas anderes: nämlich ein paar Adressaufkleber mit Daniels Namen darauf. Ich erinnerte mich daran, dass er sie vor einigen Jahren mal zugeschickt bekommen hatte als Dankeschön für eine Spende an das Müttergenesungswerk oder den Naturschutzbund oder was auch immer. Die Aufkleber waren rundum bedruckt mit einem verschnörkelten Rosenmuster und sahen eigentlich ganz hübsch aus. Daniel hatte nie ernsthaft erwogen, sie zu verwenden. Ich hatte sie trotzdem aufbewahrt, damit Isa bei Bedarf etwas zum Ausschneiden und Aufkleben hatte. Aber Isas Blümchen-Bastelphase war da wohl schon vorbei gewesen, jedenfalls lagen die Aufkleber seit damals unbeachtet in meiner Schublade. Nun, heute würde ich sie endlich einmal gebrauchen: Ich klebte einen davon auf einen schlichten weißen Briefumschlag, was der Sache doch gleich den kleinen fehlenden Touch Romantik gab.

Jetzt kam der schwierige Teil der Mission.

Ich nahm einen weißen Papierbogen und meinen besten Kugelschreiber aus der Schublade, setzte mich in Daniels Arbeitszimmer an den Schreibtisch und schrieb »Lieber Daniel« auf das Blatt.

Es sah sehr ungelenk aus. Ich war nicht mehr sehr routiniert darin, mit der Hand zu schreiben, seit ich sogar meine Einkaufsliste in den virtuellen Notizblock meines Handys tippte. Das Einzige, was ich eigentlich noch mit der Hand schrieb, war die Weihnachtspost an die Verwandtschaft, und das war jetzt auch schon wieder eine Weile her.

Ich probierte es noch ein paarmal mit »Lieber Daniel«, »Allerliebster Daniel« und »Herzallerliebster Ehemann«, bis das Papier von oben bis unten mit blauen Buchstaben bedeckt war. Aber es half nichts: Meine Handschrift war zum Ärger meiner Lehrerinnen schon zu Schulzeiten eine Katastrophe gewesen und hatte sich mangels Praxis in den vergangenen Jahren nicht gerade zum Besseren gewandelt. Das Geschriebene sah so krakelig aus, als hätte sich ein Patient im fortgeschrittenen Stadium von Parkinson im Verfassen von experimenteller Lyrik versucht. Ich knüllte den Briefbogen zusammen und stopfte ihn in den Mülleimer.

Ich gab mir noch auf drei weiteren Blättern Mühe, aber meine Schrift wollte Alex' wunderschön verschlungenen Buchstaben nicht im Geringsten ähneln. Ob es besser geworden wäre, wenn ich einen Füllfederhalter mit grüner Tinte gehabt hätte? Das würde ich nie erfahren.

Dann eben kein handschriftlicher Liebesbrief, dachte ich frustriert und schaltete meinen Laptop ein. Am Computer konnte ich sowieso nicht nur viel besser schreiben, sondern auch viel besser denken. Und schließlich kam es ja vor allem auf den Inhalt an.

Lieber Daniel,
wahrscheinlich wunderst Du Dich, dass Du auf einmal einen Brief von mir bekommst. Aber manche Dinge kann ich besser schreiben als sagen. Ich möchte, dass Du weißt, Du bist der Mann meines Lebens. Ich liebe Dich immer noch wie keinen anderen. Trotz allem!!! Daniel, ich habe lange über uns nachgedacht. Ich kann mir ein Leben ohne Dich nicht vorstellen, und ich glaube noch immer, wir können das schaffen miteinander. Auch wenn es schrecklich für mich ist, zu wissen, dass es da eine andere Frau gibt! Zu wissen, dass Du wahrscheinlich gerade mit ihr zusammen bist, während ich wünschte, Du wärest bei mir! Wieso tust Du mir das an? Warum willst Du nicht einmal mit mir darüber reden? Ich weiß, dass mit uns nicht immer alles rosarot ist. Aber wir waren doch ein Traumpaar – von dem Moment an, als wir uns zum ersten Mal begegnet sind. Weißt Du noch, an diesem verregneten Montagmorgen am Schwarzen Brett in der Uni … Ach, natürlich weißt Du das. Ich denke so oft daran in letzter Zeit. Was wäre passiert, wenn ich an diesem Tag eine U-Bahn später

genommen hätte? Oder wenn Du beim Bäcker ein bisschen länger hättest anstehen müssen? Vielleicht hätten wir uns dann nie kennengelernt. Ich hätte mich in einen anderen Mann verliebt. Wie anders unsere Leben verlaufen wären. Tut es Dir manchmal leid, wie sich alles entwickelt hat? Dass wir uns aneinander gewöhnt haben? Dass es nicht mehr so aufregend ist wie beim ersten Mal? Aber Du kannst die fünfundzwanzig Jahre doch nicht einfach wegwerfen, nur weil da so eine junge Blondine auftaucht und dir den Kopf verdreht. Und denkst du überhaupt nicht an Isa und Basti? Was sollen die denn von Dir denken? Und sie ist so furchtbar jung! Vielleicht ist es noch nicht zu spät, Daniel. Lass uns bitte miteinander reden. Ich habe schon ein paarmal versucht, Dich darauf anzusprechen, aber Du weichst mir immer irgendwie aus. Ich spüre doch, dass Du mir etwas verheimlichst. Und ich habe auch mitbekommen, dass Deine Geliebte schon schwanger ist. Ich weiß alles! Du kannst Dir nicht vorstellen, wie schockiert ich bin. Aber ich habe genug geheult deswegen. Ich werde Dich nicht aufgeben. Ich will trotzdem bei Dir bleiben. Ich habe das ernst gemeint damals, als ich bei der Hochzeit sagte: »Solange ich lebe …« Du hast doch auch nicht gedacht damals: »So lange, bis mir eine Hübschere, Jüngere über den Weg läuft …« Bitte gib uns noch eine Chance, lass es uns nicht kaputt machen.
Für immer in Liebe,
Deine Franziska

Ich tippte auf das Druckersymbol meines Laptops, der Drucker auf Daniels Schreibtisch zog einen Bogen Papier ein und begann zu surren. Doch nach ein paar Sekunden machte er ein merkwürdiges kratzendes Geräusch und warf das Blatt aus. Ich zog es aus dem Fach und stellte fest: Der Brief war unvollständig. Etwa nach einem Drittel des Textes wurde die Schrift mit jeder Zeile blasser, den Satz »Wie anders unsere Leben verlaufen wären« konnte man kaum noch entziffern, danach waren nur ein paar Reihen unlesbare verwischte Tintenpunkte zu sehen, und der letzte Teil fehlte komplett.

Verdammt, die Farbpatrone war leer. Ausgerechnet jetzt! Ich zog sämtliche Schubladen an Daniels Schreibtisch auf, aber nirgendwo fand ich Ersatz. Ich überlegte gerade, ob ich es schaffen würde, schnell in die Stadt zu fahren und neue Patronen zu kaufen, bevor Isa aus der Schule käme, da hörte ich, wie die Haustür aufgesperrt wurde.

»Hey, Mama!«, rief Isa durchs Haus. »Ich bin schon zurück. Physik ist ausgefallen.«

Ich erschrak wie ein Mörder, der mitten in der Blutlache steht und noch nicht weiß, wohin mit der Leiche. Was natürlich Blödsinn war, weil es nun wirklich kein Verbrechen ist, dem eigenen Ehemann einen Liebesbrief zu schreiben. Aber ich wollte nicht, dass Isa den Brief womöglich zu Gesicht bekäme und mir komische Fragen stellte. Von Daniels und meiner Krise brauchte sie nichts zu erfahren. Jedenfalls nicht bevor Daniel und ich unsere Krise beigelegt hatten. Auf welche Art auch immer.

Ich hörte, wie sie ihre Schultasche durch den Flur schleuderte und erst in der Küche und dann im Wohnzimmer nach mir suchte.

»Wo bist du denn?«, rief sie. Hastig faltete ich den Briefbogen zusammen und schob ihn in den Umschlag, als sie auch schon ins Zimmer stürzte.

»Mama, stell dir vor, was passiert ist!«, schrie sie und strahlte über das ganze Gesicht. »Ich hab die Versetzung geschafft! Ich bin praktisch schon in der elften Klasse! Ich krieg in Latein sogar eine Drei, hat die Scholle gesagt.

Vom Schnitt her liege ich zwar genau zwischen drei und vier, aber sie hat gesagt, ich bin in der letzten Zeit so gut geworden, der Trend gehe nach oben, und dafür müsste ich belohnt werden. Super – oder? Eigentlich ist die olle Scholle ja ganz nett …«

»Ach, Schatz, ich freu mich riesig. Ich bin so stolz auf dich!«

Für den Bruchteil einer Sekunde vergaß ich meinen Brief an Daniel. Ich nahm Isa in den Arm und strich ihr glücklich über den Kopf, wogegen sie ausnahmsweise nicht protestierte.

»Und in Physik bekomme ich auch keine Fünf ins Zeugnis. Ich bin genial, oder? Darf ich jetzt Saxofon spielen lernen?«

»Wieso Saxophon? Ich dachte, du wolltest Gitarre lernen!«

»Nee, ich hab es mir anders überlegt. Saxofon ist noch viel cooler.«

Isa löste sich aus meiner Umarmung. Der Briefumschlag, der auf dem Schreibtisch lag, hatte ihre Neugier geweckt.

»Was ist das denn?« Sie nahm ihn in die Hand und schaute ihn neugierig an. »Wer schreibt Papa denn Briefe mit Blümchenaufkleber? Und ohne Absender? Ist das so ein richtig anonymer Brief?«

Sie hielt sich den Umschlag an die Nase und schnüffelte geräuschvoll daran herum.

»Na, wenigstens riecht er nicht nach Parfüm«, stellte sie grinsend fest und warf ihn zurück auf den Schreibtisch. »Sonst müssten wir uns Sorgen machen, dass er eine heimliche Geliebte hat, nicht wahr?«

Zum Glück war Isa viel zu vergnügt über ihre Versetzung, um zu bemerken, dass ich auf ihre letzte Bemerkung hin leichenblass geworden war.

»Und jetzt hab ich einen Riesenhunger, Mama. Was gibt's zu essen? Ich hätte mal wieder totale Lust auf Spaghetti bolognese.«

Isa hielt mich den ganzen Nachmittag auf Trab. Ihr Mitteilungsbedürfnis war nicht zu bremsen. Sie berichtete noch einmal in allen Details, wie ihr Frau Scholler-Borstig die gute Botschaft übermittelt hatte. Auch ihre Freundinnen hatten – wenn auch knapp – die Versetzung geschafft. In den nächsten Tagen wollten sie sich jetzt voll und ganz den Aufnahmen für das YouTube-Video der *Stiching Bitches* widmen.

Als Daniel nach Hause kam, lag mein halb ausgedruckter Brief immer noch auf seinem Schreibtisch. Ich war weder dazugekommen, neue Druckerpatronen zu kaufen, noch hatte ich den Brief wie geplant auf sein Kopfkissen gelegt. Aber eigentlich war es ja auch völlig egal, wo Daniel den Brief finden würde. Hauptsache, er las ihn, und wir konnten miteinander reden. Dann würde ich ihm auch sagen, was in den Zeilen stand, die nicht mehr gedruckt worden waren.

»Ich hab es doch gewusst, dass du es schaffen wirst, mein Lieblingsmädchen!«

Daniel hob Isa in die Luft, als sie ihm von ihrer Versetzung erzählte, und drehte sie herum wie ein kleines Kind. Aber ich konnte den Anblick dieses Familienglücks nicht so richtig genießen. Die Vorstellung, dass er demnächst so ausgelassen mit einem Kind herumturnen würde, das er mit einer anderen Frau hatte, machte mir Magenkrämpfe.

Daniel hatte Isa gerade wieder auf dem Boden abgesetzt, als sie auch schon aus dem Zimmer rannte, weil das Handy in ihrer Schultasche gebellt hatte. Ich kannte das Geräusch. Das war eine Nachricht von Vicky oder Luisa, die normalerweise einen stundenlangen Austausch von Kurzbotschaften zur Folge hatte. Warum sollte man auch drei Minuten lang miteinander telefonieren, wenn man das Ganze in fünf Stunden per WhatsApp klären konnte …

Erstaunlicherweise kam Isa schon nach kurzer Zeit zurück.

»Schau mal, Papa!«, rief sie und wedelte mit meinem Brief. »Du hast heute einen anonymen Brief bekommen!«

Ich hielt die Luft an. *So* hatte ich mir den Beginn meiner Wiedervereinigung mit Daniel nicht vorgestellt. Nicht mit unserer Tochter als Zeugin.

»Was für ein anonymer Brief?«, fragte er.

Mir wurde ein klitzekleines bisschen schwindelig.

»Einer mit Blümchen und ohne Absender. Es ist nicht mal eine Briefmarke drauf. Ich glaub, Mama hat ihn im Briefkasten gefunden, nicht wahr, Mama?«

»Äh«, machte ich. »So ähnlich …«

Daniel betrachtete den Umschlag. Dann machte er ihn auf, faltete das Blatt auseinander und begann zu lesen. Ich sah, wie er die Stirn runzelte, wie er stutzte. Als er fertig war mit Lesen, drehte er den Briefbogen und das Kuvert hin und her, als suche er irgendwo einen Absender.

»Und?«, fragte Isa. »Was steht drin?«

Daniel schaute auf, und unsere Blicke trafen sich. Ich spürte, wie mein Herz einen Satz machte. Ich lächelte ihn an. Das war er also, der historische Moment. Der Moment, auf den ich so lange schon gewartet hatte. Jetzt würde Daniel Isa bitten, aus dem Zimmer zu gehen, damit er und ich in Ruhe etwas Wichtiges besprechen konnten. Dann würde er sich vor mir auf die Knie werfen, mich tränenreich um Vergebung bitten und schwören, dass er mich bis an unser Lebensende immerwährend lieben und diese blöde Bettina umgehend an ein biologisches Institut in Papua-Neuguinea versetzen werde.

»Na?«, fragte ich mit der sanftesten Stimme, zu der ich bei aller Aufregung fähig war, während Daniel den Brief zusammenfaltete und zurück in den Umschlag steckte. »Wer hat dir da so geheimnisvoll geschrieben?«

Daniel zuckte erstaunlich nüchtern mit den Schultern.

»Ach, nichts Besonderes« sagte er, ohne mich anzusehen. »Nur ... was aus der Uni.«

WIE BITTE?

»Aus der Uni?«, krächzte ich. »Ein Brief aus der Uni? Mit Blümchenaufkleber? Ohne Absender – und unfrankiert?«

»Tja«, Daniel stieß ein kleines nervöses Lachen aus. Sein Blick flog zwischen Isa und mir hin und her. »Die Biologen haben manchmal einen etwas schrägen Humor, wisst ihr. Nun – äh ... Vermutlich hatte unsere Sekretärin hier in der Nähe zu tun und hat den Brief gleich bei uns eingeworfen, um das Porto zu sparen. So ist sie eben. Macht euch keine Gedanken. Da stand wirklich nichts Besonderes drin.«

Das klang so hanebüchen, dass mir die Spucke wegblieb. Ich starrte ihn an. Irgendetwas entwickelte sich hier ganz anders, als ich es geplant hatte. Keine Reue. Kein Kuss. Keine Wiedervereinigung. Kein Bettina-Bashing. Ganz im Gegenteil: Daniel hatte überhaupt nicht begriffen, dass ich diesen Brief geschrieben hatte.

Und was noch viel schlimmer war: Er hatte mir eiskalt ins Gesicht gelogen.

Nichts Besonderes stand da drin? Von wegen! Das war ein Liebesbrief. Der verzweifelte Hilferuf seiner unglücklichen Ehefrau – und er hatte nichts kapiert. Ich spürte, wie mir der Schweiß ausbrach. Vermutlich dachte Daniel, der Brief wäre von Bettina. Ein Liebesbrief seiner heimlichen Geliebten, anonym zu Hause in seinen Briefkasten geworfen, um ihn unter Druck zu setzen! Womöglich hatten die beiden ja auch gerade eine kleine Krise, und Bettina ärgerte sich, dass er immer noch mit mir zusammenwohnte.

Dummerweise hat er sie auch in der Uni kennengelernt. Mit den beiden war das vermutlich so ähnlich abgelaufen wie mit Daniel und mir damals. Und der entscheidende Teil des Textes, in dem ich die Kinder und unsere fünfundzwanzig gemeinsamen Jahre erwähnt hatte, der fehlte ja leider. Mir zitterten die Knie.

Wenn es noch eines weiteren Beweises für Daniels Untreue bedurft hätte: nun, da war er.

»Komische Sekretärinnen habt ihr«, kicherte Isa. »Mama und ich hatten schon befürchtet, du hast ein Verhältnis!«

»So ein Quatsch, wie kommt ihr denn darauf?«

Schweigend und in Schockstarre beobachtete ich, wie Daniel vom Tisch aufstand, den Brief in die eine, die aktuelle Ausgabe von »Forschung heute« in die andere Hand nahm und aus dem Wohnzimmer marschierte. Ich blieb am Tisch stehen, einer Ohnmacht nahe.

An der Tür drehte sich Daniel noch einmal kurz zu mir um.

»Apropos Uni«, sagte er. »Habe ich dir das eigentlich schon erzählt? Nächsten Freitag ist wieder unser Sommerfest am Institut.«

»Ach«, machte ich, noch immer nicht ganz Herrin meiner Sinne.

»Wahrscheinlich wird es für dich wieder genauso langweilig wie in den letzten Jahren. Lauter öde Ansprachen über den aktuellen Stand der Wissenschaft, und der Sekt ist zu warm. Du brauchst nicht mitzukommen. Ich werde vermutlich sowieso wieder kaum Zeit für dich haben. Und Professor Jaspers kommt diesmal auch ohne seine Frau. Bleib ruhig zu Hause. Oder mach dir einen schönen Abend mit Helen und Mona!«

»Wieso sollte ich zu Hause bleiben wollen?« Ich kreischte beinahe. Damit er auf der Party freie Bahn hatte, um mit seiner Bettina zu flirten? Damit er ungestört sein Liebesglück im Kreise Gleichgesinnter genießen konnte? Niemals!

Zugegeben, ich hatte die Sommerfeste in den vergangenen Jahren verdammt langweilig gefunden und Daniel beim vorigen Mal tatsächlich gefragt, ob es eine moralische Verpflichtung für Professorengattinnen gebe, an diesem faden Gelaber teilzunehmen, oder ob ich mir vielleicht woanders einen lustigen Abend mache könnte.

Damals hatte Daniel noch gesagt, er fände es schön, wenn ich dabei wäre. Aber das war vor langer, langer Zeit gewesen, als es noch keine böse Bettina in unserem Universum gegeben hatte.

»Natürlich komme ich mit!«, rief ich. »Wieso sollte ich dich allein auf das Sommerfest gehen lassen?«

Daniel zuckte mit den Schultern.

»Ich dachte nur … Voriges Jahr hattest du doch gesagt …«

»Vergiss, was ich im vorigen Jahr gesagt habe. Ich komme mit. Auf jeden Fall. Ich werde mir ein schickes neues Kleid für die Party kaufen.«

»Okay, okay«, sagte Daniel zögernd. Vermutlich fragte er sich, wie er sich meine plötzliche Begeisterung erklären sollte. »Aber bitte beschwer dich nicht wieder, wenn du dich langweilst.«

»Garantiert nicht«, antwortete ich grimmig.

Oh, nein! Ich würde mich nicht langweilen. Ich würde dieser Bettina einen Abend bereiten, den wir alle so schnell nicht vergessen würden. Wenn sie und Daniel gerade eine Krise hatten, dann war das meine Chance. Der Showdown konnte beginnen!

36.

In den darauffolgenden Tagen kaufte ich mir nicht nur ein neues Kleid, sondern ließ mir auch von Wiebke Wiesbeck einen stylischen neuen Haarschnitt nebst ein paar hinreißenden Blondsträhnchen verpassen.

»Wenn Sie möchten, mache ich bei Ihnen auch noch eine aufbauende Intensiv-Kurpackung auf Kaviarbasis, gratis natürlich, sozusagen als Dankeschön für Ihre wunderschönen Werbeflyer«, hieß es. Natürlich wollte ich. Etwas Aufbauendes konnte ich derzeit in jeder Hinsicht gut gebrauchen.

Danach saß ich stundenlang bei »Beautiful Nails And More«, ließ meine Finger mit verschiedenen Feilen, Lacken und bläulichem UV-Licht behandeln in der Hoffnung, dass ich davon keinen Fingerkrebs bekommen würde. Anschließend bewunderte ich meine langen, ebenmäßigen Krallen, die zwar hinreißend schimmerten (rosa mit breiten weißen Spitzen!), aber ansonsten für praktisch nichts mehr zu gebrauchen waren. Außer vielleicht, um Bettina damit die Augen auszukratzen. Und das reichte fürs Erste ja auch.

Beim Kleiderkauf begleitete mich Helen, weil Mona in der Strudelstube mal wieder unabkömmlich war. (»Sorry, ich kann hier nicht weg: Meine Kaffeemaschine spinnt, und der Service kommt jeden Moment.«) Ich probierte ungefähr siebenundzwanzig verschiedene Modelle an, wobei ich feststellte, dass sich meine Figur seit dem letzten Abendrobenkauf kurz vor Bastis Abitur nicht gerade zu ihrem Vorteil entwickelt hatte. Es sei denn, man hielt barocke Speckpolster an Bauch, Hüfte und Oberschenkeln für unwiderstehlich. Nicht dass ich wirklich dick geworden wäre, aber als rank und schlank konnte man diesen Körper im nüchternen Zustand kaum mehr bezeichnen.

Glücklicherweise trafen wir auf eine sehr zuvorkommende Boutique-Verkäuferin, die sich rechtzeitig daran erinnerte, dass ich ihr zur Eröffnung ihres Geschäfts vor zwei Jahren, den Text für ihren Flyer geschrieben hatte: »Tritt ein als Kundin, geh heim als Göttin!« Der Slogan prangte sogar in verschnörkelten Lettern auf einem goldgerahmten Schild über der Kasse, so gut gefiel er ihr. Jedenfalls sorgte die Dame mit dem ein oder anderen Glas Prosecco für eine sehr entspannte Stimmung bei ihrer VIP-Kundin und dafür, dass ich schließlich mit einer dramatisch roten Robe in der Tüte den Laden verließ. Und mich wirklich wie eine Göttin fühlte. Ich hatte damals gar nicht gewusst, wie überaus zutreffend mein Slogan war!

Helen hatte zwischendurch zweifelnd angemerkt, ob dieses Outfit denn tatsächlich für eine dreiviertel offizielle Universitätsveranstaltung mit öden Ansprachen geeignet sei oder nicht vielmehr für eine frivole Mitternachts-Party, aber ich war absolut begeistert. Das Kleid schimmerte sündig in Seide, es war knöchellang, knalleng und an der einen Seite sehr hoch geschlitzt, was das Fortbewegen ermöglichte. Außerdem war es asymmetrisch geschnitten, es hatte nur einen diagonal über die Brust verlaufenden Träger und ließ ansonsten sehr viel Schulter und noch mehr Rücken frei. Es was wirklich beeindruckend und vor allem: von Donna Karan! Das musste jetzt mal sein. Bettina würde garantiert erblassen vor Neid, wenn sie mich sah. Am liebsten hätte ich das Markenetikett dran gelassen. Und das Preisschild auch.

Noch in der Boutique machte ich ein Selfie von mir in dem Kleid und schickte das Foto an Mona. Als sie prompt zurückschrieb: »Geiles Teil«, kaufte ich es.

Donna Karan hatte ganze Arbeit geleistet. Das Kleid saß wie angegossen. Vor allem deshalb, weil ich zusätzlich noch eines von diesen gummiartigen, hautfarbenen Unterkleidern erworben hatte, in denen ich mich zwar fühlte wie eine Presswurst kurz vor dem Verfallsdatum und kaum Luft zum Atmen bekam, geschweige denn einen Happen würde essen können. Aber es machte eine erstaunlich gute Figur, mogelte um die Leibesmitte mindestens fünf Kilo weg, zauberte eine Taille herbei, wo seit Jahren keine mehr gewesen war, und brachte meinen Busen – auf wundersame Weise trägerlos – in eine überaus beachtliche Position. Für diese Optimierung meines Körpers war ich bereit, alle nur erdenklichen Unannehmlichkeiten in Kauf zu nehmen. Auch, dass sich mein Kontostand durch den Erwerb der Luxusklamotte schlagartig auf nahezu null reduzierte.

Physisch unangenehm und fast ebenso teuer waren auch die Louboutins, die ich mir passend zum Kleid leistete. Rein optisch ein Traum: rotes Leder (sogar auf der Unterseite!), vorne Plateausohle und hinten zwölf Zentimeter hohe, stängeldünne Absätze. Die Welt sah gleich ganz anders aus von hier oben. Allerdings konnte man das, was ich in den Schuhen tat, nicht wirklich Gehen nennen. Es war eher ein Balancieren, ein storchisches Stöckeln, aber ich hatte ja noch ein paar Tage Zeit zum Üben. Und das tat ich.

Egal wie schmerzhaft es war, sich in Stretchschlauch und High Heels zu zwängen: Das Einzige, was zählte, war, Bettina zu schockieren. Und Daniel auch.

Ich ahnte noch nicht, wie sehr mir das gelingen würde.

Am Tag des Sommerfestes wuchs meine Aufregung stündlich. Ich hatte Daniel noch nichts von meinem neuen Outfit erzählt, weil ich ihn unbedingt überraschen wollte. Seit dem späten Nachmittag verbarrikadierte ich mich im Badezimmer, um mein Erscheinungsbild mit allen Mitteln der führenden Kosmetikindustrie zu perfektionieren. Ich puderte, schattierte, tuschte und tupfte in meinem Gesicht herum, bis Daniel an die Badezimmertür klopfte und fragte: »Wirst du heute noch mal fertig, oder bist du in der Badewanne davongeschwommen? Es ist gleich halb sieben. Wir müssen los, sonst verpasse ich meinen eigenen Vortrag.«

»Gleich!«, antwortete ich. Daniel hatte einfach keine Ahnung, wie schwierig es war, aus einer Auswahl von siebenundzwanzig Lippenstiften den Farbton zu wählen, der am besten sowohl zu meinem Kleid als auch zu meiner Stimmung passte. Ich entschied mich für »Irresistible Red«. Unwiderstehlich war genau das, was ich heute sein wollte.

Ich wartete, bis Daniel wieder hinuntergegangen war, dann zelebrierten Donna Karan, Christian Louboutin und ich unseren Auftritt.

Stufe für Stufe schritt ich die Treppe hinab wie eine jungfräuliche Braut am Hochzeitstag und lächelte Daniel an. Er stand unten am Treppenansatz in dunklem Anzug, Krawatte und blanken Schuhen und sah verdammt gut aus, wie ich feststellen musste. Er wirkte schlanker als sonst. Entweder trug er auch etwas in Stretch unter seinem Hemd (wovon ich nicht ausging), oder seine regelmäßigen sportlichen Einheiten hatten sich tatsächlich positiv auf Körperbau und Fettanteil ausgewirkt. Jedenfalls fand ich, dass er so hinreißend aussah wie schon lange nicht mehr, und die Vorstellung, dass er sich demnächst mit Bettina über alle Berge davonmachen würde, war … Nein! Darüber wollte ich jetzt nicht länger nachdenken. Ich hatte noch einen Abend, um ihn zur Vernunft zu bringen, und der begann gerade jetzt.

»Wow«, entfuhr es ihm. »Ich wusste gar nicht, dass du eine Diät gemacht hast.«

Ich lächelte huldvoll. Das mit dem Gummidings behielt ich jetzt mal lieber für mich.

»Und?«, half ich ihm auf die Sprünge. »Gefalle ich dir?«

Daniel lächelte, nahm mich an der Hand und hauchte mir einen Kuss auf die Wange.

»Sehr! Du bist die schönste Frau des Universums! Wie immer. Ich wusste gar nicht, wie gut dir Rot steht! Aber warum hast du dich denn so aufgebrezelt? Das ist doch bloß ein Uni-Sommerfest und keine Oscarverleihung … Na ja, jetzt müssen wir unbedingt los, ich halte doch den Eröffnungsvortag.«

Ich vermied es zu heulen. Zum einen, damit Daniel nicht merkte, wie enttäuscht ich war, weil seine Reaktion nicht ganz so überzeugend ausgefallen war, wie ich es mir vorgestellt hatte. (Ich hatte mindestens einen Kniefall, ein gestammeltes »Ich liebe dich«, eine tränenreiche Bitte um Vergebung und den Schwur erhofft, dass er in seinem Leben nie wieder eine andere Frau begehren würde. Aber natürlich geschah wieder mal nichts dergleichen.) Zum anderen aber, damit ich Bettina nicht mit verschmierter Wimperntusche gegenübertreten musste.

Dann konzentrierte ich mich darauf, mit dem engen Kleid und den hohen Absätzen ins Auto zu steigen, ohne Schaden an Mensch oder Material anzurichten, was nicht ganz einfach war. Ich benötigte mehrere Anläufe, bis es klappte.

»Warum ziehst du dir auch so was Umständliches an!«,

murmelte Daniel und startete den Wagen. »Kannst du überhaupt den ganzen Abend lang in diesen Wahnsinnsschuhen laufen?«

»Selbstverständlich«, antwortete ich, obwohl ich wusste, dass das nicht stimmte. Immerhin hatte ich für den Fall schwerer Fußprobleme noch ein Paar flache, bequeme Ballerinas in meine Handtasche gesteckt.

37.

Das Biologische Institut der Uni lag etwas außerhalb im Süden der Stadt und bestand aus mehreren modernen Gebäudekomplexen, bei denen Glas eine tragende Rolle spielte. Auf dem Vorplatz herrschte schon reges Treiben, als wir ankamen. Daniel nickte und grüßte hier und da, aber ich kannte kaum jemanden. Ich hakte mich demonstrativ bei ihm unter und versuchte, mich zu fühlen wie Angelina Jolie auf dem roten Teppich vor dem Dolby Theatre am Hollywood Boulevard. Doch ich kam mir eher so vor wie Gary Cooper kurz vor seinem Showdown in »High Noon«.

Gleich am Eingang begrüßte uns lächelnd eine Studentin, die ein braves cremefarbenes Etuikleid trug. Auf einem kleinen Tisch vor ihr lagen ein Kugelschreiber und eine mehrseitige Namensliste.

»Guten Abend, Herr Professor«, sagte sie, fuhr mit ihrem langen blau lackierten Zeigefingernagel über das Papier und setzte ein Häkchen hinter die Zeile »Prof. Dr. Daniel Herold mit Begleitung«. Dann blickte sie auf und wünschte uns viel Vergnügen auf dem Fest.

Ich war sofort misstrauisch. »Wieso steht da ›mit Begleitung‹ und nicht ›mit Ehegattin‹?«, flüsterte ich Daniel zu. Ich fühlte mich in meinem dringenden Verdacht bestätigt, dass er sich ursprünglich zusammen mit Bettina hier angemeldet hatte.

»Was weiß ich«, murmelte er. »Das machen die jetzt immer so auf der Einladungsliste. Ich nehme an, das ist politisch korrekt. Es ist ja nicht jeder verheiratet.«

»Nein«, knurrte ich, während ich neben Daniel das gläserne Foyer in Richtung Innenhof durchquerte. »Manch einer bringt sicher seine Geliebte mit …«

»Kann schon sein«, sagte Daniel, war ansonsten aber weiter mit Nicken und Grüßen beschäftigt.

Angesichts des lauen Sommerabends hatten sich die meisten Gäste draußen versammelt. Der Innenhof war erfüllt vom Gemurmel und Gerede der vielen Menschen. Mit Gläsern in der Hand standen sie in Grüppchen plaudernd zusammen oder lehnten an hohen Tischen unter breiten weißen Sonnenschirmen. Vor der Fassade reihten sich weiß eingedeckte Tische, an denen Getränke ausgeschenkt wurden. Zur Dekoration hatte man hier und da riesige blühende Oleanderbüsche und ausladende Palmen in Rollkübeln aufgestellt. Auf der einen Seite des Hofes war eine kleine provisorische Bühne mit Rednerpult, Mikrofon und Lautsprechern aufgebaut worden. Darüber hing ein breites Transparent mit der Aufschrift: »Herzlich willkommen zum Sommerfest des Biologischen Instituts der Universität München«.

Daniel hatte recht gehabt. Ich war die einzige Frau auf dem Fest, die ein langes Kleid trug. Zumal noch eines, das so rot schimmerte, so absurd hoch geschlitzt war und so viel Haut zeigte. Und das mit so dramatischen Hochglanz-Stöckelschuhen kombiniert wurde. Bei den anderen Damen überwogen gewöhnliche knielange Sommerkleider und praktische Hosenanzüge mit eher unauffälligen Tretern.

Und wenn schon, dachte ich. Einer muss dieser lahmen Veranstaltung ja ein bisschen Glamour geben.

In der Tat zog ich die Blicke der anderen Besucher auf mich. Ich lächelte tapfer zurück und beschloss, großartig zu sein, auch wenn es mir schwerfiel.

Als eine weitere Studentin vorbeikam und uns ein Tablett mit Sektgläsern hinhielt, nahm ich zwei davon. Eine kleine Stärkung in Form eines alkoholischen Getränks konnte nicht schaden, bevor wir auf Bettina treffen würden.

Allerdings schüttelte Daniel den Kopf, als ich ihm ein Glas reichte.

»Danke«, sagte er. »Später. Ich muss erst noch meine Rede halten.«

Ich nippte schnell an meinem Sekt. Er war genauso warm wie in den vergangenen Jahren, wirkte aber recht flott: Schon nach ein paar Schlucken fühlte ich mich etwas weniger wackelig auf meinen Himmelfahrtspumps.

»Ah, da ist ja Professor Jaspers!«, rief ich, ehrlich erfreut, endlich mal jemanden auf dieser Party zu sehen, den ich ganz gut kannte – von Daniel abgesehen.

Ein hagerer älterer Herr mit schütteren grauen Haaren bahnte sich seinen Weg zu uns und reichte uns nacheinander die Hand.

»Guten Abend, verehrte Frau Herold, was für ein überaus bezauberndes Kleid. Wie geht es Ihnen?«

»So gut, wie es einer Ehefrau nur gehen kann, kurz bevor sie zum ersten Mal der Geliebten ihres Mannes begegnet«, lag mir auf der Zunge. Laut sagte ich: »Vielen Dank, es geht mir ausgezeichnet«, und lächelte dabei süß.

Professor Jaspers hielt sich nicht lange mit Small Talk auf. »Entschuldigen Sie, Frau Herold, darf ich Ihren Mann kurz entführen? Es wird Zeit für die Eröffnungsrede.«

»Sorry, Schatz!« Daniel hauchte mir ein Küsschen auf

die Wange und ging neben Jaspers in Richtung Bühne davon.

Ich blieb mit einem leeren und einem halb leeren Sektglas in den Händen zurück und sah ihm nach. Als die Studentin mit den Getränken erneut vorbeikam, trank ich auch das zweite Glas aus, stellte beide Gläser ab und nahm mir ein frisches. Diesmal war der Sekt etwas kühler. Nachdem ich noch ein paar Schlucke genommen hatte, fühlte ich mich langsam so ähnlich wie Angelina Jolie.

Dann lauschte ich Daniels Ansprache.

»Sehr geehrte Damen und Herren, liebe Kolleginnen und Kollegen, liebe Studierende, liebe Gäste! Es ist wieder ein wunderschöner Abend heute, und ich darf Sie ganz herzlich zum alljährlichen Sommerfest unseres Instituts begrüßen. Wie schön, dass Sie alle wieder zu uns gefunden haben …«

Da sah ich sie. Bettina. Sie war es. Eindeutig. Sie stand ganz vorne im Publikum, direkt vor dem Rednerpult, und schaute zu Daniel auf. Ich erkannte sie in dem Moment, in dem sie sich kurz zur Seite drehte und ein paar Worte mit einer anderen Studentin wechselte, die neben ihr stand. Bettina sah genauso aus wie auf dem Foto in dem Zeitungsartikel: groß und schlank, schwarze Brille, die blonden Haare im Nacken zu einem praktischen Zopf zusammengebunden. Sie trug sogar dieselben Klamotten – Hosenanzug und rosa Bluse. Na, da machte ich ja einiges mehr her.

Leise pirschte ich mich näher an sie heran. Ich schob mich – das Sektglas voran – durch die Schar der Zuhörer, bis ich fast direkt hinter ihr stand. Aber sie sah mich nicht.

»… konnten wir in diesem Jahr außerordentliche wissenschaftliche Erfolge vorweisen«, sagte Daniel gerade. »An dieser Stelle möchte ich mich ausdrücklich bei meiner wissenschaftlichen Mitarbeiterin Bettina Bayerle bedanken, ohne deren fleißiges Zutun ich wahrscheinlich heute noch nicht die vielen nötigen Versuchsreihen beendet hätte.«

Gelächter und Applaus brandeten auf. Ich sah, wie Bettina ihm kurz zuwinkte. Er lächelte sie an. Wahrscheinlich strahlte sie stolz und glücklich über ihr ganzes Gesicht, aber das konnte ich von hinten nicht erkennen. Ich fand ja, dass Daniel jetzt auch mal ein paar freundliche Worte über seine wunderbare Ehefrau sagen könnte, die ihm jeden Tag so ordinäre Dinge wie Wäschewaschen, Hemdenbügeln, Kochen und Einkaufen vom Leib hielt, damit er sich in Ruhe von morgens bis abends seinen komplizierten wissenschaftlichen Versuchsreihen – und übrigens auch seiner hochbegabten wissenschaftlichen Mitarbeiterin – widmen konnte. Aber auf diese Idee kam er natürlich nicht.

Stattdessen redete Daniel weiter, wobei er ab und zu Bemerkungen einstreute, die für Eingeweihte offenbar lustig waren, denn Bettina und einige andere Studenten lachten und klatschten jedes Mal. Ich allerdings kapierte nicht, was daran witzig sein sollte. Da wusste ich auf einmal wieder, weshalb ich mich auf den Institutsfesten immer so langweilte: Abgesehen von den Begrüßungs- und Schlussformeln ging der größte Teil dieser Reden an mir vorbei, weil ich weder das nötige fachliche Hintergrundwissen besaß noch mit den täglichen Abläufen im Institut vertraut war. Ich fand es unfair, dass Bettina und Daniel eine Welt hatten, aus der ich ausgeschlossen war.

Dabei hatte ich mich am Anfang unserer Beziehung durchaus für biologische Themen interessiert, vor allem für humanbiologische. Was zur Folge gehabt hatte, dass ich nach einigen Jahren Basti und dann Isa zur Welt gebracht hatte. Nachdem die erste große Leidenschaft verflogen war, hatte sich der Schwerpunkt meines biologischen Interesses allmählich verlagert. Auf Fragen der Verhaltensbiologie zum Beispiel: Warum klappen Männer nicht wenigstens die Klobrille hoch, wenn sie schon nicht im Sitzen pinkeln wollen? Fragen der Genetik: Von wem hat Isa diese Aversion gegen jegliche Mitarbeit im Haushalt geerbt und Basti die Eigenschaft, mindestens vierzehn Stunden am Stück schlafen zu können, sofern man ihn nicht vorher aufweckt? Aber auch der Botanik: Wieso steht das Gras schon wieder kniehoch, wo ich es doch neulich erst gemäht habe? Und der Tierkunde: Soll ich gegen die Schnecken im Salatbeet ein paar Bierfallen aufstellen, damit sie wenigstens betrunken sind, wenn sie sterben, oder ihnen besser gleich mit einer Doppelpackung Gift zu Leibe rücken?

Daniel konnte nun wirklich nicht behaupten, dass ich mich nicht mit seinem Fachgebiet auseinandersetzte. Und doch fühlte er sich seit einiger Zeit mehr zu dieser blond bezopften, schwarz bebrillten und in einen schlecht sitzenden Hosenanzug gekleideten Studentin hingezogen als zu mir. Verstehe einer die Männer!

Ehe ich michs versah, hatte ich meinen Sekt ausgetrunken und schon wieder ein neues Glas in der Hand. Nicht nur die wissenschaftlichen Mitarbeiter an dieser Uni waren in Höchstform, sondern auch die Getränke verteilenden Studenten. Diesmal hatte ich mir allerdings ein Glas Rotwein vom Tablett genommen, weil ich befürchtete, sonst einen Schluckauf zu bekommen von der vielen Kohlensäure.

Endlich war Daniel mit seiner Rede fertig. Aber anstatt die Bühne zu verlassen und zu mir zu kommen, blieb er oben stehen und sah zu, wie jetzt Professor Jaspers ans Rednerpult trat und seine Zettel dort ausbreitete.

»Komm!« Ich beobachtete, wie Bettina ihre Freundin am Arm fasste. »Den langweiligen Quatsch von Jaspers müssen wir uns nicht anhören. Besorgen wir uns lieber was zu trinken!«

Ich versteckte mich unauffällig hinter einem beleibten Anzugträger, während sich die beiden umdrehten und durch die Menschenmenge schlängelten. Kurz entschlossen schlängelte ich mich hinterher.

Vor einem Getränkestand auf der anderen Seite des Hofes blieben sie stehen. Ich stellte mich in ihre Nähe hinter einen breit gefächerten Palmbusch, damit Bettina und ihre Freundin mich nicht entdeckten, und beobachtete, wie sich die eine ein Weinglas nahm und Bettina ein Glas Mineralwasser. Klar, sie war ja schwanger.

»Wie fandest du Herolds Rede?«, fragte jetzt die Freundin.

»Er war fantastisch wie immer«, antwortete Bettina. »Daniel ist sooo witzig.«

Ich hielt die Luft an.

»Ach, seit wann duzt ihr euch denn, du und dein Prof?«

Ich hörte, wie Bettina kicherte.

»Schon eine ganze Weile. Seit wir zusammen auf dem Kongress in Thessaloniki waren. Weißt du, an dem Abend nach meinem ersten Vortrag haben wir noch ein bisschen gefeiert.« Sie lachte. »Ziemlich gefeiert … uiuiui – und da hat er mir dann das Du angeboten.«

Ich spürte, wie mir unter meinem Gummikleid der Schweiß ausbrach. Der Ouzo-Abend. Das Gelächter in meinem Telefon. Daniels gute Laune. Aber da musste sie doch längst schwanger gewesen sein, wenn sie jetzt schon in der sechsten Woche war. Und hatte den ganzen Abend lang Ouzo getrunken. Wie unverantwortlich! Wahrscheinlich hatte sie es damals noch nicht gewusst, die dumme

Pute. Jedenfalls war das bestimmt gelogen, dass er ihr erst auf dem Kongress das Du angeboten hatte. Schließlich lief die Sache ja wohl schon länger, und die beiden würden ja wohl kaum wochen- oder monatelang eine Affäre gehabt und noch immer »Sie« zueinander gesagt haben.

Ein unangenehmer Schauer lief mir über den Rücken. Ich hörte weiter zu.

»Ich bin so froh, dass ich bei ihm meine Doktorarbeit geschrieben habe«, erzählte Bettina gerade. »Er ist der beste Prof, den ich je hatte. Nicht nur fachlich, sondern vor allem auch menschlich.«

Und am allerbesten im Bett, ergänzte ich grimmig in Gedanken und spürte schon wieder eine leichte Übelkeit aufkommen.

»Er sieht so wahnsinnig gut aus. Ich meine, für sein Alter. Neulich im Labor hat er mir erzählt, dass er jetzt wieder regelmäßig Sport macht, um fitter zu werden. Ist das nicht süß?«

Die andere lachte zustimmend.

»Das stimmt. Aber ich frage mich, weshalb ein Typ wie er so eine durchgeknallte Frau hat.«

Ich würgte kurz. Für einen Moment hatte ich Angst, mich in den Blumenkübel zu erbrechen.

»Wieso?«, erkundigte sich Bettina. »Was ist mit seiner Frau? Die kenne ich gar nicht.«

»Hast du nicht gesehen, wie die beiden hier ankamen? Er hat ihr ein Küsschen gegeben, bevor er auf die Bühne gegangen ist. Die mit diesem Wahnsinnsfummel in Rot.«

»Was? Das war Daniels Frau? Die Lady in Red mit dem dicken Hintern? Ich hab nur gesehen, wie sie mit Jaspers zusammenstanden. Ich dachte, das wäre Jaspers Frau, so eine aufgetakelte Amerikanerin, die sich im Outfit vergriffen hat.«

Ich hasste Bettina für den dicken Hintern.

»Aufgetakelt wie eine alte Fregatte«, sagte die andere. »Wie sie mit ihren hohen Schuhen durch die Gegend wackelt. Peinlich. Und das Kleid – geschlitzt bis zum Arsch …«

Die beiden prusteten vor Lachen, ich hätte sie am liebsten eine nach der anderen mit der Palme erschlagen.

»Und diese knallroten Lippen …« Bettinas Freundin machte demonstrative Schmatzgeräusche.

»Je oller, je doller, sagt meine Oma immer. Na ja, natürlich sieht sie voll daneben aus. Aber in ihrem Alter wird sie wahrscheinlich nicht mehr oft auf coole Partys eingeladen. Da will sie an einem Abend wie diesem allen zeigen, wie sexy sie noch ist.«

»Wie sexy sie sich *findet!*«, korrigierte die Freundin kichernd. »Sich und ihre bestimmt total schwabbeligen Cellulitebeine. Igitt.«

Ich verstand plötzlich, wie Menschen zu Mördern werden können. Wie Menschen mit klarem Verstand eine Waffe zücken und losballern, bis das Magazin leer ist. Wenn ich einen Revolver in der Hand gehabt hätte oder einen Flammenwerfer – ich hätte ihn ohne mit der Wimper zu zucken auf Bettina und ihre Freundin gerichtet und abgefeuert.

Und ich hätte es genossen.

Da ich aber weder die eine noch die andere Waffe dabeihatte, blieb ich, vor Wut am ganzen Körper bebend, hinter meiner Palme stehen.

»Da gibt es übrigens etwas, das seine Frau nicht weiß.«

Als Bettina das sagte, war ich einer Ohnmacht nahe. Ich hielt den Atem an, um keine Silbe zu verpassen. Was nicht ganz einfach war, weil Jaspers in diesem Moment seine Rede beendet hatte und lauter Applaus durch den Hof rauschte.

»Wieso? Was ist denn?«

»Du darfst es aber niemandem weitererzählen, das habe ich Daniel versprochen.«

»Natürlich nicht, schieß los!«

»Komm, holen wir uns noch was zu trinken, dann erzähl ich's dir. Aber wehe, du hältst nicht die Klappe! Dann massakriert Daniel mich.«

Das Wort »massakrieren« war mein Stichwort. Mit einem Satz stürzte ich hinter der Palme hervor, noch bevor die beiden den ersten Schritt gemacht hatten.

»Das würde ich ja wirklich gerne erfahren, was Sie mit meinem Mann für ein aufregendes Geheimnis haben. Aber wissen Sie was, Bettina: Ich bin im Bilde! Ich weiß schon längst, dass Sie mit Daniel ins Bett gehen, Sie mieses, widerwärtiges Stück! Was haben Sie sich eigentlich dabei gedacht, unsere Ehe zu ruinieren?! Auf bessere Noten gehofft oder was? Hochschlafen nennt sich so was, nicht wahr?! Ich weiß sogar schon, dass Sie schwanger sind. Ha, da staunen Sie! Wie lange geht das denn schon mit Ihnen beiden? Drei Monate? Ein halbes Jahr? Das alles wird Ihnen noch sehr leidtun. Und die Bemerkung mit dem dicken Hintern auch …«

All das oder so etwas Ähnliches hatte ich eigentlich sagen wollen. Aber noch bevor ich den Mund aufmachen konnte, genau in dem Moment, als ich Bettina gegenüberstand und in ihr erschrockenes Gesicht schaute, passierte es. Der Absatz meines linken Schuhs musste sich in einem Spalt zwischen den Pflastersteinen verkeilt haben, jedenfalls blieb er plötzlich stecken, worauf ich das Gleichgewicht verlor und mit wild herumrudernden Armen und einem Aufschrei zu Boden ging. Währenddessen entglitt das noch immer gut gefüllte Weinglas meinen Händen, und der Inhalt ergoss sich aus physikalisch mir unerklärlichen Gründen nicht etwa auf mein eigenes, ohnehin schon rotes Kleid, sondern in einem breiten Schwall auf Bettinas bis dahin blütenrosafarbene Bluse. Dann zersprang es klirrend auf dem Boden. Im Reflex hatte ich noch versucht, mich irgendwo festzukrallen, bekam aber nur ein paar stachelige Blätter der Palme zu greifen, die daraufhin mitsamt ihrem Blumentopf umstürzte und mich raschelnd unter sich begrub. Gleichzeitig, während mir beim Aufprall auf die Steinplatten ein brennender Schmerz durch Knie und Handballen fuhr, hörte ich ein weiteres Geräusch. Es war das Geräusch von schnell reißendem Stoff, und ich spürte den Bruchteil einer Sekunde später, dass mein Kleid nun auch auf der anderen Seite eine Öffnung hatte, da wo eigentlich gar keine vorgesehen war. Die Formulierung »geschlitzt bis zum Arsch« traf erst jetzt richtig zu. Genau genommen war mein Kleid ab sofort geschlitzt bis zum Steißbein und gab den Blick frei auf meinen hautfarbenen, gummiartigen Figurformerunterschlauch, auf den sich nun – ich war mir sicher – die Blicke sämtlicher versammelter Festbesucher konzentrierten. Ich bedauerte einmal mehr an diesem Abend, keinen Flammenwerfer dabeizuhaben. Ich hätte ihn jetzt gerne auf mich selbst gerichtet.

»Mein Gott«, sagte jemand. »Sind Sie verletzt?«

Seit meinem Hervorstürzen hinter dem Palmbusch waren vielleicht drei Sekunden vergangen. Zwei mir unbekannte junge Männer richteten die Palme auf, zwei andere fassten mich an den Armen und hoben mich hoch, was nicht ganz einfach war, weil ich währenddessen versuchte, mit der einen Hand die am Hintern auseinandergerissenen Stoffbahnen meines Kleides zusammenzuhalten. Ich schaffte es irgendwie, wieder in die Vertikale zu kommen. Das Erste, was ich beim Aufstehen sah, war Bettina, die abwechselnd auf mich und auf ihre fleckige Bluse schaute und die ganze Zeit nur »Ogottogottogott« stammelte. Ihre Freundin stand mit offenem Mund daneben und sagte vor Schreck überhaupt nichts.

»Alles in Ordnung mit Ihnen?«, fragte irgendwer aus der Traube der umstehenden Menschen. »Sollen wir einen Krankenwagen rufen? Haben Sie sich den Knöchel gebrochen?«

Ich hätte nicht einmal gemerkt, wenn ich mir das Genick gebrochen hätte. So sehr schämte ich mich. Ich stand schief und mit hochrotem Schädel da. Der linke Schuh steckte noch immer im Pflaster.

Da es keine Chance gab im Erdboden zu versinken, reckte ich den Kopf.

»Das wird Folgen haben!«, zischte ich Bettina zu, die daraufhin abrupt ihr »Ogottogottogott« unterbrach und erbleichte.

In dem Moment sah ich, wie Daniel sich von der Bühne aus einen Weg durch die Menschenmenge bahnte.

»Franzi!«, rief er mir zu. »Franzi, was ist passiert?!«

Aber ich hatte jetzt keine Lust auf irgendwelche Erklärungen. Ich drehte mich um und rannte – so schnell, wie es mit einem nackten Fuß, einem Zwölf-Zentimeter-Absatz-Schuh am anderen und mit einer Hand am Hintern möglich ist – quer durch den Innenhof zur Tür. Ich kam mir ein bisschen vor wie Aschenputtel. Die hatte ja auch einen teuren Schuh auf der Party zurückgelassen. Wobei sie das Fest in einem intakten Kleid verließ, wenn ich das Märchen richtig in Erinnerung hatte. Anders als bei Aschenputtel brauchte der Prinz hier allerdings keine größere Recherche nach der zum Schuh gehörigen Frau zu betreiben, denn ich war ja schon mit ihm verheiratet.

Vergiss Aschenputtel, dachte ich, während ich durchs

Foyer rannte, und schleuderte auch den zweiten Schuh von meinem Fuß, sodass er über den blanken Steinboden rutschte wie ein Curlingstein übers Eis.

Ich raste aus dem Institutsgebäude. Mittlerweile war mir sogar der deplatzierte Schlitz egal. Immerhin ermöglichte mir die neue Beinfreiheit eine zügige Fortbewegung. In großen Schritten durchmaß ich den Vorplatz.

Am Bordstein stand ein Taxi, dem soeben ein verspäteter Gast des Sommerfests entstieg.

»Halt!«, brüllte ich und winkte mit meiner Handtasche. »Taxi! Hallo! Warten Sie!«

Der Ankömmling hatte gerade die Beifahrertür hinter sich zugeworfen, als ich sie wieder aufriss.

»Bitte fahren Sie!«, sagte ich atemlos zum Fahrer und ließ mich auf den Sitz fallen.

»Wohin, bitte?«

»Keine Ahnung. Egal. Schnell. Einfach weg von hier.«

Der Taxifahrer musterte mich kurz und zog die Augenbrauen hoch beim Anblick meiner nackten Füße. Dass das Kleid hinten kaputt war, konnte er zum Glück nicht sehen, weil ich drauf saß.

»Zum Café Strudelstube«, sagte ich und schloss erschöpft die Augen.

Als der Wagen losrollte, sah ich im Rückspiegel, wie Daniel uns entgeistert nachschaute. Na, und? Sollte er sich die Ereignisse des Abends doch von Bettina schildern lassen. Eine SMS mit etwa diesem Inhalt schickte ich ihm dann auch umgehend auf sein Handy. Dann holte ich meine Ballerinas aus der Handtasche und schlüpfte hinein.

38.

Leider war Monas Lokal schon geschlossen, als das Taxi dort ankam. Es war ein Tagescafé, und ich wusste ja, dass sie selten länger blieb als 18 oder 19 Uhr. Inzwischen war es schon halb neun und die Tür fest verriegelt. Auch als ich gegen die Scheibe klopfte, rührte sich in der Strudelstube nichts mehr. Ebenso vergeblich klingelte ich bei ihrer Wohnung, die sich praktischerweise im selben Haus befand, und als ich Mona auf dem Handy anrief, antwortete nur ihre Mailbox: »Sorry Leute. Im Moment habe ich leider etwas Besseres vor, als ans Telefon zu gehen. Wenn ihr mir hier einen netten Gruß hinterlasst, rufe ich vielleicht bald zurück.«

Ich legte wortlos auf.

Von Helen wusste ich, dass sie an diesem Abend ebenfalls unterwegs war. Heute war das Jahrestreffen ihres Frauennetzwerks, wo sie sich als Vorsitzende zur Wahl stellen würde, und dabei wollte ich sie nicht stören.

Nach Hause zu fahren kam für mich nicht infrage. Schließlich war es nun wirklich nicht meine Aufgabe, Isa und Basti zu erklären, dass ihr Vater eine Affäre hatte und dabei war, eine neue Familie zu gründen, in der ich vermutlich nur eine untergeordnete Rolle spielen würde. Das sollte Daniel bitte schön ganz allein übernehmen.

Ich stieg zurück ins Taxi, das ich vorausschauenderweise

vor der Strudelstube hatte warten lassen. Kurz zögerte ich und nannte dann dem Fahrer Alex' Adresse. Alex wusste schließlich am allerbesten, wie grässlich es sich anfühlt, wenn der Mensch, den man liebt, einen verlässt, weil er mit einem anderen ein Kind bekommt.

Als wir eine Viertelstunde später wieder anhielten, zahlte ich und schickte den Wagen weg. Wenn Alex auch nicht zu Hause wäre, würde ich eben in der Bahnhofsmission übernachten. Den Weg dorthin schaffte ich von hier notfalls auch zu Fuß.

Alex wohnte in einem mehrstöckigen, etwas in die Jahre gekommenen Mietshaus nicht weit vom Stachus. Sein Name war mit Tesafilm ganz oben auf das Klingelbrett geklebt. Offenbar hatte er noch keine Zeit gehabt, sich um ein vernünftiges Namensschild zu kümmern. Oder er beabsichtigte, bald wieder auszuziehen. Ich drückte auf den Knopf und wartete. Es dauerte einen Moment, dann sprang zu meiner großen Erleichterung die Haustür summend auf.

Ich stieg das düstere, muffige Treppenhaus hinauf. Einen Fahrstuhl gab es nicht. Alex hatte es offenbar eilig gehabt, eine Wohnung zu finden, und die nächstbeste genommen, die ihm angeboten wurde – und die er bezahlen konnte. Er erwartete mich in Jeans und blaugrün kariertem Hemd mit aufgekrempelten Ärmeln im obersten Stockwerk an der geöffneten Wohnungstür.

»Ich bin so froh, dass du zu Hause bist!«

»Franziska!«, rief er erstaunt, als er mich sah. »Ja, was machst du denn hier? Und wo kommst du her – in dem Kleid?«

»Ach, Alex. Das ist eine lange Geschichte. Darf ich reinkommen?«

»Klar.«

Aus seiner Wohnung klang armseliges Klavierklimpern. Offenbar hatte er gerade einen Musikschüler im Anfangsstadium zu Besuch.

»Du wirst nicht glauben, wer hier ist!«, rief Alex so laut, dass ich nicht genau wusste, ob er mit mir redete oder mit dem Menschen, der in seiner Wohnung am Klavier saß. Ich trat ein und folgte ihm. Sein Apartment war winzig, es hatte schräge Wände und war spärlich ausgestattet.

»Ich habe noch nicht richtig mit dem Einrichten angefangen«, erklärte er entschuldigend, während wir durch die schmale Diele gingen. »Ich habe die Wohnung vor allem deshalb genommen, weil die wichtigsten Möbel schon drinstehen. Ich habe ja keine, nachdem ich in den letzten Jahren praktisch immer in Hotelzimmern gelebt habe. Das Beste an der Wohnung ist, dass ein Klavier dazugehört.«

In seinem Wohnzimmer standen lediglich ein abgeschabtes schwarzes Ledersofa, ein winziger Holztisch auf Rädern und das eben erwähnte, lackschwarze Klavier. Und an dem saß – Mona.

»Was machst du denn hier?«, riefen wir beide gleichzeitig.

»Ich habe heute meine erste Klavierstunde«, erklärte Mona freudestrahlend. »Und ich kann schon ein bisschen was von Schumann. Jedenfalls die ersten Takte. Willst du mal hören?«

Sie wollte sich gerade den Tasten zuwenden, da fuhr sie wieder herum: »Moment mal, Franzi! Sollte nicht heute das Sommerfest an der Uni sein?« Ihr Blick wanderte zu meinen Füßen hinunter. »Wo sind deine Louboutins geblieben? Warum trägst du so olle flache Latschen zu einem dermaßen spektakulären Kleid?«

»Ach, Mona, es gab eine Katastrophe!«

Ich drehte ihr meine Rückseite zu, worauf sie in ein erschrockenes Quieken ausbrach.

»O Gott! Dein Kleid! Total kaputt! Man sieht das ganze Gummizeugs! Was ist denn passiert?«

Mit den Worten »Ihr werdet es nicht glauben« sank ich auf das Sofa nieder.

Dabei rutschte der Stoff meines Kleides zur Seite und gab den Anblick auf mein aufgeschürftes Knie frei.

»Aua!«, sagte Alex. »Ein Unfall?«

Ich zuckte mit den Schultern und erzählte den beiden in wenigen Sätzen, was sich in den vergangenen zwei Stunden ereignet hatte.

Als ich fertig war, konnte ich endlich heulen.

»Ach, so ein verdammter Mist aber auch!« Mona kramte ein Taschentuch aus ihrer Handtasche und reichte es mir. »Blöde Gören, diese Bettina und die andere. Was findet Daniel nur an ihr? Eine solche Geschmacksverirrung hätte ich ihm gar nicht zugetraut.«

Alex fragte: »Eine Runde Schnaps für alle?«

Ich hatte ja eigentlich an diesem Abend schon genug Alkoholisches getrunken beziehungsweise durch die Gegend geschüttet, aber ich nickte, während ich mir die Nase putzte. Alex brachte drei grün geringelte Wassergläser und eine Flasche aus der Küche und goss uns zwei Fingerbreit Grappa ein.

»Prost!«, sagte Mona. »Ab jetzt kann es wenigstes nicht mehr schlimmer werden, Franzi.«

Ich leerte mein Glas in einem Zug. Es schmeckte grauenhaft.

»Was ist denn das für ein schreckliches Zeug?«, fragte Mona denn auch und schüttelte sich.

»Keine Ahnung.« Alex drehte die Flasche herum und betrachtete das Etikett. »Der Grappa stand schon im

Küchenschrank, als ich eingezogen bin. Er stammt noch von meinem Vormieter. Den hat er wohl beim Auszug stehen lassen. Kein Wunder …«

»Uh!« Mona stieß einen entsetzten Schrei aus. »Und das Zeug trinken wir einfach? Weißt du nicht, wie gefährlich das sein kann? Vielleicht hat der Typ den Schnaps gepanscht, und da ist giftiges Methanol drin. Dann werden wir alle blind oder sterben!«

Letztes erschien mir nicht die schlechteste aller Alternativen. Ich überlegte kurz, mir die Flasche an den Hals zu setzen und auszutrinken, um meinem einsamen, unglücklichen Leben durch übermäßigen Genuss von hochprozentigem Alkohol ein Ende zu setzen. Aber womöglich würde ich scheitern mit diesem Plan und am nächsten Tag mit einer üblen Alkoholvergiftung aufwachen, was meine Gesamtsituation nicht wirklich verbessern würde.

»Ich hoffe nicht«, sagte Alex. »Vor allem blind zu werden wäre jetzt sehr ärgerlich, wo du doch gerade gelernt hast, Noten zu lesen, Mona!«

Sie ließ ihre Finger lachend über die Tasten laufen.

»Keine Sorge, der Schnaps ist absolut in Ordnung«, erklärte ich, nachdem ich mir ein weiteres Glas genehmigt hatte. »Er ist sogar sehr gut für die Augen: Ich kann euch nämlich schon zweimal sehen.«

Alex nahm uns die Gläser ab und stellte sie oben auf das Klavier.

»Genug für heute. Lass uns lieber ein bisschen Musik machen.«

»Oh, Entschuldigung, ihr wart ja mitten im Klavierunterricht.« Ich wäre gerne aufgestanden und weggegangen, aber weil ich nicht wusste, wohin – und weil mir von dem vielen Sekt vom Sommerfest und dem schnell getrunkenen Grappa ein kleines bisschen schwindlig war, blieb ich sitzen. »Lasst euch nicht stören«, sagte ich. »Ich höre gern zu. Ich bin auch ganz still und leise.«

»Quatsch!« Mona setzte sich neben mich auf das Sofa und legte ihren Arm um mich. »Du störst kein bisschen, liebe Franzi – und außerdem geht mein Klavierunterricht schon seit halb sechs heute Nachmittag. Nach fast vier Stunden brauche ich sowieso allmählich mal eine kleine Pause, nicht wahr, Herr Musiklehrer?«

Sie und Alex sahen einander an und grinsten.

»Vier Stunden? Hast du einen Intensivkurs gebucht?« Ich sah verwirrt von Mona zu Alex und zurück. Was schwierig war, weil die beiden jeweils doppelt dasaßen und ich nicht wusste, wen ich anschauen sollte.

»Ja, sehr intensiv«, erklärte Alex, worauf Mona prustend lachte.

»Bei meiner mangelnden musischen Begabung dauert es eben etwas länger als bei anderen Klavierschülern.«

»Aber wir haben zwischendurch auch Kaffee getrunken und Kuchen gegessen und uns über Apfelstrudelrezepte unterhalten.«

»Und Fotos aus Hongkong angesehen«, fügte Mona hinzu. »Und von seiner Zeit als Bordpianist auf der ›Queen Mary‹. Ich war sehr beeindruckt! Er war sogar jede Woche beim Kapitänsdinner. Was für ein Leben! Und ich kenne praktisch nur Innsbruck und München ... Sehr ärgerlich! Wir sollten eine Combo aufmachen, wir drei. Was haltet ihr davon? Machst du mit, Franzi? Ich verpachte die Strudelstube für eine Weile an Basti, und wir schippern als Trio infernale über die Weltmeere. Alex spielt Piano, und wir singen dazu ...«

Vielleicht war ja wirklich was mit dem Grappa nicht in Ordnung. Oder sie vertrug das Klavierspielen nicht. So albern hatte ich Mona jedenfalls noch nie erlebt.

Als Alex ein paar Takte auf dem Klavier anstimmte, sprang sie mit einem Juchzer auf, tanzte mit kreisenden Hüften durch das Wohnzimmer und fing an, ziemlich laut (und ziemlich schief) mitzusingen: »My Bonnie is over the ocean, my Bonnie is over the sea …«

Dabei gestikulierte sie so theatralisch, dass ich vor Lachen fast vom Sofa gekippt wäre.

»Komm, Franzi!«, rief sie. »Mach mit! Wir müssen üben, bevor wie die Charts stürmen.«

Sie fasste meine Hände und zog mich vom Sofa auf.

»Stopp – ich brauche noch eine Stärkung!«

Ich fischte mir die Grappaflasche vom Klavier und nahm einen Schluck.

Während Alex erst »What shall we do with the drunken sailor« und dann »Auf der Reeperbahn nachts um halb eins« spielte, hopste ich grölend durch das winzige Wohnzimmer, Mona an der einen, die Grappaflasche in der anderen Hand. Draußen brach ein Gewitter los, und die Blitze zuckten durchs Zimmer wie Lichteffekte in einer Disco. Es war wirklich toll. Hin und wieder stieß ich bei meinen immer spektakuläreren Tanzeinlagen mit dem Kopf gegen die schräge Wand, aber das war nicht schlimm: Auf ein paar blaue Flecken mehr oder weniger kam es an diesem Abend nicht mehr an, und außerdem tat mir nach einigen weiteren Schlucken Grappa sowieso nichts mehr weh.

Später – es musste schon mitten in der Nacht sein – klingelte ein Nachbar, um sich wegen Ruhestörung zu beschweren, was unsere Partylaune aber nicht trübte. Ganz im Gegenteil. Danach tobten wir erst richtig herum und sangen (vor allem ich sang!) sehr laut »I can get no satisfaction« und »We are the champions« und was wir sonst noch von früher auswendig konnten. Erst als dann zwei Polizisten vor der Tür standen und mit einer Anzeige drohten, hörte Alex auf, Klavier zu spielen.

Mona fand das übertrieben. Sie rief den Beamten noch zu, dass sie sich von einem Polizisten schon lange nichts mehr sagen ließe, und die beiden sollten ihren Kollegen Rolf mal ganz herzlich von ihr grüßen, der könne sie mal, es gebe schließlich noch andere wunderbare Männer … Aber Alex zog sie von der Tür weg, bevor sie sich Ärger einhandelte, und versicherte den beiden Herren, dass wir jetzt Ruhe geben würden.

Das bekam ich jedoch nur noch am Rande mit, denn da war ich schon auf das Sofa gekippt und Sekunden später eingeschlafen.

39.

Als ich am nächsten Morgen aufwachte, wusste ich erst gar nicht, wo ich war. Draußen lärmte der Stadtverkehr, Trambahnen fuhren unten rumpelnd und klingelnd am Haus vorbei. Eine Polizeisirene schreckte mich auf.

Ich trug noch immer mein lädiertes Donna-Karan-Kleid und lag auf einem fremden schwarzen Sofa. Mein Blick fiel auf ein Klavier, auf dem eine leere Grappaflasche und drei Gläser standen. Vor dem Fenster lag ein umgestürzter Klavierstuhl, auf einem kleinen Tischchen neben mir entdeckte ich eine Flasche Mineralwasser, ein Glas und eine Packung Aspirin. Daneben lagen ein Kugelschreiber und ein Briefchen:

> *Guten Morgen, meine Süße. Ich hoffe, es geht Dir gut. Das war ja ein unglaublicher Abend. In der Küche sind Kaffee und Semmeln, falls du frühstücken möchtest. Alex und ich sind eine Runde spazieren. Wir haben ein bisschen was zu besprechen …*
> *Bussi, Mona & Alex*

Als ich das las, fiel mir so ganz allmählich wieder alles ein: mein jämmerlicher Auftritt beim Sommerfest des Instituts, meine halsbrecherische Flucht zu Alex, Monas Klavierunterricht und ihre unglaublich gute Laune, unsere verrückte Grappaparty. Ich wünschte sehr, ich wäre nicht aufgewacht.

Ich schloss die Augen und war gerade dabei, wieder einem gnädigen Schlaf entgegenzudämmern, als ich mit einem Ruck auffuhr. Moment mal! Wie konnte es sein, dass Mona mir ein Guten-Morgen-Briefchen geschrieben hatte? War sie zur Samstags-Klavierstunde schon in aller Frühe hier wieder aufgetaucht? Oder hatte sie etwa auch hier übernachtet? Und wenn ja: Wo? In Alex' Wohnung gab es nur zwei Räume, in denen man schlafen konnte, sein Schlafzimmer und dieses Wohnzimmer, und ich war mir sicher, dass neben mir auf dem kleinen Sofa keine zweite Person genächtigt hatte …

Ich stand auf und schlich durch alle Räume, aber von Mona und Alex war nichts zu sehen und zu hören. Offenbar dauerte ihr Spaziergang etwas länger.

Nachdem ich zwei Tassen starken Kaffee und drei Aspirintabletten zu mir genommen hatte, ging es mir ein bisschen besser. Appetit auf Frühstück hatte ich zwar keinen. Aber immerhin war ich in der Lage, zu duschen und mir zu überlegen, wie es mit mir weitergehen sollte. Vor allem, was ich anziehen sollte. Ich hatte keine Lust, weiter mit einem bis zum Steißbein aufgerissenen Abendkleid herumzulaufen. Außerdem war das Kleid total verknittert, nachdem ich es als Nachthemd benutzt hatte.

Ich stöberte in Alex' Kleiderschrank und zog eine Jeans und ein weißes Hemd heraus. Die Hosenbeine und die Hemdärmel musste ich ein paarmal umkrempeln, damit mir die Sachen halbwegs passten. Weil ich keinen geeigneten Gürtel fand, schlang ich mir eine braun-blau gestreifte Krawatte um den Leib. So rutschte die Hose wenigstens nicht herunter. Jetzt sah ich zwar aus wie ein Clown im Urlaub, aber immerhin war mein Hintern komplett bedeckt.

Ich holte mein Handy aus der Handtasche, um Mona anzurufen. Da sah ich, dass ich vierzehn verpasste Anrufe und drei neue SMS hatte. Daniel hatte zehnmal angerufen, Isa dreimal und Basti einmal. Ich hörte meine Mailbox ab. Vier Mal hatte Daniel darauf gesprochen. Seine Stimme klang jedes Mal stärker beunuhigt, was mich nicht wunderte. Er musste ja ein ziemlich schlechtes Gewissen haben. Nicht von ihm, sondern von seiner Neuen hatte ich erfahren, dass er ein Verhältnis hatte.

Infamerweise tat er so, als wüsste er von nichts.

»Was ist denn passiert, Franzi? Wo bist du? Melde dich doch.« – »Franzi, bitte ruf mich an. Bettina hat gesagt, sie entschuldigt sich für das, was sie gesagt hat. Sie hat das nicht so gemeint. Was war denn los mit euch?« – »Bitte, Franzi, ruf mich ganz schnell an. Das ist doch kein Grund wegzulaufen. Komm doch bitte nach Hause.« – »Ich mach mir wirklich Sorgen, Franzi. Wo bist du denn?« Und so weiter.

Natürlich rief ich nicht zurück. Er hatte es verdient, ein bisschen gequält zu werden. Er war der Ehebrecher und nicht ich.

Auch Isa hatte eine Nachricht hinterlassen. »Was ist denn los, Mama, warum kommst du nicht nach Hause und gehst auch nicht ans Telefon? Wenn du dich mit Papa gezankt hast, brauchst du ja nicht gleich sauer auf mich zu sein. Wir treffen uns übrigens heute Nachmittag noch mal mit der Band. Tschüs, bis später.«

Basti hatte mir eine SMS geschrieben: »Hey, Mama, wo bist du denn? Habt ihr euch gestritten? Papa ist total aufgeregt. Mona hat übrigens vorhin angerufen und gesagt, dass ich heute die Strudelstube ganz allein wuppen muss. Cool, oder? Aber ich würde trotzdem gerne wissen, wo du bist.«

Es tat mir leid, dass ich den beiden solche Sorgen machte. Dabei war das Ganze nun wirklich nicht meine Schuld. Ich schrieb ihnen schnell zurück: »Es ist alles in Ordnung mit mir. Ich brauche jetzt nur ein bisschen Zeit zum Nachdenken. Papa wird euch alles erklären. Ich habe heute bei Mona übernachtet.« Nun, der letzte Satz war schließlich beinahe wahr.

Mona selbst hatte mir heute früh eine SMS geschrieben. Sie wimmelte nur so vor Ausrufezeichen. »Franzi!!!«, stand da, »ich muss dir was total Verrücktes erzählen!!! Du wirst es nicht glauben!!! Alex und ich … Nein – das erzähle ich dir lieber nachher persönlich!!! Ich sage nur: Schmetterlinge!!!!!« Es folgten fünf Smileys. Und zwar von der Sorte mit den Herzchen-Augen.

Ich sank auf das Sofa. Mona und Alex? Was war hier passiert, nachdem ich scheintot auf dem Sofa zusammengebrochen war?! Verdammt, wieso hatte ich mich grappabedingt so früh ausgeklinkt?! Ich erinnerte mich an die seltsamen Blicke, die die beiden einander gestern Abend zugeworfen hatten, an Monas ausgelassene Stimmung, an Alex' Lachen … Die zwei waren so glücklich und so unglaublich vergnügt gewesen, und dabei hatten sie doch gar nicht so viel getrunken wie ich. Mona und Alex würden sich doch wohl nicht – und diese Erkenntnis war wie ein kleiner Schock – ineinander verliebt haben!?

Ich rief Mona auf dem Handy an, aber es antwortete wieder nur ihre Mailbox. Vermutlich wollten die beiden bei ihrem ersten Spaziergang nicht gestört werden. Oder sie hörten das Klingeln nicht, weil sie einander gerade zauberhafte Sachen ins Ohr flüsterten. Oder wild herumknutschten. Oder … Was Verliebte halt so machten.

Als auch Helen nicht ans Telefon ging, fühlte ich mich wie der einsamste, verlassenste und unglücklichste Mensch des Universums. Leider gab es nichts mehr, womit ich mich hätte trösten können, denn die Grappaflasche war ja leer.

Auf die Rückseite des Briefchens, das noch immer auf dem kleinen Wohnzimmertisch lag, schrieb ich:

Lieber Alex, liebe Mona,
vielen Dank, dass Ihr mich heute Nacht so freundlich beherbergt habt. Ich hoffe, Ihr habt Euch durch die Besucherin auf dem Sofa nicht stören lassen. Aber ich versichere Euch, ich habe tief und fest geschlafen und überhaupt nichts mitbekommen – falls es etwas mitzubekommen gegeben haben sollte.

Über den letzten Satz dachte ich noch einen Moment lang nach, ich war mir nicht ganz sicher, ob das korrekte deutsche Grammatik war. Mein von einer Mischung aus reichlich Grappa und Aspirin betäubtes Großhirn war heute Morgen nur eingeschränkt funktionsfähig. Aber die beiden würden schon verstehen, was ich meinte.

Ihr seid wunderbar. Ich wünsche Euch endlich alles Glück der Welt und noch viele intensive Klavierstunden.
Herzliche Grüße
Eure Franzi.
PS: Vergesst nicht, mich zu eurer Hochzeit einzuladen!

Ich legte den Zettel zurück auf den Tisch und betrachtete ihn einen Moment lang. Vielleicht war das mit der Hochzeit etwas übertrieben, aber jetzt konnte ich es auch nicht mehr ändern.

Mein Blick fiel auf meine Abendgarderobe, die zerknittert auf dem Sofa lag. Mission gescheitert, dachte ich.

Von wegen »Fühl dich wie eine Göttin« ... Ich fühlte mich wie die allerletzte Niete. Da hatte ich mich so tapfer in den – im wahrsten Sinne des Wortes – atemberaubenden Gummischlauch gequetscht, und trotzdem hatte Bettina behauptet, ich hätte einen dicken Hintern. Was für ein Fehlkauf! Wütend knüllte ich die hautfarbene Scheußlichkeit zusammen und warf das Ding in der Küche in den Mülleimer. Bei dem roten Kleid zögerte ich. Schließlich konnte Donna Karan nichts dafür, dass ich mich in ihrem Luxusdress bis auf die Knochen blamiert hatte. Und vor allem: Das Teil war so verdammt teuer gewesen! Ich hatte bis dahin noch nie eine vierstellige Summe ausgegeben für etwas zum Anziehen. Und noch viel weniger hatte ich etwas zum Anziehen, für das ich eine vierstellige Summe ausgegeben hatte, nach dem ersten Tragen in den Mülleimer geworfen! Vielleicht ließe sich der Riss ja ausbessern, und dann könnte ich es wenigstens für ein paar Euro bei eBay verkaufen. Ich stopfte das Kleid ohne Rücksicht auf Verluste in meine Handtasche und verließ die Wohnung.

Draußen regnete es. Na, das passte wenigstens zu meiner Stimmung.

Ohne Schirm stand ich am Straßenrand und wurde nass. Um mich herum hetzten die Leute ihren Beschäftigungen entgegen und würdigten mich kaum eines Blickes. Unschlüssig sah ich mich um. Ich hatte nicht die geringste Ahnung, wohin ich eigentlich gehen sollte. In Alex' Wohnung konnte ich nicht bleiben, weil ich ihn und Mona nicht beim Turteln stören wollte, und nach Hause zu fahren kam nicht infrage, weil ich Daniel im Moment nicht unter die Augen treten wollte. Am liebsten wollte ich zu meiner Mama, um mich in ihren Armen zu verkriechen, aber dorthin führte nun mal kein Weg auf Erden.

Da entdeckte ich das Plakat auf der anderen Straßenseite, und es verschlug mir für einen Moment den Atem. Es war mein Plakat! Meine Werbekampagne! Meine erste ganz große Werbekampagne für die neue Fluggesellschaft.

»Einfach mal abhauen«, stand in flotten schwarzen Buchstaben über dem Foto eines sonnenbeschienenen Flugzeugs vor lieblichem weiß-blauem Wolkenhimmel. Darunter der typische gelbe Schriftzug »Sunshine Air. Wir fliegen Sie, wohin Sie wollen – und zwar sofort«.

Es war das erste Mal, dass ich mein Plakat in der freien Wildbahn sah. Es sah wunderschön aus, und ich war wirklich stolz. Gleich fühlte sich mein Leben nicht mehr ganz so grauenhaft an.

»Das wär's jetzt«, murmelte ein alter Mann, der mir in einem abgewetzten grauen Anzug und einer karierten Schiebermütze entgegenschlurfte. Er trug in jeder Hand eine schätzungsweise schon hundertmal benutzte, bis obenhin vollgestopfte Plastiktüte. Er war meinem Blick gefolgt und betrachtete das Plakat nun ebenfalls.

»Einfach mal abhauen.« Er nickte. »Einfach mal weg von dem ganzen Scheiß hier. Irgendwohin, wo immer die Sonne scheint und wo man die Bananen von den Bäumen pflücken kann, das wär's jetzt, nicht wahr?«

Ich nickte, hatte allerdings kein großes Interesse an einer längeren Unterhaltung, zumal er ein bisschen müffelte. Während der Alte brummelnd weiterschlurfte, wusste ich auf einmal, was ich tun würde.

Zeit für Loopings! Gib deinem Leben einen Schubs! Jawohl. Und zwar jetzt sofort.

Auf einmal verstand ich Alex, wie er damals aus lauter Verzweiflung aufgebrochen war ins große Unbekannte. Ich fühlte mich genauso. Was für eine wunderbare Idee, einfach alles hinter sich zu lassen. Einfach mal abhauen. Welch ein genialer Satz. Und der war von mir! Vielleicht war ich tatsächlich keine begnadete Autorin von weltbewegenden historischen Liebesromanen. Vielleicht war ich keine besonders gute Mutter und schon gar keine spektakuläre Geliebte. Aber ich konnte mir Werbesprüche ausdenken, die funktionierten. Die so gut funktionierten, dass ich sogar selbst daran glaubte.

Ich lief zum Bahnhof und fuhr mit der S-Bahn zum Flughafen.

»Um 14:35 Uhr nach Paderborn«, antwortete die brünette, sehr kurzhaarige Frau hinter dem Last-minute-Schalter von Sunshine Air und blickte mich abwartend an.

Ich hatte mich gerade nach dem nächsten Flug erkundigt, der von München abhob und noch einen Platz für mich hatte.

»Egal wohin, Hauptsache schnell weg«, hatte ich gesagt. Was Alex damals gekonnt hatte, würde ich ja wohl auch noch schaffen: Ich wollte raus aus meinem bisherigen Leben, weg von München. Weg von meinem treulosen Ehemann. Weg von meiner plötzlich schwer verliebten Freundin. Weg von meinem arthritischen Hund und dem dämlichen Darth-Vader-Rasenmähroboter. Sogar weg von meinen Kindern, die inzwischen längst ihr eigenes Leben lebten und ihre Mutter – wenn man es ehrlich betrachtete – nur noch brauchten, damit ihre Wäsche gewaschen und der Kühlschrank regelmäßig gefüllt wurde.

Schluss damit! Weg von alledem und hin zu einem aufregenden fremden Ort, an dem mein neues Leben beginnen sollte.

Allerdings klang Paderborn nicht gerade aufregend.

»Haben Sie sonst noch was?« fragte ich.

Die Dame tippte mit ihren langen spitzen Fingernägeln über die Tastatur ihres Computers.

»15:15 Uhr nach Reykjavik.«

»Reykjavik? Island?«

Nein, danke. Da war es mir zu kalt. Ich hatte keinen Pullover dabei.

»Oder Buenos Aires«, fuhr die Frau fort. »Um 16:50 Uhr.«

In Argentinien war es möglicherweise etwas wärmer als in Island, aber bis auf den Satz »Dos cervezas, por favor« konnte ich kein Wort Spanisch sprechen, und ich hielt es für keine gute Idee, den Rest meines Lebens in einem Land zu verbringen, in dem ich lediglich in der Lage war, zwei Bier zu bestellen.

»Hm«, machte ich deshalb zweifelnd. Die Kurzhaarige nickte mir zu, dann stand sie auf und wechselte ein paar mir unverständliche Worte mit einer Kollegin, die weiter hinten im Raum irgendwelche Papiere aus einem Drucker holte. Die andere sah mich einen Moment lang an, dann nickte sie und verschwand in einem Nebenbüro. Keine Ahnung, was die beiden so Wichtiges zu besprechen hatten. Ich hoffte sehr, dass sie sich nicht über mein sonderbares Outfit lustig machten. Nicht jeder Frau stand eine mit einer Krawatte in Position gehaltene viel zu große Männerjeans in Kombination mit einem viel zu großen Männerhemd so gut wie mir.

Vielleicht sollte ich ihnen mal sagen, dass ich die kreative Marketingfachfrau war, der sie diese höchst erfolgreiche »Einfach-mal-abhauen«-Werbekampagne zu verdanken hatten (die übrigens auch hier am Schalter reichlich plakatiert war) und damit auch den großen wirtschaftlichen Erfolg ihrer Fluglinie, also im Grunde ihren Arbeitsplatz. Ohne mich würden die beiden jetzt vielleicht gerade auf einem Plastikstuhl in der Arbeitsagentur München-Mitte sitzen und verzweifelt auf ein neues Stellenangebot warten.

Ich spürte, wie leise Wut in mir aufstieg. Das alles würde ich den beiden gleich mal erklären und in diesem Zusammenhang andeuten, dass ich im Übrigen einen kleinen Rabatt auf den Preis des Flugtickets erwartete. Seit dem Kauf des Donna-Karan-Kleides war nämlich Ebbe auf meinem Konto, und ich konnte mir eigentlich gar keinen Flug nach Buenos Aires leisten. Vermutlich nicht einmal einen nach Paderborn. Aber bevor Daniel oder meine Bank das dicke Minus entdeckten, würde ich längst über alle Berge sein. Es galt also, schnell zu handeln.

»Dann hätten wir erst wieder einen Flug am Abend«, erklärte die Kurzhaarige. Sie war inzwischen von ihrem konspirativen Gemurmel mit der Kollegin an den Schalter zurückgekommen und lächelte mich mit schmalen Lippen an. »Nach Warschau um 23 Uhr.«

»Meine Güte, gibt es heute keinen Flug mehr an einen Ort, der weit weg ist und warm und wo die Leute eine Sprache sprechen, die ich auch kann?«

»Meinen Sie Englisch?«

Die Frau durchsuchte in aller Seelenruhe ihren Computer. Offenbar wollte sie mir demonstrieren, dass sie den Kurs »Wie arbeite ich besonders langsam und bringe dadurch meine Kunden erfolgreich zur Weißglut« mit der Bestnote absolviert hatte. Es dauerte wirklich verdammt lange. Wahrscheinlich hing das System. Nach gefühlten fünf Minuten sagte sie: »Los Angeles, leider erst morgen früh um 6:20 Uhr.«

In diesem Moment bauten sich zwei Polizisten und ein Schäferhund neben mir auf.

»Entschuldigung«, sagte der eine, ein kräftiger Typ mit auffallend großen roten Ohren. »Dürften wir bitte mal Ihren Ausweis sehen?!«

Ich blickte nach rechts und links und suchte die Person,

die der Beamte wohl angesprochen haben könnte. Aber da stand sonst niemand.

»Meinen Sie mich?«, fragte ich entgeistert. Ich erinnerte mich dunkel, erst vor ein paar Stunden Kontakt mit der Polizei gehabt zu haben. »Gibt es noch irgendwelche Probleme wegen der Ruhestörung heute Nacht?«

»Wir haben einen Hinweis bekommen, dass sich hier am Schalter eine verdächtige Person aufhält, die möglicherweise unerlaubt aus dem deutschen Staatsgebiet ausreisen möchte. Ihren Ausweis, bitte!«

Ich blickte die Polizisten an, dann den Hund, dann die Frau am Schalter. Jetzt war mir klar, was die beiden da drinnen zu tuscheln gehabt hatten: Weil ich Männerkleidung trug, den nächstbesten Flug egal wohin buchen wollte und kein Gepäck dabeihatte, hielten sie mich für eine Schwerverbrecherin, die vermutlich gerade ihrer Zelle in München-Stadelheim entsprungen war und sich jetzt ins Ausland absetzen wollte. Ganz sicher hatte die Frau im Nebenraum die Polizei alarmiert.

Ich holte meinen Ausweis aus der Handtasche und hielt ihn den Beamten hin. Dann zog ich auch das rote Kleid heraus.

»Ich bin keine Kriminelle, falls Sie das denken«, erklärte ich beleidigt. »Ich komme gerade von einer Party.« Ich hielt das Kleid in die Höhe, sodass der lange Riss deutlich sichtbar war. »Ich musste bei der Auswahl meiner Garderobe heute leider etwas improvisieren, weil ich nicht länger riskieren wollte, wegen Erregung öffentlichen Ärgernisses festgenommen zu werden. Das ist nicht nur ein schulterfreies, sondern neuerdings auch pofreies Kleid. Ich möchte Ihnen das, ehrlich gesagt, ungern mit Inhalt demonstrieren. Im Übrigen habe ich keine Drogen in meiner Tasche. Wenn Sie mögen und der Hund Spaß daran hat, darf er gerne mal ein bisschen schnuppern.«

Doch sowohl die Herren als auch der Hund verzichteten auf eine eingehende Untersuchung meines Gepäcks. Auch brachten die Polizisten mich nicht zur Wache. Sie studierten nur meinen Ausweis, dann gaben sie ihn mir zurück, verabschiedeten sich mit einem »Dann ist ja alles gut, entschuldigen Sie das Missverständnis, einen schönen Urlaub!«, und zogen mitsamt Schäferhund von dannen.

Ich funkelte die Kurzhaarige vom Sunshine-Air-Schalter wütend an.

»Ich glaube, ich buche meinen Flug bei einem anderen Unternehmen!«, blaffte ich.

Ihre Antwort (falls sie mir denn eine gegeben haben sollte) bekam ich nicht mehr mit, denn ich war abgelenkt, weil ich hörte, wie hinter mir jemand meinen Namen rief.

»Franziska! Bist du das?«

Vielleicht war ja auch eine andere Frau dieses Namens gemeint, aber reflexhaft drehte ich mich um, und da stand – Laura Caspari. Das war ja wirklich sehr ungewöhnlich. Ich war gerade erst am Flughafen angekommen, und schon interessierten sich drei Menschen und ein Hund für mich.

Laura kam auf mich zu. Sie sah blasser aus als bei unserer letzten Begegnung und war ungeschminkt. Auch hatte sie heute kein Ascot-taugliches Nobelkleidchen und keine feinen Riemchensandalen an, sondern eine schlichte Jeans, einen blauen Funktionsanorak mit Kapuze und bequeme Sneakers an. Quer über ihre Schulter hing eine praktische Handtasche mit vielen Fächern. Das Überraschendste aber war der riesige rote Rucksack, den sie auf dem Rücken trug und der ihren zierlichen Kopf ein paar Zentimeter überragte. Ich hätte sie beinahe nicht wiedererkannt.

»Oh, hallo«, rief ich. »Du auch hier?«

Ich bereute meine Frage sofort, denn das war ja offensichtlich. Was sollte sie darauf auch antworten? Vielleicht: »Nein, das ist eine optische Täuschung. Ich sitze gerade gemütlich bei einer Tasse Tee auf meiner Terrasse und blättere in der *Cosmopolitan*«?

Deshalb schob ich schnell hinterher: »Bist du auf dem Weg in den Urlaub?« Wobei auch diese Frage im Grunde überflüssig war, denn Lauras Freizeitkleidung und ihr riesiger Rucksack ließen nicht gerade darauf schließen, dass sie unterwegs war zu einem hochoffiziellen Geschäftstermin.

»So ähnlich«, sagte sie, »Und du?«

Sie musterte meine seltsame Bekleidung, war aber so taktvoll, keine weiteren Fragen zu stellen.

»Hm … Auch so was Ähnliches.«

Ich hatte eigentlich keine Lust, ihr von meiner Ehekrise zu erzählen und davon, dass ich gerade auf der Flucht war. Überhaupt fand ich es etwas gewöhnungsbedürftig, mit ihr zu reden, ohne einen mittleren Kirschlikörschwips zu haben. Und ich hatte den Eindruck, dass sich Laura auch nicht ganz sicher war, wie wir miteinander umgehen sollten. Jetzt, da wir beide ganz nüchtern waren. Wahrscheinlich hätte sie doch lieber wieder »Sie« zu mir gesagt. Andererseits: Sie hatte mich angesprochen, also suchte sie eindeutig den Kontakt zu mir.

»Wo geht's denn hin? Verreist du ohne deinen Mann?« Ich konnte Mister Global Player XXL nämlich auf den ersten Blick nirgendwo entdecken.

»Wie wäre es«, fragte Laura erstaunlich flott und ohne direkt auf meine Fragen einzugehen, »wenn wir kurz einen Kaffee miteinander trinken? Ich gebe nur schnell mein Gepäck ab. Hast du einen Moment Zeit?«

Hatte ich. Sogar mehr als einen Moment.

»Klar, warum nicht!«

40.

Ohne mich von der Sunshine-Air-Frau zu verabschieden, begleitete ich Laura zu ihrem Schalter, wo sie ihren Rucksack auf das Rollband hievte, ihr Ticket und ihren Ausweis vorzeigte und die Bordkarte entgegennahm.

Ein paar Minuten später saßen wir uns im nächsten Flughafenbistro bei zwei Pappbechern Kaffee gegenüber.

»Ich fliege nämlich nach Nepal«, erzählte Laura und verrührte mit einem Plastikstäbchen die Milch in ihrem Kaffee.

»Nach Nepal? So weit? Und ganz allein?«

»Ja.« Sie rührte noch immer, obwohl ihr Kaffee schon ganz durchgerührt aussah. Dann legte sie das Plastikstäbchen zur Seite und schaute mich an.

»Ich beginne gerade ein neues Leben.«

Na so was. Da machten wir ja beide gleichzeitig dasselbe.

»Ein neues Leben? Aber wieso das denn? Was hast du vor?«

»Ich gehe weg von München. Jedenfalls für eine Weile. Ich muss mal ein bisschen nachdenken über alles.«

»Aber … wieso?«

Es war verrückt. Da wollte ich gerade einen Flug in ein neues Leben buchen – und schon treffe ich Laura, die bereits einen großen Schritt weiter ist.

»Und wieso Nepal? Kletterst du auf den Mount Everest?«

Sie schüttelte den Kopf.

»Ich will einfach nur ganz weit weg von allem.«

»Einfach mal abhauen«, murmelte ich. »Das kann ich gut verstehen.«

»Ich werde ein paar Wochen in einem buddhistischen Kloster verbringen. Oder ein paar Monate. Oder für immer. Ich habe den Rückflug noch nicht gebucht. Meditation, Atemübungen, Yoga, innere Einkehr … Ich muss meinen Weg wiederfinden. Meine innere Mitte. Ich kann so wie bisher nicht weitermachen.«

Ich sah Laura erstaunt an. »Aber warum? Du hast es doch so gut: ein Haus, einen Mann, eine Familie, ein tolles Auto, schicke Klamotten, coole Geschäftsreisen …«

»Ach, das ist doch alles bloß eine Lüge!«

Sie schob ihren Kaffeebecher mit einer so schnellen Bewegung zur Seite, dass das Getränk beinahe überschwappte.

»Als ich neulich bei dir zu Besuch war und du mir das von deinem Sohn und seiner Sinnsuche im Kloster erzählt hast, da wurde mir auf einmal klar, dass bei mir auch etwas passieren muss. Mein Mann und ich, wir haben uns nicht mehr viel zu sagen. Das bisschen, das ich in seiner Firma mitarbeite, füllt mich nicht aus. Im Übrigen habe ich den Verdacht, dass da möglicherweise etwas läuft zwischen ihm und seiner Assistentin. Aber so genau will ich es eigentlich gar nicht wissen. Und Fabian fühlt sich bei euch inzwischen wohler als zu Hause, seit er mit eurer süßen Tochter befreundet ist. Ich bin unglücklich, Franziska. Ich schlafe schlecht. Ich muss etwas ändern in meinem Leben. Ich weiß nur noch nicht, was, und darüber werde ich in Nepal nachdenken.«

Das Grundproblem kam mir bekannt vor. Im Prinzip ging es mir genauso. Bei dieser Erkenntnis verschluckte ich mich vor Schreck an meinem Kaffee. Während ich hustete, fuhr Laura fort zu erzählen, und ich war sehr verwundert, dass sie so offen zu mir sprach.

»Ich glaube, ich habe damals einen Fehler gemacht, weißt du. An dem Tag, an dem ich mich von Alex getrennt habe. Seit ich ihn wiedergesehen habe, kann ich an nichts anderes mehr denken. Vielleicht hätten wir es miteinander geschafft. Vielleicht wäre alles anders geworden. Besser. Schöner. Lustiger. Verrückter. Aber ich habe mich nicht getraut, ein Risiko einzugehen. Ich hatte Angst, ich wollte Sicherheit …«

»Na ja, das ist ja auch verständlich. Und außerdem warst du schwanger von Marco.«

»Ich war nicht schwanger von Marco.«

»Nicht schwanger? Aber …«

»Ich war schwanger von Alex.«

»Von Alex? Du hast ein Kind von Alex, und er weiß es nicht? Bist du verrückt, Laura?«

Sie trank jetzt ganz langsam einen Schluck Kaffee.

»Ich habe kein Kind von Alex. Ich habe das Kind kurz vor der Hochzeit verloren, Franziska. Es war furchtbar. Ich dachte, das Schicksal bestraft mich, weil ich Alex belogen habe und zu Marco zurückgekehrt bin. Erst Jahre später haben Marco und ich ein Kind bekommen. Einen Sohn. Du kennst ihn ja: Fabian.«

Atemlos hörte ich weiter zu.

»Niemandem habe ich erzählt, von wem das Kind damals wirklich war. Bis heute nicht. Beim Frauenarzt war mir sofort klar, dass ich nicht mehr von Marco schwanger sein konnte. Aber ich war so verzweifelt. Wie hätten Alex und ich ein Kind durchbringen sollen? Er verdiente kaum genug Geld für sich selbst. Und meine Eltern wollten mit ihm nichts zu tun haben. Ich war so feige. Ich wollte nicht, dass aus meinem Leben eine Katastrophe würde, und ich wusste ja, wie sehr mich Marco noch immer liebte. Nun ja, jedenfalls wollte er mit mir zusammen sein. Ich war so jung und dumm damals. Ich habe noch versucht, Alex zu finden, nach der Fehlgeburt, kurz vor der Hochzeit. Aber er war wie vom Erdboden verschluckt. Keiner unserer Freunde wusste, wohin er gegangen war. Ich war in Panik. Ich hatte sogar überlegt, die Hochzeit kurzfristig abzusagen und ihn zu suchen. Aber natürlich habe ich mich das nicht getraut. Ich wollte Sicherheit. Ich wollte nicht arm sein. Ich wollte meine Familie nicht gegen mich aufbringen. Ich habe nie wieder etwas von Alex gehört. Bis er neulich wieder auftauchte.«

Als Laura aufhörte zu reden, war mein Kaffee kalt.

»Hast du Alex inzwischen erzählt, dass es sein Kind war?«, flüsterte ich.

Sie schüttelte den Kopf. »Nein, was hätte es genützt, außer ihm noch mehr Kummer zu machen. Außer ihn noch mehr zu enttäuschen.«

»Hast du ihm das andere erzählt? Dass du mit Marco nicht glücklich bist? Dass du deine Entscheidung von damals bereust?«

Laura presste die Lippen aufeinander und ließ den Blick durch die Flughafenhalle wandern, wo die Menschen mit ihren Taschen, Koffern und Rucksäcken herumliefen.

»Nein, nicht direkt«, sagte sie schließlich. »Es war merkwürdig, ihn nach fünfundzwanzig Jahren wiederzusehen. Als er mich aus heiterem Himmel anrief, um sich mit mir zu treffen, da wusste ich gar nicht, wie mir geschah. Als wir fertig waren mit Telefonieren, habe ich zwei Stunden lang geheult. Weil ich auf einmal das Gefühl hatte, alles in meinem Leben falsch gemacht zu haben. Und als ich ihn dann am nächsten Tag wiedersah, wurde es noch schlimmer.«

»Aber das verstehe ich nicht. Als du bei mir warst, da sagtest du doch, Alex bedeute dir nichts mehr …«

Laura sah mich an. »Das war gelogen, Franziska. Wie so vieles in meinem Leben. Ich wollte mir einfach nicht eingestehen, wie sehr mich die Begegnung mit ihm aufgewühlt hatte. Wie erschüttert ich war, als ich schließlich seine Briefe gelesen hatte. Als ich erfuhr, wie sehr er mich die ganze Zeit geliebt hatte.« Sie drehte den leeren Kaffeebecher in ihren Händen. »Jedenfalls, wie sehr er gedacht hatte, mich noch zu lieben.«

Mir kam mein Gespräch mit Alex auf dem Monopteros in den Sinn, und ich nickte.

»Es ist immer leicht, jemanden zu lieben, der ganz weit weg ist. Von einem Traum kann man nicht enttäuscht werden, solange es ein Traum bleibt.«

»Ja, genau. Ich hatte bei unserem Wiedersehen das Gefühl, dass er enttäuscht von mir war«, fuhr sie leise fort. »Von dem, was ich aus meinem Leben gemacht habe. Keine Visionen, keine Pläne, keine Leidenschaften. Ich glaube, er hält mich für eine schrecklich langweilige Frau und versteht gar nicht mehr, weshalb er sich jemals in mich verlieben konnte. Wer bin ich denn auch? Ich bin die Gattin von Marco Caspari und die Chefin einer Putzfrau, die zweimal in der Woche bei uns saubermacht. Sonst nichts. Das ist ein bisschen wenig, findest du nicht auch?«

Ich zuckte mit den Schultern. »Was wärst du denn lieber?«

»Ich weiß es nicht. Aber genau das werde ich in meinem Kloster in Nepal herausfinden.« Laura lächelte leicht. Aber es sah nicht sehr glücklich aus. »Und du?«, fragte sie. »Willst du auch verreisen? Hast du dein Gepäck schon aufgegeben? Warum hast du dich so komisch angezogen?«

»Mir geht es so ähnlich wie dir«, gestand ich, und dann berichtete ich Laura alles. Von Daniel und Bettina. Von dem gestrigen Abend. Von dem zerrissenen Kleid. Dass ich mir von Alex Klamotten zum Anziehen geborgt hatte.

Und dass Alex allem Anschein nach in meine beste Freundin verliebt war.

»Verliebt?«, hauchte Laura. »So richtig?«

Ich schwieg. Es tat mir leid zu sehen, dass Tränen in ihren Augen aufstiegen.

»Dann ist jetzt alles vorbei, nicht wahr? Dann brauche ich mir wirklich keine Hoffnung mehr zu machen?«

»Ich weiß es nicht, Laura. Aber als ich die beiden sah … nun, sie wirkten sehr glücklich miteinander, sie lachten die ganze Zeit, und ich wünsche meiner Freundin natürlich …« Ich brach ab. Was immer ich sagte, es würde Laura wehtun, und das wollte ich nicht.

»Schon gut«, sagte sie. »Ich hatte meine Chance, ich habe sie nicht genutzt. Es ist vorbei. Ich werde in Nepal einen neuen Weg finden.«

»Klar, das wirst du.«

Wir sahen einander einen Moment lang wortlos an.

»Danke, dass du zugehört hast«, sagte Laura schließlich.

»Danke, dass du es mir erzählt hast«, sagte ich.

Sie legte ihre Hand auf meinen Unterarm. »Vielleicht nimmt bei dir ja alles ein besseres Ende. Vielleicht solltest du mit Daniel erst noch mal reden, bevor du wegfliegst. Ich weiß inzwischen, dass es mehr Kummer macht, wenn man nicht miteinander spricht. Ich habe Marco und Fabian erklärt, weshalb ich eine Auszeit brauche. Sie sagen, sie verstehen das.« Sie lachte bitter. »Marco ist wahrscheinlich erleichtert, dass er sich jetzt mit seiner Assistentin nicht mehr vor mir verstecken muss. Und Fabian … Tja, wie gesagt, er ist so glücklich, so verknallt in deine Isabel. Da ist eine Mutter sowieso nur hinderlich. Zum Glück ist das Schuljahr bald zu Ende. So kurz vor den Ferien läuft ja eh nichts Wichtiges mehr in der Klasse, da brauche ich auch nicht mehr daheim zu sein. – Und jetzt muss ich los. Das Boarding beginnt in zehn Minuten.«

Ich ging mit ihr zur Sicherheitsschleuse. Kurz bevor sie eintrat, drehte sich Laura noch einmal um und umarmte mich.

»Leb wohl, Franziska. Ich wünsch dir Glück.«

»Ich dir auch, Laura. Pass auf dich auf!«

Komischerweise spürte ich auf einmal einen Kloß im Hals.

Ich blickte ihr nach. Ich beobachtete, wie sie ihre Tasche und ihren Anorak auf das Laufband legte und langsam durch die Kontrolle ging, ohne dass es fiepte. Als sie ihre Sachen nahm und mit einem letzten Winken um die Ecke bog, hatte ich das Gefühl, gleichzeitig eine Freundin gewonnen und verloren zu haben.

Kurz bevor ich in einer abgrundtiefen Melancholie versank, schnurrte der Vibrationsalarms meines Handys.

»Mama, wann kommst du denn endlich nach Hause?«, fragte Isa. »Papa sagt, ich soll einkaufen gehen, weil er keine Zeit hat, aber ich weiß nicht, was wir heute Abend kochen sollen. Können wir nicht einfach Pizza bestellen? Ich muss jetzt nämlich los, weil wir gleich unser Video bei YouTube hochladen, und Basti muss den ganzen Tag in der Strudelstube arbeiten, weil Mona irgendwas Wichtiges zu tun hat.«

»Ich komme schon«, sagte ich und machte mich auf den Weg zur S-Bahn. »Ich bin gleich wieder da.«

Es war so schön, Isas Stimme zu hören. Trotz ihres treulosen Vaters. Trotz allem.

Während ich das Handy zurück in die Tasche schob, warf ich einen Seitenblick auf den Sunshine-Air-Schalter und das »Einfach mal abhauen«-Plakat.

So einfach war das eben doch nicht, das Abhauen. Erst würde ich mit Daniel über alles reden, und dann würden wir uns vermutlich scheiden lassen. Es gab Schlimmeres. Es hatten schon viele Leute vor mir eine Scheidung überlebt. Notfalls könnte ich mich in ein Kloster in Nepal zurückziehen und mit Laura den ganzen Tag lang Bikram-Yoga machen, meditieren und Jasmintee trinken, während wir über unsere Leben nachdachten und was wir dabei alles falsch gemacht hatten.

41.

Daniel saß auf der Terrasse, als ich nach Hause kam. Ich sah ihn durch das Wohnzimmerfenster. Er hatte das Festnetztelefon, seine beiden Handys (Daniel war ein wichtiger Mann, er besaß ein privates und ein dienstliches Mobiltelefon) und seinen Tabletcomputer nebeneinander vor sich auf den Tisch gelegt, als wolle er unbedingt auf allen Kanälen erreichbar sein, und starrte in den Garten. Er las keine Zeitung, er schrieb keine Mail, er telefonierte nicht, er saß einfach so da und schaute.

Als ich durch die Terrassentür nach draußen trat, sprang er auf.

»Franzi! Was ist los mit dir? Warum bist du denn gestern Abend nicht nach Hause gekommen?!«

Er sah blass und müde aus. Unter seinen Augen lagen tiefe lila Schatten, als wenn er die ganze Nacht nicht geschlafen hätte, aber er war geduscht und trug ein frisches Hemd, wenn auch ein bisschen zerknittert. Er wollte mich in den Arm nehmen, aber ich wich ihm aus.

Er ließ den Blick an mir hinauf- und hinuntergleiten. »Was hast du überhaupt für Klamotten an? Sind die von Mona?«

Ich antwortete nicht.

Es hatte aufgehört zu regnen. Mr. Spock lag unten auf der Wiese vor der Hundehütte und schaute nur kurz auf, als ich auf die Terrasse trat. Das war ungewöhnlich. Normalerweise stürzte er sofort auf mich zu, wenn er mich länger (also mindestens eine Stunde lang) nicht gesehen hatte. Diesmal hob er nur den Kopf, spitzte die Ohren, nahm meine Ankunft zur Kenntnis und senkte seine Schnauze wieder aufs Gras.

»Spock trauert«, erklärte Daniel. »Der Robomax ist kaputt. Er lädt nicht mehr.«

»Na, Gott sei Dank«, murmelte ich.

Der Hund wirkte tatsächlich unglücklich über das Ableben von Darth Vader. So etwas sollte es geben, ich hatte davon neulich in der Zeitung gelesen. Da hatte die Polizei die Wohnung eines alten Mannes aufgebrochen, nachdem die Nachbarn Alarm geschlagen hatten, weil sie ihn tagelang nicht mehr gesehen hatten. Die Beamten fanden den Pudel neben der Leiche seines Herrchens. Das Tier schien tagelang nichts gefressen und nichts getrunken, sondern nur getrauert und den toten Mann bewacht zu haben.

Genauso lag Mr. Spock jetzt neben der Hundehütte und betrauerte das Hinscheiden seines Freundes, des Rasenmähers. Es war ein Bild des Jammers.

Mit einem Blick erkannte ich, was das Problem war. Ich ging auf die andere Seite der Terrasse und schob den Stecker des Ladegerätes zurück in die Steckdose. Augenblicklich machte es in der Hundehütte »Klock«, und der Ladevorgang setzte mit leisem Summen ein. Mr. Spock sprang auf, bellte einmal kurz auf und sprang dann glücklich und mit wedelndem Schweif vor der Hundehütte auf und ab.

»Ah, ja«, sagte Daniel. »Ich vergaß, dass Basti gestern auf der Terrasse seinen Laptop aufgeladen hat.«

»Regel Nummer eins bei defekten Elektrogeräten«,

knurrte ich. »Überprüfen Sie, ob das Gerät an die Stromversorgung angeschlossen ist.«

Dann setzte ich mich Daniel gegenüber an das andere Ende des Tisches und wusste nicht, was ich sagen sollte.

»Mensch, Franzi«, rief Daniel. »Was ist denn los? Isa hat erzählt, dass du heute bei Mona übernachtet hast. Ich verstehe nicht, weshalb du sauer auf mich bist, nur weil Bettina und ihre Freundin so einen Müll über dich erzählt haben.«

»Daniel«, sagte ich so würdevoll, wie ich nur konnte. »Wir müssen miteinander reden.«

Er ließ sich auf seinen Stuhl zurücksinken.

»Wieso? Was ist los?«

»Ich weiß alles.«

»Was weißt du?«

»Na, das kannst du dir ja wohl denken. Ich kenne dein … na ja, dein kleines Geheimnis.«

Daniel sah für eine Sekunde völlig verwirrt aus. Dann breitete sich ein unsicheres Lächeln auf seinem Gesicht aus.

»Oh«, sagte er. »Tatsächlich? Seit wann denn? Und woher? Und – was sagst du?«

Daniel sah auf einmal sehr erleichtert aus. Seine Gesichtszüge entspannten sich. So etwas kannte man ja auch von vielen Mördern und Bankräubern: In dem Moment, in dem ein Verbrecher festgenommen wird, ist er trotz allem irgendwie auch erleichtert. Weil die Zeit des Versteckens und Vertuschens endlich vorbei ist. Kein Tricksen und Täuschen mehr. Nicht mehr diese ständige Angst, erwischt zu werden. Nicht mehr diese Panik, einen Fehler zu machen. Stattdessen: die ganz große Gelassenheit. In tiefer Ruhe den Gerichtsprozess abwarten. Vielleicht würde ein guter Verteidiger noch mildernde Umstände geltend machen können.

Genauso sah Daniel jetzt aus. Wie ein Schwerverbrecher, dem gerade die Handschellen umgelegt werden.

»Ich weiß das von dir und Bettina schon seit ein paar Wochen.«

»Wie? Was? Von mir und Bettina?«

Na ja, ein bisschen versuchte er immer noch zu tricksen und zu täuschen. Das ärgerte mich.

»Mensch, Daniel! Ich weiß, dass du ein Verhältnis mit ihr hast. Ich weiß auch, dass sie schwanger ist!«

Daniel starrte mich mit offenem Mund an. Jetzt sah er nicht nur müde, sondern auch ein bisschen dämlich aus. Und kein bisschen erleichtert.

»Ein Verhältnis? Mit Bettina? Mein Gott, Franzi! Wie kommst du denn darauf?«

Es machte mich wütend, dass er immer noch versuchte, so zu tun, als wäre er unschuldig.

»Hör doch endlich auf, das Ganze zu leugnen, Daniel! Sei doch mal ehrlich zu mir. Findest du nicht, dass ich das nach fünfundzwanzig Jahren Zusammensein verdient habe? Ich habe zufälligerweise euer Telefongespräch mitgehört, als Bettina dir das mit der Schwangerschaft erzählt hat. Jetzt weiß ich, wieso du seit Wochen keine Zeit mehr für mich hast. Weshalb du immer schnell deinen Laptop zuklappst, wenn ich dich im Arbeitszimmer überrasche. Weshalb du abends immer so lange im Institut bleibst. Weshalb du nach deinem Kongress in Griechenland noch drei Tage länger geblieben bist, obwohl die Tagung schon am Mittwoch zu Ende war. Ich weiß alles. Du brauchst dich nicht mehr zu verstecken. Ich habe über alles nachgedacht. Ich bin darüber hinweg. Meinetwegen können wir uns scheiden lassen. Werde doch glücklich mit deiner doofen Bettina!«

Ich brüllte die Anklagepunkte so laut heraus, dass vermutlich auch die Nachbarn von Akazienweg 13 bis 33 über die Details unserer Ehekrise im Bilde waren. Aber das kümmerte mich nicht. Ich würde hier sowieso demnächst ausziehen und die Leute nie wiedersehen.

»Franzi«, sagte Daniel. »Was redest du denn da! Ich hab doch kein Verhältnis mit Bettina! Um Gottes willen, wieso sollte ich ein Verhältnis mit Bettina haben?«

Er sah jetzt nicht mehr wie ein überführter Schwerverbrecher aus, dem gerade Handschellen umgelegt werden. Er sah aus wie ein sehr irritierter, müder Mann, der sich Sorgen um den Geisteszustand seiner Ehefrau macht. Entweder war Daniel ein begnadeter Schauspieler – oder (und bei diesem Gedanken schämte ich mich, dass ich gerade so herumgebrüllt hatte) ich lag falsch.

»Aber ich habe es doch genau gehört«, beharrte ich. »Du hast etwas von sechs Wochen erzählt und dass du der glücklichste Mann der Welt bist und dass …«

»Ach, Franzi, *das* Telefongespräch meinst du …«

Daniel begann sehr laut und sehr erleichtert zu lachen. Er kam auf mich zu, kniete neben meinem Stuhl nieder und fasste meine Hände.

»Schatz, Liebes, ich schwöre dir, ich habe kein Verhältnis mit Bettina. Und ich wüsste ehrlich gesagt auch nicht, dass sie schwanger ist.« Er gluckste vor Lachen. Ich fand das unangemessen, zumal ich doch gerade noch so entsetzlich traurig und wütend gewesen war und nicht ganz glauben konnte, dass sich die Lage so plötzlich geändert hatte.

»Bettina ist eine großartige Wissenschaftlerin, wirklich, sie ist mir eine riesige Hilfe im Institut. Aber – ein Verhältnis mit ihr?« Er lachte schon wieder. »Das wäre ja wirklich absurd. Oh, mein Gott! Nein! Ach, Schatz, warum hast du nicht früher mit mir darüber gesprochen?«

»Ich habe es versucht, aber du hast es immer abgeblockt. Was ... was hast du denn noch so lange in Griechenland gemacht?«

Daniel lächelte.

»Na ja ... ich habe dir doch gesagt, dass ich da noch einiges zu besprechen hatte.«

»Mit Bettina?«

»Nein, nicht mit Bettina. Bettina ist schon am Mittwochabend zurückgeflogen. Hier ...«

Er holte sein dienstliches Handy vom Tisch.

»Du kannst sie anrufen und fragen.«

Er tippte auf das Display, bis dort »Bettina Bayerle privat« zu lesen war. Aber ich schob seine Hand mit dem Telefon weg.

»Lass das. Ich will nicht mit ihr telefonieren.«

Daniel legte das Handy zurück auf den Tisch und nahm wieder meine Hand.

»Es tut mir leid, dass sie gestern so viel dummes Zeug über dich erzählt hat. Und glaub mir, ihr tut es noch mehr leid. Sie hat sich furchtbar geschämt, dass du alles mitbekommen hast. Manchmal ist sie ja wirklich noch ein ziemlich albernes junges Ding.« Er schüttelte den Kopf und lächelte mich an. In seinen Augen blitzte etwas auf. Irgendetwas schien ihn zu belustigen, und ich wusste nicht, was. »Wie konntest du nur denken, dass ich mit Bettina ...«

Er nahm mein Gesicht in beide Hände und wollte mich gerade küssen, als ich zurückfuhr.

»Aber der Brief, Daniel! Der Liebesbrief!«

»Was, welcher Liebesbrief?«

»Na, der anonyme Liebesbrief an dich. Du hattest behauptet, es sei ein Schreiben von der Uni gewesen. Du hast mich angelogen, Daniel!«

»Woher weißt du, dass es ein Liebesbrief war?« Er war jetzt tatsächlich ein bisschen blass geworden und lachte nicht mehr.

»Weil ich ihn geschrieben hatte! Ich habe dir einen Liebesbrief geschrieben, und du hast es gar nicht bemerkt!«

»Du hast den geschrieben? Aber – es stand gar kein Name darunter und kein Absender. Und er war mit dem Computer getippt. Nicht mal vernünftig ausgedruckt. Woher sollte ich wissen, dass du den Brief geschrieben hast! Ich hatte gedacht, er käme von so einer irren Studentin …«

»Welche irre Studentin?«

»Ach, ich weiß nicht. Wir hatten so einen Fall mal vor ein paar Jahren. Da gab es eine, die hat dem Kollegen Michels von der Botanik ständig anonyme Liebesbriefe geschrieben. Ich glaube, sie war eine Stalkerin. Die Briefe waren teils richtig heftig. Michels hat ziemliche Probleme deswegen gehabt. Ich dachte, das ist jetzt wieder so eine verrückte Studentin, die meint, sich in einen Prof verliebt zu haben. Solche Sachen kommen vor. Ich wollte nicht, dass du dir Sorgen machst. Es tut mir leid, dass ich dich angeschwindelt habe …«

Ich sah ihn lange an.

»Schatz«, sagte Daniel schließlich. »Das musst du mir glauben. Ich liebe nur dich!«

Das klang so unglaublich gut, so unglaublich vertraut, so unglaublich wunderbar, dass ich sofort sämtliche Punkte der Anklage zurückzog und ihm glaubte. Ich küsste Daniel so lange und liebevoll wie schon lange nicht mehr. Vor Rührung und Erleichterung musste ich gleich wieder ein bisschen weinen.

»Ach, Franzi, Liebes … Warum hast du nicht früher mit mir gesprochen? Wie konntest du dir nur solche Sorgen machen …« Daniel fuhr mit beiden Händen durch meine Haare, während er mir abwechselnd die Tränen wegküsste und mit mir redete. Ich war gerade dabei, mich einem unermesslichen Glücksgefühl hinzugeben, als mir plötzlich ein finsterer Gedanke durchs Gehirn fuhr. Es war eine Erinnerung an etwas, das ich nicht genau zuordnen konnte. Ein schmerzender schwarzer Fleck im Herzen. Aber noch bevor mir wirklich klar wurde, was mir gerade eingefallen war, klingelte mein Handy.

»Lass es doch klingeln«, murmelte Daniel, der gerade dabei war, mein Ohrläppchen intensiv zu küssen.

»Nein, lass mich kurz nachsehen. Am Ende ist was mit den Kindern!«

Ich schob ihn weg und zog mein Handy aus der Tasche. Es war Helen. Ich ging trotzdem dran. Wir hatten das Küssen ja sowieso gerade unterbrochen.

»Wo bist du?«, rief Helen ins Telefon, ohne sich näher mit Begrüßungsfloskeln aufzuhalten.

»Ich bin zu Hause. Auf der Terrasse.«

»Das ist gut. Ich stehe an deiner Haustür. Du hast das Klingeln wohl nicht gehört. Kannst du mir bitte aufmachen?«

»Äh …« Ich schielte zu Daniel hinüber. Besuch – so gern ich meine Freundin auch hatte – kam jetzt eigentlich ungelegen. Aber das konnte ich ihr so direkt nicht sagen.

»Komm doch durch den Garten! Daniel und ich sitzen draußen.«

Ich sah, wie er die Augen verdrehte. »Ausgerechnet jetzt«, hieß das.

»Daniel ist zu Hause? Hm. Ich muss aber allein mit dir reden. Mach mir mal bitte die Haustür auf.«

Helen klang merkwürdig.

»Ich komme«, sagte ich und schaltete das Handy aus.

Zu Daniel sagte ich: »Helen hat ein Problem. Ich bin gleich wieder da. Nicht weglaufen!«

Er lächelte und gab mir einen Kuss.

Helen stürzte sofort in die Küche, nachdem ich ihr geöffnet hatte.

»Mach dir Tür hinter dir zu«, rief sie und ließ sich auf einen Stuhl fallen. »Ist Daniel noch auf der Terrasse?«

Ich nickte.

»Was ist denn los, Helen?«

»Ich habe eigentlich gar keine Zeit. Ich habe in einer halben Stunde einen Besichtigungstermin im Westend, aber das muss ich dir zeigen.«

»Was musst du mir zeigen?«

Ich setzte mich ihr gegenüber auf einen Stuhl, während Helen in ihrer großen schwarzen Handtasche kramte und ihr Smartphone herausholte.

»Ich war ja immer ein bisschen skeptisch, als du erzählt hast, dass Daniel fremdgeht. Aber ich befürchte …«

»Helen!« Ich lachte. »Das hat sich erledigt. Daniel hat kein Verhältnis mit Bettina. Das war ein Missverständnis. Wir haben gerade miteinander geredet. Er hat mir geschworen, dass da nichts ist mit ihr. Sie war gar nicht länger mit ihm in Thessaloniki. Er hat sogar gesagt, ich könne sie anrufen und fragen.«

Helen sah mich unglücklich an und reichte mir ihr Handy. In diesem Moment erinnerte ich mich wieder an den diffusen Gedanken, den ich vorhin gehabt hatte, und auf einmal wusste ich, was mir eingefallen war. Es war ein Satz aus Daniels Telefongespräch. »Franzi darf auf keinen Fall etwas davon erfahren«, hatte er gesagt, und: »Sie ist schon misstrauisch geworden, aber ich konnte sie wieder beruhigen.« Es traf mich wie ein Peitschenhieb: Daniel verheimlichte mir noch immer etwas.

»Schau dir das an, Franzi. Das habe ich heute Vormittag aufgenommen.«

Helen spielte ein Video ab. Es war etwas verwackelt, aber das Entscheidende war eindeutig zu erkennen: Daniel saß an einem kleinen Tisch in einem Straßencafé unter einer Markise, neben ihm eine mir unbekannte Frau. Sie war schätzungsweise Anfang vierzig, hatte schulterlange dunkle Locken und trug einen schlichten beigen Rock, einen blauen Blazer und nicht allzu hohe Pumps. Keine Schönheit, aber nicht unsympathisch, soweit ich das erkennen konnte. Die beiden hatten zwei halb leere Sektgläser vor sich und schienen sich bestens zu unterhalten. Sie beugten sich über irgendwelche Fotos oder Papiere, die auf dem Tisch lagen. Genaues dazu war aus der Entfernung nicht auszumachen. Unübersehbar war aber, dass Daniel über sein ganzes Gesicht strahlte. Die beiden wirkten sehr vertraut miteinander. Sie fassten einander hin und wieder an den Arm, sahen sich in die Augen und wirkten wie zwei Menschen, die ein großes Glück miteinander teilten.

»Ich konnte nicht näher herangehen«, erklärte Helen. »Sonst hätten sie mich gesehen.«

Ich starrte auf das Video. Daniel und die fremde Frau erhoben jetzt ihre Gläser mit dem Rest Sekt darin und stießen lachend miteinander an.

»Heute Vormittag?«, fragte ich Helen mit kratziger Stimme. »Heute Vormittag hast du das gefilmt?«

»Ja, so gegen elf. Es war kurz vor einem Besichtigungstermin. Der hat bis gerade eben gedauert. Ich habe es nicht eher geschafft herzukommen, tut mir leid.«

»Macht nichts, da war ich sowieso noch nicht zu Hause.«

Ich konnte den Blick nicht von dem Display abwenden.

Mir brannten die Augen. Es war tatsächlich nicht Bettina gewesen. Wie lächerlich, das zu bestreiten! Daniel betrog mich nämlich mit einer ganz anderen Frau. Und besaß die Frechheit, mich so zärtlich zu küssen, als wäre alles nur ein Irrtum gewesen. Der Schock toste wie ein Hurrikan durch meinen Kopf.

Ich fragte mich, was sich die beiden auf dem wackeligen Video da wohl so begeistert angesehen hatten. Ultraschallbilder vom Baby? Das erste Schreiben vom Scheidungsanwalt?

»Mir ist schlecht, Helen.«

»Soll ich's ausmachen?«

»Nein, das nützt ja nichts. Ich will alles sehen.«

»Es ist gleich zu Ende.«

Während ich heute Vormittag mit gebrochenem Herzen durch Alex' Wohnung getappt war, hatte sich Daniel mit seiner Geliebten getroffen und war allerbester Laune gewesen. Ich sah, wie die beiden ihre Sektgläser leerten und sich erhoben. Daniel legte einen Geldschein auf den Tisch. Genau in dem Moment, in dem er die Frau in den Arm nahm (um sie zu küssen, um sie zu verabschieden?), fuhr ein Bus vor. Ein roter Doppeldeckerbus, mit dem die Münchner Touristen ihre Stadttouren machen, versperrte die Sicht auf das Café.

»Dann kam der blöde Bus«, erklärte Helen. »Und er blieb die ganze Zeit vor dem Café stehen, damit sich die Leute vom Oberdeck aus das schöne Schwabing ansehen konnten. Ich habe mein Handy trotzdem draufgehalten.«

Nach einer Weile fuhr der Bus weiter. Aber da war von Daniel und der Frau nichts mehr zu sehen. Das Video stoppte.

»Wo sind sie hin? Hast du sie noch weiter beobachtet? Haben sie sich geküsst? Sind sie zusammen weggegangen?«

Helen zuckte mit den Schultern.

»Ich weiß es nicht. Vielleicht sind sie zur U-Bahn runter. Der Eingang ist gleich neben dem Café …«

»Ach, Helen …«

»Es tut mir so leid, Franzi. Aber ich musste es dir zeigen, oder? Ich hätte es ja selbst nicht für möglich gehalten. Aber ich befürchte …«

Ehe ich michs versah, lag ich schluchzend in Helens Armen. Es war so ein furchtbarer Schock, dieses Video zu sehen, nachdem ich mich vor ein paar Minuten noch so glücklich und versöhnt gefühlt hatte.

»Wie kann er mir das antun?«, wimmerte ich. »Wieso belügt er mich?«

Helen streichelte meine Haare.

»Ich weiß es nicht, Süße. Ich weiß es wirklich nicht.«

Mit einem Ruck richtete ich mich auf.

»Ich muss es ihm sagen. Ich muss ihm sagen, dass ich alles weiß, und dann soll er verschwinden. Zu dieser Lockentussi oder auf den Mond oder sonst wohin. Man überlebt eine Scheidung, nicht wahr?«

Ich schniefte. Helen nickte.

»Frag Mona«, sagte sie. »Sie hat sogar schon drei Scheidungen überlebt.«

»Und ist jetzt so glücklich verliebt wie noch nie …«

Helen zog die Augenbrauen hoch.

»Ach, wirklich? Seit wann das denn?«

Ich wischte mir mit den Handrücken übers Gesicht. Wenigstens war ich ungeschminkt heute, und mein Geheule löste keine kosmetische Katastrophe aus.

»Das musst du sie am besten selbst fragen. Ich …«

»Ja, natürlich. Entschuldigung. Du brauchst mir jetzt wirklich nichts von glücklich verliebten Freundinnen zu erzählen.«

»Danke. Es ist übrigens Alex.«

»Alex? *Dieser* Alex?«

Ich sah, dass Helen vor Neugier und Überraschung schier platzte, aber sie war taktvoll und beherrscht genug, nicht weiter nachzufragen.

Ich riss ein Blatt von der Küchenrolle ab und putzte mir die Nase.

»Ich gehe jetzt zu Daniel und sage ihm, was ich gesehen habe«, erklärte ich so energisch wie nur möglich.

»Ich komme mit. Ich lass dich nicht allein.«

»Das ist lieb, Helen, aber ich schaff das schon.«

»Sicher?«

Ich nickte.

»Du musst jetzt zu deiner nächsten Besichtigung und wieder ein Penthouse für drei Millionen Euro verkaufen.«

Helen lächelte sanft.

»Diesmal ist es nur ein winziges Apartment, ohne Balkon und in keiner besonders guten Lage. Es ist sehr viel günstiger zu haben.«

»Das werde ich demnächst brauchen, um da einzuziehen«, meinte ich düster.

»Für dich finde ich etwas Besseres«, versprach sie. Im Flur umarmte sie mich noch einmal.

»Wir sind für dich da, Mona und ich«, versprach sie. »Ruf mich an, wenn es vorbei ist. Du kannst jederzeit zu mir kommen. Nicht nur wenn du dir eine neue Wohnung ansehen willst.«

Ich nickte und versuchte, den Klumpen Kummer hinunterzuschlucken, der mir in der Kehle steckte. Leise schloss ich die Haustür hinter ihr, dann nahm ich allen Mut zusammen und ging wieder hinaus zu Daniel auf die Terrasse.

»Was wollte Helen denn so Wichtiges?«, fragte er, ohne

den Blick vom Bildschirm seines Tabletcomputers zu wenden.

»Daniel!« Meine Stimme klang seltsam fremd. »Warum hast du mich schon wieder belogen?«

Er fuhr hoch. »Wie meinst du das?«

»Helen hat dich gesehen. Wie du dich heute Vormittag mit deiner Freundin getroffen hast. Sie hat euch mit ihrem Smartphone gefilmt. Ich bin im Bilde. Braune Locken, blauer Blazer. Ihr habt Sekt getrunken und euch herzlich amüsiert. Ich finde es unfassbar gemein von dir, dass du mir nichts von ihr erzählt hast, nachdem wir vorhin über Bettina geredet haben. Ich weiß jetzt, dass du wirklich kein Verhältnis mit Bettina hast. Du hast nämlich eines mit einer anderen. Ich hatte doch recht! Du mieser Verräter! Deshalb hast du neulich am Telefon gesagt: ›Franziska darf noch nichts davon erfahren.‹ Ich hätte wirklich nie im Leben erwartet, dass du so schrecklich feige sein würdest. Dass du die Sache noch nicht mal zugibst, wenn ich dich darauf anspreche. Ich möchte wissen, wie du das den Kindern beibringen willst. Glaub nicht, dass ich dir das Sorgerecht überlasse. Einem Menschen wie dir kann man das Sorgerecht nun wirklich nicht zugestehen …«

Je länger ich redete, desto wütender wurde ich. Unvorstellbar, wie infam Daniel war. So einen Mann wollte ich nun wirklich nicht mehr lieben. Und ihn hatte ich vorhin noch voller Leidenschaft und Begeisterung geküsst … Ärgerlich, dass mir trotz allem schon wieder die Tränen übers Gesicht liefen. Wo er doch so ein schlechter Mensch war, ein Lügner und Betrüger, der es nicht verdient hatte, dass ich ihn so lange geliebt hatte. Im Grunde müsste ich glücklich sein, dass ich ihn endlich los war.

»Du Schuft. Du gemeiner Schuft. Du gemeiner, fieser …«

Als mir endlich nichts mehr einfiel, sagte Daniel ruhig:

»Komm, Franzi, ich muss dir etwas zeigen.« Er nahm meine Hand und zog mich auf den Stuhl neben sich. Erschöpft ließ ich es mit mir geschehen.

»Kommen jetzt die Ultraschallbilder?«, fragte ich. Ich war auf einmal so müde und fühlte mich so leer, dass mir nicht einmal das mehr etwas ausgemacht hätte. Sollte er doch glücklich werden mit Braunlöckchen, dann würde ich mich eben in mein nepalesisches Buddhistenkloster zurückziehen und wie der Teufel meditieren, bis ich tot von der Yogamatte kippte …

Daniel nahm seinen Tabletcomputer und schob ihn zu mir herüber.

»Sieh dir mal diese Fotos an.«

Tapfer schaute ich auf das Display, aber es war kein ungeborenes Baby in Schwarz-Weiß darauf zu sehen, sondern – ein Haus. Ein kleines, von Weinpflanzen umranktes Haus mit einem roten Dach. Es war umgeben von riesigen, rosa blühenden Oleanderbüschen, hüfthoch wuchernden lila Lavendelsträuchern, Margeritenbäumchen, blauen Hortensien und anderen bunt blühenden Gewächsen. Im Hintergrund erkannte ich Olivenbäume in südlichem Licht und noch weiter dahinter eine Bucht. Tiefblau glitzerte das Meer in der Sonne.

»Was ist das?«, fragte ich konsterniert.

»Das ist Thassos«, sagte Daniel.

»Was ist – Thassos?«

»Eine griechische Insel, drei Stunden entfernt von Thessaloniki, wenn die Fähre pünktlich ablegt. Eine sehr schöne griechische Insel.«

Ah – jetzt wurde es mir klar: Sein Braunlöckchen war Griechin. Er hatte sie bei seinem Kongress in Thessaloniki kennengelernt, sie lebte auf Thassos, und das war das

Haus, in dem die beiden in Zukunft zu wohnen gedachten.

Leider sah es himmlisch aus. Ich war sofort neidisch und wünschte der Frau einen langsamen und qualvollen Tod. Und zwar sofort.

Daniel wischte über den Bildschirm, und ein neues Foto tauchte auf. Es war dasselbe Haus, diesmal aus einer anderen Perspektive. Eine gemauerte, überdachte Terrasse mit noch besserem Blick auf die Bucht. Es sah so aus, als brauchte man nur ein paar Meter durch den Olivenhain zu spazieren und könnte dann ins Meer springen. Das Wasser glitzerte. Daniel wischte weiter. Noch ein Foto. Eine breite Auffahrt aus hellen Natursteinplatten, rechts und links blühende Oleanderbüsche, Lavendel und hinter einer kleinen schiefen Mauer: Olivenbäume. Dutzende knorrige, alte Olivenbäume im dürren Gras.

»Warum zeigst du mir das?«, fragte ich Daniel. »Denkst du, ich interessiere mich für das Liebesnest, in dem du künftig mit deiner Freundin leben wirst?«

»Schatz, Franzi!« Daniel legte einen Arm um meine Schulter. Ich war unfähig zu protestieren, so entsetzt war ich von allem. »Das ist *unser* Liebesnest.«

»Unser was?«

Ich hatte eindeutig zu wenig Schlaf bekommen letzte Nacht. Und zu viele Gefühlswechsel in den vergangenen zwanzig Minuten erlebt. Ich kapierte überhaupt nichts mehr. Vermutlich hatte ich Halluzinationen.

Daniel wischte weiter über den Bildschirm und zeigte ein Foto nach dem anderen. Es gab auch Aufnahmen vom Inneren des Hauses: ein Kamin, ein gemütlicher alter Holzboden, eine blitzweiße Küche, ein langer Holztisch mit hochlehnigen Stühlen, ein großes weißes Sofa, ein Himmelbett, eine Badewanne mit Löwenfüßen …

»Gefällt es dir?«, fragte Daniel.

Ich konnte nichts sagen, weil ich keine Spucke mehr im Mund hatte. Ich konnte nur schauen: Eine Sommerküche, draußen vor dem Haus, drei Katzen lagen davor auf den Steinplatten in der Sonne. Ein Freisitz etwas oberhalb des Hauses, verborgen hinter Weinranken, eine altmodische Schiffslampe hing darüber, das Kabel über den untersten Ast eines Baumes geführt. Die Bucht aus der Nähe fotografiert, das Wasser türkisfarben und ruhig, schneeweiße Kieselsteine und flache Felsplateaus auf beiden Seiten, auf denen jemand bunte Handtücher ausgebreitet hatte.

»Hier«, sagte Daniel, als ein Bild auftauchte, das zwei Olivenbäume zeigte, die einander leicht zugeneigt standen. »Ich dachte, da könnten wir deine Hängematte anbringen.«

Ich starrte auf die Olivenbäume, dann starrte ich Daniel an.

»Was?! Ist?! Das?!«

»Ach, Franzi, das sollte mein Geschenk für dich sein, meine Überraschung zu deinem fünfzigsten Geburtstag. Du hast doch immer von einem Häuschen auf einer südlichen Insel geträumt. Vor ein paar Monaten habe ich dieses Haus hier entdeckt. Genauer gesagt, Bettina hat es entdeckt. Es gehörte einem Onkel von ihr, der es aus gesundheitlichen Gründen verkaufen wollte. Aber du glaubst gar nicht, was für ein Theater das mit den griechischen Behörden ist, wenn man da ein Haus kaufen möchte. Es hat einfach nicht rechtzeitig zu deinem Geburtstag geklappt mit dem Vorvertrag. Deshalb dachte ich, ich schenke es dir zu unserem Hochzeitstag im Herbst. Und dann hat deine Schwester erzählt, dass ein Rasenmähroboter jetzt der letzte Schrei sei. Es tut mir leid, dass du dich über den Robomax nicht besonders gefreut hast. Vermutlich war das wirklich keine gute Idee. Das Häuschen sollte doch eine Überraschung sein. Ich wollte dir jedenfalls so lange nichts davon erzählen, bis nicht der ganze Kauf in trockenen Tüchern wäre. Aber bevor du dich von mir scheiden lässt, weil du davon überzeugt bist, dass ich fremdgehe, muss ich dir davon leider heute schon erzählen. Gefällt es dir?«

Ich war noch immer nicht in der Lage zu sprechen. Vermutlich war ich vor Schock verstummt.

»Deshalb bin ich ein paar Tage länger in Griechenland geblieben. Um mir dieses Haus in Thassos anzusehen. Ich glaube, ich bin überhaupt nur zu diesem Kongress nach Griechenland gefahren, um mir dieses Haus ansehen zu können, ohne dass du etwas davon mitbekommst. Na ja, ein bisschen was hast du doch bemerkt …«

Endlich gelang es mir, eine Frage zu stellen. »Aber die Frau heute, Daniel. Wer war die Frau, mit der du dich heute Vormittag getroffen hast?«

»Das war meine Anwältin. Mit ihr habe ich neulich auch das Telefongespräch geführt, dass du wohl mitbekommen hast. Da meinte sie, es würde wohl noch sechs Wochen dauern, bis das Haus endgültig uns gehört. So ein internationaler Immobilienkauf ist kompliziert. Ich wollte nichts falsch machen. Aber heute hat sie mir die endgültigen Verträge gezeigt, jetzt kann nichts mehr schiefgehen. Darauf mussten wir einfach anstoßen. Ich habe mich so sehr gefreut, dass es endlich geklappt hat.«

Ich sah mir alle Bilder noch mal von vorne an. Besonders das Foto mit den beiden Olivenbäumen, unter denen demnächst meine Hängematte schaukeln würde.

»Es ist ein Traum«, flüsterte ich endlich. »Ich kann es nicht fassen. Es ist noch viel schöner als der schönste Traum …«

»Glaubst du mir jetzt endlich, dass ich weder mit Bettina noch mit irgendeiner anderen Frau etwas habe? Oder soll ich dir erst noch den Kaufvertrag zeigen?«

Ich schüttelte den Kopf. Diesmal glaubte ich Daniel. Es war alles ganz einfach: keine andere Frau, keine Trennung. Stattdessen ein Häuschen und eine Hängematte unter südlicher Sonne. Wie hatte ich je glauben können, dass er mich nicht mehr liebte?

Als wir uns küssten, begann mein Handy wieder zu klingeln.

»Willst du nicht drangehen?«, murmelte Daniel, ohne wirklich mit dem Küssen aufzuhören. »Vielleicht ist was mit den Kindern.«

»Bestimmt nicht«, antwortete ich. »Im Übrigen sind sie groß genug, um mal einen Nachmittag lang ohne ihre Eltern auszukommen.«

»Einen ganzen Nachmittag lang? Meinst du wirklich, wir haben einen ganzen Nachmittag lang frei?«

»Ja, vielleicht. Wieso fragst du?«

Statt eine Antwort zu geben, stand Daniel auf und hob mich mit beiden Händen vom Stuhl, die eine Hand unter meinen Schultern, die andere unter meinen Knien. So trug er mich ins Haus. Ich schlang die Arme um seinen Hals und meine Beine um seine Hüften.

»Hey«, sagte ich, als er anfing, mit der einen Hand mein Hemd aufzuknöpfen. »Was tust du da?«

»Ich will nicht, dass meine Frau die Hemden von fremden Leuten trägt.«

Ich lachte und küsste ihn gleichzeitig.

»Sag mal«, fragte Daniel, während er mich die Treppe hinauftrug. »Liegt die Steppdecke eigentlich noch oben?«

42.

Am ersten Tag der Sommerferien standen Daniel und ich mit unseren beiden voll gepackten Koffern vor der Zwiebelturmvilla und warteten auf das Taxi, das uns zum Flughafen bringen sollte. In ein paar Stunden würde ich zum ersten Mal unser kleines griechisches Häuschen betreten. Nicht mal an meinem Hochzeitstag war ich so aufgeregt gewesen.

Britta und Isa kamen heraus, um uns nachzuwinken. Meine Schwester hatte sich eine Auszeit im Blumenladen genommen, um auf unsere Tochter, Mr. Spock und das Haus aufzupassen, während Daniel und ich im Urlaub waren. Isa hätte zwar lieber zwei Wochen sturmfreie Bude gehabt und meinte, dass sie ja wohl allmählich zu alt sei für einen Babysitter. Aber Britta hatte augenzwinkernd erklärt, sie käme sowieso nicht ihretwegen, sondern nur, um unseren wild wuchernden Garten mal wieder auf Vordermann zu bringen. Es genüge definitiv nicht, dreimal in der Woche einen elektronischen Rasenmäher über die Wiese rollen zu lassen …

Tatsächlich hatte ich in den vergangenen Wochen leider keine Zeit gehabt, mich intensiv um so etwas Nebensächliches wie Blumen, Büsche und Bäume zu kümmern. Ich hatte Wichtigeres zu tun gehabt. Zum Beispiel ausführlich im Internet zu stöbern, um die schönste und bequemste

Hängematte der Welt zu finden. Und ich fand sie. Es war ein Traum aus weißem Baumwollstoff mit Fransen. Die Hängematte lag jetzt zusammengerollt auf meinem Koffer und würde noch heute Abend zwischen griechischen Olivenbäumen baumeln.

»Übrigens«, sagte Isa. »Unser *Stitching-Bitches*-Video hat schon über hundertfünfzig Klicks bei YouTube! Klasse, oder?«

»Super.« Daniel hob einen Daumen. »Dann ist es ja wirklich nicht mehr lang hin bis zur Million!«

Wenn es soweit war, würden wir Isa auch erzählen, dass die meisten der Klicks bislang von Daniel, Mona, Alex, Helen und mir kamen. Und von den vielen Frauen aus Helens Frauennetzwerk. Sie hatte mit einer Rundmail dafür geworben, einer aufstrebenden jungen Künstlerin zum Durchbruch zu verhelfen, und fast alle Frauen hatten mitgemacht und Isas Video aufgerufen. Manche hatten auch einen freundlichen Kommentar hinterlassen. Es war doch immer hilfreich, gut vernetzt zu sein.

»Sogar die Scholle hat was zum Video gepostet!« Isa lachte. »›Tolle Sache, ich gratuliere den *Stitching Bitches* und wünsche Euch viel Erfolg bei Eurer musikalischen Laufbahn‹, hat sie geschrieben. Ist das nicht krass? Ich wusste gar nicht, dass die Scholle YouTube kennt. Ich war mir nicht mal sicher, dass sie schon Internet hat …«

Mir war die Frau auf einmal richtig sympathisch.

Basti hatte uns per SMS eine gute Reise gewünscht. Weil die Strudelstube sowieso gerade Sommerpause machte, war er zu Anne nach Berlin gefahren. Er war noch unentschlossen, wie es mit ihm weitergehen würde. Ob er vielleicht doch noch ein Studium angehen sollte – Jura zum Beispiel (so was könne man immer gut gebrauchen, sagte er, und außerdem könnten er und Anne dann auch während der Vorlesungen zusammen sein) –, oder ob er nicht doch gleich eine Kneipe aufmachen sollte. Er hatte sogar schon mit Helen gesprochen, ob sie sich vorstellen könne, einen Teil des Geldes, das sie bei ihrem Russendeal verdient hatte, in sein Lokal zu investieren. Erstaunlicherweise hielt sie das für eine gute Idee. Sofern sie immer einen Gratis-Prosecco bei ihm bekäme, wenn sie in Berlin sei, sagte sie. Andererseits war es natürlich nur konsequent, dass Helen Bastis Berufspläne unterstützte, nachdem sie ja auch schon für Isa und die *Stitching Bitches* ein paar Hebel in Bewegung gesetzt hatte.

Ich mischte mich da nicht ein. Da das nächste Semester erst im Oktober losging, hatte Basti noch einige Wochen Zeit, sich zu entscheiden.

In dem Moment rollte unser Taxi vor. Mit ihm kam von der anderen Seite die Briefträgerin angeradelt.

»Ich habe Post für Sie!«, rief sie und winkte mir zu.

Ich nahm ihr die Briefe ab, während Daniel und der Taxifahrer unser Gepäck verstauten. Dann umarmte ich Isa und Britta – und Mr. Spock. Der Hund betrachtete unsere Abreise in großer Gelassenheit. Es war schwer festzustellen, ob es an seinem Alter, seiner Arthritis oder seiner Liebe zum Robomax lag, dass er neuerdings gerne zu Hause blieb.

Auf dem Weg zum Flughafen sah ich die Post durch. Es waren zwei Briefe, dazwischen steckte eine Ansichtskarte aus Nepal. Das Foto darauf zeigte einen mehrstöckigen ziegelroten Bau mit flachem Dach, der sich an eine steile Felswand zu schmiegen schien. Davor flatterten bunte Fähnchen in langen Reihen, im Hintergrund erhob sich ein hohes schneeweißes Gebirge vor unwirklich blauem Himmel.

In winzig kleinen Buchstaben, damit der ganze Text auf die Karte passte, schrieb Laura:

Liebe Franziska,
ich schicke Dir herzliche Grüße vom Fuße des Himalajas. Du ahnst nicht, wie glücklich ich hier bin. Die Reise ist ein Traum. Das Land ist wunderschön, und die Menschen sind herzlich. Die Ruhe im Kloster tut mir gut. Ich sitze jeden Tag auf meinem Lieblingsplatz, einem kleinen Hügel in der Sonne, und schaue auf Kathmandu und die schneebedeckten Berge. Wenn ich das sehe, fehlt mir nichts. Falls ich jemals zurück nach München kommen sollte, können wir ja wieder einen Kirschlikör miteinander trinken.
Deine Laura

Ich betrachtete das Foto lange, dann zog ich den Brief hervor.

Diesmal hatte Alex den richtigen Namen und die richtige Adresse darauf geschrieben: Franziska Herold, Akazienweg 23. Über seinen schönen grünen Buchstaben klebte eine rosa Schmetterlingsbriefmarke, Poststempel Hongkong. Ich riss den Umschlag auf.

Meine liebe Franzi!
Wie anders und wie viel schöner ist es, nach Hongkong zu kommen, wenn man glücklich verliebt ist. Und zwar in die wunderbarste, fröhlichste, verrückteste, umwerfendste Frau der Welt. Gleich nach der Landung gestern Abend sind wir auf den Victoria Peak gefahren. Ich glaube, so einen schönen Sonnenuntergang habe ich überhaupt noch nie erlebt. Ich denke jeden Tag, was für ein Glück ich hatte, dass ich damals die falsche Adresse auf meine Briefe an Laura geschrieben habe. Dass Du sie gelesen hast. Dass Du versucht hast, mich zu finden.
Ich danke Dir für alles,
Dein Alex

Der andere Brief kam von Mona:

Franzi!
Hongkong ist der Hammer! Unbeschreiblich. Diese Häuser! Dieses Licht! Diese Aussicht vom Victoria Peak, wenn die Sonne untergeht und die bunten Lichter an den Wolkenkratzern flimmern … Wahnsinn! Du kannst es dir nicht vorstellen. Ich musste gestern Abend leider ein bisschen weinen, so schön war das. Ansonsten ist Hongkong aber zum Verrücktwerden. Wusstest Du, dass es hier doppelt so viele Wolkenkratzer gibt wie in New York? Und viel höhere! Dann diese Straßenschluchten: Lärm, Hitze, Gestank … Ich werde mich nie wieder über das bisschen Verkehrsstau am Stachus beschweren. Überhaupt ist diese Stadt sehr verwirrend. Stell Dir vor, da sind überall Fußgängerbrücken hoch oben in der Luft, die die Häuser in den oberen Stockwerken verbinden. Wie in einem Science-Fiction-Film. Nur die Aliens fehlen. Ohne Alex wäre ich hier völlig verloren. Wie hat er das hier bloß so lange ausgehalten!? Ehrlich gesagt, ich freue mich auch schon wieder darauf, wenn wir in drei Wochen wieder zu Hause sind. Trotzdem genieße ich unseren Urlaub natürlich sehr. Es ist zauberhaft, miteinander herumzureisen und all die Orte zu besuchen, an die Alex damals geflüchtet ist, als er nicht wusste, dass die allertollste Frau der Welt noch auf ihn gewartet hat …
Alles Liebe, Deine Mona

***

Fünf Monate später:

Sehr geehrte Frau Herold,
vielen Dank für die Zusendung Ihres neuen Manuskripts. Ihr Roman »Wenn das Leben Loopings dreht« gefällt uns allen hier sehr gut, wir haben ihn mit viel Vergnügen gelesen. Natürlich werden wir ein wunderbares Buch daraus machen. Es war eine gute Entscheidung, dass Sie das Projekt Ihres historischen Liebesromans nicht weiterverfolgt haben, und wir freuen uns auf die Zusammenarbeit. Was ich mich frage: Ist Ihr Roman eigentlich autobiografisch oder haben Sie sich das alles ausgedacht?
Herzlichst,
Ihre Katja Müller,
Verlagsleiterin Belinda Books, München

Weil man ein Buch nie ganz alleine schreibt …

Danke von A bis Z

A wie Anja Franzen: Meine Lektorin, die auch dieses Buch wieder von der ersten Idee an bis zum letzten Punkt mit großer Begeisterung, Herzenswärme und Klugheit begleitet hat.

B wie Barbara: Ich hoffe, du siehst es mir nach, dass ich mir für den Schluss meiner Geschichte ungefragt euer Haus »ausgeliehen« habe. Aber es passte perfekt!

C wie Cordi: Wenn ich euch damals nicht besucht hätte, wäre ich wahrscheinlich bis heute nicht in Hongkong gewesen, und dann wäre diese Geschichte ein bisschen anders geworden.

D wie DELIA: Verein der deutschsprachigen Liebesromanautorinnen und -autoren, die Profis der Unterhaltungsliteratur. So viele gescheite, hilfsbereite und lustige Menschen, die einem mit Rat und Tat zur Seite stehen! Es macht Spaß, dabei zu sein.

E wie meine Eltern, die das hier leider nicht mehr lesen können, aber die mich von klein auf darin bestärkt haben, Geschichten zu schreiben, und mir das Schönste geschenkt haben, was Eltern geben können: eine glückliche Kindheit.

F wie Freundinnen: Christiane, Gabi, Karin, Katrin, Ute und alle, die hier unter einem anderen Buchstaben aufgeführt werden: Einen Roman über Liebe und Freundschaft zu schreiben, ohne mit euch tage- und nächtelang darüber geredet zu haben? Unmöglich!

G wie großer Bruder: Der beste von allen, der tapfer meine Bücher liest, obwohl er mit romantischen Komödien normalerweise nichts am Hut hat …

H wie Hamburg: Ich finde diese Stadt so großartig, dass sie unbedingt in meinem Roman vorkommen musste.

I wie Internet: Wie hat man das eigentlich früher gemacht, wenn man beim Schreiben plötzlich dringend wissen muss, wie ein automatischer Rasenmäher funktioniert oder wie lange eine Zugfahrt von München bis zur Lüneburger Heide dauert?!

J wie Joachim Jessen, mein Agent von der Literaturagentur Schlück, und alle anderen aus dem Team, die sich unermüdlich um alles kümmern, was außer Fantasie, Ausdauer und einem funktionierenden Computer sonst noch zum Bücherschreiben dazugehörten.

K wie Kolleginnen: Angelika Schwarzhuber und Beatrix Mannel-Gurian, die inzwischen liebe Freundinnen geworden sind und sich auch mit allen Höhen und Tiefen des Autorinnendaseins auskennen. Eine Runde reden mit euch, und alles ist wieder gut.

L wie Lukas und Lena: Zwei, die mein Manuskript vom ersten Wort an kennen und kein Problem damit haben, zwischendurch mal ganz undiplomatisch reinzugrätschen, wenn ihnen eine Textstelle nicht gefällt. »Das willst du nicht ernsthaft so schreiben – oder?« Äh … na, dann wohl besser nicht.

M wie Matteo. Oder wie immer du heißt: An diesem Abend hast du mich auf eine fantastische Idee für meinen nächsten Roman gebracht. Deshalb bekommst du darin auch eine kleine, aber wichtige Rolle. Schade, dass du es wohl nie erfahren wirst …

N wie Nieswand, Klaus: Mein früherer Deutschlehrer, der mir schon damals gesagt hat: »Schreiben Sie, und verlassen Sie sich dabei immer auf Ihren eigenen Kopf!« Mach ich.

O wie Ostfriesische Inseln: Auf Spiekeroog ist ein großer Teil dieses Buches entstanden. Ich habe festgestellt, dass man mit Blick auf Meer und Dünen erstaunlich gut an einem Roman schreiben kann, der mitten in München spielt (und ein bisschen auch woanders).

P wie Paula: Für dein Kirschlikörrezept. Und das Probetrinken. Manche Dinge muss man unbedingt vorher ausprobieren, bevor man darüber schreibt, nicht wahr?

Q wie Quint Buchholz, mein ehemaliger Nachbar und großartiger Maler, Illustrator und Autor: Mein Lieblingsbild von dir, »Lob der Bücher«, hängt seit Jahren über meinem Schreibtisch und erinnert mich immer daran, dass die Realität erst durch eine ordentliche Portion Fantasie richtig schön wird.

R wie Redakteurin: Angela Kuepper, deren aufmerksamer, engagierter und liebevoller Blick auf mein Manuskript unverzichtbar für mich ist – und die sich auch durch das hundertste verdrehte Gänsefüßchen nicht aus der Ruhe bringen lässt!

S wie Schwester, große: Behauptet, ich hätte schon mit vier Jahren Lesen und Schreiben gekonnt. Sie muss das wissen, schließlich hat sie es mir beigebracht – und ist aufgrund dieses bemerkenswerten pädagogischen Erfolges übrigens prompt Lehrerin geworden.

T wie Thassos-Truppe: Die Woche mit euch, Mädels, ist immer ein Highlight im Jahr. Und euer Brainstorming für mein Manuskript war klasse – auch wenn ich festgestellt habe, dass Basisdemokratie die Suche nach der perfekten Formulierung nicht wirklich beschleunigt …

U wie Urban: Begnadeter Kellner und Kaffeekocher – keiner kann ein so schönes Herz auf den Milchschaum malen wie du, wenn ich ins Café flüchte, weil ich am Schreibtisch gerade mal nicht weiterkomme.

V wie Verlag Blanvalet, in dem viele großartige Menschen dafür arbeiten, dass aus 95-tausend getippten Wörtern ein ganz wunderbares Buch entsteht.

W wie Wiebel, Johannes, von Punchdesign, der schon wieder das zauberhafteste Cover der Welt gebastelt hat.

X wie Mr. X: Dafür, dass du (fast) immer für mich da bist, ein ganzes halbes Leben lang. Deine Briefe sind natürlich nie an der falschen Adresse gelandet!

Y wie Yvonne H. und alle anderen Leserinnen (und Leser!), die sich die Mühe gemacht haben, mir zu schreiben, wie gut ihnen meine Bücher gefallen haben, und dass sie sich schon auf das nächste freuen: Etwas Schöneres kann es für eine Autorin eigentlich gar nicht geben. Danke!

Z wie: zufügen, dem ist nichts mehr hinzu-: außer – bis zum nächsten Buch!

In der Liebe ist alles erlaubt ... Oder?

320 Seiten. ISBN 978-3-442-38201-9

Single-Frau Anfang 40 mit zwei kleinen Kindern sucht Mann – zieht man damit seinen Traumprinzen an Land? Eher nicht. Zu dem Schluss kommt zumindest Sophie, nachdem der jüngste potenzielle Liebhaber vor ihrem Nachwuchs Reißaus genommen hat. Als die Münchner Lokalreporterin bei einem Auffahrunfall den schicken Anwalt Roland kennenlernt, verschweigt sie die lieben Kleinen daher kurzerhand – ganz à la Suppenschildkröte, die ihre Brut allein am Strand zurücklässt. Sobald Roland sich in sie verliebt hat, wird Sophie ihm reinen Wein einschenken. Eine winzige Schwindelei, die spektakulär nach hinten losgeht ...

Lesen Sie mehr unter: **www.blanvalet.de**

Wie weit würden Sie reisen für das große Glück?

448 Seiten. ISBN 978-3-7341-0238-7

Daniela hat ihr Leben eigentlich fest im Griff. Doch seit es Alex auf sie abgesehen hat, gerät ihr Gefühlsleben ordentlich durcheinander. Und gerade jetzt muss sich Daniela auf ihre Arbeit konzentrieren. Sie soll der todkranken Ehefrau eines Unternehmers in Sacramento einen ganz besonderen letzten Wunsch erfüllen, der Daniela auf eine außergewöhnliche Reise schickt. Allerdings stellt Alex ihr vor der Abreise ein Ultimatum …